季愚文库

西方现代悲剧论稿

任生名　著

2019年·北京

任生名

1949年生于上海，浙江鄞县人，上海外国语大学教授、硕士生导师，主要研究方向为西方文论、比较诗学、文化研究、英美戏剧。1990年获中央戏剧学院戏剧文学系"西欧戏剧史及理论"专业方向博士学位，1992—1993年任加拿大约克大学戏剧系高级访问学者，2001年获英国学术院王宽诚基金资助，在英国萨塞克斯大学人文研究中心任高级研究员，2005年获国家留学基金资助，作为高级研究学者赴英国剑桥大学英语系留学。2002—2005年任上海外国语大学比较文学研究所所长，2007—2012年任上海外国语大学文学研究院副院长。著有《西方现代悲剧论稿》，合译有《戏剧管理·艺术管理》《罗丽塔》等，发表论文30余篇、学术译文20余篇。

总　序

　　七十年在历史长河中只是短暂一瞬,但这却是上外学人扎根中国大地、凝心聚力、不断续写新时代中国外语教育新篇章的七十年。七秩沧桑,砥砺文脉,书香翰墨,时代风华。为庆祝上外七十华诞,上外携手商务印书馆合力打造"季愚文库",讲述上外故事,守望上外文脉。"季愚文库"系统整理上外老一辈学人的优秀学术成果,系统回顾上外历史文脉,有力传承上外文化经典,科学引领上外未来发展,必将成为上外的宝贵财富,也将是上外的"最好纪念"。

　　孔子曰:"居之无倦,行之以忠。"人民教育家王季愚先生于1964年出任上海外国语学院院长,以坚定的共产主义信仰和对人民教育事业的忠诚之心,以坚苦卓绝、攻坚克难的精神和毅力,为新中国外语教育事业做出了卓越贡献。她在《外国语》杂志1981年第5期上发表的《回顾与展望》一文被称为新时期外语教育的"出师表",对上外未来发展仍具指导意义。王季愚先生一生勤勤恳恳,廉洁奉公,为人民服务,她的高尚情操始终指引着上外人不断思索:"我们从哪里来?我们在哪里?我们向哪里去?我们应该做什么?"

　　七十载筚路蓝缕,矢志创新。上外创建于1949年12月,是中华人民共和国成立后由国家创办的第一所高等外语学府,是教育部直属并与上海市共建、进入国家"211工程"和"双一流"建设的全国重点大学。从建校初期单一语种的华东人民革命大学附设上海俄文学校，到20世纪50年代中期迅速发展为多语种的上海外国语学院；从外语单科性的上海外国语学院，到改革开放后率先建设以外国语言文学学科引领，文、教、经、管、法等学科协调发展的多科性上海外国语大学；从建设"高水平国际化多科性外国语大学"，到建设"国别区域全球知识领域特色鲜明的世界一流外国语大学"，上外的每一次转型都体现着上外人自我革新、勇于探索的孜孜追求。

"立时代之潮头，通古今之变化，发思想之先声。"习近平总书记在哲学社会科学工作座谈会上强调，要着力构建中国特色哲学社会科学，在指导思想、学科体系、话语体系等方面充分体现中国特色、中国风格、中国气派。在中国立场、中国智慧、中国价值的理念、主张、方案为人类文明不断做出更大贡献的新时代，外语院校应"何去何从"？秉承上外"格高志远、学贯中外"的红色基因，今日上外对此做出了有力回答，诚如校党委书记姜锋同志所言："要有一种能用明天的答案来回应今天问题的前瞻、勇气、担当和本能。"因此，上外确立了"国别区域全球知识领域特色鲜明的世界一流外国语大学"的办学愿景，致力于培养"会语言、通国家、精领域"的"多语种＋"国际化卓越人才，这与王季愚先生"外语院校应建设成多语种、多学科、多专业的大学"的高瞻远瞩可谓一脉相承。

历沧桑七十载，期继往而开来。"季愚文库"是对上外学人的肯定，更是上外文脉在外语界、学术界、文化界的全新名片，为上外的学术道统建设、"双一流"建设提供了全新思路，也为上外统一思想、凝心聚力注入了强大动力。上外人将继续跟随先师前辈，不忘初心，砥砺前行，助力中国学术出版的集群化、品牌化和现代化，为构建有中国特色、中国风格、中国气派的哲学社会科学体系贡献更大的智慧与力量！

上海外国语大学
2019年10月

编辑说明

1. 本文库所收著作和译作横跨七十载，其语言习惯有较明显的时代印痕，且著译者自有其文字风格，故不按现行用法、写法及表现手法改动原文。文库所收译作涉及的外文文献底本亦多有散佚，据译作初版本着力修订。

2. 原书专名(人名、地名、术语等)及译名与今不统一者，亦不作改动；若同一专名在同书、同文内译法不一，则加以统一。如确系笔误、排印舛误、外文拼写错误等，则予径改。

3. 数字、标点符号的用法，在不损害原义的情况下，从现行规范校订。

4. 原书因年代久远而字迹模糊或残缺者，据所缺字数以"□"表示。

目 录

第二版前言 / 1
第一版前言 / 2

第一章 绪论：悲剧与人的生存困境 / 4

第一节 问题的提出 / 4
第二节 一种阐释悲剧的新范式 / 13
第三节 人的生存困境与悲剧的起源 / 15
第四节 悲剧的起源与人的生存困境 / 21
第五节 关于悲剧世界终极力量的诸种观点述评 / 32
第六节 作为悲剧世界终极力量的人的生存困境的张力 / 38

第二章 西方悲剧的两大传统 / 45

第一节 古希腊悲剧传统 / 46
第二节 古希腊悲剧的影响与变形 / 72
第三节 莎士比亚悲剧传统 / 96

第三章 西方现代悲剧的生成 / 119

第一节 古典悲剧、文艺复兴悲剧、现代悲剧三者的实质区别 / 119

第二节　从资产阶级悲剧到现代悲剧　/ 126

第四章　西方现代悲剧的三重世界及其核心　/ 137

第五章　西方现代社会悲剧　/ 141

第一节　现代社会悲剧的主要特征　/ 141

第二节　论《沃伊采克》　/ 144

第三节　论《枪手的影子》　/ 152

第四节　论《街景》　/ 162

第五节　论《推销员之死》　/ 175

第六章　西方现代精神悲剧　/ 185

第一节　现代精神悲剧的主要特征　/ 185

第二节　关于表现主义悲剧　/ 189

第三节　关于弗洛伊德的原父说　/ 195

第四节　论《春之觉醒》　/ 199

第五节　论《悲悼》　/ 206

第六节　论《欲望号街车》　/ 215

第七章　西方现代人本体悲剧　/ 226

第一节　西方现代人本体悲剧与西方现代哲学的关系　/ 226

第二节　关于萨特的处境戏剧理论　/ 231

第三节　现代人本体悲剧的主要特征　/ 234

第四节　论《流血的婚礼》／ 244

　　第五节　论《苍蝇》／ 254

　　第六节　论《卡斯帕》／ 265

第八章　关于否定现代悲剧存在的诸种观点述评 ／ 280

　　第一节　产生否定现代悲剧观点的两种戏剧现象 ／ 281

　　第二节　否定现代悲剧的诸种观点述评 ／ 283

　　第三节　否定观的两点归纳 ／ 297

第九章　结论：西方现代悲剧精神 ／ 300

　　第一节　西方现代悲剧精神的价值取向 ／ 301

　　第二节　西方现代悲剧精神的特征与核心 ／ 308

参考文献 ／ 316

附录一　对立与主导——论奥尼尔戏剧思想的深层结构 ／ 323

附录二　奥尼尔与现代悲剧意识 ／ 339

附录三　奥古斯多·博亚尔和他的被压制者戏剧理论 ／ 348

索　引 ／ 367

后　记 ／ 380

第二版前言

本书第二版,我未做大的改动,书的结构维持原貌。主要在第一章第一节后面增加了一些论述,目的是使论著问题之提出和研究之进路更明确。在第二章第一节后面也增加了一些论述,将我有关悲剧的一些观点表述得更为明白和有力。这些,也算是我在本论著问世之后继续思考的一些心得吧。

此外,对全书的文字,通读了一遍,做了少量修改。

还有,附录了过去发表的与本书论题有关的三篇文章:《对立与主导——论奥尼尔戏剧思想的深层结构》《奥尼尔与现代悲剧意识》《奥古斯多·博亚尔和他的被压制者戏剧理论》。

本书有幸被收入上海外国语大学的"季愚文库"而能有机会出第二版,要感谢上海外国语大学和商务印书馆的各位领导,还有上外科研处的各位同仁,以及上外文学院院长郑体武教授。

任生名

2018年10月30日于上海

第一版前言

  这本论著主要研究西方现代悲剧的生成、特征、实质及其在西方文明发展中的功能和地位。自文艺复兴至 19 世纪末,"现代悲剧"(modern tragedy)一词在西方戏剧批评中曾偶尔出现过几次。真正对西方现代悲剧进行研究是 20 世纪的事。这是与现代悲剧在 20 世纪逐渐走向成熟并成为相对独立完整的戏剧文化现象的过程相适应的。戏剧的根本类型是悲剧和喜剧,尤其是悲剧,不仅在戏剧世界中而且在现实世界中都具有一种原型的力量。西方现代悲剧与西方现代戏剧和西方现代文明的关系,可说是如鱼饮水,冷暖自知,而又难分难舍。于是,面对急遽变化、今是昨非的西方现代文明,面对经历了流派层出不穷、形式花样翻新、观念变幻莫测的西方现代戏剧,西方现代悲剧研究的复杂性也就可想而知。西方现代悲剧问题,在西方虽然已经争论了许多年,但至今依然新而难。本书对这一新而难的问题只是提供了一种可能的解答,许多方面还有待进一步深入的研究。

  书将问世,思绪如众鸟翻跹。首先想到的是此书写作过程中和书成前所有幸得到的众多帮助。我要感谢上海市哲学社会科学规划办公室提供资助，使我的研究工作得以进一步深入展开。我深深感谢我在中央戏剧学院攻读博士学位时的导师、著名欧美戏剧专家、德高望重的廖可兑教授，他的悉心指教和十分中肯的意见，使我的论著更加完整，并且避免了不少错误；同时，我特别要感谢廖先生为本书写了热情洋溢的序，奖掖后学的拳拳之心，感人至深。此外，我要感谢徐晓钟教授（中央戏剧学院院长）、李赋宁教授、巫宁坤教授、夏仲翼教授、丁扬忠教授、王爱民教授（已故）、余匡复教授以及汪义群教授，他们对我的研究提出的建设性批评和建议，使我受益匪浅。最后，我要感谢上海外语教育出版社给我的帮助，感谢责任编辑金蕴华女士的精心编辑。

任生名
1998年10月14日于上海外国语大学

第一章　绪论：悲剧与人的生存困境

第一节　问题的提出

西方现代悲剧究竟有没有？这个问题是西方现代戏剧研究中一个重要而困难的问题，至今尚处于争论之中，有人否定现代悲剧的存在，有人则肯定存在现代悲剧，各执一端，相持不下。

早在19世纪后期，尼采在《悲剧的诞生》中就已经预示了会出现这一引起争论的问题。尼采用酒神精神即音乐精神来解释悲剧的本质，他认为希腊悲剧到了欧里庇得斯手中就走向了死亡，悲剧诗人也像悲剧一样死去了。原因有两个，一个是欧里庇得斯"把那原始的全能的酒神因素从悲剧中排除出去，把悲剧完全和重新建立在非酒神的艺术、风俗和世界观基础上"[①]。另一个是传说常常帮助欧里庇得斯作诗的苏格拉底所倡导的

[①] 尼采：《悲剧的诞生》，周国平译，生活·读书·新知三联书店1986年版，第49页。

第一章 绪论：悲剧与人的生存困境

三个科学(理性)乐观主义基本原则：知识即美德；罪恶仅仅源于无知；有德者即幸福者。尼采指出："这种乐观主义因素一度侵入悲剧，逐渐蔓延覆盖其酒神世界，必然迫使悲剧自我毁灭——终于跳入市民剧而丧命。"①他像惊呼"上帝死了"一样呼叫"悲剧死了"②。然而，说明悲剧的死亡并非他的最终目的，他的真正目的是要揭示悲剧可望再生。他说：

> 这里我们要弄清一个问题：悲剧因之夭折的那种反对力量，是否在任何时代都强大得足以阻止悲剧和悲剧世界观在艺术上的复苏。如果说古老悲剧被辩证的知识冲动和科学乐观主义冲动挤出了它的轨道，那么，从这一事实可以推知，在理论世界观与悲剧世界观之间存在着永恒的斗争。只有当科学精神被引导到了它的界限，它所自命的普遍有效性被这界限证明业已破产，然后才能指望悲剧的再生。③

那么在尼采看来，在他的时代情况又如何呢？他以他的独特眼光看到了"当代世界中酒神精神正逐渐苏醒"④，他把悲剧再生的希望寄托于从巴赫到贝多芬、从贝多芬到瓦格纳的伟大光辉的德国音乐与德国哲学的统一之中。当然，还得向希腊人学习。悲剧将再次成为"激发、净化、释放全民

---

① 尼采：《悲剧的诞生》，周国平译，第60页。
② 同上书，第44页。
③ 同上书，第73页。
④ 同上书，第85页。

族生机的伟大力量"①。

一个悲剧的死亡,一个悲剧的再生;谈悲剧的死亡,是为了说悲剧的再生。然而,尼采也多少有点心存疑虑,他说:"今日我们正经历着悲剧的再生,危险在于既不知道它来自何处,也不明白它去向何方……"②悲剧在一个科学乐观主义的时代是否能够存在下去?尼采呼吁人们信仰酒神精神,信仰悲剧的再生,但是信仰毕竟只是信仰,在这信仰背后,无疑隐藏着他的疑虑。从某种意义上说,尼采以一种预言家的敏感提出了将在19世纪晚期和整个20世纪始终争论不休的"有没有现代悲剧"的问题。

从提出"悲剧的谬误"的约瑟夫·伍德·克鲁契到写下《悲剧的死亡》的乔治·斯坦纳,否定存在现代悲剧的大有人在;然而,自从加缪的《雅典讲座:悲剧的未来》发表以来,肯定存在现代悲剧的也不乏其人。两方面的争论可以说持续至今。1992年,美国著名学者沃尔特·考夫曼的学生理查德·H. 帕尔默在专著《悲剧与悲剧的理论》中还依然提到"在一个失去共同接受的哲学标准或者宗教标准的现代社会中悲剧是否能够存在"③。

本论稿旨在站在肯定的立场上,将西方现代悲剧现象作为一个自身完整的系统,置于古希腊以来的西方悲剧发展演变的历史之流中进行深入的研究论证。在论述中,我将着重考察西方现代悲剧的各种重要现象和创作实践,并通过具体分析具有代表性的剧作,把握和揭示西方现代悲

---

① 尼采:《悲剧的诞生》,周国平译,第90页。
② 同上书,第87页。
③ Richard H. Palmer, *Tragedy and Tragic Theory*, *An Analytical Guide*, London: Greenwood Press, 1992, p. 1.

剧的主要特征,尤其是不同于传统悲剧的诸特征,并注意以历时与共时并重的观点看待二者的区别和联系。同时,我将结合有关西方现代悲剧的理论批评,在戏剧美学的层面上对西方现代悲剧做出尽可能切实合理的理论概括。不用说,不从理论上深入下去,西方现代悲剧问题依然是难以解决的。这两方面在论述中会有交叉重叠,唯尽量明确阐述,以构成一个多层面的论证框架。

不过,这样来提出问题和说明论证框架,还是比较一般化。在此,我想做几点具体说明,同时也说一下研究思路。

其实,尼采在《悲剧的诞生》中说的悲剧的死亡,针对的是古希腊悲剧,他说的悲剧的复兴也是指以古希腊狄奥尼索斯酒神精神为基础的悲剧在他所处的时代中的复兴。尼采并未明确提出一个现代悲剧问题。

倒是在他之前的黑格尔,在《美学》第三卷《戏剧体语》一节中,好多次提到"近代悲剧"这一术语。[①] 虽然黑格尔心中的近代悲剧主要包括莎士比亚、歌德、席勒等人的悲剧,但它实际上间接涉及了现代悲剧。黑格尔与尼采一样,其悲剧观主要形成于对古希腊悲剧的解读。

然而,解读的结果大不一样。黑格尔解读的结果,形成了他的独断论的观念论的悲剧观。在黑格尔看来,悲剧的起因是存在一种抽象的普遍伦理力量,而这伦理力量,又是"人自己的自由理性中的一种规定,同时也是永恒的颠扑不破的真理"[②],普遍伦理力量在人的现实世界中,即在家庭

---

① 黑格尔:《美学》第三卷下册,朱光潜译,商务印书馆2014年版,第240—290页。
② 同上书,第288页。

伦理、国家(政治)伦理以及宗教伦理这些秩序中转化为具体现象。原本和平统一的伦理分化为不同的人物性格、不同人物的动作,各有其为自己辩护的正当理由,于是冲突是必然的,这样也就否定了抽象的理想的普遍伦理力量的平静统一。人物因导致冲突而各有罪过。而冲突的"和解"只有两条路:毁灭或退让甘休。悲剧的结局是永恒正义的胜利,"永恒正义凭它的绝对威力,对那些各执一端的目的和情欲的片面理由采取了断然处置"[①]。于是,普遍伦理力量在人的现实世界里得以实现。普遍伦理力量实际上也就是绝对精神、绝对理性在这里的另一种说法。黑格尔的悲剧理论到处是必然性、确定性,连理应充满各种可能性和不确定性的悲剧人物主体性格(个别情致)也得受所谓真理的规定,突显了理性(绝对理性)的傲慢自负、自以为是。

尼采解读的结果,显然是与黑格尔针锋相对的。尼采在他的著作《悲剧的诞生》和《权力意志》中提出,狄奥尼索斯酒神精神是悲剧的基础。这种酒神精神对人的生命既感受到痛苦又感受到狂喜,二者均不可名状,充盈着各种可能性和无穷的不确定性,具有非理性主义的特点。当然,尼采的悲剧观中还有一个阿波罗日神精神,一般认为,这日神精神与理性相关。尼采的悲剧观是酒神精神与日神精神融合说。尼采自己说过:"根据上述认识,我们就必须把希腊悲剧理解为总是一再地在一个阿波罗形象世界里爆发出来的狄奥尼索斯合唱歌队。"[②]《悲剧的诞生》中文新译本的

[①] 黑格尔:《美学》第三卷下册,朱光潜译,第289页。
[②] 尼采:《悲剧的诞生》,孙周兴译,商务印书馆2017年版,第76页。

译者孙周兴在译后记中则说:"希腊悲剧是两个分离和对立的元素——阿波罗元素与狄奥尼索斯元素——的结合或交合。"①然而,酒神精神与日神精神究竟是何种关系,尼采并没有说清楚。凯·埃·吉尔伯特和赫·库恩在《美学史》中论到尼采时说"尼采的美学学说天生是含糊不清的"②。阿波罗元素是梦,是形式,是美的形象,是形而上学的慰藉,含有理性的成分,但又不是理性;狄奥尼索斯元素需要定型,需要一个具体形象,需要一个归宿,但又不甘心归依日神精神,其狂放不羁的状态不是那么容易驯服的。两者在这里有冲突。酒神精神与日神精神在悲剧中如何融合,尼采可能自己也没有想明白。这是一个有待研究的问题。不过,经过对黑格尔和尼采的悲剧观的比较和分析,有两点是明确的:其一,在亚里斯多德的《诗学》之后,是可以有另一种悲剧观的,而另一种悲剧观理应涵盖古希腊悲剧和以后的乃至未来的悲剧;其二,研究悲剧(包括现代悲剧),理性主义不一定合适,尼采的反理性主义的悲剧观为其提供了新的研究进路的可能性。

在第一点中,已经隐约提出了现代悲剧问题。直到阿尔贝·加缪,问题才提得明白无误。他在《雅典讲座:悲剧的未来》中问道:"现代悲剧可能吗?"③并说,真正的现代悲剧还不存在。④ 后来英国批评家雷蒙德·维廉斯将现代悲剧(modern tragedy)这一词语作为自己一本书的书名,其中

---

① 尼采:《悲剧的诞生》,孙周兴译,第288页。
② 凯·埃·吉尔伯特、赫·库恩:《美学史》下卷,夏乾丰译,上海译文出版社1988年版,第685页。
③ 加缪:《卡利古拉》,李玉民译,译林出版社2017年版,第301页。
④ 同上书,第311页。

收录了他在剑桥大学英文系就现代悲剧作的一系列讲座。显然,在当代要研究西方现代悲剧问题,首先得证明存在现代悲剧,并梳理现代悲剧生成和确立、展开的过程,其次要在此基础上提出一种足以涵盖古典悲剧和现代悲剧的理论框架。而本论著着重要做的正是这两件事。

前面讲到的涉及研究进路的第二点,必须承认,尼采的眼光确实是很独到的。尼采反理性主义悲剧观是与他谈到苏格拉底的科学乐观主义导致希腊悲剧死亡的看法一致的。尼采在《偶像的黄昏》一书中提出了一个"苏格拉底问题"。尽管尼采在这个问题上阐述得也是含糊不清,但反理性、反知识万能论、反科学(理性)乐观主义这一点是明确的。尼采之后,西方学术界把"苏格拉底问题"搞成了一个热门话题,弄得很复杂。我认为还是应该回到尼采的看法,即反对苏格拉底的科学乐观主义,因为这正是"苏格拉底问题"的要害。"苏格拉底问题"是一个很大的学术课题,至少需要写一本专著来加以研究。中外的学者已经做了很多研究,各有思路和心得。但对"苏格拉底问题"的研究显然不便在这里展开,我只想就有关本论著的研究进路涉及此问题的一些方面说几点看法。

第一点,人们主要探索两个世界,一个是自然世界,一个是人文世界。前者的探索形成自然哲学(科学哲学、科学),后者的探索形成人文学术(也有人称作人文科学、文化科学、社会科学。可参见卡西尔《人文科学的逻辑》的中译者关子尹为中文版写的译者序。[①] 不过把人文学术称作科

[①] 恩斯特·卡西尔:《人文科学的逻辑》,关子尹译,上海译文出版社2013年版。

学,总觉得不合适。我觉得,不妨称作"人文哲学"。理由我在第三点里会加以说明)。西塞罗曾经说过,苏格拉底是第一个将哲学从天上唤到尘世间之人,也正是他最早把哲学中心主题定义为人类有目的的活动,重要的是用人的理性去理解这些目的。从此,人世间的学问就分成自然科学和人文学术两大类,这是两种完全不同的学问。尼采的"苏格拉底问题"实质上就是看到了这两种学问的根本不同之处,尽管尼采在这点上没有说得很清楚。

第二点,两种学问之所以根本不同,是因为研究的目的不同。在自然科学(或自然哲学)中,人们追求的是真理、规律、模型、构成、必然性、确定性、决定性、无限性、永恒性,如此等等。但在人文学术中,其研究对象是人世间的人文现象,与人有关的各种经验事实,是暂时的、相对的、有限的,充满了各种可能性和各种不确定性,以及偶然性,人的理性在人文学术中追求的是众多偶然性中的决定性、众多可能性中的必然性、众多不确定性中的确定性,追求的是经验事实的真相和真实状况,如此等等。而所有上述这一切,均受到各种社会文化条件和时空变迁的限制,都具有相对性。这里没有绝对性,没有真理,只有相对的共识。其中,在某一时空点上相对自由、真实的人们的选择具有相当重要的作用。

因此,自然科学(或科学哲学)追求真理、规律、必然性、确定性的方法不能直接运用于人文学术的研究之中。可以借鉴的是科学精神,但科学精神和科学方法不是一回事。尼采的"苏格拉底问题"的核心,我认为,指的就是苏格拉底将自然哲学中追求真理、知识的方法(包括苏格拉底辩证法)直接运用于人文学术的研究之中,以为能够解决与人有关的一切问题。这导致了科学乐观主义与知识万能论,当然也导致了独断论和理性傲慢,在人文学术研究中造成各种谬误、臆断,甚而至于如康德所言"创制新观念"①。这就是"观念论"者臆想出来的观念,新,然而误人。相对而言之,真理只存在于自然科学(科学哲学)领域,在人文学术(或曰"人文哲学")领域,不存在所谓"真理"。

西方现代悲剧研究显然属于人文学术范畴,应当遵循我在此提出的人文学术研究进路。

在具体展开研究之前,再说一下第三点:不为悲剧下定义。下定义是科学的事。人文学术无所谓定义、本质,只有学理和问题、描述和相对的共识。其实,亚里斯多德在《诗学》中也并未给悲剧下定义。在《诗学》中,亚里斯多德是在教人怎样写出好的悲剧,要注意哪些要点,应掌握哪些技巧,一切都要为了效果。他的所谓"定义",也只是一种描述,告诉人们要想写好一出作为戏剧艺术的悲剧,必须具备哪些要素。

英国莎评家斯蒂芬·布思说,寻求悲剧之定义,乃所有非宗教之定义追问中最为持续而广泛者。② 然而,这种努力是徒劳的。正如批评家莫利斯·韦茨在为《哲学百科辞典》撰写的"悲剧"词条中所称,不可能有一个"真正的适合实际的悲剧定义",因为这个形式对新的种种历史可能性是

---

① 康德:《纯粹理性批判》,蓝公武译,商务印书馆2017年版,第21页。
② John Drakakis, Naomi Conn Liebler (eds.), *Tragedy*, New York: Addison Wesley Longman Inc., 2014, p. 1.

开放的。① 定义是科学话语,当代研究悲剧的学者更乐于看看悲剧是由哪些因素(要素)构成的。比如英国当代批评家安德鲁·贝内特和尼古拉斯·罗伊尔在研究了莎士比亚四大悲剧后,认为悲剧包含四个基本要素。"第一,有一个中心人物(主角),此人是高贵的,对此人我们抱以同情或认同。第二,这个人物应当受难,并(最好)死掉,他或者她的跌落或者死亡,应与戏剧结束恰好一致。第三,那种跌落或者死亡既是不可避免的和'严肃的',而且在某种程度上同时是不合理的和不可接受的。第四,要素涉及启示,如我们已经指出的,我们在悲剧中展示的并不仅仅是主角的死亡,借由认同死亡的主角,我们也就反身思考自己的死亡;同时,因为主角的死亡总是也毁掉了其他人,所以,悲剧总是萦绕着更广泛的对死亡的感觉,对社会毁灭或者整个世界毁坏的感觉。"②

这显然不是定义,而是一种对现象事实的描写和对某个问题的相对的共识。这些,无疑对本论著研究西方现代悲剧颇有启发。

至此,西方现代悲剧问题的提出已经基本说清楚了,对本论著研究西方现代悲剧的进路也做了比较明确的阐释。

第二节 一种阐释悲剧的新范式

但是,仅仅站在这两个层面上,把西方现代悲剧现象作为一个整体和

---

① John Drakakis, Naomi Conn Lieblered (eds.), *Tragedy*, p. 3.
② Andrew Bennett, Nicholas Royle, *Introduction to Literature, Criticism and Theory*, New York: Prentice Hall, 1999, pp. 99 - 100.

悲剧理论批评还是不够的，还应当用一个东西把这两个层面统一起来。这个东西我指的是托玛斯·库恩在《科学革命的结构》(1962)中所说的范式(paradigm)。解释、陈述、理论，须在假设的有秩序的框架——范式内操作。科学上的重大突破，就是推翻、解构一个这样的范式，再建立起新的范式，而不是单纯从事新发现。文学批评和理论归根结底是注释、诠释，无论自觉或者不自觉，总是也须在某些框架即范式内操作。科学哲学中的某些东西，是可以为人文学术借用的，比如范式，因为它独立于科学方法，或者说超越于科学方法。但借用仅仅是借用。说到范式，历来的悲剧研究也曾运用过各种各样的范式。比如命运范式，亚里斯多德的过失或见事不明(hamartia)范式，黑格尔的伦理实体自我分裂与重新和解范式，A.C.布拉德雷的最终道德秩序范式，普罗泽·弗莱的宇宙道德秩序范式，尼采的日神精神与酒神精神融合范式，弗洛伊德的俄狄浦斯情结范式，以及荣格和诺思洛普·弗莱的原型范式，等等。这些范式都涉及悲剧世界的终极力量，不过显然没有对悲剧问题做出终极的解决。时至今日，有必要寻求和提出一个阐释悲剧，尤其是现代悲剧的新范式。我在此将提出的新范式当然也不可能是悲剧问题的终极解决，我只是希望吸收以往诸范式中合理的成分，从一个新的视角来建立一个新的范式，作为谈论西方悲剧现象，主要是西方现代悲剧现象的操作框架。换言之，我的意图是提出研究悲剧的新范式，以此确立本论稿的核心。我在绪论中主要解决的就是建立一个新范式的问题。

我提出的范式是人处于极限生存困境的张力。这一张力是由两极构成的:一极是以个体生命形式显现的人本体;另一极是危及人的此在的生存和人本体意义上的类的延续的种种因素,也就是说使人的生存面临极限处境的种种因素。两极的多层面的制衡、冲突的集合就形成了张力。这里所说的种种因素包括自然的、社会的、政治的、文化的、伦理道德的、宗教的、精神心理的、人本体的,等等。这张力始终处于动态之中,因为人与他的周围世界二者在相互作用中都是发展演变的。此外,上述另一极的种种因素不仅有相互间的制衡关系,在不同的阶段和不同的条件下,其中一个因素会突出到前台成为主导力量,进行调节,并决定悲剧可能转变的进程和方向。显然,此范式的张力既是客观的,又是主观的;既是物质的,又是精神的;既是可见的,又是不可见的。但它的终极焦点始终在人,在人本体的自由生存,在人个体生命生存的真实性。现代悲剧批评时而也论到人的生存困境,但将人的生存困境上升到范式的高度来谈悲剧的似乎还没有。这一范式须从悲剧与人的生存困境的关系加以说明和描述。现代人文学术已不多谈本质,而代之以单纯的事物的相互关系、构成事物的诸因素(要素),以及事物之间的各种特殊联系,等等。从相互关系切入,也许能对一种现象做出更为深入的说明和恰当的描述,从而取得相对共识,以下我就从悲剧与人的生存困境的关系对我提出的范式加以具体地说明和描述。

第三节　人的生存困境与悲剧的起源

人类学家詹姆斯·弗雷泽在其名著《金枝:巫术与宗教之研究》中,详尽考察了古罗马曾有过的一种古老地方习俗。在罗马附近的内米（或称阿里奇亚）湖畔的树林中有一棵大树，它是附近女神狄安娜圣殿的圣树，无论白天黑夜，每时每刻都可以看到一个令人毛骨悚然的人，在树周围独自徘徊。他是个祭司又是个谋杀者。他手持一柄出鞘的宝剑，一刻不停巡视四周，看守着这棵圣树，唯恐有人走近它，并向他发起袭击。因为按照狄安娜圣殿的规定，一个祭司职位的候补者，只要能够折取这棵树上的一根树枝，就可以获得同这位现任祭司进行决斗的权利，而如果在决斗中又能杀死这位祭司，他就可以接替这位祭司的职位，直到自己又被另一个更强或者更狡诈的人杀死为止。一个又一个祭司就这样周而复始地过着既声名显赫又胆战心惊的生活。弗雷泽称这是"反复重演"的"悲剧"[1]、"十分激烈的悲剧"[2]。这里的"悲剧"一词，不仅仅是比喻意义上的用法。无论是从亚里斯多德的观点还是从现代戏剧的观点来看，这都是一出完整的悲剧。原型批评家经常谈到的因国家面临饥荒、瘟疫等灾难而被人民用作杀祭牺牲的"金枝国王"，也可以作如是观。同时，这又是人在本体意义上所面临的循环往复无以摆脱的生存困境。戏剧意义上的悲剧与人的生存困境在这里合而为一。

悲剧与人的生存困境的关系实在是非常密切。这从戏剧的起源上可以看得很清楚。现代文化人类学已经证明戏剧起源于原始宗教祭祀仪

---

[1] 詹姆斯·弗雷泽：《金枝：巫术与宗教之研究》，徐育新等译，中国民间文艺出版社1987年版，第1页。
[2] 同上书，第994页。

式,这是一种世界共同现象。美国戏剧批评家弗兰西斯·弗格森说:"古典人类学者中的剑桥学派已经说明得十分详细,希腊悲剧的形式追随的是一种古老仪式的形式,即草木动物之神,或生长季节之神的仪式的形式。这是过去几代以来一个十分有影响的发现……"①剑桥学派的简·哈里森在《特弥斯》一书中说,戏剧(drama)和仪式(dromenon)在词源上的相似绝不是偶然的。② 在这一方面,英国著名古典学者吉尔伯特·默雷第一个说明了关于从宗教到悲剧的转变形式的思考模型,这种转变形式仍保存在欧里庇得斯的《酒神的伴侣》一剧中。当代美国戏剧理论家沃尔特·克尔也认为:"就我们所知,在雅典的山脚下,转变成悲剧的宗教仪式是以唱颂神歌的、跳敬神舞的、叙述神的行为的崇拜者组成的歌队开始的。后来,说不清确切是哪一天,一个崇拜者(可能是忒斯庇斯)从歌队里走出来为自己说话。他的冲动可能驱使他按下列顺序说这样一些话:'我,狄奥尼索斯,带给你们这些礼物。……'或者:'我,狄奥尼索斯,要你们跳舞。……'"③这虽然带点猜想的味道,但无疑是接近事实的。在以狄奥尼索斯为中心人物的《酒神的伴侣》中,狄奥尼索斯出场时就是作为一个普通的凡人:"我站在这里,一个隐名埋姓的神,假扮成一个人……"据说,忒斯庇斯也曾说过:"我是神。"这是一种模仿,但已是相当高级的模仿。亚里斯多德在《诗学》中说,戏剧起源于人的模仿天性。在最初阶段,模仿可

---

① Francis Fergusson, *The Idea of a Theatre*, New Jersey: Princeton University Press, 1972, p. 26.
② 二者均源自希腊语,drama 意为行动、动作。
③ Walter Kerr, *Tragedy and Comedy*, New York: A DA CAPO Press Inc., 1985, p. 89.

以说是很粗糙的,几乎是本能的,距离高级艺术戏剧形式尚很遥远;在它能以戏剧艺术的面貌出现以前,它还必须经过几个阶段。在此,有一点须先明确一下,是仪式包括模仿,而不是仪式由模仿而来。雷纳·弗里德里希在《戏剧与仪式》这篇长文中总结说:

> 模仿与宗教的结合产生了仪式,进而仪式产生了戏剧。在仪式中,戏剧性的模仿与宗教礼仪形成一种无差别的结合;正是这种结合使模仿能够发展到一个精练的阶段,这个阶段方才使得像戏剧这样如此复杂的艺术形式成为可能。①

这种可能性要转变成为现实,尚需两个条件:其一是情节,其二是演员。第一个条件是由仪式与神话的结合形成的。雷纳·弗里德里希对此也有一个总结:

> 对于戏剧的兴起,仪式与神话的结合的重要性可以在这一点上得到完全的确定。随着神话的介入,无定形的超人力量和更古老的仪式中可怕的兽形神让路给人形神;结果,仪式围绕着一个新的核心结晶;曾经赋予他们自己以人格的诸神,可以被想象成经历了与人相关并且感动人的各种事情。"神话复述形式"——这意思,最主要的

---

① James Redmond (ed.), *Drama and Religion*, London: Cambridge University Press, 1983, p. 159.

是指按照关于一个人形人格神的动作和痛苦的故事来复述形式。用文学术语来说,神话与仪式的结合指的是仪式已经获得叙述情节。①

复述情节还不是戏剧,第二个条件的实现才开始了从仪式向戏剧的真正转变。这就是前面提到的也许是忒斯庇斯说的"我,狄奥尼索斯""我是神"。在这最初的转变中,一个崇拜者宣称他是神,于是神不得不由一个人来表演,作为角色的神和作为崇拜者的人二者之间的身份开始互相作用,终于合而成为一个演员这一戏剧本体必不可少的要素。这一点不同于巫。巫是神灵依附于其上,是神的代用品。巫没有"我"的主体意识,他只是在传达而不是在叙述,只是在显灵而不是在表演——我指的是戏剧意义上的表演。演员的产生是"我"介入仪式的结果。

从此以后,在歌队用的半圆形场地上,这个演员不再用第三人称来叙述神的本性和故事,而是以第一人称将自己假定为神。也就是说,从歌队的叙述体变成了演员的代言体。"一旦这自然的一步采取以后,就成了不可逆转的一步。"②从宗教仪式向戏剧的转变就这样开始逐步完善。但是,忒斯庇斯的冲动、神-人形象的建立,还有更深层次上的意义。这种渎神的现象显示了神与人的关系的变化,以及人一方面要借祭神的仪式使自己升华,另一方面又要借神及神的处境来表现世俗的人及人的处境和欲望。这当然引起了当时的希腊人的极大关注。普鲁塔克在《希腊罗马名

---

① James Redmond (ed.), *Drama and Religion*, p. 184.
② Walter Kerr, *Tragedy and Comedy*, p. 91.

人传》中对此曾有过这样的记叙：

> 这时,忒斯庇斯开始演悲剧。因为这事是新事,很吸引大众,虽然尚未有竞赛。一向喜欢听和学新事物的梭伦——现已年老了,生活闲散,实际上喜欢音乐和葡萄酒——去看忒斯庇斯按照古代风俗的亲自表演。戏演完后,他跟忒斯庇斯说话,并问他,当着如此众多的人面前说这么多谎话他是否感到羞耻。忒斯庇斯回答说,在戏里这么说和做是没有什么危害的。梭伦用拐杖狠狠敲地板,"阿,"他说,"如果我们赞扬和嘉奖这样一种戏,那么有一天我们将会发现它会干涉我们的事务。"[1]

大众之所以接受并欢迎这一神-人形象,是因为他们在这新事物中不仅体验到了集体祭神仪式中的感情,而且直接看到了与他们的世俗人生有关的东西;而立法者梭伦之所以深感不安,是因为担心人既然能涉足神的事务,日后难保不涉足国家政治事务。戏剧与世俗人生的关系从一开始就已显露出来,这也许就是戏剧起源的更深层次上的意蕴。古埃及从奥锡利斯的祭祀仪式到受难戏剧的转变,古印度从佛教礼仪到梵文戏剧的转变,中世纪欧洲从基督教圣礼仪式到宗教戏剧的转变,古代中国从驱鬼仪式到傩戏的转变,无疑都含有这层意蕴。

---

[1] Walter Kerr, *Tragedy and Comedy*, p. 87.

第四节　悲剧的起源与人的生存困境

但是,这里还有一个关键处尚待深论:是笼而统之地讨论戏剧起源,还是应当单独讨论悲剧起源或者喜剧起源。由此还引出另一个问题:是悲剧起源在先还是喜剧起源在先。沃尔特·克尔说:"据我所知,首先出现的绝不是喜剧。"[1]"喜剧总是第二个到来,是后来者。"[2]"笑不是人的最初冲动;他首先哭……人最初关心的是石头,是他的心,是悲剧。"[3]悲剧起源在先,这从古希腊的悲剧和喜剧形成的年代也可以看出一些端倪。悲剧的正式形成是在公元前535年,而喜剧则要到公元前484年才确立,二者之间相隔50年。埃斯库罗斯首次获奖在公元前484年,索福克勒斯在前468年,欧里庇得斯在前441年,而阿里斯托芬则要到前427年才首次获奖。就有确切演出年代记载的《安提戈涅》和《鸟》来说,其间也相隔30年。即使就萨提洛剧来说,它也只不过是附在三联剧之后的对严肃部分的滑稽模仿,是一种轻松的调剂,而悲剧才是真正的实体。

如果从人类生存处境方面探本溯源,悲剧起源在先当更为显豁。远古的人类祖先,穴居而野处,在严酷的自然环境中结成或大或小的一个一个原始部落,昼夜面临的是生存,或者确切些说,是存活下去的问题。风

---

[1] Walter Kerr, *Tragedy and Comedy*, p. 20.
[2] Ibid., p. 19.
[3] Ibid.

雨雷电，酷暑严寒，时疫猛兽，疾苦灾荒，战乱死亡，时时威胁着部落群体的生存，令人敬畏恐惧，神秘莫测。而这一切又都归结到对死亡的恐惧。诚如卢梭所说："对死亡的认识和恐怖，乃是人类脱离动物状态后最早的'收获'之一。"①"人的最原始的感情就是自我生存的感情，最原始的关怀就是对自我保存的关怀。"②死亡具有双重性，对自然界而言，是肉体的死亡，对人的精神而言，是灵魂的死亡。在原始人看来，死亡从来不是自然的，死亡永远是横死，死亡的原因永远被想象成具有神秘的性质。③ 恩斯特·卡西尔说："在某种意义上，整个神话可以被解释为对死亡现象的坚定、顽强的否定。"④否定乃至蔑视死亡，这正是惯于用神话来思维的原始人的特点。而这特点的另一面则是在本能上对生命的不可毁灭的统一性的强烈肯定，对灵魂不朽的肯定。原始人相信："人的生命在空间和时间中根本没有确定的界限，它扩展于自然的全部领域和人的全部历史。"⑤这种对待生死悖论的独特态度，其意义是极其深远的。

至此，可以这样说，对不可知的自然天象的神秘感和敬畏感，对死亡的本能的恐怖和强烈的否定，也就是说，这二者，一个在宇宙学上，一个在人类学上，揭示了原始人生存困境的实质。这正是神话、巫术、宗教产生之源。列维-斯特劳斯相信，神话和宗教互相复制，神话存在于观念的层

---

① 卢梭：《论人类不平等的起源和基础》，李常山译，商务印书馆1982年版，第85页。
② 同上书，第112页。
③ 参见列维-布留尔：《原始思维》，丁由译，商务印书馆1981年版，第267—268页。
④ 恩斯特·卡西尔：《人论》，甘阳译，上海译文出版社1985年版，第107页。
⑤ 列维-布留尔：《原始思维》，丁由译，第108页。

面,宗教存在于行动的层面。① 但二者有一个共同的基础和根源——原始人的生存困境。巫术也当作如是观。巫术活动是对宇宙客观秩序的补充,人渴望能介入自然起决定作用从而完成或者改变其进程。也就是说,原始人举行巫术仪式的实质是使自身具备各种超自然的力量,以便解决实际的生存问题。在神话、巫术、宗教仪式中,处处都透露出原始人面对生存那种既无可奈何又苦苦挣扎的悲凉心境。列维-斯特劳斯认为,全世界各民族在智慧上均为生存的矛盾所苦恼。引起这苦恼的就是死亡,人类的二元特性,即人类既是自然的一分子,又为文化所陶铸,由此产生了灵与肉的矛盾。列维-斯特劳斯又认为,原始社会的神话传说是一种愿望满足,原始人作为一个群体有自己无法满足的愿望,神话就是要解决这些问题。而宗教更进一层,要对此进行理性参悟。宗教的首要功能就是能够解释人对生命应采取什么态度,世界是怎样起源的,人为什么会死,人死后的境况如何,等等。宗教强化了人应付人生问题的能力,这些问题即死亡、疾病、饥荒、洪水、失败,等等。在遭逢悲剧、焦虑和危机之时,宗教可以抚慰人类的心灵,给予安全感和生命意义,因为这个世界从自然主义的观点看来,充满了不可逆料、反复无常和意外的悲剧。此外,宗教也增加了共同经验和社会沟通的深度。原始宗教充满了悲感,但同时又是"我们在人类文化中可以看到的最坚定、最有力的对生命的肯定"②。原始人

---

① 列维-斯特劳斯:《结构人类学:巫术・宗教・艺术・神话》,陆晓禾译,文化艺术出版社1989年版,第42—79页。
② 恩斯特・卡西尔:《人论》,甘阳译,第108页。

对待生死悖论的独特的情感态度在原始宗教仪式中得到了定型和升华。宗教仪式以行动(动作)否定死亡,肯定生命。这一点在宗教仪式向悲剧的转化中起到了关键的作用。从另一方面来看,原始宗教又是一种独特的群体性的自我意识。费尔巴哈说:"上帝之意识,就是人之自我意识;上帝之认识,就是人之自我认识。"[①]对于基督教是如此,对于异教也是如此。费尔巴哈这里讲的"人",是在"类"的意义上的人。这种原始人的独特群体性自我意识,确切些说,就是原始人对自身群体所处的生存困境的意识。事一关己,势必如鱼饮水,冷暖自知。

原始宗教仪式总是跟原始人对自身生存困境的意识紧密相关,这一点,在原始宗教的功能中可以清楚见出。北美印第安人的野牛舞就是生存斗争的手段,其实质是要对猎物施加巫术的影响,迫使它出现,而不管它是否愿意;如果它在远处,就强迫它到来。参加跳舞的人,头上戴着从野牛头上剥下来的牛头皮(或者画成牛头的面具),手里拿着自己的弓和矛,整个舞蹈模仿狩猎的场面,有时要连续跳两三个星期,直到所希望的效果达到,即直到野牛出现时为止。这是一种戏剧,或者确切些说,是描写野牛及其落入印第安人手里的哑剧。[②] 这种现象在原始部落中是很普遍的。"狩猎在本质上是一种巫术活动"[③],是人借巫术摆脱困境的一种生存努力。

---

① 费尔巴哈:《基督教的本质》,荣震华译,商务印书馆1984年版,第42页。
② 参见列维-布留尔:《原始思维》,丁由译,第221—222页。
③ 同上书,第227页。

第一章 绪论：悲剧与人的生存困境

原始宗教在对重大危机的处理中更集中体现了它与人的生存困境的密切关系。当代古希腊宗教史家沃尔特·帕克特在《希腊宗教》一书的导论中说，希腊宗教表现自己的两种形式是神话和仪式。"作为交流和社会印记的仪式，建立和保障了封闭群体的稳固；在这种作用中，它无疑是与远古以来的人类社会形式共存的。"①它之所以能保障封闭群体的稳固，是因为它具有处理重大生存危机的功能。帕克特在该书第四章《危机的处理》小节中对此做了详细说明：

不幸教导祈祷者。通常似乎单调大于乐趣的礼仪可能成为危机处境中的道德支柱，也许是唯一的对绝望的反抗。如果人远比动物更耐忍受的话，那么正是由于宗教在这种忍耐中起了举足轻重的作用。一切大危机都将置人于无望的境地，而其原因被解释为由于命运、神、英雄的愤怒、歉收、土地贫瘠、人兽疾病、妇女不孕、子孙畸形、内战、败于外部军队。如果这些力量倒转过来，那么一切将大吉大利、五谷丰登、儿童健壮、国泰民安。保障后一种情况而防止前一种情况的传统手段是献祭和祈祷，尤其是以誓言的形式。正是从遭遇死亡到肯定生命的献祭节奏，以及在放弃和实现之间伸展的誓言的张力，强化和维持着信念，并帮助人以群体团结一致来忍受不幸，无

---

① Walter Burkert, *Greek Religion*, *Archaic and Classical*, John Raffan (trans.), Oxford: Basil Blackwell, 1985, p. 8.

论是农业还是航海的不幸,战争还是疾病的不幸。①

这可以举《金枝:巫术与宗教之研究》一书上的两个著名例子来说明。一个是古埃及的例子。希罗多德告诉我们,奥锡利斯的墓在埃及北部的赛伊斯城,那里有一个湖,这个神的受难故事曾经作为神迹剧夜间在湖上表演过。据普鲁塔克说,仪式的目的似乎是用一种戏剧性手法来表现寻找奥锡利斯的尸体的过程,以及找到时的喜悦,跟着就是死去神祇的复活,他是在菜园的腐殖土和香料中复生的。托勒密王朝时期刻在丹德拉神庙墙上的铭文写道:"他是从河水中生长出来的。"很显然,这一宗教仪式与尼罗河每年夏天泛滥有关,其核心就是奥锡利斯被看作并表现为谷物的化身,泛滥的河水灌溉了田地之后,他就从田里生长出来。假如河水夏天不泛滥,古埃及人就将面临重大生存危机。因此,这一宗教仪式直接关系到今生的食物和生计。②

另一个是古希腊的例子。这是一个看来不可理解的野蛮仪式,其实质其实也是与重大生存危机有关。有一家很古老的王室阿塔玛斯,其长子总是代替他的父王做牺牲献祭。柏拉图曾在谈到迦太基人杀人祭神的事后补充说,这类做法在希腊人中并不是没有,他提到在里卡悠斯山上阿塔玛斯后裔祭神的事,甚为惊恐。这个献祭与大饥荒有联系。其中说到国王的第二个妻子伊诺,嫉妒前妻的孩子,要谋害他们。为了实现她的邪恶目的

---

① Walter Burkert, *Greek Religion, Archaic and Classical*, John Raffan (trans.), p. 264.
② 参见詹姆斯·弗雷泽:《金枝:巫术与宗教之研究》,徐育新等译,第 542—545 页。

而又不致败露,她做得非常狡猾。首先,她说服全国的妇女在谷种下地以前先偷偷把谷种烤熟。于是来年颗粒无收,人民大量饥饿而死。事后,国王派遣使者到代尔菲神庙向神询问饥荒的原因。狠心的继母贿赂使者,把神的回答说成除非把前妻的孩子献祭给宙斯,否则饥荒绝不会停止。这里显然表明了一种信仰,这种信仰在原始人当中是很普遍的,就是国王要对气候和年成负责,理所当然,他要为天气失调和庄稼歉收而付出自己的生命。① 这里的献祭实际上处理的是饥荒这一全国性大危机,直接关系到人民的生存和利益。长子代替父王做牺牲献祭并没有改变事情的实质。

此外,关于死亡的祭礼、死后的风尚、禁忌和仪式,这一切处理的虽是日常但却是重要的生存危机,或者说,不可避免的生存危机。为死人操心,实际上是在为活人操心。祭祖也不过是向死人送人情,以求得活人的平安。因为在原始人的心目中,死人与活人同住一个世界。就生理事实而言,死亡是生命周期的永久结束。但在许多社会,死亡并不使死去的人脱离社会,死亡反而使死去的人取得一个新角色。一个社会的成员不只包括人们亲眼所见的人物,如果我们认为超自然和自然界截然无关,则像祭祀这种宗教习惯将永远是个谜;但我们若将这些事视为人类与不可见人物的彼此沟通互动,就能恍然大悟了。对死人的祭祀,包含对自身的安慰。"所以,在'野蛮'民族那里,对彼世,对死后生活的信仰,本质上不外就是直接对今世的信仰。"②处理死亡,无非就是处理活人的生存危机。

---

① 参见詹姆斯·弗雷泽:《金枝:巫术与宗教之研究》,徐育新等译,第424—429页。
② 同上书,第241页。

由此可见，原始宗教仪式总是与人陷于危机，尤其是陷于重大危机的生存困境密切相关。它力图妥善处理危机，使人的生存得以平安延续。正如沃尔特·帕克特所说：

> 仪式创造种种焦虑的处境以便克服它们，从而提供克服诸如此类的焦虑处境的模式；仪式以同样的方式重复又重复，以便提供主观上的安全感，感到甚至在一个重大危机中，一切均运转正常。[1]

原始宗教仪式处理重大危机的功能，在宗教仪式向悲剧的转化过程中无疑是一脉相传，起着至关重要的作用。

悲剧所源出的单独的原始宗教仪式，在古希腊和在别的地方，当然是依不同宗教和一年中不同时期的社会功能而变化的。但仪式的不断重复的核心则是同一个中心概念：牺牲献祭。这里体现了两种对立力量的斗争。agōn（古希腊悲剧中两个主要人物之间的辩论，一方极力要使另一方信服，或者两个主要人物之间的戏剧性冲突）与 agony（精神或肉体的极大痛苦、临死者的挣扎）在词源上的一致是意味深长的。对抗的两种力量可以是新年与旧年、夏与冬、贫瘠与肥沃、光明与黑暗、最后一个国王和下一朝代的国王，即两种必然的自然绝对力量，其中包含了极大的痛苦，一种面临危机的人的生存痛苦。种种生存痛苦在牺牲献祭中浓缩了，强化了，并被

---

[1] Walter Burkert, *Greek Religion*, *Archaic and Classical*, John Raffan (trans.), p. 264.

第一章 绪论：悲剧与人的生存困境

推到了极端,期望物极必反。痛苦以死亡告终,仿佛是一年一度的一次性偿还。一方被杀害,受到哀悼,因为他在这一必然的行动中牺牲了自己,而最终这一行动又是为群体的共同利益服务的。这行动一向是必然的,因为群体的利益要求这种悲伤的死。遭杀害的一年可能在新的一年的诞生中发现它的完成,它对新的一年的诞生做出了贡献。牺牲变成了简单观念上的进化。通过复活和美化,通过吉尔伯特·默雷所称的"在光荣中神的显灵",这牺牲就成了一种净化的牺牲。仪式的结束是一次节庆、一次狂欢,其原因也许是因为实现了复活的形象与另一种神圣力量的精神结合。悲剧就是起源于这种以死亡为终结的牺牲的争辩。在中世纪弥撒的牺牲仪式中,悲剧又一次产生,其含义依然包含痛苦、死亡、复活。痛苦是动力;死亡是严峻的考验;复活是目的。这是确定悲剧的三个要素。这三个阶段都是严肃的,死亡居于中心,不可改变,必不可少,是关键。[①] 亚里斯多德在《诗学》中讲到的所谓悲剧是严肃的,正是这个含义。这是一种"值得操心的严肃""高贵的严肃""高级的严肃"[②],而悲剧的实质也正可以从中见出。

　　人处于极限的生存困境、宗教仪式、悲剧三者之间的关系已经很清楚了。远古人类的悲哀、悲凉、悲怆、悲壮的情绪可以说无时不有,因而悲剧起源在先实在不足为怪。远古人类陷于危机,尤其是重大危机的生存困

---

① Walter Kerr, *Tragedy and Comedy*, pp. 34 - 35.
② F. L. Lucas, *Tragedy, Serious Drama in Religion to Aristole's Poetics*, London: The Hogarth Press, 1961, p. 31.

境,引发了以牺牲献祭为核心的宗教仪式,在这种仪式中激荡的悲之情绪、悸动、节奏、旋律,因某一机缘而促发了悲剧的萌芽。

但是,也有人否认悲剧起源与宗教仪式的关系。H. D. F. 基托认为戏剧的起源不一定出自狄奥尼索斯崇拜,可能来自其他的对神之歌队形式的崇拜。[1] 他没有否认,而只是不确定。而当代的一位批评家奥利佛·塔普林则彻底否认悲剧的仪式性渊源。[2] 他认为现代批评家关注悲剧之仪式类型的冲动出于三种原因。(1) 比较人类学研究的冲动。当人们看到在原始社会中仪式,包括半戏剧性的仪式,是如何具有极端的重要性时,就进一步期望在希腊戏剧中找到仪式类型。(2) 希望为所有有价值的人类行为寻找宗教的或者半宗教的动机。(3) 一个更现代的动机是"反文化"的欲望,强调我们生活中一切反理性的、感情冲动的、"原始的"因素。这三种原因他认为都是失之偏颇的,形成一种"仪式谬误"。他断定"希腊悲剧一清二楚不是一种仪式"[3],理由有三点。(1) 仪式的要点总是相同的:表演的目的是把繁琐的仪式程序重复得尽可能完美一致。而希腊悲剧无论在部分上还是在总体上都没有这种重复的要素。在希腊悲剧中寻找不变的仪式的要素之努力,据他所见均告失败。(2) 希腊悲剧反映和探索了现实世界的仪式,但它本身不是仪式。(3) 城邦的狄奥尼索斯节,

---

[1] H. D. F. Kitto, *Form and Meaning in Drama*, London: Methuen Publishing Ltd., 1956, pp. 219 - 220.

[2] Oliver Taplin, *Greek Tragedy in Action*, London: Methuen Publishing Ltd., 1985, pp. 161 - 165.

[3] Ibid., p. 161.

没有任何狄奥尼索斯的遗迹。这是一个节日,也是演悲剧和喜剧的场合。"希腊悲剧没有任何固有的狄奥尼索斯因素。"[1]奥利佛·塔普林从否认希腊悲剧是仪式到进而否认其与仪式的一般关系。希腊悲剧本身是不是仪式,这是另一个可以讨论的问题,我在此要指出的是,奥利佛·塔普林只从形式上来寻找理由并不妥当。希腊悲剧的仪式性主要是在精神实质上,也即在我所认为的与陷于危机的人的生存困境的关系上。奥利佛·塔普林否认希腊悲剧与仪式的关系,其理由远远不够充分。他的第三点理由的确是事实,但事实背后的原因他却没有说明。雷纳·弗里德里希曾加以说明:"在宗教背景下,精神上完全不同的内容的介入使旧的狄奥尼索斯形式转变成一种新的形式。仪式自身变成了戏剧,变成了一种普遍的形式,能适用于任何可以发展成戏剧情节的内容。"[2]旧形式变成了一种新的普遍形式,原来的遗迹当然也就逐渐消失了,而新的内容更使这种普遍形式具有了自己特有的面貌,不可同日而语了,而要在这种新的形式中寻找不变的仪式的要素当然也就越来越不可能。因此,奥利佛·塔普林的理由是不足以否定希腊悲剧与仪式的关系的。不过,塔普林的第二点理由还是颇能给人以启发。希腊悲剧本身虽然不是仪式,但它反映和探索了现实世界的仪式,依然跟现实世界中的仪式有关。也就是说,仅从这方面来看,它也跟人处理人的极限生存困境的努力有关。

---

[1] Oliver Taplin, *Greek Tragedy in Action*, p. 163.
[2] James Redmond (ed.), *Drama and Religion*, p. 187.

第五节　关于悲剧世界终极力量的诸种观点述评

想象一种悲剧就是想象一种生存困境。人从生存困境中编织出悲剧，同时他又无可选择，总是要置身于生存的陷阱中；每一种悲剧都在编织该悲剧的民族周围画出一道魔圈，任何人都无法逃出这道魔圈。随着人和社会的发展，随着时代的推移，人会陷入不同的生存困境，即从一种生存困境走进另一种生存困境，从一道魔圈跳入另一道魔圈。

因此，人的生存困境与悲剧的关系，不仅应从悲剧起源的角度来看，而且应从悲剧世界中的终极力量的高度来看，也就是说，要从范式的高度来看。在西方悲剧理论史上，不少理论家和批评家曾对悲剧世界中的终极力量做出种种解释，我在本绪论的开头谈范式时曾提到过。这些范式都或多或少对悲剧世界的终极力量做出了自己的解释，但显然并不能令人满意。在此，我仅对三种范式作一番剖析。这三种范式是：(1) 命运范式；(2) 黑格尔的伦理实体自我分裂与重新和解范式；(3) A. C. 布拉德雷的最终道德秩序范式。

亚里斯多德认为英雄人物陷于厄运是因为有哈马提亚(hamartia)。后人对哈马提亚大致持两种看法，一种把它解释为"道德上有缺点"，一种则说是无意的见事不明。无论哪一种符合亚里斯多德的原意，我们都可以看出，他谈悲剧并不关注悲剧世界的终极力量。这一点在他谈悲剧不谈命运上也可以看出，《诗学》中只有两处隐约提到命运。第 18 章谈悲剧四种类型,其中一种是苦难悲剧,如《埃阿斯》和《伊克西翁》;第 24 章谈史诗须照悲剧那样分类,其中一种是苦难史诗,如《伊利亚特》是简单史诗兼苦难史诗。① 古希腊人认为苦难大多由命运造成,因此谈苦难就隐约涉及命运。命运是任性的、偶然的、神秘的、非理性的,与普遍真实无关,这也许是亚里斯多德谈悲剧不谈命运的主要原因。但是历来有许多人用命运来解释悲剧,尤其是希腊悲剧。命运的基本特点是不可以理性说明和无法抗拒。在荷马的史诗中,宙斯手持一架金天秤,当阿基利斯与赫克托打仗时,天秤的倾斜指明赫克托注定要死。宙斯同情人,为人悲伤,但他只能按照注定采取行动。照沃尔特·帕克特的说法,这就是后人所理解的命运问题的出现,即 moria 或者 aisa。② moria 或者 aisa 不是一个人,不是一个神或者一种力量,而是一个事实。这词的意思是命中注定(portion),在时间和空间中划定了界限。对人来说,最重要的也是最痛苦的界限是死亡:这就是他的受到限制的命中注定。超越某种限制并非不可能,但结果依然是可悲的。帕克特还谈到,宙斯有力量自行其是,但其他的神不赞成这样做,因此宙斯也就不能自行其是,就像一个精明的统治者不会使用他的真正权力去侵占由风俗建立的领域。帕克特的看法应当说揭示了"命运"一词的本义。意外、偶然性,不是命运。命运就是注定,但又并非一切人类行为都是注定的。批评家 E. R. 多兹说过:"在荷马和索福克勒

---

① 亚里斯多德:《诗学》,罗念生译,人民文学出版社 1962 年版,第 60、85 页。
② Walter Burkert, *Greek Religion*, *Archaic and Classical*, John Raffan (trans.), pp. 129 - 130.

斯的作品中,神对事物的预见均不意味着一切人类行为都是注定的。"[1]对此,后人往往多有误解。多兹在讨论对《俄狄浦斯王》的各种误解的文章中所归类的第二种误解就是"命运悲剧"的误解:《俄狄浦斯王》一剧证明,"人如果没有自由意志,那就只是扯线的神手中跳舞的木偶"[2]。多兹这里指出的这种误解,恐怕是认为命运是悲剧世界中的终极力量的人的一种普遍观点。这种观点把悲剧世界中的终极力量归之于神,或者某种不可知的神秘力量。这在原始人、古希腊人看来是很自然的,但在现代人看来是不能令人满意的。这种观点只是将终极力量神秘化,而无力对这种神秘做出解释。命运是一种印象、一种事实,导致这种印象和事实还有更深的原因。命运的神秘性留有原始人神话思维的遗迹,是与原始人对陷于危机的生存困境的敬畏感和神秘感相联系的。原始宗教仪式本身就带有一种以痛苦和牺牲来处理危机的神秘愿望。没有命运的神秘性,也就没有古人的悲剧意识。A. C. 布拉德雷说:"如果悲剧不是一种痛苦的神秘,那它就不成其为悲剧。"[3]这话是说得不错的。命运就是人在不可抗拒的生存困境中苦苦挣扎时产生的悲的情绪和心境的一个总结。在此意义上可以说,人理解命运的努力是与理解生存困境的努力相关的。可见,命运并不是悲剧世界中的终极力量。而且,命运观念只关心注定,却忽视了人的自由。人在处理陷于危机的生存困境时是有充分自由的。正如多兹所

---

[1] E. Segal (ed.), *Greek Tragedy*, Oxford: Oxford University Press, 1983, p. 182.
[2] Ibid., p. 183.
[3] A. C. Bradley, *Shakespearen Tragedy*, London: Macmillan, 1985, p. 28.

指出的,俄狄浦斯受命运束缚,但是他在舞台上的行动自始至终是自由的。"俄狄浦斯毁灭的直接原因既不是'命运'也不是'神'——神谕没有说他必须发现真相——也更不是他自己的弱点——招致他毁灭的是他自己的力量和勇气,他对忒拜城的忠诚,对真理的真诚。他是个自由的行动者,自残和自我放逐也都是自由的选择。"① 不仅俄狄浦斯如此,悲剧世界中的主人公大多如此。

黑格尔也拒绝把命运看作悲剧世界的终极力量,而他的理由则与亚里斯多德相似。他为终极力量找到了一种纯理性的解释,也就是说把这种解释纳入了他的哲学体系。他认为悲剧世界中的终极力量是理念,具体来说,是理念在伦理领域的最高体现,是客观存在、普遍合理的社会道德力量的实体,也即伦理实体。伦理实体分裂成两种互不相容的伦理力量,造成两善两恶或者两均善恶兼容的冲突,结局或以灾难告终,或归于和解,但其道德含义都一样:由个人体现的冲突力量的双方均被扬弃,重新达到和谐。黑格尔从他预想的包罗万象的哲学体系由先验的绝对精神推演出一套悲剧理论,对悲剧世界中的终极力量做出纯粹理性的说明。然而,水至清则无鱼,纯粹理性的悲剧世界中不复有悲剧人物可言。黑格尔彻底排斥了命运的神秘性,同时也完全忽略了悲剧世界中的人的苦难,不谈悲剧人物忍受苦难的情形,以及在苦难中挣扎的意义,这样也就抽掉了悲剧的精髓。② 他的作为终极力量的理念,只关心伦理力量的普遍性和

---

① E. Segal (ed.), *Greek Tragedy*, p. 183.
② 参见朱光潜:《悲剧心理学》,张隆溪译,人民文学出版社1983年版,第122页。

合理性,而不关心人在悲剧世界中的自由意志,以及个人的野心、情欲、力量、勇气等。由此推演下去,黑格尔自然也就不赞成近代悲剧越来越主观的倾向。黑格尔关于悲剧世界终极力量的观点显然是有缺陷的,他的伦理实体并没有解释清楚人陷于极限生存困境的根本原因,也没有为陷于极限生存困境的人的行动自由和意志自由留出充分的余地。精神为精神所束缚,这是耐人寻味的。

英国文学批评家和著名的莎士比亚学者 A. C. 布拉德雷是黑格尔悲剧理论的阐述者,其观点影响深远,他称黑格尔是自亚里斯多德之后唯一以独创而深刻的方式谈论悲剧的哲学家。不过,他对亚里斯多德和黑格尔的悲剧理论也有自己的看法,一方面他不满于亚里斯多德的哈马提亚说,另一方面又对黑格尔的伦理实体论作了补充和发展,提出了自己对悲剧世界中的终极力量的看法。他指出,悲剧主人公在某种意义上注定在劫难逃,他们的过失无论怎样重大,都远非他们所遭受的一切痛苦的唯一的或充分的原因。因此:"在这个悲剧世界中,不论个人怎样伟大,不论他们的行动看上去多么具有决定性意义,他们显然并不是终极力量。"[1]他认为:"悲剧世界中的终极力量是一种道德秩序。"[2]这种终极力量既不是一种正义或仁慈的法则或秩序,也不是恶毒和残酷的或者对人类的幸福和善行盲目和漠不关心的命运。这种终极力量与命运仅有表面的相似,它

---

[1] 古典文艺理论译丛编辑委员会编:《古典文艺理论译丛》第三卷,人民文学出版社1962年版,第51页。
[2] 同上书,第58页。

是对整个体系或秩序的一个神话式的表现。A. C. 布拉德雷所说的道德秩序的特征是具有"一种十足的必然性,它既全然不管人类的幸福,也全然不管善恶之间、是非之间的区别"①。所谓"道德的"这个词的含义是:"这种力量并不表明自己对于善恶是漠不关心的,或者对于善恶是赞成的或不赞成的,而是表明自己对善接近,对恶疏远。"②他进一步指出:"如果在一种秩序中生存是依靠着善,如果恶的出现是敌视这种种存在的,那么这种秩序的内在本质或灵魂一定是接近于善的。"③在他看来,悲剧世界中的终极力量就是一种道德力量。悲剧其实就是善白白被糟蹋。④ 布拉德雷提出了善白白被糟蹋的观念,这是他对黑格尔伦理实体论的一个发展。这观念包括了苦难的观念,同时还引入了精神冲突的观念,肯定了人在苦难中的自由意志。悲剧世界中的主人公在苦难中并不是消失在虚无里,而是消失在自由之中,他们在遭受痛苦和糟蹋自己的同时,道德秩序也遭受苦难和糟蹋自己,结果,"不仅丧失了恶,而且还丧失了无比珍贵的善"⑤。总之,布拉德雷的终极力量是与善密切相关的。这依然是一种伦理的终极力量,虽然苦难的观念是合理的,善白白被糟蹋的观念也切入了人的极限生存困境,但这种以对善接近、对恶疏远为核心的道德秩序作为悲剧世界中的终极力量并不适当。英国批评家海伦·加德纳女士就曾指

---

① 古典文艺理论译丛编辑委员会编:《古典文艺理论译丛》第三卷,第56页。
② 同上书,第59页。
③ 同上书,第60页。
④ 同上书,第61页。
⑤ 同上书,第62页。

出:"这一推论看来是不适当的。一种对伊阿古的存在感到如此不耐烦,竟不惜以奥赛罗和苔丝德蒙娜的毁灭为代价来把他除掉的'终极力量',是否'与善的关系更为紧密',是值得怀疑的。"①为了清除恶而过分牺牲善这是否合理暂且不论,A.C.布拉德雷用道德秩序来解释悲剧世界的终极力量,则跟黑格尔一样,依然停留在玄思冥想的境界,并未从既是神话又是现实,既是历史又是未来的人的生存中去寻求解答,无疑是不能令人满意的,尽管在某些方面不无真知灼见。

第六节　作为悲剧世界终极力量的人的生存困境的张力

那么究竟什么是悲剧世界中的终极力量?根据我前面的有关论述,我想提出另一种解释,当然我并不认为这就是关于悲剧世界中终极力量的终极解释,但至少有可能为解决这一极其困难的问题打通一条新的道路。我认为,归根结底,悲剧世界中的终极力量是不可避免地时时陷于危机,尤其是重大危机的人的生存困境的张力,简言之,是处于极限的人的生存困境的张力。确切些说,这种力量是由人的极限生存困境激发出来的,是由极度的苦难和高贵的责任激发出来的,这种力量迫使人们设法冲出困境,走向更美好的生存。就群体(族群、种族、民族、社会文化共同体等)为了生存和延续而言,这种力量是终极的。处于极限的人的生存困境

---

① 海伦・加德纳:《宗教与文学》,沈弘、江先春译,四川人民出版社1989年版,第19页。

的张力决定了悲剧世界的主人公要经受苦难和牺牲,行动者必须受苦;同时又决定了他必须要有为人的生存,为了使人有处理危机的信心,为了使人的生存得以绵延不绝而付出代价的勇气。古希腊悲剧在这方面是很明显的例证。法国研究古希腊悲剧的学者让-皮埃尔·威尔南在《〈俄狄浦斯王〉谜语结构的双重含义和"逆转"模式》(1968)一文中详细考证了俄狄浦斯的国王和替罪羊双重身份的仪式根源,确定了悲剧主题与作为解决生存危机的方法的驱逐"替罪羊"之间的关系。索福克勒斯的这部悲剧一开场就是宗教仪式场面,人们把缠着羊毛的请愿树枝安放在阿波罗的祭坛前,希望驱除城邦正在遭受的瘟疫。忒拜遭受的瘟疫,据传统解释,它表现为繁殖力的衰竭:土地颗粒无收,牲畜不再繁殖,女人不育,一场恶病带来生灵的大量死亡。这些被看成一种严重的污染,实质上就是一种陷于重大危机的生存困境,人的生存的正常进程受到了严重威胁。而俄狄浦斯在剧中是以"罪恶""污染"的面目出现的。他一出场就无意中为自己的"替罪羊"身份下了定义,他对请愿的人们说:

> 我知道你们大家很痛苦,但是,没有一个人比我更加痛苦。因为你们每个人只为自己悲哀,不为旁人。而我的悲痛却同时是为城邦,为我自己,也为你们。

这种半神的国王和替罪羊的双重身份是有着普遍意义的。英雄是人类状况的典型形象。他是生存的掌握者,也是生存的承担者,他必须同时承担生存的罪恶和污染。英雄、子民的净化者和拯救者与肮脏的罪人合为一体。为了挽救城邦,使它重新纯洁,为了使生存得以延续,必须像赶走一只"替罪羊"一样将他驱逐。悲剧不在于俄狄浦斯是否有过失,而在于这是人的生存困境中不可避免的牺牲。[①] 欧里庇得斯的《酒神的伴侣》则是一个生育仪式的神话反映,人的生存困境被凝聚在生殖力的盛衰强弱这一点上,人的献祭被当作生殖力之源、集体净化之源。集体净化正是希腊悲剧的特征。G. L. 狄金森在《希腊人的人生观》一书中说:"总之,莎士比亚给予的是人生的多方面的表现;希腊戏剧家给予的是一种解释。但是这不单是个人对自身的解释,也是作为民族传统和信念的表现。他叙述的采取行动和充满激情的人都是类型和范例,这是一方面;另一方面,这又是对他的种族的警告。"[②] 希腊悲剧与人的生存困境的关系是直接而密切的。

莎士比亚悲剧又如何呢?是否仅仅是人生的多方面表现而已?莎士比亚悲剧富有生命力难道不正是因为与人的生存困境密切相关,与希腊悲剧一脉相通?在这方面,弗兰西斯·弗格森的研究取得了令人瞩目的成果。他在《戏剧的观念》的第四章中指出,在《哈姆雷特》一剧中:"种种壮观场面都是国家的、军事的、宗教的仪式;卫兵的替换、丹麦宫廷的朝拜、奥菲莉亚的葬礼……在这些仪式的时刻,情节线可谓集合到了一起;

---

① 陈洪文、水建馥选编:《古希腊三大悲剧家研究》,中国社会科学出版社 1986 年版,第 496—527 页。另见 E. Segal (ed.), *Greek Tragedy*。
② G. L. Dicknson, *The Greek View of Life*, London: Greenwood Press, 1959, p.132.

争论被悬搁起来,我们想起了一切均类似标柱的传统社会价值。"①从这个意义上看,这部戏不只是哈姆雷特个人内心的表现,种种仪式场景为我们展现了潜在的全部主题。弗兰西斯·弗格森认为:

> 如果人们考虑到出现在戏中的一系列仪式场景,那就很清楚,它们是被用来将人们的注意力集中到丹麦国家的政治和它的潜藏的弊端的:它们是对社会安宁福利的仪式性祈祷,是拯救社会的世俗的或宗教的手段。②

弗兰西斯·弗格森还区分了"仪式"和"即兴",指出《哈姆雷特》既是仪式又是个人的即兴创作。这为分析悲剧提供了很有价值的观点。弗兰西斯·弗格森证明了莎士比亚的悲剧《哈姆雷特》关心的是社会共同体的昌盛幸福,这是令人信服的。哈姆雷特在丹麦国土上努力清除罪恶和腐败,就是要净化这个社会,使社会得以正常发展,使人的生存得以正常延续。克劳狄斯的死是净化的后果,而哈姆雷特的死则是一个英雄必然的牺牲。可见,莎士比亚的悲剧是与希腊悲剧相通的。弗格森说:"莎士比亚的观众,像索福克勒斯的观众一样,他们接受其戏剧不仅仅是把它们当作一个激动人心的故事,而是当作人类生活的'神秘的仪式'(celebration of the

---

① Francis Fergusson, *The Idea of a Theatre*, p. 113.
② Ibid., p. 114.

mystery)。"①不仅《哈姆雷特》如此,《麦克白》也具有同样的意义,戏的结局清清楚楚表现了罪恶的涤除和生存的正常秩序的恢复。至于《李尔王》,罗柯·蒙塔诺在专著《莎士比亚的悲剧观念》中的第 11 章《李尔王与人类痛苦的实例》中指出:"莎士比亚关怀的仅仅是人类状况的诸方面,以及与之相关的诸价值。"②《李尔王》实际上是莎士比亚对痛苦(grief),对它的无可压制的存在,对它的肯定的价值的沉思默想。"③《李尔王》的结局是奥尔本公爵当上了不列颠的国王,但这是在高纳里尔、里根、爱德蒙的罪恶被清除,李尔王和考狄利娅相继去世后实现的。李尔王的痛苦不是一个失去权力和儿女之爱的老国王的痛苦,而是普遍的人的生存的痛苦。由此可见,希腊悲剧和莎士比亚悲剧都与人的生存困境的张力密切相关。

人的生存困境的张力,从另一种意义上说,是人的生存困境与人的两种基本的生的愿望的冲突:一种是实现人自我完善的自由生存的愿望,另一种是达到一个和谐安宁的生存处境的愿望。前一种是人的自由,后一种是人的幸福。合而言之,就是人的生存的真正的真实性。说到底,冲突是人与其生存困境的冲突。人的内在的真实处境和外在的真实处境时时与人的生存的真正的真实性处于冲突之中。不用说,这冲突在悲剧世界中不是简单直露的;同时,生存困境中人的行动也具有不同的诸层面,这

---

① Francis Fergusson, *The Idea of a Theatre*, p. 114.
② Rocco Montano, *Shakespeare's Concept of Tragedy*, Chicago: Gateway Editions, 1985, p. 245.
③ Ibid., p. 253.

决定了悲剧世界必然是一个丰富生动的世界。

人的生存困境又总是具有双重性:一般的形而上的生存困境,特殊的形而下的生存困境。前者决定了悲剧世界的共性,后者决定了各时代悲剧的个性。各时代的人的生存困境有一脉相承的一面,面临共同的问题;但一代人有一代人的生存困境,有些起了一些变化,有些则起了根本的变化。这在世界文化两个时代的交替时期尤为明显。同时,随着文明的发展,人也不断层层束缚自身。大致说来,人的生存困境有自然困境、社会困境、精神困境和人本体困境。而这些困境又是互相联系、互相渗透的。人觉醒以前与人觉醒以后的生存困境是不同的;人竭力企求自我完善时的生存困境与人感到人的本性失落后的生存困境是不同的;在有上帝时的生存困境与上帝死了之后的生存困境是不同的;在人对自身的无意识和集体无意识有了认识之后的生存困境当然更不会与前面几种生存困境相同。

现代人的生存困境与以往的种种生存困境相比,已经起了更深层的根本变化。这与现代人对人本体的思考有关。现代人对生存困境的形而上思考更深广幽远。现代人不仅感受到了死的痛苦,更体味到了生的形而上的痛苦。现代人看待生存困境的哲学眼光起了变化,这变化了的眼光同时投向人的社会困境、精神困境和人本体困境,最终将焦点集中在人本体困境之上。要而言之,现代人的生存困境是人的本体论上的生存困境。人的自由与幸福,只有走出人本体的生存困境才可以最终获得,然而,人又永远摆脱不了生存困境,更无法最终走出人本体的生存困境。这是人在本体论上的二律背反。人无法逃离这生存的悖论，只能从困境走入困境。正是在这层意义上，可以说，悲剧是永恒的，而就在这种永恒性中，方能见出人的生命的真谛。人总是渴望走出困境或超越困境，明知前面还是困境，仍然毅然前行，人正是在不断奋力冲决困境的痛苦挣扎中体验到了属于人的一切，体验到了自身无尽的价值。如果说，传统悲剧在作为微观世界的舞台上集中展现了人在处理陷于极限危机的生存困境时所经历的苦难、痛苦、牺牲和所表现的执着、顽强的生存勇气，那么现代悲剧则在更为开放的舞台上，集中展现了现代人在处理人本体生存困境时的难以言说的形而上痛苦和绝望中的希望。现代悲剧可以说使得人在肉体和心灵的生存空间和生存时间上得到了审美的和形而上的拓展和绵延。

总而言之，处于极限的人的生存困境的张力既是悲剧兴起的根源，又是悲剧世界中的终极力量。这就是我提出的解释悲剧的一个新范式。不用说，这远远不是一个理论，而仅仅是一个有秩序的框架。本论稿的主要目的，就是要在这一有秩序的框架中对西方现代悲剧作出解释，从而努力勾勒出西方现代悲剧实践的基本面貌，并对现代悲剧理论的确立做一些探索。

第二章　西方悲剧的两大传统

顾名思义,西方现代悲剧是西方悲剧在现代的一个顺理成章的发展和结果;不用说,西方现代悲剧无论在形式还是内容上,都有着不同于传统悲剧的显著特点,但这并不妨碍它与西方悲剧传统有着各种紧密的联系。悲剧是西方特有的戏剧现象和文化现象,是共同的希腊-基督教传统所形成的西方文明的一种特殊表现。雷蒙德·维廉斯指出:

> 悲剧这个名称是顺着一个漫长的欧洲文明传统而来到我们这里的,不难看出,这个传统以一种重要方式持续着,如此之多的后来的作家和思想家历来都意识到前驱者,并历来认为自己是在对一种共同的观念和形式做出贡献。[1]

---

[1] Raymond Williams, *Modern Tragedy*, Stanford, Calif.: Stanford University Press, 1966, p. 16.

悲剧本身是这个文明的一部分，悲剧同时又是"这种文化连续性的最简单和最有力的说明"①。显而易见，这种文化连续性正是西方现代悲剧与传统悲剧的联系的基础。因此，了解西方悲剧的两大传统——古希腊悲剧传统和莎士比亚悲剧传统，也即对过去做出选择、解释和评价，是选择和评价西方现代悲剧的必要前提。

第一节　古希腊悲剧传统

　　悲剧是古希腊人对人类文明独有的贡献。记得有人说过，没有悲剧的文明是不完全的文明。处在西方文明源头的古希腊悲剧，是古希腊文明发展的一种内在需要，一种必然的需要；同时，悲剧也是古希腊文明逐步成熟的产物。2500年以前，在古希腊这块土地上，在古希腊文明范围内，古希腊悲剧经历了一个诞生、发展、鼎盛、衰亡的过程。这是一个完整的过程，古希腊悲剧传统就是在这个过程中形成的。

　　古希腊悲剧起源于酒神狄奥尼索斯崇拜和祭祀酒神的颂诗合唱队的民间歌舞。这一点对于古希腊悲剧传统的形成至关重要。英国著名古典学者吉尔伯特·默雷在谈到狄奥尼索斯崇拜时指出：

　　　　古代宗教担忧的中心问题，是关于来年的食粮。狄奥尼索斯，即

---

① Raymond Williams, *Modern Tragedy*, p. 16.

"小宙斯",解答了这个问题。他是"天空"和"大地"相结合的产儿,取代了旧历年的已废的宙斯。小宙斯是无穷无尽的神秘的生命力的化身,显现在春天草木鸟兽的新生中,显现在万物皆枯而永葆青春的常绿树中,也无疑显现在酒酣耳热后无以言表的奇妙的生机中。春神经常以神秘的婴孩形象出现,它是个被弃在草原上、树林中或羊群中的婴孩,但是后来被辨认出是神和人世的公主所生的儿子。赤子下凡,拯救人世,建立自己的王国。新种的五谷到了秋收时分,就要收割,遭受一次"分离"(sparagmos)、脱谷成粒的过程,包括一次死亡和哀悼仪式。①

狄奥尼索斯崇拜替代老宙斯崇拜这一点看来很关键。狄奥尼索斯崇拜涉及生命的循环:新生、成长、成熟、衰亡、再生;涉及春去夏来、秋尽冬至的季节更替;而他又确保了春天的复苏。这一崇拜更切合国家的需要,也更切合普通人民的仪式心理和世俗心理。可以说,这两方面的汇合切合了社会的根本内在需要。后来的希腊民主政治为此提供了一个公共的人文环境。基于此而诞生的希腊悲剧也就理所当然成为国家祭典。

狄奥尼索斯崇拜的精神还具有另一方面。狄奥尼索斯是酒神,也是林神,这二者在古希腊民间文化中是狂喜精神的化身,代表了一种超越理智的冲动力,这种冲动力能使人升华,给人以力量和幸福,并使不朽的灵

---

① 吉尔伯特·默雷:《古希腊文学史》,孙席珍等译,上海译文出版社 1988 年版,第 19 页。

魂摆脱肉体的羁绊,超凡入神。狂喜精神与宗教精神的结合才构成了完整的狄奥尼索斯崇拜。从另一层意义上说,这是国家祭典与民间文化的结合,这使狄奥尼索斯崇拜获得了普遍的品格。公元前7世纪,狄奥尼索斯崇拜开始流行于希腊,它尤其为普通人民所喜爱,被认为能把信仰者从个人不幸中解救出来。这又使民间文化与国家祭典有了相通之处。因此,狄奥尼索斯崇拜中的哀悼与狂喜,把悲哀、绝望和陶醉、迷狂结合到了一起。这种精神在颂诗合唱队的歌舞向悲剧的演变、转化过程中以及在希腊悲剧传统的形成过程中无疑起着主导作用。

狄奥尼索斯崇拜精神是希腊悲剧传统的起点,但是,在希腊悲剧传统的初始期,还有另一个重要的方面,这就是形式问题。找到一种适当的形式,是悲剧赖以确立和发展的根本和必要条件。从仪式演变成悲剧是希腊社会和希腊文明的需要;需要是群体的内在呼唤和诉求,条件则有待凭机缘由个人创造。第一个对悲剧形式做出贡献的据说是累斯博士人阿里翁(约生于公元前700年),他使舞蹈者扮成半人半山羊神(萨提尔)的歌舞形式的酒神颂歌具有了戏剧特点。阿里翁的第一个成就是首先把萨提尔的化身"潘"(Pan)的意识与古老的狄奥尼索斯赞美歌结合到了一起。阿里翁的第二个成就是他在抒情表演的过程中加进了日常说话的台词,更进一步,这些诗行包括了歌队与歌队领队的对话。阿里翁作为歌队领队登上舞台中央神圣的祭坛,一面表演狄奥尼索斯受难的样子,一面回答歌队队员的问话。演员的早期名称就是答话者(Hypocrites)。歌队队员向他们的领队(歌队长)发问,要他解释仪式的特点和所叙述的故事的特

第二章 西方悲剧的两大传统

点。这样的对话毫无疑问涉及神在大地上的冒险生活的各种事件。从这种表演中可以看出表演者变自身为他者、对话以及情节等各种戏剧要素的萌芽。于是，酒神颂成了山羊之歌（tragoidia），也即成了悲剧。亚里斯多德正是在这层意义上说，悲剧是即兴之作；悲剧源自酒神颂的领唱者。[①]可见，阿里翁的作用，或者阿里翁们的作用，是非常关键的，由酒神颂转化而来的悲剧由此逐渐获得了独立性。

　　希腊悲剧传统的精神和形式两个方面，至此已初见端倪。歌队队员与歌队长的问答既是国家祭典的集体解释，又为悲剧形式的发展指明了道路。但是，歌队长的对答是叙述而非表演，对话的插入也完全是外在的，而且主题总是某些与狄奥尼索斯有关的事件。在悲剧能够进入自由发展之前，有两大变化是必需的：(1) 插入的对话中非个人化的代言体的表演，即演员的运用。(2) 允许酒神颂诗人采用任何题材。公元前534年，城市酒神大节的各项活动中增加了悲剧演出竞赛。这一年是希腊戏剧第一个有确切记录的年份。这第一次悲剧竞赛的冠军得主雅典人忒斯庇斯（约公元前6世纪希腊悲剧家）首先采用第一个演员来演悲剧，而他自己正是第一个为世人所知的演员。这第一个演悲剧的演员可以和歌队长对话，并用面具来改变身份，轮流扮演几个人物，当他离开舞台去化装成另一人物时，则由歌队用歌唱和舞蹈来填补这段空档，从而使整个演出获得统一。这时的悲剧演出，由于需要一个可以给演员化装的地方，把圆

[①] 亚里斯多德：《诗学》，罗念生译，第15页。

形乐队席移到一旁,搭起一个棚子,棚子的前部可作表演之用,旧的环形歌队也变成了悲剧里的正方形合唱队,这样,全体演出者被围于半圆形观众席之中,从而确立了希腊悲剧的剧场样式和演出方式。不用说,只有一个演员的悲剧演出是相当简单的,直到埃斯库罗斯首先增加第二个演员,才有了正式的对话,才有了对立人物面对面的冲突和人物性格的表现;后来索福克勒斯首先增加第三个演员,使得悲剧的情节更加复杂。但是忒斯庇斯完成了悲剧得以自由发展的第一个变化,不可或缺,功不可没。

第二个变化来得比较晚些,但至少早在忒斯庇斯之后的一位重要悲剧诗人佛律尼科斯那里,我们已经可以发现悲剧的题材取自狄奥尼索斯传说之外的来源。他的悲剧《腓尼基妇女》(公元前476年上演)写波斯国王薛西斯在萨拉米海湾吃败仗,另一出悲剧《米利都的陷落》写希腊人的殖民城邦米利都于公元前494年被波斯国王大流士攻陷。据说当时的观众抱怨这种革新:"这跟狄奥尼索斯有何相干?"自此,悲剧题材突破了酒神受难传说的局限,希腊神话尤其是英雄传说成为悲剧题材的主流。同时,荷马史诗的悲剧性得到认同,荷马史诗中许多戏剧性的对话成为希腊悲剧对话形式的主要来源之一。埃斯库罗斯就曾说过,他的悲剧只不过是荷马史诗宴席上的小菜一碟。

在希腊悲剧传统形成的初期阶段,还有一点值得一提,这就是普刺提那斯发明了萨堤洛斯剧。普刺提那斯写了50出剧,其中32出是萨堤洛斯剧。悲剧歌队在他们以露出真面目的萨提尔出现之前,可更换三次服装,也就是说演出三部悲剧,这样与随后的萨堤洛斯剧一起就组成了完整的古希腊的四联剧。萨提尔以古怪而旧式的丑角进行的滑稽表演,出现在三部悲剧结束之后。这个惯例一直延续到欧里庇得斯写悲剧的中期,他的《圆目巨人》就是一出现存的萨堤洛斯剧。

从某种意义上说,希腊悲剧诗人都是实验者和革新者,后来者为了在悲剧竞赛中获胜,获得一个艺术家的荣誉,以免失败而蒙受羞辱,竭力不模仿前人,力图在形式和内容方面有所突破和创造,总是充满了革新和实验精神。这种精神对于发展和丰富希腊悲剧传统无疑起着举足轻重的作用。以表演动作为主的演员的增加和悲剧题材的扩展是相辅相成的,由此确立和丰富了希腊悲剧传统。德国学者 G. A. 施克指出:"对希腊悲剧以及整个戏剧史来说有决定性意义的是埃斯库罗斯采用第二个演员这一步骤。"[1]同时他也指出,埃斯库罗斯在悲剧题材和内容方面也起到了先导作用,这种作用可以归结为三个因素。"这就是戏剧情节及其无穷变化的可能性;美学形式即歌队和情节间的某种关系;最后是尽管有各种宗教束缚仍取尘世上的题材。埃斯库罗斯以此指明了悲剧继续发展的方向。"[2]施克从形式和内容两方面肯定了埃斯库罗斯在建立希腊悲剧传统上的重要作用。但是,独特的古希腊悲剧形式固然重要,然而更重要的是古希腊悲剧的题材和内容。从某种意义上说,谈古希腊悲剧传统其实就是谈古希腊三大悲剧家在他们的作品中所描述的悲剧世界。英国著名的古希腊悲剧研究专家基托在他早期的著作中着重探讨古希腊悲剧的内容,有些

---

[1] 陈洪文、水建馥选编:《古希腊三大悲剧家研究》,第530页。
[2] 同上书,第536页。

批评家说他没有说明戏剧家安排他的戏的形式和风格。后来他写了《戏剧结构和戏剧意义》一书来弥补这一点。他在此书的序言中指出,这其实就是要回答两个问题:戏剧家"说"了什么,戏剧家怎样说他所"说"的东西。[①] 其实,他在这本书里着重谈的依然是内容,说明形式和风格只是为了更好说明内容。古希腊悲剧传统对后世的影响也主要在内容,更确切些说,因独特的艺术形式、风格、技巧使之更具有力量的内容。此外,还应从另一方面看到,希腊悲剧传统的形成和发展处于希腊文明发展的大氛围之中,换言之,它有一个文化大氛围。这大氛围包括前面提到的宗教方面的狄奥尼索斯崇拜,还有希腊神话和英雄传说,荷马史诗传统,萨福、西蒙尼得斯、品达等人的抒情诗传统,苏格拉底之前的希腊哲学,以及城邦民主政治。这些都直接影响对悲剧题材的选择、把握、解释和发明。其中,希腊神话和英雄传说是悲剧题材的主要来源,也是悲剧家表达自己的思想和所发现的各种意义的形象依托。而荷马史诗则影响了悲剧的文学性,文学性实质上就是严肃性,不仅是形式的严肃性,也是内容的严肃性。没有荷马所达到的文学水平,恐怕不会有后来的三大悲剧家。文学性与悲剧表演的结合产生了一种光辉的艺术。希腊悲剧始终在舞台上坚持住了文学性,或者说,坚持住了悲剧精神的严肃性。

到了公元前 5 世纪,希腊悲剧在缓慢的发展成型之后进入了鼎盛时期,出了三大悲剧家:埃斯库罗斯、索福克勒斯、欧里庇得斯。他们三位,

---

① H. D. F. Kitto, *Form and Meaning in Drama*, "preface".

第二章 西方悲剧的两大传统

是众多希腊悲剧诗人中的佼佼者，也是幸运者，在数以千计的悲剧作品中，只有他们三位有完整的作品流传于后世。他们流传至今的 32 个悲剧作品代表了古希腊悲剧的伟大成就，也是希腊悲剧传统成熟的标志。

为了弄清希腊悲剧传统的实质，对三大悲剧家的作品做一概观，当不为多余。

埃斯库罗斯（公元前 525—前 456）是有作品留存于今的最早的悲剧家。他于公元前 499 年开始参加悲剧竞赛，未能获奖，直到公元前 484 年才获得头奖。此后又得过几次头奖。他写过 90 部悲剧，79 个剧本留有剧名，但流传下来的只有 7 部。

他的第一个剧本《乞援人》是一个三联剧中的一部。剧本的题材是一种原始题材。乞援人指的是达那斯的 50 个女儿，因为不愿跟埃及波塔斯的 50 个儿子结婚而逃到阿耳戈斯。她们恳求阿耳戈斯国王珀拉斯戈斯保护，珀拉斯戈斯认为重大事情须取得人民同意才能做出决定，于是就把这问题提交民众讨论，结果他们接受了乞援人的要求，拒斥了傲慢的埃及使者。

《波斯人》是一个三联剧的第二部，第一部名为《非尼厄斯》，第三部名为《格劳喀斯》。《波斯人》一剧模仿了佛律尼科斯的《腓尼基妇女》，是现存的唯一以当时现实为题材的希腊悲剧。此剧描写波斯薛西斯远征希腊的海军在萨拉米海湾全军覆灭，从而反衬出希腊人的伟大胜利。在这部悲剧里，诗人抨击东方的专制和奴役，赞扬雅典的民主与自由，歌颂抗击波斯侵略者的希腊人。

《七将攻忒拜》是一个三联剧的第三部,第一部和第二部分别是《拉伊俄斯》和《俄狄浦斯》。《七将攻忒拜》的题材取自俄狄浦斯英雄传说。此剧描写两个亲兄弟即俄狄浦斯的两个儿子波吕涅刻斯和忒拜王厄忒俄克勒斯因争夺王位而打仗的故事。流放的波吕涅刻斯带着外邦的军队包围、攻打忒拜,厄忒俄克勒斯竭力保卫城邦,结果两兄弟互相残杀而终。诗人在剧中把波吕涅刻斯作为叛徒来处理,竭力反对侵略战争。

《普罗米修斯》是一个三联剧的第一部,后面两部是《解放了的普罗米修斯》和《盗火者普罗米修斯》。《普罗米修斯》一剧的题材取自希腊神话。悲剧英雄普罗米修斯是为人类造福的伟大战士,他反抗统治世界、蓄意制造毁灭人类的祸害的强大暴君宙斯,教导人类走向文明和繁荣的生活,尤其是他盗取宙斯的神火,把它送给人类。他因此得罪了宙斯,宙斯将他绑在高加索风雨侵蚀的峭壁上,并以威胁和酷刑来折磨他,企图逼他屈服。但是,普罗米修斯始终不愿背弃人类而屈服于不正义的天神,也不愿意说出那关系到宙斯的命运的秘密,即如果宙斯同某位女神结婚,他将被那位女神所生的儿子推翻。这个三联剧的另外两部已经散失,可能的结局是宙斯最后认为普罗米修斯的所作所为都是正当的,从而以和解告终。

三联剧《俄瑞斯提亚》是埃斯库罗斯悲剧创作的最高成就,也是世界戏剧史上的伟大里程碑之一。这个三联剧的题材取自希腊神话中的阿特柔斯家族传说,包括《阿伽门农》《奠酒人》《报仇神》。这个三联剧描写阿伽门农从特洛伊远征归来,刚进家门不久就被妻子克吕泰墨斯特拉及其姘夫埃癸斯托斯杀害。阿伽门农的儿子俄瑞斯特斯悄悄从流放中回来为父报仇，谋杀了埃癸斯托斯，并奉阿波罗之命杀死了自己的母亲。俄瑞斯特斯因杀死生母被复仇女神们追逐，并受到复仇女神们的控告。阿波罗起而为俄瑞斯特斯辩护。最后由女神雅典娜主持一次会审，在赞成有罪和赞成无罪的投票人数相等的情形下，雅典娜投了赞成无罪票，从而使俄瑞斯特斯获得赦免，复仇女神们在得到雅典娜的一番好言安慰之后也放弃了复仇。全剧以和解告终。

索福克勒斯（公元前496—前406）是一位才华出众、成就卓越的悲剧家。他于公元前468年悲剧竞赛中首次获头奖胜过埃斯库罗斯时，年仅28岁。他一生从事戏剧创作达60年左右，在他名下有120多部剧，获奖24次，而流传下来的仅7部悲剧。此外还留存一出萨堤洛斯剧《追兵》的大部分残稿。索福克勒斯的7部悲剧大多取材于古代英雄传说故事。

《埃阿斯》写进攻特洛伊的名将埃阿斯在跟奥德修斯争夺阿喀琉斯遗留的武器的斗争中失败后，怀恨在心，结果雅典娜使他发了疯。他企图杀害奥德修斯和阿伽门农，结果却像堂吉诃德那样把牛羊当作敌人来进攻。等到他一恢复理智，就远走高飞，到一个海滨僻静处自刎身死。这是他对自己的傲慢所做的自我惩罚。

《安提戈涅》是希腊文学史上著名的悲剧之一。此剧的情节是这样的：继承了王位的克瑞翁宣布因反对篡夺王位的兄弟厄忒俄克勒斯而丧生的波吕涅刻斯为叛国者，下令禁止埋葬他的尸体，若有人收尸埋葬，必处以极刑。悲剧英雄安提戈涅决心去埋葬哥哥的尸体，于是她就处于违反法令和尊重"神律"之间无法调和的矛盾之中。安提戈涅在埋葬哥哥时被人发现，她不肯罢休屈服，因此被克瑞翁判处死刑。安提戈涅的妹妹伊斯墨涅原先畏缩不前，这时则愿意随姐姐一起赴难，克瑞翁的儿子赫蒙也为自己心爱的安提戈涅向父亲说情，但都没有结果。赫蒙最后冲进囚禁安提戈涅的墓室时，安提戈涅已经自缢断气，赫蒙见状愤不欲生，自刎而死。

《俄狄浦斯王》是索福克勒斯最著名的悲剧，其悲剧力量之强简直不可思议。剧情中有一个过去的传说：过失弑父和乱伦。忒拜城国王拉伊俄斯得到阿波罗许诺将有一个儿子，但是阿波罗又预言拉伊俄斯将死于儿子之手。于是，拉伊俄斯在儿子俄狄浦斯出生三天后把他抛弃，俄狄浦斯后来被科林斯国王收养成人。有一天，俄狄浦斯听人说他不是国王的亲生儿子，他就亲自向阿波罗求问。阿波罗没有告诉他父母是谁，只说他将杀父娶母。俄狄浦斯逃出忒拜城，途中遇上拉伊俄斯，为让路起了冲突，竟失手打死了拉伊俄斯。不久，俄狄浦斯来到忒拜城，为忒拜人制服了人面狮身的女妖，成为忒拜城国王，并娶拉伊俄斯的寡后为妻。就这样，俄狄浦斯犯下了竭力避免却无可避免的杀父娶母的罪过。按照神示，俄狄浦斯必须查明真相，找到杀死拉伊俄斯的凶手，才能消除危害忒拜城的天灾。戏就是从这里开始的。俄狄浦斯立意查明真相，不料最后发现自己不仅是凶手，而且是娶母为妻的罪人。命运真是太残酷了。俄狄浦斯毅然承担责任，刺瞎自己的双目，并实行自我流放。俄狄浦斯反抗命运的坚强的自由意志，不惜任何代价寻求真相的决心，完全不顾自己痛苦而承担责任的行动，至今依然具有无可抵御的震撼力。

《厄勒克特拉》的情节与埃斯库罗斯的《奠酒人》相仿，但侧重点不同。索福克勒斯略去了复仇神的追赶，着重表现俄瑞斯特斯的心理活动和勇敢坚定的性格。《特拉客斯少女》叙述希腊英雄赫拉克勒斯穿了有剧毒毒血的外衣而致死的故事。《菲洛克忒忒斯》描写足智多谋的奥德修斯带了阿喀琉斯的儿子涅俄普拉托摩斯一起前往兰姆诺斯岛，用巧妙的谎言诱拐因遭毒蛇咬伤而被放逐到这里的菲洛克忒忒斯，让他携带百发百中的弓箭去攻取特洛伊城。

　　索福克勒斯的另一部重要剧作是《俄狄浦斯在科洛诺斯》。这是一部不讲求情节而写得极为出色的剧本。老人俄狄浦斯饱受长期流放漂泊之苦，他的一个女儿从忒拜城带来一神谕，说他的尸体必须保持圣洁，任何国家只要保存了他的尸体，就可获得神圣的保障。忒拜人正为此想俘获他。这时俄狄浦斯已到达阿提刻的科洛诺斯，他知道自己命该死在这里，雅典国王忒修斯承认他是雅典公民，他在忒修斯的保护下神秘辞世。

　　欧里庇得斯（约公元前485—前406）是古希腊最后一位大悲剧家。他写了90多部悲剧，传世的有17部，超过了前两位大悲剧家传世作品的总和。这17部悲剧按演出年代大致排列如下：

　　《阿尔刻斯提斯》《美狄亚》《希波吕托斯》《赫拉克勒斯的儿女》《安德洛玛刻》《赫卡帕》《请愿的妇女》《特洛伊妇女》《伊菲革涅亚在陶洛人里》《海伦》《俄瑞斯特斯》《疯狂的赫拉克勒斯》《伊翁》《厄勒克特拉》《腓尼基少女》《伊菲革涅亚在奥里斯》《酒神的伴侣》。

　　此外，尚有一部现存最完整的萨堤洛斯剧《圆目巨人》。以下对欧里庇得斯的几部主要悲剧做一概括。

《希波吕托斯》描述国王忒修斯的后妻淮德拉爱上了丈夫前妻的儿子希波吕托斯，希波吕托斯拒绝了淮德拉的爱情，淮德拉因而自杀身亡。淮德拉临死前写了一封诬告希波吕托斯对她非礼的信，信落到国王忒修斯手里。希波吕托斯有口难辩，遭放逐而惨死。此剧以未能如愿以偿的爱情为主题，这是欧里庇得斯的独创。

《美狄亚》是第一部研究妇女心理的悲剧，也是欧里庇得斯最著名的一部悲剧。剧中这样描述：科尔客斯的公主美狄亚不顾危险，帮助远道而来的伊阿宋取得了金羊毛。伊阿宋把美狄亚带回家，美狄亚又为他复了仇。可是，当两人带着儿女来到科林斯后，伊阿宋抛弃了妻子和儿女，想另娶科林斯国王的公主。美狄亚忍无可忍，决意复仇。她假意顺从夫命，送给新娘一件稀世礼物，实际上这是一件有剧毒的长袍。新娘穿上长袍被毒火烧死，国王救女儿时也被烧死。随后，美狄亚为了让伊阿宋难受，也为了不让仇人侮辱她的两个孩子，亲手把两个孩子杀死，最后乘上龙车逃之夭夭。美狄亚杀死孩子之前的一大段心理独白是戏剧史上著名的独白之一。

《特洛伊妇女》是欧里庇得斯最动人的悲剧。此剧写雅典人攻下特洛伊后暴行累累，他们把特洛伊的成年男子斩尽杀绝，又把妇女、孩子变成奴隶。这些妇女、孩子，从某种意义上说，比屈死的成年男子更加凄惨。特洛伊皇后赫卡帕的女儿波吕克塞娜被人杀献在阿喀琉斯的坟前，变成死者的祭品。卡珊德拉就要去做阿伽门农的侍妾。墨涅拉俄斯前来提取他的妻子海伦,海伦辩解说她去特洛伊反而拯救了希腊。赫卡帕驳斥了她。墨涅拉俄斯决定把海伦带回希腊杀掉。赫卡帕劝赫克托耳的遗孀安德洛玛刻嫁给阿喀琉斯的儿子皮洛斯,这样就可以把赫克托耳的儿子阿提阿那刻斯抚养成人,再图恢复特洛伊的王权。可是,希腊人把阿提阿那刻斯活生生地从安德洛玛刻的手中拉走弄死,然后又把尸体运回来,叫赫卡帕把他埋葬。然后希腊人放火烧毁特洛伊城,乘上浩浩荡荡的战舰扬长而去。剧中情节影射雅典人对墨洛斯的侵略战争。欧里庇得斯对被侵略者寄予极大同情,剧中有许多感人场面,极富悲剧效果。

《伊翁》属于欧里庇得斯创造的一种新型悲剧。阿波罗曾跟雅典国王厄瑞克透斯的女儿克瑞乌萨有私情,生下伊翁。母亲把他遗弃在代尔菲阿波罗大庙门旁,庙里的女祭司得到后把他抚育成人。克瑞乌萨后来嫁给珀罗普斯半岛的王子克苏托斯。两人结婚后多年未生育,夫妇俩就到代尔菲问卜求子。阿波罗借神示谎称伊翁是克苏托斯的儿子。克苏托斯曾在代尔菲娶过一少女,待少女生下个儿子后不久就离开了。克瑞乌萨出于嫉妒,要毒害伊翁。毒害未成,事情败露,克瑞乌萨逃进代尔菲神庙。伊翁带人追到神庙要杀死她。女祭司拿出伊翁被遗弃时睡的篮子,克瑞乌萨一下子认了出来,说出心事,于是母子相认。可是,伊翁依然有点心存疑虑。这时,从阿波罗那里来的天神帕拉斯突然显形,带来了阿波罗的话,确认了真相。结果皆大欢喜。

《伊菲革涅亚在奥里斯》也是一部避免了悲惨结局的悲剧。此剧写雅典大军渡海去远征特洛伊之际发生的一个故事。阿伽门农王在奥里斯集结希腊大军准备向特洛伊城进发。但他心神不定,因为先知卡尔卡斯嘱咐他,要将他的女儿伊菲革涅亚做牺牲向这儿的女神阿耳忒弥斯献祭,只有这样,大军才能一帆风顺驰抵特洛伊,攻下城池。他已发信让王后把女儿送到这里,说是跟阿喀琉斯王结婚。现在他又改变主意,另写一信不让把女儿送来。可是信落到弟弟墨涅拉俄斯手里。两人正在争执,王后已带着女儿来了。阿伽门农王好生为难。不久真相传开了,士兵们骚乱起来,连想帮助王后和她女儿的阿喀琉斯也无法阻止。阿喀琉斯愿意为姑娘决一死战,可是伊菲革涅亚打定主意,不要任何人为她死,她宁愿牺牲自己拯救希腊。于是,她从容地走上祭坛,祭坛四周聚集着整个希腊大军。接着奇怪的事情发生了。卡尔卡斯一刀戳下去,姑娘不见了,她原来站的地方却躺着一只大母鹿,鲜红的血染满了祭坛。原来是女神更换了祭品,把伊菲革涅亚带走了。

《酒神的伴侣》是一部以宗教为题材的作品。剧中酒神狄奥尼索斯因遭亲属摒弃,一心想惩罚他们,就到忒拜城宣讲他的新宗教仪式。忒拜城的建立者卡德穆斯的女儿们不接受他的神灵,他就对她们施加疯狂的压力,她们到了山上顺应了他的仪式。而卡德穆斯和忒拜城的先知忒瑞西阿斯则立即认出他是天神,心中无比喜悦。但是忒拜国王彭透斯坚持理性和秩序,拒绝信奉这位"疯狂"的神。他把神监禁起来,神泰然处之,牢狱的墙壁坍了下来。狄奥尼索斯再次劝告国王,国王拒绝劝告,并以死恫吓。于是,酒神慢慢诱使彭透斯就范,并引他入深山观看酒神信徒的秘密祭祀仪式,结果被他们撕得粉身碎骨,最后又被当作狮子割下了头。此剧表现了酒神的疯狂本质。

说古希腊悲剧传统主要是在这三大悲剧家手中最终确立和成熟,这也许并不过分。他们的悲剧是成熟文化的成熟形式,而不是什么人类童年的艺术,就像希腊哲学所关注的问题依然为现代人所关注一样,希腊悲剧所关怀的人的生存问题也仍然为现代人所关怀,只是他们以自己独特的方式、态度和更纯真、朴实的眼光来关怀。这31部悲剧涉及一个共同的神话世界,而这一神话世界又是希腊人所共同继承、丰富和拥有的,这是希腊悲剧传统的一个最主要方面。希腊神话是希腊人的一种文化形态和文化资源,希腊社会往往靠调节对宗教和神话的态度来适应社会的需要。三大悲剧家的作品及其演出显然起着这种调节适应的作用。这些悲剧中的神话世界包含了半神的英雄所面临的种种生存困境,这些困境既涉及文明的发展和民族的前途,也涉及人与神的关系、人与宇宙的关系、人的命运和地位,以及生与死的问题。希腊悲剧与希腊喜剧不同,一般不涉及具体的社会政治问题,这些问题不处在悲剧视野的焦点,最多处于其边缘。像《波斯人》这样的悲剧,在希腊悲剧的总量中实属凤毛麟角,希腊人似乎并不认同,实际上这类悲剧并没有获得发展,显然观众没有对此做好准备,缺乏社会心理基础。希腊悲剧所关怀的一些人类生存的普遍问题主要围绕着希腊神话英雄传说的几个核心故事:(1)宙斯、阿波罗、雅典娜等诸神的故事。(2)阿伽门农家族的故事。(3)俄狄浦斯家族的故事。(4)特洛伊战争的故事。(5)忒修斯、淮德拉和希波吕托斯的故事。(6)狄奥尼索斯的故事。当然还有一些其他的故事。可以想象,这些核心故事曾在希腊悲剧中朝各种可能的方向展开和延伸,像人的神经一样伸向各个兴奋点:战争、谋杀、自杀、乱伦、通奸、极端的傲慢、野心,等等。神与英雄都卷入其中,悲剧家们对此表明了自己的态度,做出了自己的反应。而这实质上又是希腊人的一种集体解释,它们既涉及希腊人生存的社会环境,又涉及人类生存的形而上层面,起到了宗教、道德、社会的功能。由此可以看出,希腊悲剧传统在总体上的三个主要特征。

一,一如古希腊文明是一个基本上自足的文明,希腊悲剧中的神话世界是一个相对封闭的世界。J. N. 考克斯曾指出:"悲剧似乎要求一个封闭的世界,一个英雄不能(或者不会)逃避的世界,一个以选择和命运来命名同一个行动的两面从而限定于一点的世界。"[1]这个观点对于希腊悲剧尤其适宜。首先,希腊悲剧中的神话世界在总体上是一个封闭的世界,在这个世界中,命运和必然性是神话的本性,换言之,命运与必然性既是半人半神的英雄的行动的起点,也是其终点。在希腊神话的神—英雄—人的三重性结构中,英雄是这一结构的支柱,他起到了人与神之间的沟通作用,换言之,人与神的关系定于英雄这一点上。其次,每一部希腊悲剧或一个三联剧中的神话世界本身也是一个封闭的世界。著名希腊悲剧研究专家查尔斯·赛戈尔在讨论希腊悲剧开场白(prologue)的文章中指出:"开场白依规则创造了一个关于重大主题的小宇宙:在《阿伽门农》中是话语的秘密和表达,在《阿尔刻斯提斯》中是生与死的斗争,在《安提戈涅》中

---

[1] J. N. Cox, *In the Shadows of Romance*, Athens, OH.: Ohio University Press, 1987, p. 1.

是家族诅咒和个人之间的冲突,在《俄狄浦斯王》中是人的智谋与神秘的神力的对峙,等等。"①开场白创造的小宇宙不仅为悲剧构筑了一个形而上框架,也预示了一个封闭的世界。小宇宙虽小,但却一应俱全,独立自足,同时又与大宇宙有着密切的对应关系。封闭的世界与希腊悲剧家探讨一个宇宙的主题的努力有关,同时也与希腊悲剧家对自身的信心和对人类的终极关怀有关。正是在一个封闭的世界中,希腊悲剧家才有可能寻根问底探讨人类生活的种种重大问题。不少希腊悲剧研究者早已指出,希腊悲剧更接近它所影响的哲学对话。赛戈尔也说,希腊悲剧有许多开头是一个关于人类生活的明智、寓有深意而又往往显得忧郁的宣告,广而言之,这开头可以说是说出了一种宇宙观,其范围从大地到天空。② 显然,这不仅仅是一个开头问题,宇宙观和对人类生活重大问题的关怀实际上是悲剧家对待神话的态度和反应。这种对待神话的态度和反应,在古希腊有一个悠久的传统。希腊悲剧所运用和解释的神话,本身就充满了宗教意味,本身就连通于思考人类命运和上天的统治这些大问题的思想传统。这个传统从诸如赫西俄德和梭伦传到初期的悲剧诗人,又从这些悲剧诗人传到埃斯库罗斯。③ 不难看出,希腊悲剧传统中对待神话世界的态度和反应是有着深刻的文化根源的;另一方面,悲剧家赋予悲剧的意义,显然

---

① Charles Segal, "Tragic Beginners: Narration, Voice and Authority in the Prologue of Greek Drama", *Yale Classical Studies*, Vol. 29 (1992), p. 93.
② Ibid., p. 92.
③ 参见 P. E. Easterling, B. M. W. Knox (eds.), *The Cambridge History of Classical Literature*, Vol. 1, *Greek Liturature*, London: Cambridge University Press, 1985, p. 262.

不仅是一种个人解释，也是希腊人在文化传统上的集体解释。

二，在希腊悲剧中，涉及人类命运的人的痛苦、灾难、死亡是与涉及上天统治的宇宙的混乱紧密相关的。宇宙的混乱是悲剧的领域，当然更是希腊悲剧的领域。混乱、随意、非道德的宇宙使得人的悲剧性的灾难无可避免，也就是说，人的总体生存处境归根结底是悲剧的。人在跟神和命运的抗争搏斗中，总是受到来自人类之外的宇宙的混乱的威胁，这通常以神谕和诅咒的形式君临于人，而人跟神和命运的抗争搏斗，实质上又是力图将人类的灾难纳入一有序的因果关系之中的不息努力。悲剧面对混乱，但扎根于秩序。自荷马以来的古希腊人的宇宙观和人生观一直是在宇宙的混乱中寻求和发现宇宙的秩序，希腊悲剧当然概莫能外。但悲剧有自己的方式，其中诅咒是一种主要方式。阿特柔斯一家所受到的代代相传的诅咒就是一个著名的例子。诅咒是希腊文化中所固有的，同时，它又是希腊人思考宗教与道德的关系的时代之产物。[①] 诅咒的核心是相信不义之人必遭痛苦和惩罚，而且惩罚将世代相传。诅咒带来了生存的各种困境，带来了痛苦、不幸、死亡。阿特柔斯的两个儿子阿伽门农和墨涅拉俄斯都遭到了不幸。墨涅拉俄斯的妻子海伦被特洛伊王子帕里斯拐走，由此引发十年特洛伊战争。阿伽门农为了使希腊大军顺利启航远征特洛伊，不得不献出自己的女儿伊菲革涅亚祭神，平息神怒。阿伽门农的妻子克吕泰墨斯特拉与埃癸斯托斯通奸姘居。阿伽门农远征归来，刚进家门

---

① 参见 K. J. Dover: *Ancient Greek Literature*, Oxford: Oxford University Press, 1980。

就被妻子和奸夫合谋杀死。早年被母亲送往外地的俄瑞斯特斯数年以后回到故乡与姐姐厄勒克特拉一起为父亲阿伽门农报仇,杀死了自己的母亲和她的奸夫,结果遭到复仇女神们的日夜追逐。混乱导致了诅咒的产生,诅咒又引发了一轮新的混乱,人的生存因而面临了极大的威胁。而在《俄狄浦斯王》中,诅咒带来了整个城邦的混乱,陷入了瘟疫造成的极限生存困境。希腊悲剧把这一切显示给人们,同时也表明了自己的态度,这就是或者用仁慈与和谐来消弭混乱,或者由个人负起责任,用个人自我惩罚和牺牲来清除危及全体人民的污染。这显然是希腊悲剧精神的一个极其重要的方面。在三大悲剧家的作品中,我们总是可以看到,他们通过不断赋予神话以新的形态,一方面在传达古希腊社会的传统价值,一方面适应由观众所代表的整个社会,将传统的过去与革新的现在熔铸在一起。

三,在一个相对封闭的世界和混乱的危机生存困境中行动的希腊悲剧英雄,始终处在人与神的关系和人与命运的关系之中。他在与神和命运的冲突中,总是由于个人的、家庭的、城邦的灾难而遭受痛苦,他对这种痛苦做出的反应往往是哀伤、自责、无望。归根结底,他面对的是一个生与死的问题,说得确切些,他面对人的生命是否有一个最终秩序的问题,这个问题说到底与社会秩序和宇宙秩序相关联。他由此而进入了形而上的层面。俄狄浦斯、阿伽门农、俄瑞斯特斯、安提戈涅、美狄亚、希波吕托斯、伊菲革涅亚等悲剧英雄,无不可以按照这一观点作出解释。

同时,这些悲剧英雄遭受不幸与痛苦,与其说因为错误和过失,不如说因为他们的处境。并且,他们的身份地位和贵族血统与不幸痛苦有着密切关系,因为他们必须承担起责任,无论是个人的责任、家族的责任,还是城邦的责任。安提戈涅、美狄亚,承担起了个人责任,俄瑞斯特斯承担起了家族的责任,俄狄浦斯则承担起了城邦的责任。换句话说,他们都或多或少成为献祭给诸神的牺牲。安提戈涅献出了自己的生命,美狄亚杀死了亲生儿子,俄瑞斯特斯受到复仇女神的无休止的追逐,俄狄浦斯刺瞎自己的双目并执行自我放逐。他们各自承担起罪过,接受惩罚,使其他人得救。或者说,他们各自以自己的方式使责任与不幸和痛苦统一起来,发现了各自的生活与神性的联系、与宇宙秩序的联系。

在希腊悲剧中,悲剧英雄既是代表,又是个人,他们勇于承担罪责、接受惩罚,既因为他们是家族或者城邦的代表,又因为他们是有着各自个性的个人。悲剧涉及个性而非个人,在个性中,最根本的无疑是自由意志。可以这样说,希腊悲剧英雄在与命运的斗争中是有着自由意志的个人,并由此而成为不受封闭世界限制的个人。当然,希腊悲剧中的英雄并非都是这样,有些是盲目的个人,但更多的是具有自由意志的个人。个人面对多变的人类命运,似乎没有什么能力去改变,挣不脱注定的一切,但个人依然与命运周旋抗争,力图主宰命运,虽然最终不得不屈从命运,但他们的行动的背后,有着深刻的动机,有着强韧的自由意志。在无情的命运主宰的处境中的个人的自由意志,昭示了希腊悲剧精神。悲剧英雄凭着这种精神,增强了人的力量,并追寻其自己的关于人是什么的观念,发现自己性格的最后形态,并将此赋予无序的世界,从而超出个人的意义。正是悲剧英雄的这种精神,激起人们的怜悯,而悲剧英雄经受的苦难、痛苦、毁灭又不能不令人恐惧；同时，悲剧英雄勇于承担责任又使人们看到了人的高贵，从而对人和世界依然抱有希望，人们因而达到一个更澄明的境界，这也就是所谓净化。

以上是作为整体的希腊悲剧的三个主要特征。另一方面，三大悲剧家的作品也各有自己的特点。只有把二者结合起来，才能比较全面地理解希腊悲剧传统。

埃斯库罗斯的悲剧作品显示了他的一些基本观念。埃斯库罗斯生活在雅典民主这一进步潮流迅猛发展的开始阶段，是早期热心的民主主义者。他拥护民主制度，提倡民主精神，反抗专制暴政，歌颂自由，体现了地道的雅典精神。用这一精神作标准，他认为，正义必须由道理和仁慈来调和，激情、暴力、仇恨、恐惧应当由道理、仁慈、和谐、合作来取代，古老的部落之神必须服从光明（阿波罗）、智慧（雅典娜）和正义（宙斯）等文明之神，而民族的忠诚和部落的习俗与宗教，这些过去遗留下来的东西，则必须受控和从属于整个城邦的利益和文明之神。通过这些方面的对立力量的调和，雅典将成为和谐、正义、幸福、强盛的城邦。在人与神和命运的关系上，埃斯库罗斯相信人的力量，尊重人的自信，即个人的自由意志，认为解放个人自由意志是雅典人的合理要求；同时，他也深信事物的不可抗拒的力量，即所谓命运，这并不是一种宿命论，是过去发生的事情的自然结果，是一种大难临头时浮现在人们心头的思虑，不仅人而且神也受其控制。人能凭个人的自由意志指导自己的行动，但个人的生存前景则由命运来决定。命运并非绝对的，个人对罪过会做出自己的反应：虽然人的痛苦是不可避免的,但有着自由意志的个人将通过痛苦而获得生存的智慧。在个人内心层面上,埃斯库罗斯认为,个人必须认知内在的过失,承担个人责任,各种导致过分骄傲和固执己见、自以为是的罪愆,不可避免要遭到复仇神的惩罚,因此明智中庸最好;生命模式基本上是悲剧的,但是个人在悲剧中并非毫无希望,在万能之神、正义之神宙斯的善意的神圣光环下,有一种对罪过的终极原宥。

索福克勒斯的悲剧作品所显示的一些基本观念与埃斯库罗斯有相似的地方,也有不同的地方。索福克勒斯生活在雅典民主政治繁荣的伯里克利时代,他提倡民主精神,但仍持传统宗教观念,认为对神尊敬是必须的,"说神正确无须羞耻",当神和人的目的冲突时,神是至高无上的。他也相信命运的无上威力,并认为命运是一种抽象概念,难以捉摸。他的民主思想是温和的。同时,他又相信人的力量,人应当独立自主选择自己的道路,并对自己的行为负责,即使在命运掌握之中,也不丧失其坚强性格。在个人生存的层面上,索福克勒斯认为,伟大人物的失败由于性格过失、傲慢、骄傲,罪恶导致灾难,报应不可避免,唯中庸是最好的指引;由于人的不完善,人的痛苦无可避免,甚至无辜者也受难。总之,一个人必须以尊严经受痛苦,通过痛苦获得生存的智慧,这正是索福克勒斯的悲剧之中心主题。

欧里庇得斯的悲剧作品所显示的一些基本观念与前两位悲剧家已有显著的不同。欧里庇得斯主要生活在雅典民主制度日趋衰落、社会动荡不安的时期,社会环境文化氛围已经发生了很大变化。他接受了智者派提倡的自由主义、怀疑主义和理性主义，批评传统宗教中的形式主义，批评传统的伦理标准和社会标准。他对当时社会、政治、宗教和哲学问题有浓厚的兴趣。他的悲剧有三个基本主题：妇女、战争、宗教。欧里庇得斯对妇女倾注了极大的关怀，现存的 17 部悲剧中约有三分之二的作品以妇女为主要人物。他是妇女权利的拥护者，以悲剧性恋爱故事作为剧本主题是他的独创，他还涉及家庭婚姻问题、妇女心理、妇女的英雄主义、妇女的理想化，以及被压制的妇女的种种苦难。他批评对待妇女的双重标准，寻求提高妇女的地位。欧里庇得斯反对侵略战争，反对雅典对盟邦的高压政策，维护正义，同情被侵略者。他批判他的雅典同胞，提倡以真正的爱国心来为雅典增添光荣。在宗教问题上，欧里庇得斯对代尔菲多神教，对普通雅典人的信仰，对命运观念，提出了异议。欧里庇得斯不是无神论者，但他反对半神半人和人神同形的神性，批判宗教、神谕、预言的罪恶。命运不是生前注定，个人的作用举足轻重，人以自己的行为决定自己的生存，并对自己的行为负责。欧里庇得斯是个现实主义者，关注现实问题，他的悲剧时常表现现实生活中无法解决的各种冲突：对立感情的冲突，理性与情感的冲突，行为的绝对标准与相对标准的冲突，等等。同时，他对卑微的普通人寄予莫大的同情，尤其是对贫苦农民。他也同情所有人类生存的苦难和痛苦，对所有人的普通愿望和感情表示宽容的理解。因而他的悲剧与另两位悲剧家一样，也是人的基本处境的悲剧。

将希腊悲剧整体上的特点和三大悲剧家各自的特点综合起来看，希腊悲剧传统无疑包含着这样一些关键观念：民主、正义、文明、仁慈、和谐、尊严、自由、责任、强盛和幸福。丰富、生动、完美、深沉的希腊悲剧正是伴随着这些关键观念,对西方后世的悲剧艺术产生了有形无形、持久深远的影响,对西方现代悲剧的生成和发展的影响当然也是不容忽视的。

结合前面有关悲剧范式的有关论述,在此,有几点想强调一下。

一,希腊悲剧,或者说,悲剧是由很偶然的机缘巧合产生的。它不是在某个人的头脑中先创制出一个悲剧观念,然后在现实中按照这个观念硬是把它给弄出来。古希腊旧有的颂歌合唱队,希腊人对酒神狄奥尼索斯的崇拜,希腊人把旧颂歌合唱队转变成了酒神颂合唱队,突然有一天歌队队员与歌队队长对起话来,突然有了第一个演员、第二个演员;希腊民主城邦又鼓励公民看悲剧演出,还设立节日、评奖制度,看悲剧成为公民公共生活的一部分;碰巧又出了三大天才的悲剧家,如此等等,古希腊有了一种作为戏剧艺术的悲剧。其实悲剧没有所谓的起源,那只是后人回过头来,看起来好像有个起源。你说是天赐的,也没有错,你也可以在悲剧产生的过程中找到某些必然性、决定性,但这些都是众多可能性和偶然性中的某一种必然性和决定性。

二,作为戏剧艺术的悲剧,在古希腊悲剧形成之前不存在。在古希腊悲剧之后出现的悲剧,都直接或间接地受到古希腊悲剧的影响,无一例外。有了古希腊悲剧(tragedy,山羊之歌),才有了与悲剧有关的术语,如悲剧、悲剧因素、悲剧快感、悲剧人物、悲剧动作、悲剧性、悲剧美、悲剧情节、悲剧事件等等。这其中,必须明确(作为戏剧艺术的)悲剧和悲剧因素(the tragic)的区别。悲剧之外的其他众多东西可能具有悲剧因素,但不是悲剧。在这个

第二章 西方悲剧的两大传统

意义上,可以说,生活中不存在悲剧,说生活悲剧只是一种比喻用法。悲剧与悲剧因素很容易混用。比如,雷蒙德·维廉斯在《现代悲剧》中不仅研究作为戏剧艺术的悲剧作品,他也把一些小说作品当作悲剧来研究。这些小说作品具有悲剧因素,但不是悲剧。再比如,钱锺书认为中国古典戏曲没有悲剧。不少人指责他否认中国有悲剧,说中国的历史(比如《史记》)、小说(比如《红楼梦》)、诗歌(比如《离骚》),乃至戏曲(比如《窦娥冤》)就是悲剧,因此断言中国有悲剧。其实,钱锺书说的是中国没有作为戏剧艺术的悲剧,并不否认那些历史、小说、诗歌乃至戏曲作品具有悲剧因素。具有悲剧因素的历史、小说、诗歌乃至戏曲不等同于作为戏剧艺术的悲剧。

亚里斯多德在《诗学》中强调悲剧与史诗的区别,是在告诉人们,悲剧有自己的内容和艺术形式,有自己独特的悲剧美。黑格尔在《美学》中也是追随亚里斯多德,把悲剧作为戏剧艺术来研究,这是正确的。加缪在《雅典讲座:悲剧的未来》中论到悲剧与正剧的区别,遵循的也是这一理路。(加缪基本上是借鉴了黑格尔的悲剧冲突说。)

三,从人的具有悲剧因素(the tragic,我前面说过,这是悲剧形成之后才有的术语)的极限生存困境,向作为戏剧艺术的悲剧的转化,只发生在古希腊,两者之间紧密相连,不可分离。在这个转化过程中,有一个关键,这就是酒神狄奥尼索斯的受难与人在极限生存困境中受难融合了起来,使得悲剧成为表现人在极限生存困境中经受苦难的戏剧艺术形式。亚里斯多德、黑格尔、尼采等悲剧理论家特别强调酒神颂歌,不是没有道理的。

四，悲剧是人们对于自己所处的极限生存困境的真实状况(或者说真相)的一种相对共识。这有两重含义。共识在同一时代不只有一种。古希腊不同的剧作家对同一题材会写出不同的悲剧，就是找出更接近真相的共识的努力。而不同的时代，会有不同的共识，也就是说会有不同的悲剧。有了古希腊最初的悲剧之后，人们才知道，人的极限困境和苦难，是可以用悲剧这个概念来概括的，也是可以用悲剧这一戏剧艺术形式来表现的。这种共识也与对悲剧美的相对共识相关联。

五，古希腊悲剧形成之后，就像一个有机体，有了自己的生命，充满了活力，并最终确立了一种悲剧的文化机制。半圆形的剧场，观众席和演出区的区分，酒神节的设立，悲剧竞赛与评奖，雅典民主政府发放的观剧津贴，政府对悲剧演出的资助，行业协会为悲剧演出筹集资金，独立的悲剧作家出现，演员身份的确认，悲剧家、演员、观众等在剧场里的互动以寻求一种共识，颁奖与共识认同，如此等等所构成的悲剧文化机制，保证了悲剧在社会共同体和公共生活中的有效性。正是这种古希腊悲剧文化机制，为后世悲剧的传承、复兴、拓展、更新奠定了坚固的基础。

第二节 古希腊悲剧的影响与变形

古希腊悲剧对后世西方悲剧发展的影响广泛而深刻。从古罗马到现代，这种影响不绝如缕，可以说，古希腊悲剧影响的历史本身已构成了一种传统，它既联接又有别于古希腊悲剧传统。这种传统一如 T. S. 艾略特

(1888—1965)对文学传统所持的解释，是一种观念性的秩序、一种体系，一旦在它们中间引进了新的(真正新的)剧作时就会引起相应的变化，其中，每一部剧作对于整体的关系、比例、评价都必须重新调整，相互再次适应。这其中，无疑存在一个比较文学中的所谓影响问题。我在此要探讨的是直接影响、承受影响(主要在主题、题材、情节类型、人物性格、风格等方面)，以及由于逆向运动和新的文化氛围、社会条件而产生的变形，正是这种变形保持发展了这个传统，并使之深化，使之丰富。同时，这个传统又处于更大的西方戏剧传统之中，二者构成了困难而复杂的关系。揭示这种关系，当有助于加深对西方悲剧演变、发展轨迹和亮点的理解，也有助于增进对西方现代悲剧的认识。以下就对古希腊悲剧的影响及其在后世的变形的历史轮廓做一番描述。

一、古希腊悲剧之衰亡与影响产生之根由

古希腊悲剧自欧里庇得斯之后便江河日下而终归之于寂灭，其原因是多样而复杂的。欧里庇得斯的影响改变了悲剧的特征。他的剧作的现实性破坏了从神话选择题材的正当性；注重浪漫爱情成了当时戏剧的风气；歌队在他手里日益名存实亡；紧张场面和情节剧式的情节使希腊悲剧脱离了主流而实际上成了另一种东西。罗念生先生说过，《伊翁》只要略加改变，就是一部米南德式的喜剧。[①] 衰亡之兆于此已现，然而过不全在他。持续了27年的伯罗奔尼撒战争之后，城邦衰弱，希腊力量也随之削

---

① 参见罗念生：《论古希腊戏剧》，中国戏剧出版社1985年版，第77—78页。

弱,民主制随着羊河之役雅典海军的惨败而衰亡,战争后一年复辟的民主党已是强弩之末。剧场与民主制度的有机联系已不复存在,政府也无力负担浩大的开支。而随之而来的内战频仍,多灾多难的公元前4世纪,雅典人对命运产生了悲观主义态度,在智者派的影响下,对神怀疑,对神话失去了信仰。风靡社会的个人主义、及时行乐、追求金钱的时尚破坏了古希腊悲剧对当时观众的吸引力,悲剧不再是一种有意义的、主导的文学形式,主要是知识界的精英还依然对悲剧保持着兴趣,至于有闲阶级则看看米南德的喜剧就够了。另一方面,神话已翻不出新东西,悲剧没有出路。前5世纪的希腊悲剧家阿加同,可被称为一个革新家,他不从神话取材,而创造了纯粹虚构的情节,但后来无人继续。欧里庇得斯之后,悲剧虽时有人作,然或编造,或模仿,且多为案头之剧,修辞代替了对社会、政治、宗教、伦理的探讨,兴趣在人物外观,且日益世俗化。诚如亚里斯多德所说:"过去的诗人使他们的人物像一个城市自由民一样说话;现在的诗人则使他们的人物像一个修辞学家一样说话。"更加上产生了希腊与东方文化相混合的新类型文化,雅典人很少乃至几乎没有政治自由。公元前120年,酒神节不复存在。希腊悲剧已到了不可收拾的地步,其衰亡已成必然趋势。

然而,这衰亡了的希腊悲剧在后世却产生了持续不断、不可磨灭的影响。其原因何在?就希腊悲剧本身而言,大约可以概括为如下几种主要原因:(1) 希腊悲剧与民主制度的密切联系,以及由此产生的希腊悲剧精神和悲剧英雄意识;(2) 对人类及其命运的思考,以及与此相关的对社会、政治、宗教、伦理的探索；(3)由此产生的高度哲理性和形而上层面；(4)神话世界里神话的魅力和原型的力量；(5)主题的普遍性、包容性、多解性与跨时性；(6)丰富生动的情节模式；(7)风格的多样性与戏剧诸元素展开的多种可能性，等等。而这一切又是作为一个光辉的艺术整体而存在，为后世所敬仰，也给后人以无尽的启示。

二、 塞内加与历史的中断

罗马悲剧分两种：神话悲剧与历史悲剧。较流行的是依据希腊古典悲剧家以及晚期悲剧家的作品改编而成的神话悲剧。罗马"白银时代"的塞内加写的9部悲剧就是神话悲剧。在罗马的"黄金时代"，从公元前70年维吉尔诞生到公元17年奥维德逝世，抒情诗和史诗兴旺一时，而悲剧却缺乏生机，未能对业已更新的现实这一悲剧的基础做出探讨，从共和国末期开始的戏剧和舞台的衰落此时当然变本加厉。塞内加写悲剧时，这种状况已无可挽回。

塞内加不是专业戏剧家。他的9部悲剧《疯狂的赫拉克勒斯》《特洛伊妇女》《腓尼基少女》《美狄亚》《斐德拉》《俄狄浦斯》《阿伽门农》《提埃斯忒斯》和《奥塔山上的赫拉克勒斯》，主要是模仿之作，但在改编中也形成了一系列塞内加式的东西。这也可以说是一种变形吧。让我们且做一番比较。

《疯狂的赫拉克勒斯》是根据欧里庇得斯的同名剧作改编的，情节大致相同。吕格斯趁赫拉克勒斯出门在外杀死了忒拜城国王克勒翁，篡夺了王位。赫拉克勒斯及时赶回来救出妻儿老父，并杀死了吕格斯。但正当他庆贺时，朱诺（即赫拉）为报复而使他发了疯，他在疯狂中杀了妻子儿女，清醒后想自杀但被人劝阻。最后他自我流放到雅典。欧里庇得斯的原作中有两次逆转：从悲到乐，又从乐到悲，中间朱诺的报信人的出现使转变显得生硬，前后结合不够紧密。塞内加在结构上加以简化和统一。他在戏的开头安排朱诺独白，整整一大段，叙述了她对赫拉克勒斯的仇恨，威胁说要让他发疯，并暗示他将犯下可怕的罪行。这样，在开场白中就预示了后面部分的动作，以悲剧告终的疯狂从戏一开始就成了兴趣的焦点，至于杀死吕格斯的情节则成了附带事件，是悲剧的暂时缓解。这种追求全剧结构的统一在《特洛伊妇女》中也很突出。塞内加的这部剧作是根据欧里庇得斯的《赫卡帕》和《特洛伊妇女》改编而成。他用赫卡帕来统领全剧，使波吕克塞娜被献祭于阿喀琉斯阴魂和安德洛玛刻未能救下儿子这两件事统一起来，成为表现被俘妇女的艰难痛苦这一主题的两个方面。

　　塞内加还发展了心理悲剧。希腊悲剧到欧里庇得斯时，心理刻画已经逐渐加重，比如美狄亚杀子之前那段复仇和亲子之情的内心冲突的独白就极为著名。塞内加在《美狄亚》中，将同情转向了伊阿宋，而把美狄亚当作犯罪心理研究的对象，不是对人的痛苦进行探索。《斐德拉》也是如此，主人公不是希波吕托斯，而是斐德拉，主要写她的情欲和变态心理，并使之现实化。塞内加去掉了欧里庇得斯的《希波吕托斯》中父子见面的一场戏，改加了斐德拉与希波吕托斯见面并向他泄露自己的爱情这场戏；遭拒绝后，她也没有立即死去，而是向忒修斯控告希波吕托斯对她无礼，到希波吕托斯死后她才自杀,并在死之前澄清了事实。这样,斐德拉的情欲与变态心理成了戏的焦点。

塞内加描写人的心理,其兴趣主要还在人的情欲、激情,这与他的悲剧观和斯多葛哲学观有关。他认为,由于人的情欲而产生了悲剧,人的幸福取决于内心的平静。因此,为了达到他所需要的悲剧效果,他竭力将这种情欲、激情外化,剧本里充塞了鬼魂、流血、恐怖场面等等。在《提埃斯忒斯》中,他把人肉宴搬上了舞台,其乖戾、阴惨、恐怖已无以复加。他也讲哲理,但已非希腊悲剧蕴含的人生哲理,而是斯多葛派的伦理说教。他也探讨人的命运,但不是写人与命运的抗争,而是持一种宿命论,只偶然涉及人的自由意志。因此,他的人物和主题已很少有希腊悲剧精神。至于神话则用作描写心理变形的素材,失去了与政治和历史的世界的联系,失去了历史的回声。比如他笔下的俄狄浦斯已不是理想的悲剧英雄,美狄亚身上也没有了希腊悲剧的那种感情力量和心理力量。希腊悲剧也讲究修辞,但塞内加的悲剧本身成了一种修辞文体。情节是悲剧的灵魂,但塞内加的悲剧完全不同于亚里斯多德的情节布局观念。于是,他的悲剧成了一种案头剧,在他的时代几乎没有上演过。

塞内加之后希腊悲剧的影响出现了很长时期的历史中断。意大利文艺复兴时,古典文学被重新发现,希腊悲剧和塞内加悲剧同时受到人们注意。塞内加对后世并非全是有益的影响,这是另一个问题,不在本文讨论范围之内。这里要谈的是,他的悲剧在某些方面影响了文艺复兴时期的意大利悲剧、英国伊丽莎白时代悲剧和法国古典主义悲剧,从这个角度看,是起了某种作用。但古典悲剧与近代悲剧之间的真正的桥梁不是塞内加悲剧,而是16世纪意大利和法国一些人文主义悲剧家的悲剧。

(一) 16世纪:特里西诺　若岱勒　加尼埃

人文主义者复兴古代悲剧的努力首先发生在意大利,意大利领导的这场运动随后才在欧洲其余国家发生。在复兴希腊悲剧的运动中以及在希腊悲剧对近代悲剧发展的影响史上具有历史重要性的剧作,是意大利人文主义者和贵族诗人特里西诺的《索佛尼斯巴》和法国剧作家若岱勒的《克莱奥帕特拉》。这两部悲剧是人文主义作家企图复兴古代悲剧并按照自己的理解来看待希腊传统的标志。

《索佛尼斯巴》发表于1515年,1524年上演,期间曾多次重印,这是第一部有意识地以希腊悲剧为原型的欧洲悲剧。它用罗马与迦太基之间的布匿战役代替了特洛伊战役,用意大利代替了雅典。汉尼贝尔的美丽的妹妹索佛尼斯巴,像美狄亚或斐德拉一样,有一种异国气质。她是迦太基人,被父亲嫁给西法克斯国王。国王在布匿战争中被俘,而索佛尼斯巴则与以前订过婚的罗马王子马辛尼沙结婚,这样她可以不被当作俘虏带回罗马,但未能如愿。罗马人经过激烈争辩后,结果还是将她作为女俘带回罗马,马辛尼沙无能为力,她被迫自尽殉情。这题材的直接来源是维吉尔的《埃涅阿斯记》第四卷中迦太基女王狄多的悲剧,而狄多的悲剧显然是模仿欧里庇得斯的激情女英雄。《索佛尼斯巴》中还可以看到人们熟悉的欧里庇得斯的诗行。这部悲剧的塞内加影响也很突出,但特里西诺有不同寻常之处。他认识到,希腊悲剧比塞内加悲剧更多戏剧性,更多生活气息,剧中有一场戏,《索佛尼斯巴》没有用塞内加式的独白,而是对一个朋友讲述她悲伤的身世。这个朋友起了两种作用:一是听,使女主角乐于讲述她的故事;二是为叙述者的身世沉浮制造一种气氛。这显然要高明得多。

与特里西诺差不多同时以希腊悲剧为原型创作悲剧的还有路西莱。他的《俄瑞斯特》是模仿欧里庇得斯的《伊菲革涅亚在陶洛人里》,《罗丝蒙达》则在形式上模仿希腊悲剧,采用了歌队的形式。

这时,希腊悲剧的翻译也很兴盛。著名的有阿拉玛尼(1495—1550)译的《安提戈涅》,道尔西译的《腓尼基少女》,后者将其融合进了他自己的悲剧《齐奥卡斯塔》。这些翻译是翻译"意义"而不是翻译字词,于是就取得了某种独立性。这时期的读者似乎无人对希腊悲剧与塞内加悲剧之间的区别有清晰的概念,许多人只是通过塞内加来看希腊三大悲剧家,因而这些翻译无疑直接影响到人们以何种理解来选择原型,而不仅仅用塞内加的眼光。对待希腊悲剧,首先是理解,然后是运用。在这种理解和运用中,影响渗透其里,然而变形也出自其中。16 世纪人文主义者一开始就认识到,要复兴古代悲剧,靠单纯的模仿是达不到的。他们一方面束缚于原型,一方面又觉得可以自由选择对等的主题,并根植于地方传统的诸方面。他们显然认识到,戏剧总要寻求当代的观众,构造特定的流行样式。

但人文主义悲剧在戏剧性、地方性诸方面追求仅处于萌芽状态,修辞传统远胜于戏剧传统。这与宫廷庆典性有关。一方面,允许悲剧运用粗俗的东西,有娱乐性,以适应庆典气氛;一方面又继承了古代悲剧的风格概念，这就是悲剧的修辞性和庄严性，以适合宫廷趣味。奥维德曾说过："悲剧在庄严性上优于其他演说。"这里是将庄严性与修辞性联系起来看的。16世纪没有人讲情节是悲剧的灵魂，意大利人文主义者认为欧里庇得斯的悲剧不够庄严，把希腊悲剧当作修辞性文体这一点无疑影响了意大利人文主义者复兴古代悲剧的努力。意大利人文主义悲剧不适应时代的趣味，对古代悲剧信条的盲从倾向愈演愈烈。

是法国作家加尼埃打破了意大利人文主义悲剧观，实现了悲剧观念的转变——从把悲剧看作宫廷、学院、学校的修辞形式转变到把悲剧看作大众舞台上的戏剧形式——这是一场戏剧创作的革命。复兴古代悲剧将为另一个更伟大而独立的事业所替代，这就是地方戏剧传统的建立。新的悲剧观突出了情节这一要素，强调在达到结局之前应有各种各样迅速变化的事件的发展。这时，在结构上受到的不是《诗学》的影响，而是泰伦斯喜剧的双重结构法和当时的有关批评的影响，而这种双重情节显然又与欧里庇得斯有着关系。

这些新的特点，在若岱勒的《克莱奥帕特拉》中已有所表现。这是法国用法语写的第一部悲剧，也是除《索佛尼斯巴》外另一部具有历史重要性的人文主义悲剧。但是，最适合于说明那些新特点的是加尼埃的《安提戈涅》。此剧直接从厄忒俄克勒斯与波吕涅刻斯的决斗开始。第一幕，瞎了眼的俄狄浦斯上场，他女儿哀求他不要用自杀的手段结束自己的生命。俄狄浦斯退居一岩洞中，希望将来自然而死。安提戈涅则去城里安慰母亲。第二幕，报信人报告冤家兄弟打仗迫在眉睫，安提戈涅催促伊俄卡斯忒去做最后一次努力劝和两兄弟。而伊俄卡斯忒不是竭力恳求波吕涅刻斯，而是向他描绘了内战给国家带来的灾难破坏。这一幕以忒拜城毁坏而结束。第三幕，一个报信人带来一个消息，说兄弟俩各死在对方手里。安提戈涅企图说服母亲不要自杀，但未成功。然后海蒙突然到来，第一次出现安提戈涅与海蒙的恋爱场面。第四幕和第五幕则是索福克勒斯的原作的改编。

此剧强调了情节，但不理解情节与故事的区别，双重情节松懈，有着黏合的特征，并多少有些把悲剧事件降到了情节剧的地步。对加尼埃以及16世纪剧作家来说，悲剧的实质就是历史，就是任意的不幸事件。这种观点指导着加尼埃选择了《安提戈涅》《希波吕托斯》《特洛伊妇女》《赫卡帕》等原型，指导着他安排情节结构。同时，加尼埃的《安提戈涅》使悲剧与当时法国的现实联系了起来。在加尼埃看来，克瑞翁与安提戈涅的争论，是他的时代的悲剧原因。此剧与其说是安提戈涅的悲剧，不如说是克瑞翁的矛盾重重的王国的悲剧。"悲剧是人类灾难的镜子。"忒拜的自相残杀的命运是16世纪王国特定命运的忠实的镜子。特洛伊的毁灭、腓尼基妇女的苦难、俄狄浦斯的不幸也是如此。希腊悲剧的复兴和变形找到了支点。

伟大的意大利人对复兴古代悲剧做出了贡献，法国人也不甘落后。在戏剧史上，一场新的运动往往回到古代悲剧，但其重要性和广泛性在结果上都不及16世纪人文主义者复兴古代悲剧的运动。尽管有着种种缺陷，但他们为后人奠定了基石，打开了一条通道，法国古典主义悲剧自不待言,莎士比亚的悲剧,没有人文主义悲剧的模式,简直是难以想象的。

(二) 17世纪: 罗特鲁　高乃依　拉辛

在确立近代悲剧的过程中,与英国、西班牙相比,法国古典主义悲剧与希腊悲剧的关系更为直接明朗。英国和西班牙的地方传统占了压倒优势。17世纪前30年,罗特鲁、梅雷、高乃依写了最初一批规则严谨的悲剧,如《索佛尼斯巴》《美狄亚》,力图回到古代悲剧。

在法国以希腊悲剧为原型的创作中,悲剧修辞学与泰伦斯的双重结构法起了关键的作用。法国悲剧一是用高雅语言表现思想内容,二是将副线情节编织进了主线情节,副线情节成了当时剧作家的一条美学标准。这第二点与对希腊悲剧的理解有关,16世纪人文主义者在希腊悲剧中听到了集体痛苦的回响,17世纪古典主义剧作家则看到了隐藏在原型之下的个人心理痛苦。结果,有利于揭示个人心理的副线情节成了兴趣的焦点。

罗特鲁——伏尔泰称他是法国戏剧的真正奠基者——他的《安提戈涅》大多出自加尼埃,尽管他想回到索福克勒斯的《安提戈涅》和欧里庇得斯的《腓尼基少女》。不过,加尼埃从第四幕起接上了索福克勒斯的《安提戈涅》,是一种寄生结构;罗特鲁则第一部分是说明,与第二部分的悲剧情节互相联系,他把从忒拜城的戏到安提戈涅的戏的转变放在第三幕中间,并增加了一个新的场景,使衔接更加紧密。此外,加尼埃的安提戈涅的性格特征是孝顺,对父、母、兄的行为态度都一样。罗特鲁的安提戈涅则出于对兄之爱这一特殊动机,与这平行发展的是海蒙与安提戈涅的爱情,危机就在安提戈涅对兄之情与对未婚夫之爱之间的冲突。全剧以年轻的爱的毁灭而告终。

运用副线情节进行变形的更大胆的剧作是高乃依的《俄狄浦斯》。高乃依不同意当时的一种解释,即把俄狄浦斯的行为归之于某种道德缺陷,并且试图弥补所谓俄狄浦斯当了多年国王却不知道前国王是怎么死的这一缺陷。于是他创造了一条副线,给俄狄浦斯添了个妹妹迪尔丝。她如今成了他的女儿,总使他想起自己不明朗的处境。他要为巩固自己的王位,想把安提戈涅和伊斯墨涅嫁给忒拜城的传统敌人忒修斯,靠联姻来增强力量,而把迪尔丝嫁给海蒙。但迪尔丝却要嫁给忒修斯,不愿嫁给海蒙,理由是海蒙不是国王。实质上她心里有个结,认为自己被忒拜人骗了,他们没有选她当国王,而选了俄狄浦斯。这条副线又通过忒修斯跟寻找凶手这条主线连接起来,忒修斯散布谣言,说自己是拉伊俄斯的失踪的儿子。伊俄卡斯忒说要是这样的话,那他就是杀父者,他又加以否认。这样就使全剧的情节更加复杂了,主题也变成了俄狄浦斯怕失去王位而产生一种恐惧心理。他甚至怕自己去科林斯调查期间,会被迪尔丝推翻。此剧在当时取得了成功,但后人如伏尔泰、狄德罗则认为,迪尔丝-忒修斯副线情节只是回避而且弄混了主线情节提出的问题,这不是没有道理的。

17 世纪希腊悲剧变形的最高成就是拉辛(1639—1699)的《伊菲革涅亚》(1674)、《安德洛玛刻》(1667)和《费德尔》(1677)。这里只说其中两部。

拉辛的《伊菲革涅亚》的原型是欧里庇得斯的《伊菲革涅亚在奥里

斯》。拉辛的戏是一部独特的近代心理悲剧，不是讲战争与牺牲之间的道德意义，很少政治和社会气氛，而是旨在揭示未婚夫—女主人公—父兄之间心理上的三角关系。拉辛在剧中引进了第二个伊菲革涅亚，以埃里菲尔的名字出现，她不是阿伽门农的女儿，是忒修斯和海伦的女儿，但自己和别人都不知道。这样就引出了一条副线，而整个复杂情节就建立在对牺牲者身份的误解上。埃里菲尔是被当作战利品送给伊菲革涅亚的。她爱上了阿喀琉斯，但身份不相配，因而无比嫉妒伊菲革涅亚，决心毁了她。当她知道阿喀琉斯将秘密送伊菲革涅亚回家逃避做牺牲，她立刻将这消息告诉卡尔卡斯。但背叛却给她自己带来了灾难。在执行祭献之前，卡尔卡斯接到了第二个神示，宣布有另一个伊菲革涅亚存在，她才该做牺牲。埃里菲尔马上意识到这指的是她自己，而祭刀也就刺进了她的胸膛。

至于阿伽门农的女儿伊菲革涅亚决定牺牲自己只是为了解决对父亲的爱与对未婚夫的忠诚之间的冲突。在死与失去阿喀琉斯而生之间，她选择了前者，这不是牺牲，而是为了阿喀琉斯。

两个女人均为激情所驱使，一个是背叛，一个是殉情。而伊菲革涅亚情愿死也不愿过失去心上人的生活，这已完全不是希腊悲剧中伊菲革涅亚的形象，而是在古代女英雄名下，画了一位资产阶级妇女的形象。

拉辛的《费德尔》是第一部近代悲剧。此剧中，拉辛也引进了一个女角色，叫阿里丝，是忒修斯家族的世仇的后裔，雅典王族血统的公主，从而形成了依包利特（即希波吕托斯）与阿里丝相爱这条副线情节。其情节类型与欧里庇得斯和塞内加的基本相同。但后二者的兴趣集中在斐德拉泄露情欲的心理过程。拉辛则在泄露与诽谤之间建立了联系，并与副线情节交织起来，赋予人物以现实的人的嫉妒这一心理力量，创造了更生动的戏剧节奏。费德尔向依包利特泄露自己对他的爱情，是知其不可为而非为之不可。当依包利特说他已另有所爱，她以为他只是搪塞。她用王冠去打动他，她要以死来证明耻辱的爱情，但终遭拒绝。耻辱的爱情既已泄露，而又得不到回报，这是耻辱上加耻辱。诽谤由此而生。当忒修斯将儿子对阿里丝的爱情告诉了费德尔，她顿时妒火中烧，成了完全丧失理智的情人。而当依包利特的死讯传来，她又痛不欲生，喝了毒药招认，把责任推到死无对证的奶妈身上，以一死了之。费德尔身上集中了无法克服的情感与理智的冲突、欲望与意志的冲突，以及马基雅维里式的不择手段——这是人性的悲剧。

拉辛的变形使我们看得很清楚，17世纪支配希腊悲剧变形的是个人心理主题和插入副线情节的结构倾向。同时我们也可以看到，17世纪的变形没有侵犯也未磨损而是重新解释和开掘了希腊原型的潜在主题，发现了古代悲剧更深刻的方面。这些无疑将影响后世变形的走向。

(三) 18世纪：克雷比荣　伏尔泰　歌德　席勒

18世纪希腊悲剧的变形，是召唤过去的亡魂来演出当代世界的新场面，它一方面与启蒙思想有关，一方面又与古典主义有着联系。法国有一个启蒙的古典主义时期，德国在狂飙运动之后出现了一个古典文学时代。意大利的阿尔菲爱里(1749—1803)[著有《俄瑞斯特》(1778)、《安提戈涅》(1777)等]也处于这种状况。这一时期的变形的主要特征，是出现了新的人道主义道德内化倾向和美学上的单纯性倾向。

在法国,唯一能与伏尔泰抗衡的悲剧作家是克雷比荣(1674—1762)。他的《厄勒克特拉》(1708)标志着道德观的转变。剧中俄瑞斯提亚竭力避免杀母,他因难以控制自己,几乎放弃对埃癸斯托斯报仇,反而因遭埃癸斯托斯怀疑其身份而被囚。克吕泰墨斯特拉为犯罪而满心悔恨,随着情节的发展走到了埃癸斯托斯的对立面。埃癸斯托斯才是真正的罪犯。俄瑞斯提亚只是在报仇时一失手才杀死了母亲,当时母亲企图阻止他杀死埃癸斯托斯而犯下罪行。这意外的死终于使母子和解了。这一变形显然具有人性的合理观点,人道与理性悄悄占了上风。母亲无罪,母子间的残暴行为避免了。这里可以清清楚楚地看到,作者将一种新的道德倾向内化到人物的性格之中,从而通过恐惧和怜悯使观众和读者得到人性的道德净化。

伏尔泰(1694—1778)的《俄狄浦斯》(1718)则希望用理性来解释原型中时间上的不合理以及牧羊人揭露真相延搁太久的缺陷。他将俄狄浦斯到忒拜推迟到拉伊俄斯死后二年,并将俄狄浦斯在忒拜发现凶手从20年改为4年。俄狄浦斯无论在何种精神状态下总是理智而清醒,他给人的印象是一个精明能干的国王。俄狄浦斯一接到大祭司关于未受惩罚的谋杀的报告即着手调查;当得知知情者牧羊人还活着,立即召见他,随后又派亲信去催;当祭司从神示获知真相而又不敢说时,他一再要求祭司说出真相;而当他明白自己就是凶手后就决定永远离开忒拜,处处可以看出是理性主导着变形。不过此剧有点过于讲究技巧,最后一幕揭露身份也显得多余,在戏剧性和戏剧真实方面均略为逊色。

这一时期变形的最高成就不在法国,而在德国。

歌德(1749—1832)的《伊菲革涅亚在陶里斯岛》(1779年为散文体,1780年为韵文体,1887年底为五步抑扬格诗剧)是当时希腊悲剧变形的道德和美学倾向最成功的体现,并经受了时间的考验。此剧向往希腊理想这一点后来激发了18世纪德国古典主义爱希腊的特征。其题材主要出自欧里庇得斯的《伊菲革涅亚在陶洛人里》。两剧的外部事件相似,但在歌德的剧作中,杀母罪已不是吞没现在的中心事件,而将主要情节转变成一场对启蒙主义者的价值观的考验。歌德在原型中看到了一个潜在的主题:人性善和恶具有一种感人的力量。剧的前半部的主旨是俄瑞斯特斯摆脱发疯。但使他摆脱发疯的不是女神雅典娜,而是姐姐的富有人性的同情,打碎了家族诅咒的铁链。原型中神降的尾巴也斩去了。伊菲革涅亚虽参与了盗出神像逃走的密谋,但高贵的人格又使她觉得不能用欺骗来达到离开陶里斯回到希腊的目的。在她的想象中,希腊是一个比现实更道德、更理想的地方,因此她觉得摆脱困境的办法唯有说真话。她向国王坦白了密谋。这种真诚纯洁感动了蛮国君主,促使他革除野蛮风俗而建立起人道和公正的原则。至于最后将问题的解决归于对阿波罗神谕的误解,已无多大作用,只不过为了使整个神话更见合理。这样,此剧的前后两部分就一致、单纯了,整个情节的发展满足了单纯这一美学要求,歌德为此放弃了作为戏剧性手段的计谋和副线情节。伊菲革涅亚在此剧中成为一位真诚、纯洁、温和的理想女性,体现了人性的基本价值和人道主义的理想。如果说拉辛的《费德尔》表现的是一个文明世界溃败成一个恐怖混乱的世界，那么歌德的《伊菲革涅亚在陶里斯岛》表现的就是一个宁静光明的世界从混乱中挣扎出来，从神秘恐怖中解放出来。可以看出，歌德的这部剧作反映了作者对当时禁锢而丑恶的德国现实的不满和厌恶。

席勒(1759—1804)晚年的剧作《梅辛那的新娘》，又名《冤家兄弟》(1803)，是一次独特的古代悲剧的变形，这时已进入19世纪，多少有点接近浪漫主义，但还不是浪漫主义的，因此就放在18世纪这一段提一下。

此剧的情节类型是《俄狄浦斯王》与《腓尼基少女》的诸因素的融合。但其取材纯然出于剧作者的自由艺术创造。背景是10世纪中西西里岛的梅辛那。中心事件是兄弟自相残杀，但表面上看似乎是厄忒俄克勒斯与波吕涅刻斯之斗，其实主要以《俄狄浦斯王》为本。其中有充当报信人的老仆迭卜，有陷入俄狄浦斯式困境的唐·曼埃尔，有外祖父的诅咒。作者有复兴希腊悲剧命运观的企图。梅辛那的女侯爵，寡妇唐娜·伊莎贝拉的女儿阿特里丝出生前，神谕就预言她会给两位兄长带来死亡。出生后，父亲要杀死她，母亲无奈把她送进一座修道院让人抚养。十几年后，一向不和的兄弟又在互不知情的情况下同时爱上了阿特里丝。弟弟唐·塞萨尔因嫉妒而发狂，用匕首刺死了哥哥唐·曼埃尔，事后得知两人所爱之人是亲妹妹，于是也自杀了。不幸的悲剧应验了诅咒和预言，反映了贵族的没落。在形式上，这部剧作完全模仿希腊悲剧，全用诗体，不分场幕，运用合唱歌队。此剧是席勒美学思想的一次实践，他要恢复古代悲剧的

"客观、行动、命运",纠正"主观、性格、自由意志",以"自然"纠正"感伤",以古典主义的客观性来纠正浪漫主义的主观性。但席勒并不反对"浪漫的",他此剧中的歌队就发展了抒情的一面。说这部晚期剧作已接近于浪漫主义,恐怕不算言过其实。

(四) 19世纪:雪莱 克莱斯特 格里尔帕策

19世纪出现了一种革新希腊悲剧的倾向。在此之前的变形大多总是顾及原型,以某种理解为主导从中开掘主题,而19世纪的变形,一方面对希腊悲剧采取一种更自由的态度,一方面为我所用,将希腊悲剧变形当作新的悲剧观念和浪漫主义美学观念的试验。

雪莱(1792—1822)的《希腊》(1821)使人想起《波斯人》,他的《解放了的普罗米修斯》(1820)更是直接来自埃斯库罗斯,此剧充满了浪漫主义的激情和象征,歌颂了人类心中产生的美好理想,代表了这时期希腊悲剧变形的一个方面。

另一方面的代表是德国剧作家克莱斯特的《彭提西丽亚》(1808)和奥地利剧作家格里尔帕策的《美狄亚》(1820)。跟他们相比,他们两人以另一种眼光看待古代世界,不妨说是用阿波罗精神与狄奥尼索斯精神对立的眼光看待古代世界。

《彭提西丽亚》是欧里庇得斯的《酒神的伴侣》的第一个近代变形,有些情节出自奥维德的《变形记》。忒拜国王彭透斯的皇后彭提西丽亚领着她的阿玛宗人去特洛伊进行每年一次的竞斗,把抓来的俘虏作临时丈夫。在第一次竞斗中她遇上了阿喀琉斯并爱上了他。她的部落有一条密语,禁止跟战胜她的男人有任何关系。当阿喀琉斯打败她后，失望和恼怒使她发了狂。在第二次决斗中，阿喀琉斯准备输给她，因为他认识到，只有军事上的失败才能得到性的占有，同时他相信她不会伤害他。不料疯狂的彭提西丽亚却竭尽全力打击他，最后一箭把他射死，并唆使群狗把他的身体撕裂。回到营地，她在胜利的回想中，恢复了正常，死了。戏的连贯性在于比喻。克莱斯特用战争来比喻爱情，描写了一场真正的两性战争。悲剧起于隐藏在混乱和暴力的现实背后的真正的爱的表露。与《酒神的伴侣》不同，克莱斯特把狄奥尼索斯精神当作情欲的力量。阿喀琉斯刚毅自信，是人的美与尊严的体现，是阿波罗精神的体现，而彭提西丽亚则疯狂，是狄奥尼索斯精神的体现。最后是疯狂胜利。克莱斯特的哲学观点来自康德的不可知论，认为世界不可知、邪恶、残忍、危险。在一个战争的世界，男女只能在战争中而不是在和平中相爱，爱与恨难分难解。克莱斯特写出了一种"恐怖美"，向歌德的古典主义挑战，同时预示了尼采的《悲剧的诞生》中阿波罗与狄奥尼索斯对立的公式，但在审美价值观上更接近叔本华的悲剧人生观。

《美狄亚》是格里尔帕策《金羊毛》中的第三部。这个三部曲从整体上说既不是写伊阿宋，也不是写美狄亚，而是写金羊毛。但美狄亚与金羊毛的关系是很清楚的。第一部《客人》和第二部《阿耳戈船英雄们》所描写的争夺金羊毛的故事，跟一般希腊传说大致相同。最后美狄亚跟伊阿宋一起走并成了他的妻子。第三部《美狄亚》跟希腊原型不同，是围绕金羊毛来展开的。金羊毛贯穿着整个三部曲。它是一个象征，它象征罪恶，象征人的天真的丧失,象征神圣的特权,象征胜利与复仇,象征野心与意志。伊阿宋是意志的体现,他自私,但并不为什么目的,只是为了自己。他要某种东西,只是为了这东西对他重要他才要,不是为了这东西本身。他要金羊毛,但一旦得到了它,由于并非必需,而成了他的负担。对待美狄亚亦复如此。他受自己所作所为的无法改变的后果支配。天真一旦失去再也找不回来。《美狄亚》中两个主角最后互相搏斗,各自企图赎回过去,希望自己的生活有个新的开端。美狄亚埋了象征过去的东西,但又被人掘出来送还给她。她的过去是抹不去的。她对金羊毛犯了罪,她已不再是她;伊阿宋得到金羊毛后不再是个追求者,他也不再是他。他们都失去了过去的身份。爱转而为仇。意志是一个幻影,行为也是个幻影,一切唯有忍受。格里尔帕策对意志问题的悲观主义的结论是与同时代人叔本华相同的。格里尔帕策的人物希望生活在永恒的现在,既无过去,也无将来,既无罪恶,也无恐惧,更无希望。对他们来说,童年时代代表了这种理想,但是一旦失去天真,没有任何东西——无论是爱情,还是自由,或是责任——能够补偿,因此,世上没有值得为之付出高昂代价的最高的美与善。格里尔帕策的变形,成了他的人生哲学和美学观的艺术体现。

(五) 20世纪: 奥尼尔　T. S. 艾略特　阿努伊　萨特

20世纪是现代戏剧的全新时代,在第二次世界大战结束之前就已是流派纷呈,竞异标新。然而,希腊悲剧的传统并未出现第二次中断,19世纪出现的革新希腊悲剧的倾向在20世纪以更大的势头向前推进,希腊悲剧的影响和变形与现代哲学、心理学、美学乃至政治影响结合起来,打开了一个新局面。不仅在质量上出现了许多杰作,有人称之为"现代希腊悲剧",而且在质量上也很可观。有霍夫曼斯塔尔(1874—1929)的《厄勒克特拉》(1903)、《阿尔刻斯提斯》(1893)、《俄狄浦斯》(1905)、《俄狄浦斯与斯芬克斯》(1905);有克洛岱尔(1868—1955)的《阿伽门农》(1894)、《奠酒人》(1916)、《复仇神》(1916);有科克托(1889—1963)的《安提戈涅》(1922)、《奥尔甫斯》(1927)、《酒神巴克科斯》(1952)、《费德尔》(1950)、《奥尔甫斯的遗嘱》(1959);有奥尼尔的《悲悼》(1929—1931);有 T. S. 艾略特的《合家团圆》(1939);有吉洛杜的《厄勒克特拉》(1937);有纪德的《奥狄甫》(1931)、《忒修斯》(1946);有阿努伊的《安提戈涅》(1944);有萨特的《苍蝇》(1943),等等。

限于篇幅,在此只能略提其中较著名的几部剧作。

奥尼尔的《悲悼》(1931)三部曲主要以埃斯库罗斯的《俄瑞斯提亚》为创作模式,但也受到索福克勒斯的《厄勒克特拉》的影响。奥尼尔将现代弗洛伊德心理学的运用与恢复古希腊人的命运观念的努力结合起来,并将情节完全美国化,背景放在内战时期,阿伽门农——马南将军出征在外,妻子克吕泰墨斯特拉——克里斯丁与船长埃癸斯托斯——亚当·勃兰特私通。马南将军凯旋的当晚就被克里斯丁毒死。他们的女儿莱维尼亚扮演了厄勒克特拉的角色,向弟弟俄瑞斯特斯——奥林告发了母亲的奸情和父亲被害的真相。奥林开枪打死了勃兰特,克里斯丁闻讯后即开枪自杀。跟希腊原型一样,也是一代一代的复仇,但古希腊家族诅咒在这里变形成为心理分析学的潜在的性意识,复仇神则是乱伦。奥林要占有莱维尼亚，莱维尼亚就借机逼弟弟自杀。但她自己最后也得不到安宁，实行自我惩戒，把自己关在阴森森、死气沉沉的屋子里，孤零零地一个人等待死亡来临。奥尼尔的变形，着眼于潜意识，用意是相当深刻的。此剧我在后面有专门论述。

T. S. 艾略特的《合家团圆》(1939)也借这一题材，来进行心理探索。此剧写犯罪的报应，犯罪使家庭破裂，但跟奥尼尔一样变形为现代题材，强调的是人物的赎罪心理。场景是英格兰北部一栋乡间别墅的客厅，哈里·蒙钦西勋爵的亲属们会集在一起，时间是蒙钦西夫人的生日。蒙钦西的三个妹妹、两个妹夫以及堂侄女在客厅里等待着在国外呆了38年的蒙钦西勋爵返回故乡。开始时，温文尔雅的谈话围绕着家庭问题，但渐渐谈起了过去的罪恶，这罪恶像落到古希腊阿特柔斯家族头上的诅咒一样缠绕着蒙钦西家族。这根深蒂固的罪恶是由哈里的死去的父亲犯下的。他受到妻子的支配和折磨，打算谋杀他的妻子，然后与表妹私奔，但被表妹阻止了。这种犯罪心理传给了哈里。这天，哈里头脑发热，回到家里，说了一件使大家大吃一惊的事，他说他在一次航海旅行中把妻子推下了甲板。他确信自己是受到了复仇神的驱使。后来他又认识到他们是神，能救他脱离蒙钦西诅咒。结尾时，哈里把庄园给了弟弟，自己决定追随复仇神，无论他们把他带到哪里。也就是说，他去赎罪了，这与T. S. 艾略特的天主教思想是一致的。

萨特的《苍蝇》(1943)也运用了同一原型的模式，但不是心理探索，而不妨说是《俄瑞斯提亚》的存在主义哲学复述。俄瑞斯特斯，一个正直、温和的青年,回到诞生之地阿耳戈斯城去寻找人生的意义。但他看到的却是一个畏缩、奴性的城市。这城市几年前发生了谋杀阿伽门农王事件,亡人与苍蝇之神朱庇特用成群的苍蝇来惩罚这城市,以保持人们的悔恨。俄瑞斯特斯杀死了母亲和她的情人,公然反抗朱庇特,坚持自由。最后他鼓动来驱逐他的居民重新认识他们的自由,并带着苍蝇离开了阿耳戈斯,使城市得到自由。此剧的主题是自由。对存在主义者来说,俄瑞斯特斯是胜利者,因为他是自由做出选择的,并在行动中获得了自我的价值。此剧打破了传统的赎罪,把一直是整个西方世界道德模式的古希腊家庭道德丢到了一边,于是,萨特的《苍蝇》就与从埃斯库罗斯一直到奥尼尔、T.S.艾略特的其他同题材的剧作区别了开来。这部写于法国被占领时期的剧作还有政治的一面,因罪行而腐败的阿耳戈斯是指由贝当这个埃癸斯托斯的维希政府统治下的被占领的法兰西,讽刺其在德国(朱庇特)和纳粹瘟疫(苍蝇)面前俯伏爬行,召唤法国人民奋起反抗德国法西斯的统治。此剧我在后文还有详细论述。

阿努伊的《安提戈涅》(1944)也写于被占领时期,也含有一种政治暗示,反映了法国被战争破坏的情况,表现了存在的困境、选择与秩序的对立。这出戏不是性格剧,而是处境剧,不重行动,焦点在一个中心场面,即克瑞翁与安提戈涅相遇。安提戈涅行动的理由是正义。她独自处在一个没有绝对价值的荒诞世界,她有拒绝世界的自由。在一个清晨,为波吕涅刻斯举行了埋葬仪式之后,她拒绝了海蒙的爱,拒绝了伊斯墨涅的劝告。面对克瑞翁一次又一次振振有词的劝说,她一次又一次回答:"不!"她所做的一切并不为什么，只是为了自己。安提戈涅代表了人类普遍处境中的意志。此剧的兴趣不在个人或个性，而在于她为什么做出选择。她真正的动机是个人的，是为自己，因此此剧实质上探讨了人心深处的问题、深刻的存在问题。这个变形，一方面接近存在主义戏剧，一方面已经接近荒诞派戏剧了。这个戏的形式也值得一谈。一开场，剧中所有的人物依各种组合而出现在舞台上。安提戈涅、歌队、三个卫兵、欧律狄刻、女仆、伊斯墨涅、海蒙、克瑞翁、侍从、报信人分布在由台阶和拱门构成的布景的适当位置上。幕升起时，歌队转身走下台阶说："看哪！这些人就将为你们演出安提戈涅的故事！"然后一一详细介绍人物及他们的故事。然后，人物退场，女仆与安提戈涅相遇，直接进入演出。戏无中断，由歌队的评价、叙述，或由定格使戏似断实连。整个戏集中、紧凑、一气呵成。阿努伊不仅对这个古代悲剧重新作了解释，而且重新进行了创造，使其形式也现代化了。

在西方戏剧中，希腊悲剧影响与变形历史的轨迹与亮点已大致清楚了，从中可以概括出以下值得注意的几个方面。

一，西方文化的发展中出现过两次大转折，后世剧作家身处的时代状况已非希腊悲剧所能包容。后人面临着不同的社会问题和人生问题，有着各自特殊的意图和目的，同时又处在一个特定的文学主流中。因此，在希腊悲剧与后世剧作家之间必然产生一种张力，即在影响与变形之间产生一种张力，这种张力依不同情况而在某一水平上取得平衡。这正是变形的根据，关键在于对平衡的把握。

二，但其中的影响又具有特殊性，具有一种极强的塑型作用，不同于一般的影响。因此，后世剧作家总是通过特定的古典情节类型来实现自己的意图和目的。于是在整个西方戏剧发展中出现了一个相对独立的希腊悲剧变形的序列和传统。当然，那些没有丝毫独创性与新生命的单纯模仿之作，则处在这序列之外，也处在西方戏剧序列之外。

三，后世的变形往往总是从理解原型入手，正是在这种理解中包含了不同时代的不同的哲学观、美学观、悲剧观、心理观、社会政治观、历史观等。依据这种理解，不仅开掘出原型潜在的主题，而且生发出新的主题。

四，后世的变形，不是细节的改变，改变的是人类共同经历在不同时代的戏剧意义。这些变形总是涉及当代重要的戏剧方法和目的，表现不同的现实。

总之，希腊悲剧传统不会中断，它是和整个西方戏剧传统结合在一起的，并对丰富西方戏剧传统、促进西方现代悲剧的发展起到特殊作用。可以预料，日后的变形当有更新的面貌和更深刻独特的意义。

第三节　莎士比亚悲剧传统

莎士比亚(1564—1616)同时代大剧作家本·琼生(1572—1637)说过，莎士比亚"不大懂拉丁文，更不通希腊文"[①]。近代莎评家 R. K. 路特

[①] 杨周翰编选：《莎士比亚评论汇编》上册，中国社会科学出版社1979年版，第12页。

也曾指出:"无论如何,这一点是肯定的,他(莎士比亚)没有一处提到过希腊戏剧的任何人物或者情节,希腊戏剧对他的神话观念的无论哪一方面都没有发生过影响。"[1]他认为,莎士比亚是位善于运用神话的剧作家,如果他了解希腊神话,他肯定会加以运用。现代莎评家 T. W. 鲍德温由此断言:"结论一清二楚:他确实不知道希腊戏剧。"[2]莎士比亚不知道希腊戏剧,这看来已是事实。由此可以推断,莎士比亚不知道希腊悲剧。然而,莎士比亚不知道希腊悲剧,这是幸还是不幸?

我看,是幸远大于不幸。假如莎士比亚了解希腊悲剧,那么,后人看到的莎士比亚悲剧也许会是一种似曾相识的面貌;或者,莎士比亚会走上另一条创作悲剧的道路。我想,幸亏莎士比亚不知道希腊悲剧,他才得以凭借自己的天才和时代赋予他的力量,在新的社会环境和文化氛围中创造出一种新的悲剧形式,并且,这种悲剧以自己经久不衰的生命力在西方戏剧史上形成了一种新的悲剧传统。

当然,莎士比亚悲剧不是突然出现的,不是无根之木。这根在民间,在英国本土戏剧。艾弗·埃文斯在《英国文学简史》中说,英国的喜剧即使没有拉丁的侵入,也蛮可以发展起来,其中最好的东西一直是本土的。但悲剧却不可能一帆风顺地从英国本土的奇迹剧和道德剧中成长起来,而是在拉丁范例的帮助下才能做出一个新的开端。[3] 这话也可以用在莎

---

[1] R. K. Root, *Classical Mythology in Shakespeare*, New York: Holt, 1903, p. 6.
[2] S. W. Baldwin, *William Shakespeare's Small Latin and Less Greek*, Champaign: University of Illinois Press, 1944, p. 661.
[3] 艾弗·埃文斯:《英国文学简史》,蔡文显译,人民文学出版社1984年版,第154页。

士比亚身上,但是这仅仅就悲剧形式而言,并不适合于莎士比亚悲剧的整体。莎士比亚悲剧中许多好的东西,是拉丁范例所不具备的。比如《哈姆雷特》和《李尔王》中悲剧因素与喜剧因素的混杂,这在著名的奇迹剧《第二个牧羊人剧》中就有着出色的表现。比如《李尔王》中的道德剧因素,难免让人想起《人人》之类的中世纪道德剧。再如莎士比亚悲剧的生动而热闹的情节,这也是英国流行戏剧的看家本领。另外,莎士比亚的悲剧都是为舞台写的,而这恰恰是拉丁范例所缺失的。与此相关的还有更重要的一点,这就是莎士比亚悲剧具有通俗性的一面、娱乐性的一面,这使人想起英国中世纪像约克(York)连环剧、威克菲尔特(Wake Field)连环剧这样一些一连演出几十天的宗教戏剧,内容虽然是有关《圣经》的故事,但却不乏娱乐性,这是当时民众的主要娱乐形式之一。这种通俗性有利于莎士比亚悲剧接近观众,接近观众所生活的现实世界,以及他们所关心的各种实际的考虑。同时,这种通俗性有利于莎士比亚的悲剧获得商业上的成功,从而促进莎士比亚悲剧的发展。

说到莎士比亚悲剧与英国本土文化的关系,有一点也是不可忽视的,这就是莎士比亚与同时代人的关系。王佐良教授曾指出,在英国,莎士比亚不是孤独一人:"在他身边站着许多诗人、哲学家、教育家、翻译家、文学批评家、小说作者、劝世文作者、实用性小册子和指南的编写人,还有一大群剧作家。"[①]据王佐良教授统计,当时的剧本在500个以上,剧作家不下

---

① 王佐良:《英国文学论文集》,外国文学出版社1980年版,第2页。

180人,其中至今著名的约20人。① 可以想见,如此众多的剧作和剧作家与莎士比亚无疑有着千丝万缕的联系。就悲剧而言,情况也是如此。其中,托玛斯·基特的《西班牙悲剧》(1584—1589)对《哈姆雷特》在情节、人物、气氛方面,都有着直接的影响,此外,这种影响还包括戏剧结构(比如两剧中的戏中戏)和人物心理分析(比如西班牙老元帅赫罗尼莫的犹豫和哈姆雷特的犹豫)方面。还有如果不是死于非命而能活得长久一些当足以与莎士比亚匹敌的克里斯托弗·马娄,他的四大悲剧《帖木耳大帝》上下篇(1587、1588)、《浮士德博士的悲剧史》(1588—1592)、《马耳他的犹太人》(1589—1590)、《爱德华二世》(1591—1593),可以说是英国悲剧在莎士比亚之前最辉煌的成就。如果说,基特的复仇悲剧促成了英国悲剧一时的风气,那么,马娄的四大悲剧则为英国奠定了悲剧形式,并为英国悲剧的发展,当然也为莎士比亚悲剧的出现和发展铺平了道路。A. C. 史文朋曾说:"马娄是英国悲剧的父亲、英国无韵诗的创造者。"②马娄为英国悲剧创造了无韵诗,也为英国悲剧奠定了具有巨大力量和包容性的形式(既是文学的也是舞台的)。马娄的无韵诗把新的诗意带进了英国悲剧;他在英国舞台上树立了文艺复兴时期具有摧毁力量的巨人式的人物;他又首先让反面人物充当悲剧的英雄;他汲取古代和外国的悲剧艺术经验,并将其与英国本土的戏剧传统紧密结合;他从古代和外国撷取悲剧题材,但对种种现实问题倾注了深切的关怀;他从英国自己的历史中寻找素材,以历史剧的样式来写悲剧,为英国的悲剧开拓了一条新路;他在严谨的

---

① 王佐良:《英国文学论文集》,第2页。
② 转引自金东雷:《英国文学史纲》,商务印书馆1937年版,第126页。

戏剧结构中将丰富生动的情节集中于人物性格的核心,并深入到人物矛盾的心理;他从中古道德剧中获得启迪,以敏锐的洞察力,探索新一代知识精英的精神历程;他的悲剧场面壮阔,气魄恢宏,气势非凡,充满了浪漫激情和自由的想象,透出富有个性和热情的人文主义精神。总而言之,马娄把悲剧艺术提升到了一个相当的高度,恢复了悲剧的雄伟和庄严。从某种意义上说,马娄的悲剧才是古希腊悲剧与莎士比亚悲剧之间真正的桥梁。马娄悲剧的诸多方面为莎士比亚所继承和发展,这是英国本土戏剧对莎士比亚更有影响的一面,这对于莎士比亚悲剧传统的形成显然起着不可忽视的作用。

不过,理应看到,莎士比亚悲剧传统的形成处在一个比英国本土更大的文化氛围之中,即使基特和马娄的悲剧也是如此。在这一大文化氛围中,就悲剧而言,塞内加的影响无疑处于中心地位。英国戏剧史家约翰·W.肯立夫说过,文艺复兴时期的悲剧史,如果不严格限定时间先后,大致可分成三个阶段。第一阶段,研究、模仿、上演塞内加的悲剧;第二阶段,翻译塞内加悲剧和希腊悲剧,用俗语模仿希腊悲剧和拉丁悲剧;第三阶段,悲剧的主题开始变化,世俗主题在《圣经》主题流行之后为中世纪欧洲所熟悉,到了文艺复兴时期,世俗主题流行起来,这影响了悲剧的创作;与此同时,剧作家以更有规则的形式和更高的艺术标准来模仿古典悲剧,在一种悲剧形式中同时结合流行的类型和艺术的类型。[1] 文艺复兴时期悲剧史的

---

[1] 参见 P. E. Easterling, B. M. W. Knox (eds.), *The Cambridge History of Classical Literature*, Vol. 5, *The Drama to 1642*, Part One, London: Cambridge University Press, 1970, p. 61。

三个阶段中，模仿古典悲剧可以说贯穿始终。文艺复兴时期的戏剧家重建古典悲剧形式，其参照对象主要是塞内加的悲剧。在中世纪，悲剧是故事、说明，而非行动；是叙述的，而非戏剧的。中世纪信仰的一般结构中没有真正的悲剧行动的位置。14世纪末，塞内加的悲剧被译成近代欧洲语言；意大利在出版和演出上都处于领先地位，1474—1484年，出版了塞内加的悲剧。塞内加由此在悲剧方面占据了支配地位，以中世纪眼光看待悲剧的情况也有所改变。希腊三大悲剧家的作品要到16世纪初叶才陆续出版。文艺复兴时期在意大利，塞内加的影响远大于希腊三大悲剧家的影响。意大利人是通过塞内加的悲剧来看待希腊悲剧，并把塞内加的悲剧当作紧身衣穿在身上，很少有人真正了解塞内加悲剧与希腊悲剧之间的区别。

在英国，情况亦复如此，而且，对希腊悲剧的了解也许更少，而塞内加的悲剧显然占据着支配地位。14世纪早期，英国一位信奉旦米尼克教派的僧人尼古拉·特雷维士编过塞内加的作品，但影响甚微。1581年，托玛斯·牛顿译出了塞内加的悲剧，书名定为《塞内加：他的10部悲剧》，影响甚广。其实，当时英国的大学和中学，都教塞内加，不过主要是学文法修辞。不过法学学会的学者教授在写案头悲剧时，显然是将塞内加的悲剧当作主要模式。此外，托玛斯·基特还曾译出过法国剧作家加尼埃的塞内加式的悲剧。在英国的早期悲剧中，《高布达克》(1561)和《不幸的亚瑟王》(1587—1588)明显借鉴了塞内加的悲剧。这两部悲剧曾在法学学会和女王殿前演出过。由此可见，塞内加的悲剧是当时英国戏剧界的主要兴趣之一。

一方面是英国本土戏剧的影响，一方面是塞内加悲剧的影响，再加上基特(基特本身就受到塞内加的影响)和马娄在悲剧创作上的成就,这些方面在莎士比亚身上不是各自独立的,而是交织在一起,对于莎士比亚悲剧传统的形成起到了相当的作用。

在这样一种文化氛围中形成的莎士比亚悲剧传统,与意大利和法国在文艺复兴时期出现的悲剧一样,显然已经不是希腊悲剧的直接延续。希腊戏剧曾经是古希腊社会文化精神生活中的主导文学艺术形式,在中世纪后期和文艺复兴时期,戏剧依然是西方社会文化精神生活中的主导文学艺术形式。但是希腊戏剧传统中断了一个漫长的历史时期,西方戏剧不得不经历另一次兴起和形成。西方悲剧也是如此。莎士比亚的悲剧正是顺应了西方戏剧发展的这一内在要求,说得更确切些,顺应了西方文明发展的内在要求,形成了一种新的传统。弄清这一伟大的悲剧传统的构成和特点,无疑有助于说明这一传统在西方现代悲剧的形成和发展中所起的独特而至关重要的作用。

莎士比亚戏剧的伟大性在于莎士比亚戏剧的实质,莎士比亚悲剧的伟大性当然就在于莎士比亚悲剧的实质。而莎士比亚悲剧传统的构成和特点是与莎士比亚悲剧的实质密不可分的,我想,在叙述上这二者应当是合二为一的。

莎士比亚一生写了不少供舞台演出的悲剧,即使不算几部可以称作悲剧的历史剧[①],也有11部悲剧之多。其中主要的作品有《罗密欧与朱丽

---

① 莎士比亚戏剧类型的划分其实并不恰当,比如历史剧和传奇剧是以题材为划分的标准,而悲剧与喜剧是以戏剧的性质为划分的标准。不过,莎士比亚戏剧类型的划分已经约定俗成,在此也不便多加论说。

叶》(1595)、《裘力斯·恺撒》(1599)、《哈姆雷特》(1601)、《奥赛罗》(1604)、《李尔王》(1605)、《麦克白》(1605)和《安东尼与克莱奥佩特拉》(1606)。这些悲剧是莎士比亚戏剧创作的最高成就，也是西方文明史上第二个重要时期中戏剧艺术的最高成就。

莎士比亚悲剧的伟大成就，他同时代的同行们就已经感觉到了。且不说本·琼生，就说另一些对莎士比亚颇有微词的人也心知肚明。当时有人指责莎士比亚是个偷了别人的羽毛来装扮自己的乌鸦。这话说得刻薄，但也确是实情。莎士比亚确实从前人和同时代的同行们那里拿来了不少东西，而且岂止如此，他拿取的范围要广得多，他是一个集大成者，一个文艺复兴时期戏剧艺术的集大成者，而且他敢于放出自己的眼光，超越其上，沿着正确的艺术道路前行。他原本就是鸟中之凤凰，而今更是一只多彩的凤凰。在悲剧方面，他更是达到了不可企及的地步。

不过，关于莎士比亚悲剧的实质，莎士比亚的同时代人几乎没有涉及，只有本·琼生提到莎士比亚是"时代的灵魂"。将近400年的莎士比亚评论，较早涉及莎士比亚悲剧实质的是撒缪尔·约翰逊，他在《莎士比亚戏剧集》序言中提到莎士比亚善于向他的读者和观众举起风俗习惯和生活的真实镜子，表现普遍人性，善于描写性格，运用对话，并在悲剧中夹杂喜剧因素。可惜约翰逊没有深入下去。到了19世纪末，深受黑格尔影响的A. C. 布拉德雷在他的演讲集《莎士比亚悲剧》(1904)中的第一讲对莎士比亚悲剧的实质做了明确深入的探讨。A. C. 布拉德雷在演讲中提出了一个"纯悲剧"(pure tragedy)的概念，认为够得上"纯悲剧"的只有四大悲剧。耶鲁大学教授 G. K. 亨特说,A. C. 布拉德雷将"纯悲剧"的概念建立在"性格"及其代理人的品质上。为了建立起他的范式,他抛弃了其他的悲剧。[①] A. C. 布拉德雷有自己的思路,他提出"纯悲剧"的概念,用意显然是为了对准焦点,这就是悲剧的实质。他的《莎士比亚悲剧》是以对莎士比亚所有的戏剧中存在的悲剧事实的实际考察开始的。他认为,这些戏剧可以看作描写超出人应承受的异乎寻常的痛苦和灾难的故事,这些灾难和痛苦导致了一个社会地位很高的主要人物的死亡。这个人物对情节中发生的一切负有最初的责任,并且,他坚持对他选择的行动过程负责,他为他所做的选择所负的责任,经由他与自身的本性所作的斗争而得到了最强烈的投射。显然,A. C. 布拉德雷在试图深入莎士比亚悲剧的实质的进程中,将焦点集中于悲剧中的英雄人物以及这些英雄之所以能获得"伟大性"的性质上。当然,他也不仅仅关注这一问题,他也考虑另外一些问题。他要弄明白,是一种什么样的终极力量控制悲剧事件以及如何控制?一种力量为什么会影响到另一种力量?莎士比亚是否让他的英雄人物为自己的命运负责?怎样看待诗的正义?天国或者超精神的力量是否执行终极制裁?什么力量才能够抵抗破坏性的力量?显而易见,A. C. 布拉德雷考虑这些问题是为了超越性格,拓展他的话语空间,力图与莎士比亚的悲剧世界的空间对应。一方面,他认为,莎士比亚的悲剧英雄是一种特殊的人物,因为他们的命运可以影响整个国家或帝国的福利,而且他

---

① Stanley Wells (ed.), *The Cambridge Companion to Shakespeare Studies*, London: Cambridge University Press, 1986, p. 123.

们为内心各种力量的冲突而万分苦恼;另一方面,悲剧世界的终极力量是一种道德秩序,它的必然性被描述为道德的必然性;当恶激烈搅乱世界秩序时,终极力量就表明自己受到这种恶的搅乱,并且对它有所反应,这种力量的反应如此激烈而无情,它看来好像一心要达到至善的境地,并且在要求达到至善境地之时,也好像是无情的。个人是这种秩序的一部分,个人心中的善恶也受到这种秩序的支配,即道德必然性的支配。一切引起痛苦和死亡的激变的主要根源在任何场合下都是恶。悲剧如果排除了恶,就不成其为悲剧,因为悲剧包含着善的被糟蹋。莎士比亚悲剧给人的中心印象就是善被白白糟蹋。A. C. 布拉德雷由此认为,莎士比亚悲剧的实质可以这样来概括:个人这一部分对之显得束手无策的那个整体或秩序,好像是被一种趋求完美的热情激发起来,因为我们无法用别的方式解释它对恶的行为;然而它看来是在它自己内部产生恶的,它在努力战胜和排斥恶的时候,就受到痛苦的折磨,而且破坏了它自己的实质;不仅丧失了恶,而且还丧失了无比珍贵的善。[①]

对于 A. C. 布拉德雷的看法,有人提出这样的指责:A. C. 布拉德雷认为性格比诗重要,从而歪曲了悲剧的意义。诗的一面可能指超越的一面,富有诗意的意义的一面。关于性格,A. C. 布拉德雷确实谈得不多。但是,A. C. 布拉德雷从悲剧人物的性格和悲剧世界的终极力量以及两者的关系来谈莎士比亚悲剧的实质这条思路,是颇能给人以启发的。20 世纪

[①] 参见 A. C. 布拉德雷:《莎士比亚悲剧的实质》,载杨周翰编选:《莎士比亚评论汇编》下册,中国社会科学出版社 1981 年版,第 19—51 页。

莎士比亚研究者关于莎士比亚悲剧实质的探讨基本上没有超出 A. C. 布拉德雷的思路。当然，万事万物变动不居，20 世纪目睹了人们理解莎士比亚以及他的经典的值得注意的转变和调整。新的时代焦点、新的生存状况、新的文化状况以及文化相关性、新的文学戏剧理论学说，以及种种有意识和无意识的偏见，影响着人们对莎士比亚悲剧实质的理解和阐释。这种理解和阐释存在许多种可能性。我在此提出的看法不用说仅仅是许多可能性中的一种。

莎士比亚悲剧的实质到底是什么？他为舞台写悲剧的真正的兴趣焦点到底在哪里？他的历史剧样式的悲剧、罗马悲剧、四大悲剧等等所展现的悲剧事实和悲剧人物究竟要使观众感觉、接受、领悟什么？人们常说，莎士比亚的戏剧是时代的镜子，比现实更真实。然而"比现实更真实"如何理解？更真实在哪里？并且仅仅是时代的镜子吗？

在我看来，莎士比亚的悲剧尽管取材于历史、传说、异国的故事等等，但他的兴趣的焦点在英国的现实，这一现实包括当时英国的政治、社会生活、思想感情、理想、宗教观、世界观、人性观、道德观等。然而，这现实不是由观念构成的，它不仅是活生生的，而且还有一个深广的背景：一方面是英国因王位继承没有明确的制度而造成的长期封建战争动乱，一方面是圈地运动和鞭打流民所引起的民众的普遍不安，以及由这两方面所制造的苦难和痛苦。当代英国剧作家爱德华·邦德的著名剧作《宾果》(1973)所描写的莎士比亚面对圈地和鞭打流民时心中的痛苦和最终的自杀，并非出于一个艺术家的幻想。这世界有苦难，有痛苦，存在于每个人的生活中，而且往往难以忍受。上述两方面所制造的苦难和痛苦正是英国国家民族也是英国人民面临的一种新的生存状况，这种状况既在当时的英国具有特殊性，又在当时的欧洲具有普遍性。

莎士比亚写悲剧主要兴趣就是关注这一新的生存状况。而这一新的生存状况显然关系到国家和民族的兴衰存亡，没有了国家民族，一切都无从谈起。因此，莎士比亚首先是一个爱国主义者，是一个民族国家形成和确立时期的爱国主义者。历史话语对于他已经成为阐释现实的一种新的内在视角。这一点，在他的一些历史剧样式的悲剧中表现得尤为明显。同时，他又有一个统一的欧洲的概念，确切些说，有一个统一的欧洲文明的概念，这是为欧洲文明追根寻源的文艺复兴运动的成果之一。在这一点上，莎士比亚显然胜过同时代西班牙戏剧家洛卜·德·维伽，维伽的戏剧过于局限于本土。这后一方面反映在莎士比亚的悲剧中，就显现出超越的一面，超越了英国的国界，也超越了他的时代。

莎士比亚把秩序和混乱的冲突看作国家民族生存状况的基本方面，混乱造成国家民族的灾难和毁灭，而秩序则带来国家民族的繁荣和昌盛。而这一切有赖于能够巩固王权的开明君主。从他的一些历史悲剧和《哈姆雷特》《李尔王》《麦克白》中可以看得很清楚，莎士比亚的政治理想显然是一种开明君主政治。开明君主政治是当时能想到的较好的政治药方。托玛斯·莫尔的乌托邦走得过远，给莫尔招来的是政治迫害，最终被亨利八世找了个借口处死。这事实对于莎士比亚不能不说是一个前车之鉴，他没有走得那么远。当时一般人心目中渴望的也只是开明君主政治，因为这事实上给国家民族带来了统一和安定。

从这个意义上说,莎士比亚的悲剧主要是对混乱的处理、对苦难的处理。"要是混乱取代了秩序,一切都将毁灭。"哈姆雷特要在一个脱了节的时代里力挽狂澜,用死亡来唤醒人们对秩序的重新确认;李尔因随意分割王权而造成自身的苦难和国家的混乱;麦克白的野心和贪欲导致了谋杀、战乱和自身的毁灭;处于维护和巩固王权的重要地位的奥赛罗,因小人的挑拨和自身的弱点,是非颠倒、美丑混淆,结果因杀人而自杀。混乱的恶果是显而易见的,也是实实在在的。在莎士比亚的悲剧世界中,国家民族层面上展开的秩序与混乱的冲突,既是当下的,又是迫切的,这是当时英国人普遍感受到的生存状况。这种生存状况引发了种种问题,政治的、社会的、家庭的、道德的、爱情的等等,从而展开为忠诚与叛逆、美德与邪恶、爱情与淫欲、孝顺与逆伦等等的冲突,其核心则是权力与财富,这是时代的主题。

然而,要是莎士比亚仅仅停留在这一层面,莎士比亚就不是莎士比亚了。时代的主题并不是一切,更重要的方面是莎士比亚对经受灾难和苦难的人的生存状况的关注。莎士比亚的伟大之处就在于他把爱国主义与拓展人的生存的自由空间这一根本方面紧密结合了起来。人一方面是天地的精华,一方面又遭受着异乎寻常难以忍受的灾难和痛苦。文明的进步理应给人带来幸福,然而却又叫人付出无比沉重的代价。这真是一个充满矛盾的时代,一个充满悖论的世界。莎士比亚灵敏的心灵不能不有所感应,他理所当然把国家民族的兴衰投射于人的生存状况,拷问人何时和如何能

第二章 西方悲剧的两大传统

摆脱由战争、不忠、不孝、篡位、谋杀、邪恶、贪欲等所造成的生存困境,从灾难和痛苦中获得拯救,取得生存的较大的自由空间,真正获得人的真实存在。可以这样说,人的真实存在究竟是什么,人的生存的真实性究竟何在,正是莎士比亚在他的悲剧中苦苦思索和竭力探索的核心问题。

探索需要思想资源。塞内加的道德哲学观、蒙田的怀疑观、马基雅维里的政治观、加尔文的宗教观和中世纪的宇宙观是当时思想文化资源的主要构成。这一切出现在莎士比亚的悲剧中,当然不会那么条理分明,而是形成一种氛围,于无形中渗透其中。T. S. 艾略特在《伊丽莎白时代的塞内加翻译》和《莎士比亚与塞内加斯多葛派哲学》这两篇著名的文章中就塞内加对伊丽莎白时代的戏剧(尤其是悲剧)和莎士比亚悲剧的影响做了精彩的研究,这一课题在艾略特之前和之后已经成为现当代莎士比亚评论中的一个热门话题。1581 年,托玛斯·牛顿编译出版了全集《塞内加:他的 10 部悲剧》(1581),不过,在这之前,塞内加的许多悲剧已陆续由多人译出。这在当时的英国学术界无疑是一件有影响的事,对英国戏剧的影响也逐渐增大。1592 年和 1594 年,佩姆布洛克公爵夫人和托玛斯·基特分别译出了法国塞内加式剧作家加尼埃的剧作《高奈利亚》和《安东尼》。这些译本是否对莎士比亚产生直接影响一直是个有争议的问题。对于这一方面,T. S. 艾略特说得比较公允,他说:

> 我认为莎士比亚很可能在学校里念过塞内加的一些悲剧作品。我认为这是很不可能的事,即莎士比亚对那一套枯燥乏味的散文作

品通过 1612 年印行的洛奇的译文有任何了解。莎士比亚具体受到塞内加的影响,那是通过回忆学校时期的默记,以及通过当时塞内加(式——此字为笔者所添)悲剧的影响,通过基德和皮尔,主要通过基德。但似乎没有任何证据足以证明莎士比亚有意识地从塞内加那里取来过一种"人生观"。①

记忆中的只是一些片断印象,起不了多大作用,起作用的主要是当时戏剧中的塞内加影响,是进入英国文化氛围的塞内加影响。T. S. 艾略特在上述引文的文章的一条有关马基雅维利的注释中说:"我指的不是马基雅维利本人的态度,他的态度并不是玩世不恭。我指的是曾经听到过马基雅维利名字的英国人的态度。"②这种态度正是特定文化氛围中的态度。他在《伊丽莎白时代的塞内加翻译》一文的一条注释中说得更透彻:

> 我想说明我在这里谈的不是莎士比亚"借来的东西"……而是把莎士比亚看作他生活的那个时代的喉舌,这个喉舌通过诗歌发出声音,这个声音,在谈论有关生死这些最严重的问题时,最经常听到的是塞内加的声音。③

---

① T. S. 艾略特:《莎士比亚与塞内加斯多葛派哲学》,载《艾略特文学论文集》,李赋宁译注,百花洲文艺出版社 1994 年版,第 152 页。
② T. S. 艾略特:《艾略特文学论文集》,李赋宁译注,第 157 页。
③ 同上书,第 134 页。

在莎士比亚与塞内加的关系中,艾略特更关心莎士比亚作为时代喉舌的作用。他说:"我更关心的问题不是塞内加对莎士比亚的影响,而是莎士比亚如何举例来说明塞内加的和斯多葛派的哲学。"[1]莎士比亚的态度至关重要,这是一种新的人生态度,而这种新的人生态度则是时代造成的。艾略特说:

> 我几乎不需要指出——这也会超出我现在讨论的范围——在像伊丽莎白时代那样的时代,塞内加的骄傲态度、蒙田的怀疑主义,以及马基雅维利的玩世不恭的态度,这三者多么自然地达到了一种相互结合的程度,产生了伊丽莎白时代的个人主义。[2]

一个时代的文化氛围最终要落实到这个时代的个人的人生态度上,这是不言而喻的事实。然而,有了一种人生态度是一回事,如何用这种态度去看待、去说明人性、历史和现实则是另一回事。这里有深浅之分、正确与谬误之分、高低之分等。这在戏剧中的运用更是另一回事。莎士比亚以独特的眼光透视人性与现实、人性与历史,在人性与历史的冲突中,在人性与文明发展的矛盾中,展示人的生存的外在真实状况和内在真实状况,从而探索人的存在的真实性,从而凝聚成莎士比亚悲剧的实质。在这方面,他远比同时代的剧作家高明。斯多葛派哲学的一些原则,诸如人应追

---

[1] T. S. 艾略特:《艾略特文学论文集》,李赋宁译注,第156页。
[2] 同上书,第157页。

求美德,不要追求幸福,于苦乐当无动于衷;一切存在都是物质的,灵魂也是物质的,但灵魂应支配肉体,不受物质和肉体痛苦的影响;人凭自己的判断追求美德,而个人的判断是和伦理原则一致的,在莎士比亚的悲剧中都成了一些影子,成了真实景象和真实人性的影子。

当然,人生态度并不是一切。对莎士比亚悲剧实质起到作用的还有法国宗教改革家加尔文(1509—1564)的宗教观和中世纪以来的宇宙观。这两者在莎士比亚对人的生存的外部真实状况和内部真实状况的把握和深入方面,都产生不小的影响。

加尔文的著作《基督教原理》发表于1536年。1587年,英国的克里斯托弗·菲契尔斯通将一个《基督教原理》节本译成了英语。加尔文的宗教思想是适应当时社会需要、比较容易为人接受的宗教思想。加尔文宗教思想对莎士比亚悲剧的影响主要是当代英国批评家阿兰·辛菲尔德所称的"悲剧观念的基督教化"[1]。这种悲剧观念的基督教化虽然非加尔文所独有,但他显然表述得更集中,影响也更大。加尔文眼中的宇宙是一个悲剧的宇宙,疾病、瘟疫、战争、天灾、火灾、死亡,无不随时随地威胁着人的生存。正是这些事件使得人们咒骂他们的生命,憎恶出生之日,诅咒天国之光,甚至指责上帝残忍和不公正。加尔文知道,这一悲剧的景象可以产生异教悲剧。但异教悲剧缺乏基督教的启示。他指出,上帝之手是凡人命运的主宰和裁判,信仰之极致就是面对暴力、专制的宇宙而对天国深信

---

[1] Alan Sinfield, *Faultlines, Cultural Materialism and the Politics of Dissident Reading*, Oxford: Clarendon Press, 1992, p. 218.

第二章 西方悲剧的两大传统

不疑。人事世相之无常容易让人觉得,似乎上帝把人当作一只网球一样拍上拍下来取乐。实质上,上帝正是通过惩罚来显示他是一个正义的法官。加尔文这种基督教化的悲剧观念是与伊丽莎白时期世界观的主要来源即中世纪宇宙观紧密相连的。伊丽莎白时期的世界观是一种复杂的世界观,E. M. W. 梯利雅特称之为"世界图像",它包含来自中世纪的三种比喻:一条链条,一群对应的星球,一场由牧羊人乐曲伴奏的舞蹈。宇宙中的一切是造物主设计的一部分,其中没有什么是多余的、混乱的,或者是无目的的,而是有着严格固定的等级,好比一条链条,存在的分类以从下至上的秩序安排。顶端是上帝,最底下是造物中最小的微尘。天使处于上帝之下,人则在天使之下,但在其他动物之上,因为人有头脑和自由意志。这链条中每个生命形式本身是一个小小的宇宙,一个由上帝亲自规划和安排的大宇宙中的小宇宙。在小宇宙中有一理想秩序,即人靠理性摆脱动物欲望的控制,神根植于每个人之中,神性使他区别于其他动物。个人反映宇宙规划,家庭构成、政治体制、宗教体制亦复如此。存在的链条在人类事务的每个方面产生感应。父亲是上帝在家庭的代理人,国王是上帝在政治领域的代理人,教皇是上帝在宗教事务中的代理人。总之,当万物反映上帝的宇宙的根本和谐,以地球为中心的十重天也就在宇宙的舞蹈中和谐运行。[1]

加尔文的宗教思想和伊丽莎白时代要求和谐、集中的观念在莎士比

---

[1] 参见 Lloyd J. Hubenka, Reloy Carcia, *The Design of Drama*: *An Introduction*, New York: David Mckay Company, Inc., 1973, pp. 164 – 165。

亚悲剧中不时反映出来。但是，这不是一种单纯的反映，里面混合了明显的塞内加的异教因素。T. S. 艾略特说，早期近代悲剧引用了塞内加的道德思想。这是事实。当代英国文学批评家阿兰·辛菲尔德指出："在某种程度上，塞内加的道德文章和哲学可以改写用于基督教。"[1]他还引用别人的话来说明这一点："如果你以为他是一个异教徒而读他的书，那么他看上去却像一位基督教徒在写作；但是，如果你以为他是一位基督教徒而读他的书，那么他看上去却像一位异教徒在写作。"[2]这也是事实。然而，问题的实质并不在于莎士比亚的悲剧反映了多少基督教和异教的观念。无论是塞内加的斯多葛主义、加尔文的宗教思想，还是中世纪宇宙观，对于莎士比亚来说都不过是一种认识工具。他把它们当作一个七棱镜，来透视他那个时代复杂纷繁的人的生存的外在真实状况和内在真实状况。举例来说，莎士比亚的悲剧世界是一个基督教淡化的世界，莎士比亚实质上超越了基督教和异教，他深切关注的是这个世界和人的生命的悲剧性实质。莎士比亚不是独创性的思想家，当然更不是深邃的哲学家。如果为了寻找某种独到的思想而去读莎士比亚，一定会令人失望。莎士比亚是柯勒律治所称的万人之心，是马修·阿诺德所说的有超越知识的人物。他以自己的心和超越知识来运用、描写人的痛苦，探索人的生存的真实性的悲剧这一崇高的

---

[1] Alan Sinfield, *Faultlines, Cultural Materialism and the Politics of Dissident Reading*, p. 215.
[2] Ibid.

艺术形式。古希腊人发明了悲剧,莎士比亚能够找到的也是悲剧,他们在实质上是相通的。

国家民族的混乱、战争、天灾、疾病、瘟疫、死亡所造成的苦难和痛苦,归根到底,是人的苦难和痛苦。罗柯·蒙塔诺把李尔称作人的痛苦的普遍意象。他认为,在《李尔王》中,莎士比亚超越个人斗争,将注意力集中于人生的不幸,集中于不可避免的和往往是完全极度的痛苦。[1] 人的痛苦是人的生存的真实状况的基本方面。不过,莎士比亚不是关注人的痛苦的一般化方面,而是关注人的痛苦的内在方面,换言之,他更关注人的生存的内在真实状况。文艺复兴时期英国社会的暴力、混乱、谋杀、篡位、盲目的行动、罪恶的叛乱、残忍的行为等所造成的紧张,使得莎士比亚在他的悲剧中更有力地反映出人性的复杂和深度;另一方面,这种紧张是人自己造成的,人性本身的真实状况也自然引起莎士比亚的深切关注。《李尔王》是一部远离古代模式的悲剧,这部悲剧实质上描述了李尔经历精神炼狱的历程。希腊悲剧中的英雄都带有某种神性。人自中世纪以来堕落了,按照基督教的看法,人陷于不幸之中。人对自身持一种悲观主义态度。《李尔王》就是这样一个寓言,李尔从王位跌落成为普通的不幸的人,这人如何重新获得某种神性,正是莎士比亚所关心的。李尔说:"要是人之所有不过生存所需,人之生命恐怕与野兽无异。"人的生存需要某种更有价值的东西,这种东西就是李尔身上表现出的忍受痛苦和不幸的精神高贵性。这也许就

---

[1] 参见 Rocco Montano, *Shakespeare's Concept of Tragedy*, pp. 243-263。

是某种神性。这可以看作莎士比亚关注的第一类人的生存的内在真实状况。

第二类可以用哈姆雷特的著名独白的第一句"to be or not to be"作为标题。这是一句难以翻译的诗。生存还是毁灭,应活还是应死,活下去还是不活下去,行动还是退缩,醒还是睡,反抗还是妥协,迎战还是逃避……这一系列对立的含义都可以被包容在这句独白之中。这是人生可能面临的各种抉择。而这句诗又是内心独白,是灵魂世界的显露,让人感受到了在人的心中展开的斗争、矛盾、犹豫、思量、无奈、抗争。选择之难,不仅难在后果之殊难逆料、现实之无力把握,而且难在人的性格和心理的复杂和深奥。我国已故的著名莎学家杨周翰教授在《沙剧内外》一文中说:"我觉得莎士比亚对人生和世界有一个最根本的看法,那就是'世界是舞台'。"[①]他认为把世界比作舞台表达了当时时代的本质特征。同时,"这种现象反映了当时人们的精神状态,也可以说是一种病态的文化现象,因为人们已经没有能力把握现实,更不用说改变现实。人们混淆了现实与幻觉、梦和醒、真和假。"[②]时代特征与人的精神状态是一种相互感应的关系。现实之难以把握与人的内心之复杂有着紧密的关联。莎士比亚说:"成熟就是一切。"莎士比亚显然对时代特征与人的精神世界的关系有一种成熟的理解,对人的生存的外在真实处境和内在真实处境的关联有一种成熟的敏感。在对人的性格和心理的理解方面,他显然受到普鲁塔克的影响,但他无疑

---

① 杨周翰:《镜子和七巧板》,中国社会科学出版社1990年版,第152页。
② 同上。

要比普鲁塔克深刻得多。因为这不仅仅是性格和心理的问题。性格在选择中形成，心理在痛苦中磨炼，灵魂在行动中显现。选择之无可避免，犹如痛苦之不可避免。选择本身就是一种痛苦。关键不在于选择，而在于选择的性质。选择的痛苦要由人性来承担。人既不能降低人类的身份，又不能逃避因这世界和人生所激起的那些更深刻的问题。混乱和痛苦不是来自宇宙，而是来自人自身。莎士比亚不仅关注人的精神世界的复杂和深刻，而且关怀人的性格的弱点、人的本性的脆弱。他很清醒，看到了人性脆弱及其破坏性，努力揭示巨大激情的罪恶和过失：欲望、骄傲、爱情、嫉妒、复仇、野心、阴谋。人的自由受到自己本性的弱点的制约，人自己歪曲人的存在的真实性，人自己妨碍自己获得真实的存在。莎士比亚举起镜子照时代，也照人性。他不仅抓住了一个时代的人，而且抓住了悲剧基于其上的人性诸方面的普遍性。莎士比亚悲剧中的英雄成为连接两种生存状况的关键。哈姆雷特的犹豫、李尔的骄傲、麦克白的野心、奥赛罗的嫉妒，这些性格弱点使这些悲剧英雄陷于各自的生存困境，由此产生的行动不仅关系到他们本人的命运，而且关系到家庭的安危、国家的存亡、民族的命运。

　　总而言之，莎士比亚创造了一个悲剧世界，一个重新组合、构建的更适宜于再现人的生存的外在真实处境和内在真实处境的悲剧世界。人性本身的冲突、人性与历史的冲突、人性与现实的冲突、人性与文明的冲突、人的生存的真实性与各种恶的力量的冲突，在悲剧英雄的精神世界中展开搏斗并引向深入。而一切悲剧的艺术手段所造成的效果，都是为了使观众真切感受到人的生存的外在真实处境和内在真实处境，从而获取对人的生存的真实性的深层领悟。亚里斯多德说，悲剧是严肃的。悲剧的严肃性实质上就是对人的生存的真实性的终极关怀。所谓人的生存的真实性，据莎士比亚悲剧所传达的信息，无非就是善、美德、仁慈、忠诚、善良、尊严、高贵、爱、文雅、信任、节俭、节制，以及诸如此类人类自古以来所追求和向往的美好的理想，还包括自由、和谐、安宁的人生、社会等世界应有的各个方面。罗柯·蒙塔诺说，李尔的痛苦告诉我们，人在不幸的状况中能够学会抛弃所有的虚荣和世界的虚伪，并寻找到善和仁慈的价值，这是唯一值得寻找的东西，任何东西无法将其毁坏。他认为这样的思考是一种更高的宗教思考。[1] 实质上，这是一种更具有严肃性的思考。莎士比亚的悲剧正体现了这种对人的生存的真实性的严肃思考。

这就是我对莎士比亚悲剧实质的基本理解。这实质也就是莎士比亚悲剧传统的核心。莎士比亚悲剧传统正是由这核心及其折射深刻影响了后世的西方悲剧。

---

[1] Rocco Montano, *Shakespeare's Concept of Tragedy*, p. 245.

第三章　西方现代悲剧的生成

第一节　古典悲剧、文艺复兴悲剧、现代悲剧三者的实质区别

沃尔特·本雅明在他的教职资格论文《德国悲剧的起源》(1928)中提出了一个论点:17世纪莎士比亚、卡尔德隆等人的文艺复兴悲剧与古典悲剧的区别在于它从神话转入了历史。[①] 这里的文艺复兴悲剧指的是文艺复兴晚期的悲剧。不妨把这论点引申一下:现代悲剧与文艺复兴悲剧的区别在于它从历史转入了现实社会。从另一个角度看,古典悲剧、文艺复兴悲剧、现代悲剧三者的实质区别在于从神到人再到个人。个人(自我)与现代社会的关系是分析理解现代悲剧的基础。个人(自我)与社会

---

① Walter Benjamin, *The Origin of German Tragic Drama*, John Osberne (trans.), London: NLB, 1977, p. 120.

的关系问题在现代悲剧萌芽时期就已相当突出。这一关系成为悲剧表现的内容肇始于18世纪初英国剧作家乔治·李洛的《伦敦商人》(1731)。这是由两个条件促成的。其一是社会状况的改变。随着近代资本主义社会的形成和发展,即市民社会的形成和发展,社会越来越成为中产阶级和普通人活动的舞台。其二是个人主义、个人自我意识的觉醒。

西方文化自文艺复兴以来既强调人的价值(human values),也强调个人价值(personal values)。作为个体价值观的个人主义既与人的价值相关,也与个人价值相关。随着西方资本主义的发展,个人价值越来越突出。这不可避免地促使了个人(自我)意识的出现和觉醒。据雷蒙德·维廉斯分析,个人自我意识的出现和觉醒,可以追溯到马娄之前100年的基督教悲剧《人人》。[①] 在《人人》一剧中,人人在生命的中途碰上了死神,他当然感到恐惧,就力图转变这种遭遇。但他自己的行动必定要把他带到黑房间的旁边,他必定要在其中消失,在黑房间上方的平台上,上帝正等着人人的到来。他进入时,犹豫的情绪极其强烈,但要经过房间不仅不可避免,而且也只有经过这条路人人才能接近上帝。认识到这点时,他就产生了厌恶和恐惧,但这还不是后来的悲剧的声音。个人在极限处境中是孤独的,而这种孤独正是产生个人意识的基因。富有戏剧性的是,在进入这极限处境之前,人生具有十分不同的经历。《人人》一剧,在人生的共同性中,现在有了特殊性、瞬时性、当下性,一种对人生过程的主动意识。也

[①] 参见 Raymond Williams, *Modern Tragedy*, pp. 88 – 89。

就是说，在人生的经历中，自我意识成了积极力量。现在自我意识自身就具有了戏剧性，成了需要表现的新的戏剧源泉。人生的共同过程被看成一种个人经历，一种有强烈自我意识参与的个人经历。这种自我意识在文艺复兴时期的悲剧中获得了进一步的觉醒和提升。但是文艺复兴时期悲剧主人公的自我意识不同于18世纪资产阶级悲剧主人公的自我意识。浮士德博士与哈姆雷特的自我意识不同于乔治·邦威尔与露易丝·米勒的自我意识。如果说希腊悲剧的主人公的意识具有神性，那么文艺复兴时期悲剧的主人公就具有人性，而资产阶级悲剧主人公则具有个人性，或曰私人性。雷蒙德·维廉斯说："在希腊悲剧中，受到遗传、血缘、责任束缚的主人公的地位禁锢了个性，这种个性仅仅在普遍行为所要求的范围内发展。而现在，在伊丽莎白时期的悲剧中，处于受到类似限制的地位中或超越这种地位的个性，以及由限制和超越共存所引起的冲突，则往往成为悲剧的源泉之一。"① 由此引申下去，资产阶级悲剧的源泉之一则是个人性，或曰私人性。"李洛的《伦敦商人》也有着明显的社会性。"② 不用说，个人性的自我意识与社会性有着密切的关系。

在18世纪的欧洲，等级为阶级所替代。"等级意味着秩序和联系；在一个无定形的社会中，阶级仅仅意味着分离。"③ 这种分离是个人性或曰私人性普遍出现的社会条件。"一旦这样以后，一种新的悲剧定义就是不可

---

① Raymond Williams, *Modern Tragedy*, p. 90.
② Ibid., p. 93.
③ Ibid.

避免的了。"①要为新的悲剧定义，首先要弄清一个问题：希腊悲剧、莎士比亚悲剧、资产阶级悲剧三者之间实质上的主要区别是什么？这区别就是我在本章开头提出的区别。这里再展开一下。沃尔特·本雅明在《德国悲剧的起源》中对希腊悲剧世界与莎士比亚悲剧世界的实质区别作了很精辟的解释。他认为，文艺复兴悲剧与古典悲剧的实质区别在于它从神话转入了历史——一个希腊戏剧所不具有的那种具有超验意义的"政治"的世界。② 对于文艺复兴悲剧来说："照那时代所想象的历史的生活，是它的内容，它的真正对象。在这点上，它不同于（古典）悲剧。因为后者的对象不是历史，而是神话，而且戏剧人物的悲剧重要性并非来自等级——专制君主政体，而是来自他们生存的前历史时代——已消逝的英雄时代。"③希腊悲剧大多取材于神话，并以诸神世界为背景，而莎士比亚的四大悲剧均取材于历史和故事，并以宫廷的政治世界为背景。一个是诸神世界，一个是历史的政治世界，这就是希腊悲剧世界与莎士比亚悲剧世界的实质区别。而资产阶级悲剧世界与前两个悲剧世界实质上的区别，我认为在于资产阶级悲剧世界是一个社会性的世俗世界，它不关注历史，而是主要关注现实，关注世俗的人，关注人的世俗生活。西方社会的世俗化进程是一个复杂而漫长的进程，伴随着市民阶级的兴起和资本主义工商业的发展，以及海外贸易的拓展。在文化领域，15世纪下半叶，纸与印刷术在西

---

① Raymond Williams, *Modern Tragedy*, p. 93.
② Walter Benjamin, *The Origin of German Tragic Drama*, John Osberne (trans.), p. 15.
③ Ibid., p. 62.

欧得到广泛运用，在商业利益的推动下，促进了思想、学术、文学、戏剧的世俗化进程。神学领域的历次宗教改革运动，实质上是世俗化在精神领域的表现。马丁·路德的宗教改革运动是与平民运动相联系的，他认为《圣经》是基督信仰的唯一最高权威，而不是天主教会，并提出"圣灵在内心的见证"才是《圣经》乃上帝的启示的唯一证明。这样，凡人均可经由自己的内心与上帝亲近。这实际上为宗教世俗化开了先路。德国的另一位宗教改革家托玛斯·闵采尔说得就更明确了。他视灵性为理性，信仰乃理性之表现，人人有理性，因此人人皆可有神性，升天堂。他还说基督是人，天堂非在彼岸，天堂可在此生中寻找。他提出要立即在地上建天国，也就是说，要建一个世俗的天国。加尔文的《基督教原理》于1536年3月问世，他提出必须以《圣经》为依据，应把灵魂得到拯救转归信仰者所有，上帝圣灵在人心中不仅仅是为了见证，而且是为了使人成为圣洁，圣灵的启迪作用在人心中产生召唤，这种召唤是与人的得救信心互为因果的。这就使得宗教世俗化更易为人接受。英国国教的《三十九条信纲》中对神职人员结婚的合理性的论述，以及强调国王对教会拥有的权力，更推进了宗教的世俗化。至于清教徒运动，表面上是"纯洁教会"，主张清除国教教会中的天主教内容，实质上是为新兴的资产阶级的世俗权力争得精神领域的合法性。清教接受了加尔文教的"神召"概念，上帝并不要人苦修，而是要人完成他在世上的责任和义务。劳动就是祈祷，勤勤恳恳从事职业就是实现神召，劳动创造财富，也使灵魂健康，而积累财富更是人的责任，天职，是一种道德。清教的观点显然具有鲜明的入世性，是资本主义精神在宗教领域世俗化的结果。清教的改革推动资本主义发展这一点,自马克斯·韦伯的《新教伦理与资本主义精神》以及 R. H. 托尼的研究发表以后,已经成为学术常识。

  这种精神领域的世俗化进程不过是社会生活世俗化进程的一种曲折表现。但是,精神领域的世俗化进程在中世纪后期与文艺复兴时期的影响是重大而深远的。戏剧的世俗化是这种影响的一个重要方面。我们应该记住,欧洲戏剧,在古希腊戏剧传统于中世纪中断以后,实际上经历了第二次起源。这第二次起源是起源于宗教戏剧。最初的宗教戏剧是从教会仪式中的唱诗班形式发展起来的。为了使《圣经》中的教诲更生动,在教堂里设置了一些景观,逐渐发展成戏剧性的插段。公元 925 年左右,表现三个玛丽寻找耶稣的插段《你们要找谁》就是已知的著名例子。13 世纪,戏剧从教堂里移出,移到教堂西门边上,然后移到门廊、方形广场,最后移到市场,开始了它的世俗化进程,戏剧逐渐成为人们的一种主要娱乐形式。15 世纪以后,非宗教性团体插手,成为戏剧活动的主力,有商业公会、市政当局,以及各种特殊社会团体。同时,戏剧多以地方方言演出,形式也更带有娱乐性。神秘剧、道德剧等宗教戏剧形式包容了越来越多的现实因素。著名的《第二个牧羊人剧》一开始就是各个牧羊人对现实社会的一般状况、婚姻、生活艰难的一系列抱怨。道德剧则宣扬中产阶级的思想意识和伦理道德观念,反对封建统治,争取中产阶级的生活权利,更多世俗的东西。宗教剧后来遭到禁止,但戏剧的世俗化进程并未中断,这一进程所形成的戏剧世俗化精神并未消失。关注现实已经成为戏剧的使命。

　　文艺复兴时期英国的悲剧当然受到戏剧世俗化精神的影响。这从当时的悲剧观中也可以看出。莎士比亚的同时代人这样给悲剧下定义："悲剧描写不幸和痛苦的君王的令人悲哀的没落,目的在于提醒人们命运之无常,以及上帝对邪恶生活的惩罚。"[1]这些君王是历史上和现实中的君王,而命运无常和邪恶则是世俗世界的各种无节制行为和欲望的必然结果。这时的悲剧大多取自当代的罪行。文艺复兴时期的悲剧观主张写悲惨之事并非大错,因为这使悲剧的意义有了新的开拓,悲剧与世俗生活的关系更密切了,更关注人的生存状况。其实,这是悲剧观念适应人的新的生存状况而趋向世俗化的一次重大转变,西方悲剧精神由此起了某种变化,当然也出现了某种偏差,但这已是另一个问题了。英国出现的家庭悲剧可以看作这种变化的一个明显的迹象。家庭悲剧的主人公不再是英雄,而是中产阶级。它的中心主题是世俗世界的诱惑不可避免地导致罪恶和死亡,虽然仍以基督教道德面貌出现。

　　悲剧世俗化是西方精神领域和戏剧领域世俗化的结果,最终使得资产阶级悲剧世界成为一个社会性的世俗世界。有一点值得一提,莎士比亚悲剧中的社会和个人不完全是近代意义上的社会和个人。因为,一方面,莎士比亚悲剧中的社会和个人强调权力,把权力看作悲剧动因,政治利益是核心;资产阶级悲剧世界中的社会和个人强调金钱,把金钱看作动

---

[1] Lloyd J. Hubenka, Reloy Carcia, *The Design of Drama: An Introduction*, p. 166.

因，世俗利益是核心。另一方面，正如埃里克·本特利所说："中世纪世俗与文艺复兴个人主义这一大的历史对立构成了伊丽莎白时期悲剧的基础，社会组织与现代个人主义这一大的历史对立则构成了现代悲剧的基础。"[①]从这两种基础的区别中可以探得莎士比亚悲剧与资产阶级悲剧区别的消息。

第二节　从资产阶级悲剧到现代悲剧

乔治·李洛的《伦敦商人》是第一部标准的资产阶级悲剧。不过在李洛之前，尼科拉斯·罗的悲剧《简·萧》(1714)，其主题是表现男人对待女人的残酷性，已经预示了资产阶级悲剧的出现。李洛还写了另一部成功的资产阶级悲剧《致命的好奇心》(1736)。这也是一部标准的资产阶级悲剧。因此，把乔治·李洛的悲剧看作资产阶级悲剧的开端是恰当的。18世纪中叶，爱德华·莫尔写了悲剧《赌徒》(1753)，这也是一部成功的反映现实的资产阶级悲剧。李洛和莫尔确立了英国在现代悲剧发展史上的创始者的地位。

资产阶级悲剧又称市民悲剧或者家庭悲剧，显然不同于两大悲剧传统。但是，资产阶级悲剧还不是真正意义上的现代悲剧。据埃里克·本特利的看法，这是一种介于两大传统悲剧与现代悲剧之间的中间类型。

[①] Eric Bentley, *The Playwright as Thinker*, New York: Harcourt, Brace & World, Inc., 1967, p. 34.

他说:"这是一个中间形式;人们往往通过分析 18 世纪社会、哲学和文化,把它当作悲剧死亡的原初证据。"①资产阶级悲剧之所以是一种过渡形式的原因,本特利没有说明。我认为其原因有三条:(1) 资本主义社会尚未充分定型;(2) 资产阶级个人尚未充分发展;(3) 现代人的生存困境尚未充分形成,现代人尚未普遍面临极限处境。埃里克·本特利在谈到另一个问题时也提出了类似的看法,他说:

> 在西方文明中,世界观经历了三次危机。第一次,当古代世界从单纯转变到反思,就从相信诸神到相信命运。第二次,是中世纪的秩序被新教徒的个人主义所动摇。第三次,是从席勒到尼采,现代"新的人性形式"尚在未知之天。②

这"尚在未知之天"正是过渡形式的特征。未定型的个人与社会的关系,未充分形成的现代人的生存困境,尚在未知之天的"新的人性的形式",这种种原因,当然难免使资产阶级悲剧具有各种弱点,从而迅速衰落。这些弱点概括起来大致有三点:(1) 既是过于社会的,又是不足社会的;(2) 私人性的双重性引起的矛盾;(3) 悲剧格调的降低,或者说,悲剧精神的偏差。

这些弱点从 18 世纪最著名的资产阶级悲剧《伦敦商人》就可以看出。

---

① Eric Bentley, *The Playwright as Thinker*, p. 34.
② Ibid., p. 29.

这个悲剧的主人公是小职员乔治·邦威尔,他是伦敦富商陶罗谷德的学徒。他坠入了妓女密尔伍德精心编织的情网。密尔伍德是个堕落的女人,她憎恨男人,要向男人报复,办法是征服一个男人,让他为自己攫取钱财,维持奢侈生活。她看中了管理账目、每天经手大笔钱财的邦威尔。她想方设法,施展各种手段引诱他,让他坠入情网,然后逼他就范。她略施小计,用谎言驱使邦威尔为她偷了主人的钱。随后她又逼他去谋杀他那在乡下有一大笔产业的亲叔叔。邦威尔杀死亲叔叔后,懊悔不已,没有带上钱财就回到密尔伍德家。密尔伍德见他没有带回钱财,翻脸不认人,叫来警官,抓走了邦威尔。不久,密尔伍德的女仆向陶罗谷德揭露了密尔伍德的罪恶,陶罗谷德叫来警官逮捕了她。最后两人被判死刑,一起走上绞刑架。雷蒙德·维廉斯在评论乔治·李洛的另一部悲剧时曾这样说:"一个家庭因贪婪金钱而败落,这在李洛的《致命的好奇心》中得到了明显的表现。但是这必然性没有被严肃对待,作为一个问题提出,而且显然没有与人的欲望的整体联系起来。人们指责资产阶级悲剧是过于社会的,因为它排除了与文艺复兴悲剧和人道主义悲剧的普遍联系。另一些人则指责它是不够社会的,因为它的关于怜悯与同情的私人伦理学与它的时代的人的欲望与社会限制之间的真实矛盾相背离。"[1]这话基本上也适用于《伦敦商人》。此剧中,邦威尔悲剧的必然性,即向往更好的生活与社会限制之间的矛盾冲突,并没有被严肃对待,作为一个问题提出,而仅仅归罪

---

[1] Raymond Williams, *Modern Tragedy*, p. 94.

于堕落的妓女密尔伍德的引诱威逼,而且显然没有与作为整体的人的欲望联系起来。这里的生存困境仅仅表现为危及资产阶级的某种生活准则和道德准则,而不是危及人的真实生存。对情欲的诱惑和金钱的贪婪仅停留在基督教道德谴责的水平。至于不够社会的这一点,还须进一步说明,这就是,此剧中人物关系仅限于私人水平。陶罗谷德对邦威尔、陶罗谷德的女儿对邦威尔,仅仅是私人间的怜悯和同情,邦威尔感受到的也仅仅是"私人的痛苦"和"私人的绝望"。私人性固然有其意义,它使得剧中人物有别于高贵的、有责任的,或者有道德的人物,并使悲剧从关注社会地位和权力转而关注个人的生死,关注世俗和肉体。然而,私人感情与社会结构之间显然存在着空白地带,它们在这里断裂了,从而丧失了悲剧的严肃性,降低了悲剧的格调。剧中几次警官出场,只是为了执行对罪恶的惩罚,充当了资产阶级道德伦理的工具,与整个社会结构甚少关联。"18世纪悲剧感情上的笨拙可以与早期伊丽莎白时期的悲剧相比。"[1]李洛的另一部悲剧《致命的好奇心》和爱德华·莫尔的《赌徒》的情形也是如此。《致命的好奇心》一剧中,一个出门多年没有音信的儿子,为增加与父母重逢的激动和喜悦,以假身份回到故里。他的父母年老的韦尔莫特夫妇常年贫困不堪,当一个陌生人把一箱珠宝托付给他们保管,顿生歹念,因贪婪而谋杀了陌生人。事后真相大白,丈夫悔恨不已,杀了妻子,然后自杀。因贫困而生贪婪,因贪婪而实施谋杀,虽有一定的社会性,但仍不足以提高

---

[1] Eric Bentley, *The Playwright as Thinker*, p. 48.

悲剧格调，私人感情与社会结构的断裂依然明显。《赌徒》的情形稍好一些。嗜赌成瘾、不可救药的赌徒因赌博倾家荡产，并给亲人朋友带来灾难，最后服毒自杀身亡。赌博虽被写成一严重社会问题，但悲剧动因则过于私人性，二者依然存在一定的断裂，未能足够提高悲剧格调。由此可见，作为一种类型的英国资产阶级悲剧迅速衰落是由于自身内在的矛盾。

法国和德国的模仿者看到了英国资产阶级悲剧的弱点，是他们提供了现代悲剧的要素之一，即个人与社会之间必要的张力。但这里的情况比较特殊，并且法国与德国各有自己的特点，需要加以说明。英国的资产阶级悲剧在法国和德国不是以原来的面貌出现，而是在精神上具有相当的一致性。在法国，狄德罗（1713—1784）认为把戏剧区分为悲剧和喜剧两大类并不完整，主张在悲剧和喜剧之间还应有两个中间类型，这就是感伤喜剧和家庭悲剧。感伤喜剧和家庭悲剧的故事情节应简单、普通、接近现实生活，应由第三等级的人物充当主人公。这是他在他的戏剧理论文章《关于〈私生子〉的谈话》（1757）和《论戏剧诗》（1758）里提出的主张。他的两部剧作《私生子》（1757）和《家长》（1758）虽然并不成功，但却确立了"正剧"，也即严肃戏剧的地位。这种严肃戏剧实际上就是他的两种类型中的家庭悲剧，但却又不同于英国的家庭悲剧，结尾均是皆大欢喜。《私生子》写的是新兴的资产阶级男女的私人生活，主要表现青年男女爱情中的道德问题，他使法国戏剧中的主人公从宫廷来到了大庭广众之中。青年人陶尔法是他的一位朋友的妹妹的爱人，他同时又与这位朋友的未婚妻罗莎丽相爱。陶尔法于是陷于一场涉及爱情与道德的冲突和自我斗争之中。最终陶尔法以理智战胜感情,罗莎丽也克制自己,中止了这场不正当的爱情。至于剧本后来揭示陶尔法是罗莎丽的父亲的私生子,已经并不重要,只是为中止这场不正当爱情提供一个外在的理由,使观众的感伤情绪有一个宣泄的通道。重要的在于陶尔法表现了高尚的道德。这是一种新的个人,在这种新的个人身上,可以感受到个人与社会的张力。《家长》的情形也与此相似,一种资产阶级家庭的新的伦理道德成为个人与社会的张力的焦点。

狄德罗在理论上为家庭悲剧找到了根据,他的剧作实在算不上有多大成就。对资产阶级悲剧的发展做出主要贡献的是德国的莱辛和席勒。

莱辛熟悉狄德罗的戏剧理论及其剧作,他在《汉堡剧评》中对狄德罗的戏剧理论和《私生子》《家长》都有所论述,并提出了批评。法国的市民悲剧不能令他满意。他说,尽管狄德罗谆谆教导法国人切记他的严肃戏剧的观点,但市民悲剧仍然不会因此在法国特别流行起来。[1] 莱辛对资产阶级悲剧有自己的看法。在他25岁时主编的期刊《戏剧文库》(1754)上,他在一篇论流泪喜剧的文章里就提到了英国新的家庭悲剧,并在第二篇文章里介绍了以诗歌《四季》(1726—1730)闻名的英国悲剧作家詹姆斯·汤姆逊。[2] 莱辛在早期就倾向于英国资产阶级悲剧,这与他后来反对法国古典主义戏剧而提倡英国戏剧尤其是莎士比亚戏剧的看法是一致的。他从主人公取自中产阶级的英国新型悲剧中看到了当代戏剧的某种变化,

---

[1] 莱辛:《汉堡剧评》,张黎译,上海译文出版社1981年版,第75页。
[2] 参见 H. B. Garland, *Lessing, the Founder of Modern German Literature*, Cambridge: Bowes & Bowes, 1949, p. 57。

在介绍了这种戏剧的第二年，即1755年，在波茨坦创作了《萨拉·萨姆逊小姐》，并于同年7月10日成功上演。莱辛写此剧是要为德国戏剧家提供一个范例和刺激。他创作时心中有一个英国模式，这就是乔治·李洛的《伦敦商人》，此剧当时在德国获得相当名声。《萨拉·萨姆逊小姐》以英国为背景，描写了出身上层中产阶级的三个男女青年的恋爱故事。浮浪青年梅莱福与年轻美貌的萨拉私奔，逃到伦敦附近的一座小城的旅店。可是，梅莱福不顾萨拉的一再恳求，借故拖延，不举行婚礼。这时，梅莱福以前的情人玛尔伍带着他们的女儿来到小城，找到梅莱福，虽动之以情，但未能使他回心转意。于是，玛尔伍设法得到了一次与萨拉会面的机会，并趁机毒死萨拉。萨拉的父亲赶到，萨拉在临终前宽恕了一切。梅莱福回到旅店，见到死去的萨拉，也拔刀自尽。此剧在一种感伤的气氛中描写了市民阶级的日常生活，反映了市民阶级的思想感情，并以一种人道主义观点来增强悲剧人物的严肃性，提高市民悲剧的格调。

莱辛第二部成功的市民悲剧是《爱米丽娅·迦洛蒂》(1772)。此剧题材取自罗马，戏的背景是一个意大利的小宫廷。在此剧中，莱辛将一个罗马传说予以现代化。剧中主人公爱米丽娅是一位中产阶级的美丽少女。他的父亲上校奥多阿多为人正直，家教甚严。爱米丽娅许配给了公爵阿皮阿尼。公国的年轻亲王见到她，沉迷于爱米丽娅的动人美色，并决心占有她。一天，他从亲信侍卫长马利奈利那里得到爱米丽娅马上要成婚的消息，不由得情绪沮丧。亲王于是请马利奈利想办法，马利奈利一向为亲王出谋划策，并能把一切安排得令亲王满意。马利奈利在未能说服阿皮阿尼

第三章 西方现代悲剧的生成

因公出差之后,他就诉诸暴力。在爱米丽娅和阿皮阿尼乘坐马车回乡间别墅举行婚礼的路上,马利奈利请了一批强盗在亲王的夏季行宫外面袭击马车,表面上看起来是场意外。阿皮阿尼遭到杀害,爱米丽娅被带到亲王的行宫,落入亲王的罗网。爱米丽娅的父亲从亲王抛弃的情妇奥西娜伯爵夫人那里得知爱米丽娅肯定将遭厄运。当他把这消息告诉女儿时,爱米丽娅说服父亲刺死了自己,以免受亲王污辱,确保自己的贞洁。幕落时,充满恐惧的亲王罢免了邪恶的亲信马利奈利。《爱米丽娅·迦洛蒂》这部市民悲剧尽管有着意大利的外表,但它实际上描绘了德国许多小邦及其宫廷圈子的生活。莱辛原打算通过此剧为市民悲剧确立悲剧美学的基础,结果,更为突出的却是对当代社会生活的讽刺。爱米丽娅的悲剧是对封建贵族的黑暗统治和无耻行径的抗议,同时也维护了启蒙的道德观,这无疑进一步提高了市民悲剧的格调。另一方面,《爱米丽娅·迦洛蒂》和《萨拉·萨姆逊小姐》不像狄德罗为一特定教育意义而安排剧情的《私生子》和《家长》,其教育意义是从剧情中自然产生的,这显然增强了市民悲剧的戏剧生命力。

席勒沿着莱辛开辟的资产阶级悲剧的道路,创作了杰出的市民悲剧《阴谋与爱情》(1784),对资产阶级悲剧的发展做出了重大贡献。埃里克·本特利指出:"不妨这样说,莱辛首先看到了真正的公民及其家庭是一种新文化的中心(虽然在他那时代社会表面看来仍然是贵族社会),并据此来写悲剧。席勒更进一步,他一般以阶级敌对为焦点,把家庭危机与社会联系起来。"[1]席勒确

---

[1] Eric Bentley, *The Playwright as Thinker*, pp. 25-26.

实比莱辛更进了一步,这当然也跟他所处的历史时期有关,《阴谋与爱情》完成时,离法国资产阶级大革命只有五年,正是资产阶级革命在整个欧洲逐渐走向成熟的时期。在另一方面席勒也比莱辛进了一步,莱辛的《萨拉·萨姆逊小姐》取材自英国,《爱米丽娅·迦洛蒂》取材自罗马传说,而席勒的《阴谋与爱情》则直接取材于德国当前的社会现实,是一部名副其实的德国市民悲剧。这是一出贵族宫廷政治阴谋与实质上平民的爱情故事紧密交织的戏,冲突主要发生在公国宰相华尔特与儿子费迪南之间,冲突的焦点是儿子的婚姻问题。费迪南本人是名军官,代表了新兴市民阶级意识,他爱上了一位城市乐师米勒的女儿露易斯,决心不顾阶级差别和门第观念与她结婚。而他的父亲为了巩固政治地位命令儿子与公爵的情妇结婚。儿子断然拒绝放弃心爱的露易斯,并恫吓父亲,要公开父亲谋害前任获取相位的罪行。华尔特为了达到目的,听从秘书伍尔姆的诡计,先把乐师米勒拘留,然后以此为要挟,强迫露易斯给毫不相干的侍卫长写一封情书,并要她发誓决不泄露真相。随后伍尔姆又故意让情书落入费迪南之手。费迪南难以忍受这奇耻大辱,再三追问露易斯,露易斯迫于誓言,又对这场婚姻失去信心,没有吐露真相。费迪南痛苦绝望,让爱人服下毒药,自己也吞下毒药。露易斯明白自己快要死去时才吐露真相。一对恋人成了一场阴谋的无辜牺牲品,他们的牺牲揭露了封建暴政的黑暗和贵族宫廷的罪恶,入木三分,同时也体现了新兴市民阶级的反抗精神。

莱辛和席勒的创作,提高了18世纪资产阶级悲剧的地位。可以说,资产阶级悲剧在他们那里达到了一个高峰。但是有一点需要指出的是,这些悲剧中个人与社会的冲突是市民阶级与封建统治或贵族社会的冲突，是新与旧的冲突。进入19世纪，随着资产阶级社会在欧洲各国逐步确立，个人与社会的矛盾发生了质的变化，这种变化正是资产阶级悲剧向现代悲剧转变的基础。

德国剧作家赫勃尔的剧作《玛丽亚·玛格达莱娜》(1844)正是资产阶级悲剧向现代悲剧转变的代表作。此剧取材于当时德国现实，剧情发生在一个小市民家里，人物是一群小市民，写的是小市民的恩怨爱恨。一个正直古板、对家人十分严厉的木匠安东有一个儿子卡尔和一个女儿克拉拉，克拉拉的爱情故事里有两个小市民，一个是出外求学的学子弗里德里希，一个是一心往上爬的势利小市侩列昂哈德。克拉拉爱学子，可是多年杳无音讯，守旧保守的安东偏偏把女儿许给了小市侩，这小市侩看中的是安东的存款。心术不正的列昂哈德知道克拉拉爱的是弗里德里希，于是先下手为强，在婚前就占有了克拉拉。谁知安东的存款全救济了别人，列昂哈德得知，大失所望。此时，克拉拉的兄弟卡尔因涉嫌偷窃而遭关押，于是列昂哈德以此为借口解除婚约。列昂哈德抛弃克拉拉后，忙不迭追求起市长的驼背侄女，好日后青云直上。这时，弗里德里希突然回家，但克拉拉已不能爱他，克拉拉在追问下倾诉了一切。克拉拉跑去求列昂哈德娶她，因为他解除婚约的借口已不复存在，涉嫌偷窃的卡尔已无罪释放，并提出为了家庭的名誉和不妨碍列昂哈德的前程，甘愿婚礼后自杀了结。正做着好梦的列昂哈德哪里听得进，一口回绝。克拉拉痛苦绝望，生不如死，终于投井自杀。最后，弗里德里希与列昂哈德也在一场决斗中双双丧命。在这部市民悲剧中已没有旧时代人物出现,有的只是旧的思想意识,而且是小市民身上的旧思想意识。小市民身上也没有了反封建的昂扬精神,却有了一种唯利是图、一心往上爬的思想意识。而这两种思想意识都成了造成克拉拉悲剧的原因。这正是这部悲剧的独特之处。文学专家余匡复教授指出:"赫勃尔这出戏也叫市民悲剧,但这出市民悲剧已不是通过爱情故事写出新兴市民阶级和封建贵族的矛盾,而是写了市民阶级自身分化所造成的矛盾。"[1]"……而弱女子克拉拉则成了本阶级分化过程中的牺牲品。"[2]克拉拉的悲剧实际上成了1848年德国资产阶级革命前夜的一个社会问题,个人与社会的对立已经转变成个人与资产阶级社会的对立。因此,这部悲剧可以说既是资产阶级悲剧的终结,又是现代悲剧的开端。易卜生正是受到赫勃尔的《玛丽亚·玛格达莱娜》的直接影响,开始了一系列现代悲剧的创作。从易卜生,还有斯特林堡和梅特林克开始,西方悲剧进入了现代悲剧时期。

---

[1] 余匡复:《德国文学史》,上海外语教育出版社1991年版,第371页。
[2] 同上书,第370页。

第四章　西方现代悲剧的三重世界及其核心

当代英国批评家约翰·奥尔在《悲剧与现代社会》(1985)一书的导论中说,西方悲剧发展史上有三大时期,第一是古希腊悲剧时期,第二是莎士比亚悲剧和法国古典主义悲剧时期,第三就是从易卜生以来的现代悲剧时期。"第三个时期正在接近尾声,然而它的轮廓已日趋分明,已经可以在历史回顾中对其做出判断了。"[①]在西方,力图对现代悲剧进行全面深入研究的批评家日渐增多。不过,他们对现代悲剧所做的轮廓描述和判断不尽相同。其实这也是很自然的,因为西方现代悲剧是一个有待开拓而且尚存在争论的研究领域,各家尽可各抒己见,仁者见仁,智者见智,大可不必求同趋一。

我认为,西方现代悲剧现象作为一个系统整体,它由三重世界(或曰三个层面)构成:(1) 现代社会悲剧;(2) 现代精神悲剧;(3) 现代人本体悲剧。其依据是我在绪论中所提出的阐释悲剧的新范式:人的处于极限

---

① John Orr, *Tragic Drama and Modern Society*, London: Macmillan, 1985, p. XI.

的生存困境的张力。这一张力是由两极构成的：一极是人本体，或曰人的个体存在，另一极是危及人的此在的生存的真实性和人本体意义上的类的延续的种种因素，两极的多层面的冲突、制衡的集合就形成了张力。这种种因素包括自然的、神话的、文化的、社会的、政治经济的、伦理道德的、精神心理乃至生理的，以及人本体自身或曰人个体自身的，等等。这张力始终处于动态之中，因为人与其周围世界二者和人与自身二者在相互作用中都是发展演变的。另外，上述两极的种种因素还有相互制衡的关系，同时，在不同的阶段和不同的条件下，其中一个因素会突出到前台成为主导力量，进行调节、换位、平衡，并决定悲剧可能转变的过程和方向。由此形成的张力既是客观的，又是主观的；既是可见的，又是不可见的；既是社会的，又是精神的。但它的终极焦点始终在人，在人的个体，在人本体的自由生存，在人的个体存在的真实性。在西方现代悲剧的演进过程中，社会、精神、人本体是三个主要方面，它们相继或交替突出到前台，促进了西方现代悲剧三重世界的形成。

有一点值得重视，这就是西方现代悲剧的三重世界有一个核心，或者说一个基本趋势，这就是，现代悲剧对于现代人危机生存困境的认识有一条明显的轨迹：个人与社会的对立—个人精神心理的内在危机—人本体危机或曰人个体本身的危机。也就是说，现代悲剧越来越深入到一个根本问题：真正危及现代人的个体生存的真实性的究竟是什么；现代人的生存的真实状况究竟如何；现代人的个体生存的真实性究竟何在。西方现代文明的危机、西方现代哲学的危机，本质上涉及的也是这一问题。人的

第四章 西方现代悲剧的三重世界及其核心

危机生存困境随着人类社会文明的发展而一次次产生焦点的转移,这焦点越来越集中于这最根本的一点:威胁人类生存的最根本的危机是现代人的本体生存困境。表面上是个人与毁灭他的力量之间的冲突,实质上是人类与毁灭他们的力量之间的冲突。一如黑格尔所说,个人悲剧后面不涉及人类悲剧将是毫无意义的。在这一根本方面,现代悲剧与两大传统悲剧并不存在实质的区别。在悲剧的两个基本观念即牺牲与死亡上,是古今相通的。沃尔特·本雅明说:

> 悲剧诗基于牺牲观念。但是就它的牺牲者——英雄——而言,悲剧牺牲不同于其他种类的牺牲。它既是首先牺牲,又是终了牺牲。终了牺牲指的是对掌握古老权力的诸神作偿还牺牲;首先牺牲指的是,在代表性的动作中,国家生活的新的方面变得明显起来。①

他又说:

> 悲剧死亡具有双重意义:它使奥林匹斯山上诸神的古老权力失效;它把英雄作为人性的新丰收的第一批果实交付给未知的神。而这种双重力量也存在于悲剧痛苦中,一如埃斯库罗斯在《俄瑞斯提

---

① Walter Benjamin, *The Origin of German Tragic Drama*, John Osberne (trans.), pp. 106 – 107.

亚》中的描写、索福克勒斯在《俄狄浦斯王》中的描写。①

现代悲剧中个人的牺牲依然既是首先牺牲又是终了牺牲,个人的死亡和痛苦依然具有双重力量。在现代悲剧中,终了牺牲指的是对旧的社会政治权力、文明束缚做偿还牺牲;首先牺牲指的是,在代表性的动作中,社会生活的新的方面变得明显起来,人的个体生存的真实性变得明显起来。由此可以得出现代悲剧中个人的死亡和痛苦的双重意义:是对旧的社会政治权力、文明束缚的否定,它把现代个人作为人性的新丰收的第一批果实交付给未知的社会。在社会困境、精神、人本体困境中挣扎的现代个人,正是在这种牺牲死亡痛苦中显示出人作为人的尊严和价值,显示出人的个体生存的真实性,并延续人类本体意义上的共同的自由生存。

---

① Walter Benjamin, *The Origin of German Tragic Drama*, John Osberne (trans.), p. 107.

第五章　西方现代社会悲剧

第一节　现代社会悲剧的主要特征

资产阶级悲剧在向现代悲剧发展的过程中，主要是为现代社会悲剧准备了各种要素。有人把赫勃尔的市民悲剧《玛丽亚·玛格达莱娜》称作社会剧或者社会问题剧，这不是没有道理的。社会性逐渐增强是资产阶级悲剧发展过程中的一个主要特征。资产阶级悲剧作为过渡类型的主要成就在于它发现了一种新的悲剧，一种现代社会生活的悲剧，而将赋予这种新悲剧以悲剧实质的任务留给了下一代人。

埃里克·本特利说："李洛的独创性在于表明了一种基督教民主的假设——仅仅作为一个人就是一种悲剧事实。"[1]这一悲剧事实到了现代就更加突出了。西方现代悲剧的中心主题是人在现代社会中的异化，是人

---

[1] Eric Bentley, *The Playwright as Thinker*, p. 25.

的价值和尊严的无端失落。人与社会的异化与反异化的关系是西方现代文明的基本关系，也是现代悲剧的基础。这种关系的重心当然落在人身上，落在个人身上，悲剧始终是人的悲剧，个体的人的悲剧，悲剧仅仅与人相关，与个体的人相关。现代悲剧一开始处理的依然是人与自身、人与外部世界的关系，但这些关系总要由个人生活来承载和表现，没有个人生活的历史，没有个人生活的社会，是不可想象的。同样，与历史断绝的个人生活，与社会绝缘的个人生活，也是不可想象的。原始部落组织是社会的起源。原始宗教献祭是悲剧的起源。部落的危机生存困境是原始宗教仪式处理的核心问题，现代社会中现代个人的危机生存困境则是现代悲剧要处理的核心问题。社会的世界与艺术的世界总是没完没了地要碰撞，撞开一条沟通的通道。雅斯贝尔斯说过，极限处境是生存困境的危机形式。越来越明显，这种危机形式在现代是由人自己造成的，反过来它又影响人，影响人与人的关系，人与自然的关系，人与社会的关系，人与自我的关系，人与他的朋友、人与他的家庭、人与他的工作、人与上帝、人与国家、人与思想意识的关系等等。总之，这种危机形式是社会的。正如奥尔在谈到悲剧发展时所说："希腊模式基本上是神性的，文艺复兴模式主要是贵族的，而现代模式根本上是社会的。"[1]

现代社会悲剧的中心主题是人在现代社会中的异化，异化是现代人的危机生存困境。这种困境还涉及盖奥尔格·西梅尔（1858—1918）在

---

[1] John Orr, *Tragic Drama and Modern Society*, p. XII.

《社会学:结合的形式研究》(1908)中所说的社会相互作用的种种形式,如交流、冲突、统治与服从、秘密与荣誉等等。J.沃尔凯特说,在自然主义戏剧中,悲剧命运变成了一种生存状况,"它在个人与自然安排的环境之间的相互作用中表现出来"[①]。异化作为一种危机生存困境也是在人与自然、人与环境、人与社会的相互作用中表现出来的。人总是一方面从社会和最近的历史中寻找当前生存状况的根源,另一方面也从自身中去寻找根源。现代社会悲剧是现代生活的悲剧、现代处境的悲剧,也是现代人自身的悲剧。现代人悲剧性异化的戏剧空间不仅在社会中三维扩展,而且在个人心理中导致第四维的延伸。现代社会悲剧中的人的悲剧命运是在社会中实现的,也是在内心实现的。因此,现代社会悲剧主人公的危机生存困境既是社会的,又是心理的,还是人自身的。由此可见,现代社会悲剧中其实已经包含了现代精神悲剧和现代人本体悲剧的种子。

第一部西方现代社会悲剧是盖奥尔格·毕希纳的《沃伊采克》,写的是小人物。这部剧写于1836年,要早于赫勃尔的《玛丽亚·玛格达莱娜》,情况比较特殊。《沃伊采克》是一部未完成的剧作,手稿经后人多次整理,直到1913年才首次公演。在毕希纳和赫勃尔之后,易卜生的《布朗德》(1866)、《群鬼》(1881)、《野鸭》(1884)、《罗斯马庄》(1886)、《海达·盖布尔》(1890)、《建筑师》(1892),斯特林堡的《父亲》(1887)、《朱丽小姐》(1888),魏德金德的《露露》,旭恩·奥凯西的《枪手的影子》、《犁与星》

[①] Johannes Volkelt, *Asthetic des Tragischen*, Munich: Neu Bearbeitete Aufl., 1917, p. 470.

(1926)、《给我红玫瑰》(1942)，埃尔莫·莱斯的《街景》，尤金·奥尼尔的《安娜·克里斯蒂》(1921)、《天边外》(1920)、《榆树下的欲望》(1924)、《长日行入夜》(1956)、《诗人的气质》(1957)，田纳西·维廉斯的《玻璃动物园》《欲望号街车》《热铁皮屋顶上的猫》，彼得·魏斯的《马拉/萨德》(1965)等等，构成了一个现代社会悲剧的系列，构成了西方现代悲剧的第一重世界。

第二节　论《沃伊采克》

现代社会悲剧的一个重要特点是写小人物，或者按照阿瑟·密勒的说法，是写"普通人"。小人物是现代社会中最具有普遍性的人物，各阶层的人都可以在其中看到自己的影子；一夜之间就成为大人物的人毕竟不多，而谁都可能一夜之间变成小人物。德国剧作家盖奥尔格·毕希纳的杰作《沃伊采克》(1836—1913)是第一部写小人物的现代社会悲剧。此剧不同于以前的资产阶级悲剧，资产阶级悲剧的主人公主要是中产阶级；此剧也不同于后来的易卜生和斯特林堡的悲剧，易卜生的《布朗德》《群鬼》《海达·盖布尔》《罗斯马庄》《建筑师》，斯特林堡的《父亲》《朱丽小姐》，写的都不是小人物，主要也是中产阶级。当然，易卜生和斯特林堡作为现代悲剧的先驱，他们的创作对现代悲剧的影响是深远的，尤其在主题的开掘方面做出了重大贡献。

毕希纳的《沃伊采克》是第一部现代社会悲剧。此剧写于1836—1837

年，未完成。1879年收入毕希纳著作的第一个版本（弗兰佐斯版），直到1967年才运用现代照相技术出了文字上准确的版本（汉堡版）。第一个版本虽不令人满意，但当时霍甫特曼已看出了此剧的分量，在他的影响下，以及后来在弗兰克·魏德金德的影响下，1913年此剧首次被搬上了舞台。

此剧中的主人公沃伊采克在历史上实有其人，而且同姓，是现实中的小人物。1821年6月3日，这位现实中的沃伊采克在莱比锡的桑德加斯的一家门厅杀死了一个45岁的寡妇。沃伊采克生于1780年，13岁时成了孤儿。他是当时德意志政治动乱的牺牲品。年轻时他到处流浪，打短工，当理发师，制作假发，25岁左右当了兵，参加过各种军队。在加入瑞典军队时爱上了一个姑娘，与她生了一个私生子，因证明文件不足未能去教堂结婚，他遗弃了她们母子，后又后悔。1818年回莱比锡，与43岁的寡妇伍斯特太太相好，但这位太太又与别的士兵来往。此时沃伊采克的状况已一日不如一日，有时甚至到了乞讨的地步，他与伍斯特太太的关系也日益疏远。他不胜嫉妒。一次，他得知伍斯特太太没有践约是因为她跟一个大兵出去了，他一怒之下，用早已准备好的一把刀，在她回家时把她刺死了。毕希纳以这一事件为蓝本，创作出了一部杰出的现代社会悲剧。

《沃伊采克》是一部插曲式多场次戏剧，共分25场（此剧因未最后完成，场次如何安排争论颇大。这里根据的是约翰·麦肯德里克的1979年的英译本）。第1场在树林里，士兵安德雷斯在一边削木棍，一边吹口哨、唱歌，显得很自在，而沃伊采克却又紧张又恐惧，眼前充满了幻觉，一会儿仿佛看到地上长出了蘑菇，一会儿看到天上有火球在燃烧，一会儿又觉得有人在背后追他。人们看到的是一个精神上有点失常的人。他的这种精神状况是有原因的。他与贫民女子玛丽相爱，生了一个孩子，但因太穷，无法到教堂举行婚礼。为了养家糊口，他一面兼任军队里一个上尉的理发师，一面把自己的身体供一个医生做实验，实验规定每天只准吃豌豆，这样他的身体日益虚弱，不时头晕目眩，产生幻觉。想不到此时一个灾难在悄悄地逼近他。玛丽在家里的窗前看鼓乐队经过，对鼓手长颇为动心，哼起了一首有关妓女的歌。后来，当玛丽和沃伊采克在卖艺场上看完杂耍散场要回去时，鼓手长在一个中士的帮忙下，把玛丽勾引上了手。不久，玛丽就委身于鼓手长。有一天，上尉和医生在半路上拦住他说，玛丽被一个大胡子男人搞上了手，他疑信参半，说："上尉，我是个穷人——在这世上我唯有她了。请别开玩笑，先生。"这消息对他太严重了，他不禁又惊又慌，叫道："这是不可能的！"但事情很快使他的疑虑加重了。回到家里，他看到玛丽在照小镜子，但见他回来，玛丽立刻把镜子藏起来，说是捡了个耳环。在第12场，晚上，沃伊采克在军营警卫室，心里不放心，赶到一家酒馆，看到鼓手长正紧搂着玛丽旋转飞舞，他感到一阵晕眩，随即发疯一般冲出酒馆，跑到树林边，只觉得一切都在旋转，狂叫道："刺死她！死，死——死！！"过了一天，他又到酒馆去找鼓手长报仇，但不是对手，挨了一顿揍。此后他时常梦见刀，一天他果真到一家犹太人店里买了一把刀，他决心杀死自己的情人。在一个月亮血红的晚上，他叫玛丽陪他到树林去散步，他问玛丽他们相好多长时间了，还将会有多长时间，玛丽觉得不对头，要往回走，但已来不及了。在血红的月亮底下，沃伊采克拔出刀刺她，随后又割断了她的喉咙。此时他已疯狂了，跑回到酒馆疯子一样跳起舞来。他身上的血被人发现后，他又慌慌张张跑回树林。他找到玛丽的尸体，对着尸体诉说自己的心绪，他要为她洗净身上的污血，拖着她走下池塘，一步步消失在池水里，留下一片沉静。

《沃伊采克》既是自然主义的，也是表现主义的；既是写实的，也是诗意的。但是正如米歇尔·帕特森指出的："《沃伊采克》是一部现实主义作品这一点是无可否认的。"[①]历史上的沃伊采克犯杀人罪后，法庭为了弄清他是否精神失常，曾请法医对此进行调查研究。毕希纳看到的原始材料就是这位医生的报告。毕希纳没有采取科学工作者的冷漠的观察，而是寄人类的同情于不幸的沃伊采克，把他上升为世界戏剧中第一个小人物的悲剧形象。作为一部现代社会悲剧，《沃伊采克》既是社会的因果关系的表现，又是生存的悲剧。历来对《沃伊采克》的批评摇摆于两个极端之间。一端是盖奥尔格·卢卡契把它看作社会现实主义作品，另一端是赫伯特·缪勒把它看作纯粹的虚无主义作品。卢卡契过于侧重社会学分析，而缪勒则否定小人物悲剧的价值。实质上，两者都不承认沃伊采克在悲剧中的中心地位。悲剧就是他这个人的悲剧。贫穷使他去为上尉理发，贫穷使他成为医生的试验品，嫉妒使他去刺死自己的情人，悔恨又使他自己送了命。在某种程度上，他是他生活于其中的社会的产物。但他

---

① Georg Büchner, *Woyzeck*, John Machendrich (trans.), London: Metheun, 1979, p. Ⅷ.

又是人类的一个代表。他并非自愿落到这种生存困境中。他曾对上尉说:"如果我是个绅士,我有一顶礼帽,有一块表,有一件大衣,以及有所有得体的言辞,我也完全会成为一个有美德的人。"就像第2场卖艺场中的猴子,披衣佩剑就能成为一个战士。人生经验之流是交织的,人既是社会的存在,又是普遍的存在。毕希纳在1834年2月给父母的信中写道:"我不轻视任何人,尤其不因为他们的智力和教育而轻视他,因为没有人能肯定他不成为一个傻瓜或一个罪犯——因为如果我们的环境相同,我们大家肯定都会成为同样的人;因为我们的环境超出我们的控制。智力毕竟是我们的精神存在中一个很小的方面,教育也仅仅是精神存在的一个武断的形式。"毕希纳是看到小人物的普遍性的。沃伊采克既是一个小人物,又是人类的一个代表。

小人物在现代社会的生存困境的一个特点是被剥夺了人的自由。沃伊采克的人的自由是被社会一点一点剥夺的。他是上尉开玩笑的对象;军队的严格纪律束缚着他,一次次把他从玛丽身边拉开;他是医生手中的试验品,在医生的教室里被公开向学生显示长期只靠吃豌豆维持生命后的生理变化;他挨鼓手长的揍并遭到侮辱,连报复的自由也被剥夺了。沃伊采克与浮士德不同,浮士德是把灵魂出卖给魔鬼,而他是把身体出卖给医生,实际上是把部分自由意志也出卖给了医生。第6场,沃伊采克在街上一时控制不住小便,对着墙壁撒了一泡尿,碰巧让路过的医生看到。医生指责沃伊采克不该拿了他的钱,吃了他的豌豆,却像狗一样随便对着墙撒尿,因为这尿是专供化验用的。医生还说得振振有辞:"人是自由的,沃伊采克，人的最高表现是运用自由意志。——你难道不能憋住尿！这是欺骗行为，沃伊采克。"医生竟对着沃伊采克侈谈自由，叫他运用自由意志来控制撒尿，这真是莫大的讽刺。人的自由对于被社会剥夺的小人物来说只是一句空话。随着一层进一层的剥夺，沃伊采克只剩下了与玛丽相爱的唯一自由。然而，不久他连这一点自由也被剥夺了，他被排除出玛丽的房间这一私人世界，被迫外出走进自然，像一头野兽一样狂叫怒吼。在酒馆一场，他又被排除出公众的世界，最终出于无奈，成为嫉妒的谋杀者、后悔的自杀者，成为一个底层阶级的奥赛罗。

　　沃伊采克在现代社会中的生存困境的另一个特点是自由意志的失落。这在上面已经提到过。他只有在杀死玛丽的时刻，才达到了自我实现的时刻，才达到运用自由意志的时刻。沃伊采克犯罪是由于社会加于他的不公正，社会否定了他的人的自由，因为他不具有充分的社会地位使他获得实现这种自由的许可；同时，社会也促使他失落了自由的意志。他成了没有什么独特性的人物，成了"反英雄"。沃伊采克作为小人物是如此善良、软弱、没有防卫，最后出于无奈，实现了可怕的防卫。对于他的犯罪，也不必指责玛丽，她善良、爱孩子；她不是为了取乐，她是自然的，是受到不可抵抗的力量的诱惑。但她所引起的不公正却是可怕的，与社会的不公正一起逼使沃伊采克到疯狂的地步。沃伊采克理应有一种终极价值使他躲开这残忍的不公正，但他作为小人物在社会中已无处寻找这种终极价值。他不是不在寻找，只是无处可寻。约瑟夫·伍德·克鲁契在《现代倾向》中哀叹过去的英雄世界的失落，他没有理解现代的反英雄世界是一个具有悲剧意味的世界。

《沃伊采克》还从另一层面揭示了小人物沃伊采克的悲剧的意蕴。戏是在自然的世界里开始的，最后又主要在自然的世界里结束。一开始，沃伊采克就对自然力量感到恐惧，后来又是来自大地的声音驱使他犯了谋杀罪，而他实行谋杀又正是在血红的月亮下的树林里，最后他与玛丽又一起沉入了树林边的池塘里，与自然合为一体。戏的最后一场（第25场）是神秘的迷雾笼罩了树林。还有一点也值得注意，谋杀地点从现实中的门厅改到了树林。这些都暗示，沃伊采克的动作除了受到社会力量的驱使外，还受到自然力量的强化。戏中城市与田野的对立、物质力量与宗教力量的对立、喧嚣与沉默的对立、散文与诗的对立，也可以理解为同样的暗示。自然在西文中又含有人性的意思。这里的暗示其实暗示的正是人的普遍性。一般说来，悲剧眼光可以从两个尖锐对立的观点来解释人。一个观点是，人是依照上帝制造的形象的再现，具有天生的伟大性；另一个观点是，人是像植物和动物一样的存在，是本能的存在，自然的一部分。《沃伊采克》显然持后一种观点。这样，沃伊采克的悲剧就在人的普遍性这一层面上具有了更深的意蕴。这意蕴集中体现在戏中老奶奶对一群小孩子讲的故事中："从前有一个穷苦的小男孩，他的父母死了；整个地球上的人都死光了。他感到很孤独，日夜哭泣。因为什么人也找不到，他决定到洒下柔和月光的天上去。可是当他到了月亮上，发现月亮原来是一块烂木头。后来他到太阳上去，但发现太阳原来是一朵开败的葵花。而星星原来是些亮晶晶的小蚊子，像一根根黑刺一样粘在天上。结果他回到地球,发现地球原来是一只打翻的罐子。他彻底孤独了,于是就坐下哭起来。他一直坐在那里,孤零零的一个人。"很清楚,这意蕴就是在现代社会的生存困境中,作为自然一部分的人感到绝望和孤独。毕希纳作为一个前政治活动家,他对此剧的社会方面有着强烈的意识,但他的关心超越了这一点。此剧不能单纯作社会分析。社会虐待的悲剧仅仅是生存悲剧的一个方面,社会无法全面回答人性的不断的悲剧。

《沃伊采克》作为现代社会悲剧当然具有它的现代性。这不仅指上述的内容方面,也涉及与内容密切相关的风格形式方面。首先,此剧运用了后来被称为表现主义的艺术处理,医生、上尉、鼓手长都是没有名字的心理空虚的典型,其中医生更像一幅漫画,但像所有最杰出的漫画一样,可以在现实中发现。此剧还运用了现实主义与寓言相结合的方法。这些都是朝普遍真实突入的努力。其次,此剧运用了后来被称为叙述戏剧的插曲式开放结构。全剧的场景是插曲式的,没有古典的场景的连接,在时间上是跳跃的,没有明晰的逻辑,只有一种内在的动力,这种结构很恰当,适合于此剧所描写的脱节的世界。亚里斯多德式的戏剧中是一场导致另一场,是逐渐发展的过程,最后指向不可避免的灾难。而插曲式戏剧中事件是随意的,这种随意性无意中强化了悲剧感。不必给人内在必然性的感觉,沃伊采克杀死的人是他最爱的人这就够了。同时这种随意性也迫使观众参与重建沃伊采克悲剧命运的戏剧结构。当然,这种随意性使得此剧没有历史距离,戏中的时间就是作者写作时的现在,这样就缺少了历史透视的清晰度;但是,另一方面却又将小人物的痛苦和愤怒突现了出来,直接指向不理解沃伊采克的生存困境,或者更糟的是假装不理解他的生存困境的社会。毕希纳不是要显示给我们一个自然主义的人,一个在一步步异化的社会中不能适应环境的人,而是要我们在感觉上进入一个异化的处境,进入这些处境产生的意象和行为。马丁·艾思林说:

> 在德国戏剧文学中最伟大的剧作之一,盖奥尔格·毕希纳的《沃伊采克》里,主角是一个精神不正常的士兵,他杀了他的情妇,因为她对他不忠实而跟一个军士相好。他感到苦恼,变得歇斯底里,显得可怜;可是基本上这个剧重申了"人的尊严"这个概念,它表明这种尊严即使在这么卑微的人身上也是存在的,而且或许比在别的任何人身上都更加明显。①

这人的尊严在现代社会的生存困境中成为人得以作为一个人而生存下去的尊严。然而世界的不公正与人的期望不相符合。被社会剥夺的小人物最终成为社会的牺牲品。沃伊采克的处境归根结底不是个人的处境,他的牺牲触动了人们超越世俗日常生活经验的感觉,切入了人的共同命运。

第三节 论《枪手的影子》

爱尔兰现代悲剧是爱尔兰戏剧运动的重要组成部分,同时也在西方

---

① 马丁·艾思林:《戏剧剖析》,罗婉华译,中国戏剧出版社1981年版,第69页。

现代悲剧创作中占有特殊地位。克利福特·利奇说："我们可以将都柏林看成本世纪初期戏剧作家对英语悲剧做出大胆而实际的尝试,并且取得相当成就的地方。"①利奇的话说得不错。W. B. 叶芝、沁孤、T. C. 默雷(1873—1959)和旭恩·奥凯西等剧作家对爱尔兰现代悲剧做出了各自的贡献。其中,奥凯西的城市现实主义悲剧无疑是最为成功的。W. B. 叶芝、沁孤的象征主义悲剧也是一朵奇葩。T. C. 默雷的《秋天的火》(1924)反映当时爱尔兰小农对留在土地上生活下去还是离开土地远去他乡这二者难以做出选择的生存困境,是沁孤与奥凯西的中介,为西海岸的原始生活与北方都柏林的公寓生活之间提供了决定性的联系。关于他的悲剧创作,在此仅提这一点。这里主要讨论奥凯西的第一部现代社会悲剧《枪手的影子》。

《枪手的影子》(1923)是旭恩·奥凯西的关于爱尔兰起义的都柏林三部曲中的第一部。这个三部曲写于1922—1926年,是现代戏剧史上的杰作。三部剧均有一个副标题表明是悲剧:《枪手的影子:二幕悲剧》、《朱诺与孔雀:三幕悲剧》(1925)、《犁与星:四幕悲剧》(1926)。这在西方现代悲剧创作中是一个很突出的现象。《枪手的影子》是阿贝剧院上演的第一部奥凯西的剧作,上演日期是1923年4月12日。但这已是奥凯西寄送阿贝剧院的第五部剧作了。他很强调此剧是一部悲剧,在1922年11月7日送稿的附信中他说:"这是一部二幕悲剧——至少我这样称呼它。"②他

---

① Ronald Ayling (ed.), *O'casey: The Dublin Trilogy*, London: Macmillan, 1985, p. 10.
② Ibid., p. 54.

对此剧也是颇为偏爱的,据说他宁要他的第一部主要剧作《枪手的影子》,也不要他的第二部剧作《朱诺与孔雀》。①但此剧上演以来,批评家却一直予以忽视,认为过于地方性,局限很大。1980年奥凯西诞生100周年之际,此剧在英国舞台和爱尔兰舞台重演后,终于得到批评界的承认和赞扬,认为与其后两部剧作具有同等的价值,此剧由此真正获得了名副其实的名声。

《枪手的影子》的背景是1920年都柏林的公寓房间。1920年是爱尔兰独立战争的高潮时期,以爱尔兰共和军闻名的爱尔兰志愿军开展的游击战正如火如荼,他们分成15人到30人一队,利用一切机会袭击英国人,他们过的是被缉查在逃的生活,不断从一个地方转移到另一个地方,很少睡在家里。他们把国家变成了游击队枪手的共和国。英国政府则使爱尔兰全国处于军事管制之下,并起用爱尔兰皇家近卫军黑斑纹党徒(因他们身穿咔叽外套和黑色长裤而得此名)进行报复,他们夜间突袭平民住房,把人从床上拖起来,彻底搜查房间。奥凯西以此为背景,在《枪手的影子》的不长的两幕中包容了许多爱尔兰的梦和爱尔兰的悲剧,包含了互相纠缠的民族的生存困境和个人的生存困境。

第一幕展现了主要人物因白天来临所处的困境。25岁的小贩索玛斯·希尔兹和30岁左右的贫民区诗人多纳尔·台佛伦合租一间公寓房间。大幕拉开,已是1920年5月的一个下午,希尔兹还睡在床上,台佛伦

---

① Ronald Ayling (ed.), *O'casey: The Dublin Trilogy*, p. 76.

则坐在一架老式打字机前打他的模仿雪莱的诗。情节集中在诗人台佛伦身上。台佛伦是为了找一个安静的环境写诗,才跟他的朋友希尔兹合租一间公寓房间。但是经济公寓里的生活是缺乏私人性的,随意的闯入不时打破台佛伦的安静。第一幕的大部分就是由四次闯入构成的。第一次是房东马利根先生来要房租,第二次是姑娘米妮·鲍威尔进来跟台佛伦调情,第三次是青年汤米·欧文进来夸口说他的爱国主义,第四次是隔壁公寓的房客亨德森太太陪与她同一公寓的房客加洛格先生进来,加洛格先生带来一封控告粗鲁的邻居的信,要台佛伦主持公道。这四次闯入有一个共同之处,就是都是冲着台佛伦来的,都错把台佛伦当作被缉查的游击队枪手。索玛斯在房东离开后对台佛伦说:"他以为你是被缉查的。他害怕遭到袭击,那样他心爱的财产就毁了。"台佛伦有点弄不懂:"他究竟为什么会认为我是被缉查的?"索玛斯干脆跟他直说:"很清楚,他们都认为你是被缉查的。亨德森太太这样认为,汤米·欧文这样认为,格里格森夫妇这样认为,米妮·鲍威尔也这样认为。"于是台佛伦有点不知所措了。汤米来这里是出于对台佛伦的盲目崇拜。汤米是个爱吹牛的年轻人,一个枪手的崇拜者,他自认为没机会去参加游击战很不幸,他喜欢打听有关枪手的消息,然后到当地的公共场所,吹牛说他认识谁,知道什么秘密。台佛伦的事就是他捅出去的,结果传到了军事当局那里,军事当局派出的军队就来袭击房屋,使他崇拜的人陷入危机。亨德森太太领来格里格森先生也正是出于对枪手的敬畏,想借台佛伦这个枪手的力量帮个忙。四次闯入中最重要的一次是米妮的到来,她也是最受欢迎的闯入者。她是个简单、无知、迷人而又独立的贫苦姑娘。她是怀着对台佛伦的爱慕而来的。她没有什么恐惧感,她在什么地方都很自在,在所有人面前,甚至在受过高等教育的人面前也是如此。最初见面她就觉得有许多东西要向台佛伦学,台佛伦也愿意教她。虽然是他的枪手的名声吸引了她,但她确实喜欢野花,喜欢他的诗,喜欢自学。她帮他打扫房间,他念诗给她听。他们的交往温和、信任又有情趣。台佛伦的诗人的学究气给丧失了受良好教育权利的贫民区带来了甜蜜和光明,他那虚假的枪手名声又是贫民区人们所崇拜的。当时,爱尔兰人民比任何别的国家的人民更需要殉道者和英雄。上述二者也正是米妮所需要的。在她看来,台佛伦既是诗人,又是枪手,这双重身份在她生动的想象中融合了、浪漫化了。而对于台佛伦,正是米妮的激情、奉承,引诱他在欺骗中默认了虚假的诗人——枪手的身份。这种身份给他带来了他作为一个诗人所从未获得过的荣誉名声,但更重要的是只有米妮理解他的诗。他在欣赏米妮的独立的勇气和真诚的快乐中忘掉了他的胆怯。"你是我的灵魂,米妮,我是个思想的先驱,也是个行动的先驱。"关在屋子里苦思冥想的诗人竟然产生了行动的勇气。他一向自命不凡,自我怜悯,把自己看作处于无望地位的高贵人物,束缚在贫民的岩石上,没有改变的希望,虽然他从神那里偷来了艺术之火。这一下,至少在个人的层面上,他满足了。他陷入了自欺之中,一半无意识,一半有意识,承担起了虚假的身份。第一幕结束时,他在送走米妮后自言自语作沉思状:"米妮,多纳尔;多纳尔,米妮。多么漂亮,但又多么无知,一个被缉查的枪手!小心,小心,多纳尔·台佛伦。不过米妮被这念头吸引住了,而我被米妮吸引住了。做一个枪手的影子会有什么危险呢?"为了回报她的奉承和感情,台佛伦准备把自己浪漫化为一个枪手——诗人,来满足她的虚假的英雄崇拜的幻想。

多纳尔·台佛伦并不真想当枪手,只想当枪手的影子。他只要枪手的名声,不要枪手的责任,在需要他行动的时候,他却无法采取决定性的行动。第二幕开始时他待在壁炉旁构思他的模仿雪莱的诗作,索玛斯则躺在床上。时间已是夜里,剧情随着两人的闲聊,朗诵诗作,格里格森太太的出现和格里格森先生的吹牛,推进到了深夜。正在格里格森先生唱歌的时候,突然传来了急速的摩托车声,起先声音很小,接着迅速变大,突然停在屋子附近的某个地方。这是黑斑纹党徒来袭击屋子了。气氛立刻紧张起来。突变的事件震惊了公寓里的人。格里格森先生故作镇静,说在这样一个时间,黑斑纹党徒不会侵犯公寓,而他的妻子说,除非他们知道了有关台佛伦先生的某些事。台佛伦这一下可慌了手脚,急急忙忙寻找加洛格先生和亨德森太太交给他的送爱尔兰共和军的那封愚蠢的信,外面的枪声和军人的喧嚣声越来越猛烈,极其恐怖。格里格森夫妇赶忙回自己房间。台佛伦好不容易发现信在他的口袋里,希尔兹提醒他把信烧了。这时摩托的引擎发动起来要离开了,两人可以安心睡觉了。可是希尔兹临睡前忽然记起了马米尔今天下午留在希尔兹床下的一袋东西。马米尔也是小贩,但他才是真正的枪手,今天下午他来把东西留下,说去都柏林郊外山区捕蝴蝶,不幸被英国人杀害了。希尔兹原以为那袋子里装的不过是匙子和发夹。但是台佛伦打开一看,发现里面全是炸弹,无比惊恐。两人无意之中落入了一个陷阱,有可能被怀疑为颠覆者。他们痛苦得快要发狂了。正当他们争论该怎么办时,米妮冲进了房间,证实这屋子完全被包围了。她问台佛伦有什么东西要藏,她可以帮忙。吓得快要晕倒在床上的台佛伦叫道:"炸弹,炸弹,炸弹!我的上帝!在那儿桌子上的口袋里!我们完蛋了,我们完蛋了!"米妮看到他和希尔兹痛苦的样子,反而平静了,她说:"我把它们带到我的房间去,也许他们不会搜查。如果他们还有点自尊,他们就不会伤害一个姑娘。再见……多纳尔!!"她深情地看了一眼多纳尔,带着一口袋炸弹冲出了房间。然而她把黑斑纹党徒估计得过于善良了,黑斑纹党徒搜查了她的房间,发现了炸弹,就逮捕了她,把她拖了出去。舞台外传来米妮勇敢的呼喊声。当她企图从走廊上逃跑时,不幸被埋伏的敌人枪杀了。

  人们盼望他是个英雄的台佛伦在危险时刻暴露出他骨子里实质上是个胆小鬼。他在戏的高潮时失败了,但他是以一种假英雄的方式失败的。他欺骗与一个谎言相联系的经济公寓居民,充当假英雄,但当行动的时刻到了,他无法将谎言转变成真正的、决定性的、勇敢的行动。当然,由于多纳尔只会谈论诗和背诵诗,他缺乏采取决定性行动的习惯,只要不要求他采取行动,他的滔滔不绝和浪漫的诗似乎都是无害的。他的失败在于当面临共同的危机的真实时,他发现他必须行动却又不能行动,他的逃避主义此刻不仅使他脱离现实,而且使他无能为力,因而强迫米妮为他采取行动。他生活在言辞的世界,只有米妮和马米尔生活在行动的世界。而且,正如伯尼斯·施兰克所说:"多纳尔之所以是个胆小鬼,是因为他并不是真正的诗人。"①多纳尔不仅是枪手的影子,也是诗人的影子。他始终没有自己的真正的身份。在民族的生存困境和个人的生存困境中,他一直处于被动的地位。只有米妮的死所产生的震惊才使得台佛伦以可怕的清晰度看清了他自己和他的世界。这迫使他做出了某种自我认识。他告诉索玛斯他们两人由于没有采取行动而促使了悲剧事件的发生。

台佛伦:你想到吗,她是为救我们而被枪弹打死的?

索玛斯:这是我的错?我该受责备?

台佛伦:这是你的错,也是我的错,两个人的错。喔,我们是一对卑怯的懦夫,竟让她去那样干。

但是台佛伦对责任的认识并不持久,他最后走到舞台中心说起一再重复的"痛苦,永永远远的痛苦"的诗句和"诗人,胆小鬼;胆小鬼,诗人"的自解自嘲,又使他退入了言辞的世界,言辞的洪流再次消解了任何行动的需要。他对米妮的记忆消退了,他把米妮的死转变成了对自己的哀叹,对于台佛伦来说,这种哀叹是一种更为满意的结论。结果,他依然是一个没有人知道他是谁的影子。

人们最意料不到会是英雄的米妮却成了悲剧的英雄,实现了悲剧意义上的牺牲。米妮并非有什么不寻常的性格。她临危不惧的勇气是由她

---

① Ronald Ayling (ed.), *O'casey: The Dublin Trilogy*, p.76.

在受压制的社会处境中的勇气点燃的。"她的勇气使她最终超出台佛伦之上。"[1]在奥凯西的悲剧中,最后总是女人承担起了生存的重担。此剧中是米妮,《朱诺与孔雀》中是母亲朱诺·波伊尔,《犁与星》中是街头水果贩蓓茜·柏泽斯。这与奥凯西的一种看法有关,他认为"男人是更为理想主义的,傻乎乎的理想主义的,他们不像女人那样是现实主义的,女人不得不比男人更接近大地。"[2]因此,如果说台佛伦依靠谎言的力量来发现自身中的英雄的实质,那么米妮则依赖与大地的联系实现了自身中的英雄的实质。然而,米妮并非没有理想。在此剧中,唯独米妮,赞成一种持久的理想,即使她的理想依然是虚假的。她不尚空谈,也不开荒谬的玩笑,而是完成了勇敢的行动。为了追随多纳尔,她愿意替他去死。米妮相信她的死是英雄之死,尽管她为他牺牲却甚至不知道事情的真相。米妮才是真英雄。约翰·奥赖尔登分析得很中肯:"只有在第二幕中当英雄被证明是一个虚构的身份时,米妮的英雄行为才成为剧中唯一的英雄的标准。"[3]米妮的死亡是英雄的死亡,是不可避免的,同时,又不是必需的。她为救台佛伦而死,她代替他死,这样她就强调了想象中的英雄;另一方面,她的死又揭示了台佛伦、希尔兹和所有其他那些夸耀"勇敢"和"英雄主义"说大话的同胞的无情的怯懦。"米妮·鲍威尔在《枪手的影子》中代表了最确定的一系列价值。这些价值主要产生于米妮、台佛伦和希尔兹之间的

---

[1] James Simon, *Sear O'casey*, London: Macmillan, 1983, p. 45.
[2] John O'riordan, *A Guidance to O'casey's Plays*, London: Macmillan, 1984, p. 16.
[3] Ibid., p. 19.

相互作用中。"①而戏的主题也是在米妮与其他说大话的同胞的对立中产生的。而且,正是这种对立,把《枪手的影子》提升到了悲剧的高度。

有些批评家把《枪手的影子》看作悲喜剧,或者把前半部看作闹剧,把后半部看作喜剧。这些看法并不正确。奥尔说得好:"奥凯西运用幽默来调剂单调的阴郁。但这只是暂时的调剂,这种调剂并不能阻止悲剧经验之流。"②此剧标明"二幕悲剧",但它不是传统意义上的悲剧。伯尼斯·施兰克把它与黑色喜剧相对,称之为"黑色悲剧"(black tragedy)。黑色喜剧告诉我们,痛苦和可怕的东西也可以是可笑的;而黑色悲剧告诉我们,可笑的东西也可以是痛苦和可怕的。"奥凯西运用爱尔兰的人物和主题对一般人类做出了悲剧性的和反讽的评论。"③一个最没有英雄气概的并不起眼的女子却在民族的生存困境和个人的生存困境中表现出了惊人的勇气和自我牺牲精神,成为悲剧的英雄——这正是悲剧的力量所在。这种小人物更为真实,更少虚伪,她的牺牲虽然看似集体的过失和社会政治结构的结果,但却是为了民族的延续、人的生存的牺牲。而一群胆小鬼在她死后,敌人走了,却又恢复了原样,吹牛说大话,她的死似乎没有必要,这真是一种难以置信的悲剧性。这种对诗的正义的反讽处理,正是此剧悲剧性深度之所在。总之,《枪手的影子》作为一部现代悲剧,既是独特的,也是有力的。

---

① Ronald Ayling (ed.), *O'casey: The Dublin Trilogy*, p. 58.
② John Orr, *Tragic Drama and Modern Society*, p. 148.
③ John O'riordan, *A Guidance to O'casey's Plays*, p. 15.

第四节　论《街景》

埃尔莫·莱斯的现代社会悲剧《街景》(1929)，不是对个别小人物的描写，而是一群小人物群像的圆雕。这与他的另一部表现主义悲剧《加算机》(1923)不同，《加算机》中的零先生是一个抽象的小人物，而《街景》中则是一群现实的小人物。

莱斯的剧作以社会和政治主题而著名，以公开的社会批评为主要特征。他的剧作的一个始终如一的观点是：反对资本主义制度对人的奴役，反对资本主义文明带来的人性的异化，强调资本主义制度下人的精神自由。在他看来，自由精神存在与发展的状况是与人从社会压迫、政治钳制、经济奴役和宗教束缚中获得解放的程度相适应的。他的这些看法在现代社会悲剧《街景》中得到了充分体现。此剧人物众多，互相关联，我将多做一些论述。

一

《街景》于1929年1月10日在纽约上演，连续演出了603场，为莱斯赢得了当年的普利策奖。《街景》是一出三幕剧。剧作以纽约城贫民区的一条街为背景，对小市民疲于奔命、操劳度日的卑下可怜的日常生活做了写实主义的描写，反映了当时美国社会穷苦人民灵与肉备受奴役与摧残的状况，是20世纪20年代美国小市民生活的真实写照。

戏的布景是一幢"没有电梯的"经济公寓的正面。公寓是褐色沙石结构,已经显得很破旧。这个场景使人感觉到,莱斯似乎想"把褐色正面看作'源自希腊戏剧的作为背景的庙宇或宫殿'"①,从而使《街景》在纵深上与传统相联系。正中走上四级宽台阶就是配有两扇木门的门厅。底层的窗户又窄又长,二楼有六个窗口,三楼的窗口有着石头窗台。戏一开始正值几十年来最炎热的 6 月半的夜晚,窗户洞开,全亮着灯。戏的时间很集中,从傍晚到第二天下午。情节带有情节剧的特点:剧院舞台工人弗兰克·莫尔兰特发现他的妻子安娜同牛奶公司收账员史蒂夫·桑基通奸,就设下圈套,谋杀了他俩,然后逃跑,但结果还是被警察逮捕归案。

但是,这一情节从戏剧结构上来看,只是起到一种框架作用,并非全剧的真正中心;它将住在这幢公寓里的各色人等的生活连接起来,从而展现出"生活的片断"。在这里,左拉的自然主义的影响相当明显。有的批评家曾这样说,《街景》"是关于自然主义的社会学研究"②。《街景》无疑可被看作爱米尔·左拉的文学主题在英语戏剧中的最佳表现。

《街景》让人感兴趣的地方并不在那件谋杀案,而在于周围的一群人,在于他们形形色色的生活和性格,在于这些人在台阶、门厅、楼梯和城市的石板路上互相交谈、散布流言、你推我搡、擦肩而过的情景。这条街上的生活——警察、邮递员、孩子、正被驯逗的狗、深夜街头散步、孩子诞生前的情景、用来煨汤的小鸡、黑暗中的拥抱接吻,这些给人的印象是深刻

---

① FrankDurham, *Elmer Rice*, New York: Twayne Publishers, Inc., 1970, p. 59.
② Donald Heiney, *Recent American Literature*, Vol. 3, New York: Woodbery, 1958, p. 123.

的。第四天演出后,《世界报》就指出,在这幢"真实的公寓里,住着瑞典人、英国人、意大利人、黑人和德国人,一切都是真实可信的,甚至那底层外面石板路上的废罐头也是如此"①。剧作如实将生活的片断作为全景来展现。

《街景》还对城市里种种声音进行逼真模仿,火车声、汽车声、轮船声、金属铿锵声、犬吠声、人的叫唤声、争吵声、笑闹声等。这些声音被压低了,作为背景,但一直没有停止过。这些声音可以分成两类,一类是资本主义工商业的声音,一类是小市民日常生活的声音。这两种声音交织在一起,将"生活的片断"向纵横两个向度延伸开去,这不仅扩展了戏的背景,为建立时代的主题服务,而且使展开的情节更为逼真可信。

此外,《街景》中的对话均为日常生活语言,与各人的身份、职业、性格、想法相吻合,没有长篇大论,简朴自然,明白无误。而且,不同民族的人说的英语又各自带有自己特殊的腔调和发音,犹太人有犹太人的,德国人有德国人的,意大利人有意大利人的腔调和发音。这为戏增添了美国多民族多文化的地方色彩,丰富了自然主义的程式。

除了自然主义的影响,还应提到契诃夫的现实主义对《街景》的影响。这是以往为批评家所忽视的。这也许是因为契诃夫的影响不是表面的,而是更为深刻的缘故。许多批评家曾论证,美国现实主义的特征是契诃夫式的。比起易卜生来,契诃夫对美国剧作家的影响更为根本,更为深入

---

① J. T. Shipley, *Guild to Great Plays*, Washington D. C.: Public Affairs Press, 1956, p. 544.

有力。在美国,人们日益发现契诃夫的戏剧具有极其多面的价值。有个俄国人曾不无幽默地评论道,契科夫好像成了美国的民族英雄。在这种文化氛围中,莱斯可以说是自觉接受契诃夫的影响的。他曾谈到,他相信这位俄国作家虽然不描绘现实,却把现实说明得相当好。契诃夫用关于小人物的悲剧命运和美被平白无故毁灭的描写来唤起社会抗议,在这一点上,《街景》可说是深得其精髓。第一幕一开始,人们看到的、听到的都是家常琐事:一群或善良或粗鲁、或尖刻无情或抱怨愤慨的公寓居民,耐不住盛夏夜晚的闷热,走出大楼在街上互相问候,谈天气,拉家常,分吃蛋卷冰淇淋;街头巷尾的流言蜚语;从房间里传出来的舞曲声;孩子诞生前的忙乱;一个粗汉子企图欺侮一个弱女子以及由此引起的一场对抗;关于音乐的闲谈;关于法律和秩序的严肃争论;家庭中的口角;深更半夜一对放荡的青年男女在门厅的黑暗中拥抱接吻等等。即使那件谋杀案,在当时美国社会中也并非什么了不起的新闻。莱斯将平庸、无益和烦恼表现给观众看,但又不失能产生尖锐的现实主义效果的独特性,从而引起观众的理解和确信,使他们看一看普通和熟悉的街道上形形色色的小市民,看一看他们的所作所为,也看一看他们的思想和灵魂,体会一下当时美国社会中贫苦百姓日常生活中的悲剧意味。

诚然,《街景》在艺术上继承了左拉的自然主义和契诃夫的现实主义,但其成就和重要性不仅仅在于此,主要还在于剧作勾勒了小市民鲜明生动的群像,并且深入这些人物的心灵,一方面描写了现实的无情,一方面倾诉出人们的梦想,既写出小市民庸俗的性格,又写出他们高尚的情操,对陷入生活流沙中的人们寄予了同情和理解,对资本主义社会做了一定程度的批判,从而使所反映的贫民区小市民的生活片断较深入地揭示了20世纪20年代美国社会现实状况。这才是此剧作的独特之处。

二

"群像的处理"是莱斯在戏剧创作中一直追求的目标。这一点在《街景》中首先实现了,后来在《我们,人民》中也做过这样的处理。

《街景》阵容庞大,出场人物达80人之多。如果将幕前幕后的加起来,那么剧作共写到12个家庭,其中主要写了4个家庭:莫尔兰特一家、琼斯一家、菲奥雷蒂诺一家和卡普兰一家。而在这4个家庭中又主要集中在莫尔兰特夫妇、他们的女儿罗丝、琼斯太太、菲利甫·菲奥雷蒂诺、亚伯拉罕·卡普兰和他的儿子山姆等人身上。剧作描绘的不只是一条街,它写出了这条街上的居民中的尊严、堕落、可耻、向往善良、乐于助人、力求诚实的心,以及激发人心的单纯和高尚感等,正是人物各自的生活之路才真正组成了城市的街景。滔滔不绝评论资本主义的阶级关系的犹太知识分子,梦想着鸟语花香的出生地的意大利音乐家,想要搬到王后区去的写字间姑娘,把自己的生活全部献给患病的母亲的善良女人,粗野的出租汽车司机,调情者,中学教师,他们拥挤在一幢经济公寓里,由于过于互相接近,由于盛夏的炎热,以及由于那使他们无法逃避这一切的社会环境,他们被驱入令人不堪的境地,处于复杂的关系之中。而人物间的这种复杂关系就像一座小人物的圆雕,引人注目。

弗兰克·莫尔兰特、安娜·莫尔兰特和史蒂夫·桑基之间的三角关系是剧作情节的主要构架。女主人公安娜是个 40 岁的漂亮女人,看上去有些年纪,但风韵犹存。她爱好音乐,戏开始不久就说起要去听音乐会,她还兴致勃勃地随着乐曲跟菲利甫就在公寓门口跳了一阵舞,这是她许多年来第一次跳舞。可以想见,她对生活曾有过憧憬,有过追求,希望生活中有点欢乐。然而她的婚姻却是不幸的,20 多年来她一直在得不到真正的爱情和温暖的家庭中生活。她的丈夫弗兰克 55 岁,高个子,身强力壮,生就一张粗野而可憎的脸。他同妻子在许多方面都格格不入。他不喜欢音乐,当安娜与菲利甫跳舞时,他在一旁盯着看,毫无表情,那眼光叫人受不了。他是个没有多少趣味的人,他不了解也不懂得去了解自己的妻子。安娜虽然对家庭生活不满意,但她爱自己的孩子,是个善良的母亲。她小心翼翼地把钱用纸包好从窗口扔给儿子维利去买冰淇淋,她为深夜未归的女儿辩解,因为她了解女儿,也相信女儿。可是弗兰克却是个专制家长,自视为家庭中心,靠粗暴的力量来维护家庭门面。安娜为女儿讲了几句话,他就冲着她叫:"你应当一直照看你的女儿,而不是一个劲儿跳舞。"莫尔兰特太太还是个关心别人、乐于助人的人。这在丹尼尔·布坎南的老婆生孩子这件事上表现得特别突出。夜深时布坎南太太突然临产,安娜赶去帮忙,很晚才离去。女人知道女人的痛苦。安娜想得很周到,一清早就准备去买一只煨汤的小鸡,好给刚生下孩子的母亲滋补身子。这只小鸡在安娜被丈夫谋杀后还出现了一次,仿佛在提醒观众记住安娜的善良。但弗兰克却似乎没有多少同情心,也不理解妻子的善良行为,反而责怪她在别人家里待得太久。在他看来,"一个女人必须待在她自己家里，照看丈夫和孩子"。这就是他的理论。这种生活安娜实在不愿意忍受下去。

于是，安娜有了外遇，是牛奶公司收账员史蒂夫·桑基。安娜并不希望这样，她曾做过长期努力。她说过："我一直努力为他把家治好，尽我的本分，但一切似乎都没有用。"她不禁有些绝望，叫道："活着有什么意思呢？假如你从生活中得不到一点你要的东西，你还不如死去算了。"然而，安娜刚刚寻求到点滴爱和生活乐趣，她就已成了众人的谈话资料。"每个人都在谈论品评，邻居们都在侦察探视，窃窃私语。"第一幕里，她刚一转身走开，背后就刮起了流言蜚语的风暴。她想用真诚换得谅解，然而人言汹汹，丝毫也不饶人。琼斯太太不怀好意，要库欣小姐说出见到安娜和桑基在一起的情形，还提示她"接吻"之类的事。菲利甫和奥尔森则说得更难听了。安娜不禁有些感慨，说："为什么人们总是要互相伤害和贬低？为什么人们不能和睦相处？"但无论是可畏的人言还是不幸的结局都不能阻止她去"得到一点生活中得不到的东西"。她说："我不会放弃我在这世上已经得到的任何东西。"这是她对卑琐生活的一种力所能及的抗争。

弗兰克一上场就宣布要去斯坦福试演。这实际是他的预谋的开端，他已有所风闻察觉，且怀疑愈来愈深。当桑基出现在公寓门口，他责问安娜："他在这里荡来荡去干什么？"大有兴师问罪之意。第二幕开始，他大清早离开家，说是去斯坦福试演。这是谋杀的第二步。弗兰克刚走，安娜和桑基就进行了戏中的第三次幽会。正当两情相投时，弗兰克突然返回公寓，像猫一样迅速，像虎一样凶猛直往楼上冲去，好心的山姆挡也挡不住,叫也来不及。一幕贫民区小市民生活中的悲剧终于发生了。随着三声枪响,随着撕裂人心的惨叫,安娜和桑基双双倒在血泊之中。

可是,悲剧是否就此为止呢?没有。剧作通过罗丝和山姆的爱情事件的描写,进一步发掘出这幕悲剧的含意。罗丝的爱情波折可说是悲剧主题的变奏和发展。

罗丝是个漂亮的 20 岁姑娘,在房产公司当小职员。她像她母亲一样,爱好音乐,心地善良。她母亲那没有爱情的婚姻显然给她留下很深印象,对她的生活也产生很大影响,使她较为成熟,较为有头脑,能对自己的恋爱作更多深思。她的顶头上司,办公室经理哈里用成功、优越的生活条件作诱饵,要她当情妇,她拒绝了。她从现实中懂得,这不是她需要的生活。她对爱情与生活有着自己的追求。她爱山姆,她相信山姆通过上大学奋斗,最终会把她带出这个卑下的环境。她希望用自己的爱情鼓起山姆奋斗的勇气,去争取过共同憧憬的生活。

然而,这场爱情注定了又是一幕悲剧。两人的爱情刚萌芽,从半开半闭的窗户里、从街头巷尾就传来了风言风语。山姆的姐姐也以保护人的姿态出现,要罗丝中止这场在她看来像"把油和水混合在一起"那样不相称的爱情,不要妨碍她辛苦拉扯大的弟弟读完大学,当上正式律师。罗丝默默忍受着这一切。谁知紧接着来了更沉重的打击:母亲不幸身亡。在这极度的震撼中她悟出了一些生活的道理,看到了抹上玫瑰色的贫民区爱情的真相。在第三幕戏快结束时她对山姆说的一番话,可说是她的一篇爱情宣言:

许许多多事情,山姆。有许多事情要考虑。有些事情是不可避免的——嗯,比如说,我会有孩子。还有些事情,你不要它来,它却来了。那时,我们怎么办呢?也许我们会像这儿周围所有那些人一样,被生活束缚住手脚。他们都以相亲相爱开始,并且以为万事都会如意——然而不知不觉,他们发现一切都成了泡影,于是希望万事能重新开始——只是为时已太晚了。

她害怕她母亲的命运在她身上以另一种方式重演。她从母亲的悲剧中得出结论:"人应属于自己而非属于别人。"她不希望自己属于别人,也不要别人属于她。她需要爱情,但爱情和从属不是一回事。这是悲哀的结论。最后她离开山姆,留下他独自一人在房间里哭泣。生活,眼前的生活太严峻了,她不得不得出这样的结论。

安娜和罗丝的不幸遭遇告诉人们,贫民区的爱情是没有色彩的爱情,是不结果实的花朵;爱情在这里遭到的是扭曲、摧残,变成了难以相认的畸形的东西。

三

悲剧的根源当然在造成贫民区卑下环境的社会现实。这种资本主义大都市中的卑下环境实质上是一个小市民的人性遭到异化的环境。在他们的人性的厚墙的四围中,为了活命生存而进行的绝望的挣扎毁灭了爱与美,破坏了人的个性;每日的操劳度日、疲于奔命的劳苦工作后处于迟钝而又极度紧张的感觉,引起相互冲突,引起残酷无情,贬抑嫉妒,粗俗丑恶,对自己的同类遭殃幸灾乐祸,没有理想,没有目标,没有常规。这是一幅人类生活的讽刺画。《街景》通过对这种生活环境多层面的描写,在深度和广度上强化了悲剧主题。

在这幅人性异化的讽刺画中,琼斯一家是颇具代表性的。这家人失去了对别人的同情心,而在自己的道路上却又高高兴兴地堕落下去。主妇琼斯太太是个高而瘦的中年妇女,生就一张爱说长道短的损人的嘴,可以称得上是位流言家。安娜有外遇的事是她最感兴趣的,一有机会就挑起话头,散布流言,并且她从一些现象中好像总是比别人看出更多的意味。但对这件事,她又有着说不出味儿的心情。当桑基出现在公寓前,她嘲讽道:"你会以为他是威尔斯王子,而不是牛奶收账员。"当着安娜的面,她也风言风语,说一些自以为高明的恶毒隐语。她一心想看别人的笑话,有时甚至会激动得伸长了脖子。安娜曾给她下过一个断语:"最好的办法是别理睬她。世上有许多像她这样的人,除非她们给别人制造了麻烦,不然她们似乎绝不会快乐。"这个断语是下得恰当的,她就是这样一个幸灾乐祸的人。然而她自视颇高,自以为有点与众不同。当别人说到因劳作而"像匹马一样汗水淋漓"时,她说:"我丈夫可不。有人命该如此,有人可并不这样。"在谈到女人是否像男人一样好相处时,她说:"我看问题在于你是跟一个好男人还是坏男人结婚。"她为自己有个好丈夫因而自己是个好女人而自鸣得意。于是乎她一本正经地宣称:"应当有一种法律禁止妇女到处晃荡,去偷别的女人的丈夫。"俨然一副道德家的面孔。其实她没有同情心,有的只是偏见。她还是个有强烈宗教偏见的女人。当她目睹她儿子欺侮山姆时竟无动于衷。当她得知罗丝与山姆相爱时，立即又煞有介事,劝说安娜："我要三思后才会让我的孩子把一个犹太人带到家里来。"她就是这样一个搬弄是非、不怀好意的女人。

乔治·琼斯跟他的太太相差无几,不过他另有两个特点。其一,他是现存社会制度、现存法律和秩序的盲目的维护者,他攻击超出他生活经验以外的任何东西。其二,这个矮胖的红脸汉是个酒鬼,他晚上出去喝酒,直到第二天清晨才从非法酒店摇摇晃晃走回家。此外,他也喜欢说些无耻的笑话。他并不如他的妻子所想象的那样是个"好男人"。

至于其子女则有过之而无不及。儿子文森特粗鲁无礼,只会欺侮人、调戏姑娘。女儿梅更是空虚、愚蠢、放荡,她跟气味相投的一个男青年在门厅的黑暗里酗酒、谩骂、拥抱、接吻,足足鬼混了一夜。

琼斯一家算得上是小市民人性异化的典型了。作者实实在在地抓住了"苟活"这种无价值的事,写出了小市民生活空虚无聊的一面。

这种空虚无聊还在另一层面上表现了出来。悲剧发生后,不仅震动了公寓里的人,也震动了公寓附近的市民和街上的路人。人们从四面八方朝公寓门口围拢过来观看。人越围越多,都是来瞧热闹的,没有人想到要做些什么。库欣拼命叫着快去叫救护车,可是根本没人理睬。直到他叫了三次才总算有人去打电话,又拖了好久才来了救护车。这些人忙着涌前涌后,不放过观看每一个精彩的镜头,可是没有人想一想眼前发生的事情的含意。这是一群精神麻木的人,他们对别人的痛苦,对自己的生存条件,对小市民生活中的悲剧意味失去了感受力。其实他们成了自身的旁观者。作者安排这样一大群人，是用心良苦的。他旨在告诉人们，小市民的人性异化是一种普遍现象。为了加强这一点，作者还安排了一个意味深长的结尾：一对新的夫妇将搬进空房；琼斯太太又在风言风语说闲话；一个水手搂着两个姑娘穿过舞台。悲剧的震动是暂时的，生活将依然如故继续下去，而悲剧也将会重演。山姆有一段话，可以看作对这种生活所下的结论：

> 这就是生活的全部内容——只有痛苦……你看，到处是压抑和粗野……人性自己践踏人性，并撕裂了自己的喉咙。整个世界只不过是一个血污的竞技场，充满了痛苦和凄惨。为生命付出的代价实在太高了——生命不该这样！

四

人生应当有更高的价值，生活当然不应这样继续下去，痛苦不幸的卑下环境不是注定不可避免的命运。然而出路何在？怎样才能摆脱悲剧的命运？这正是剧作要引起人们思索的现实的社会问题，也是剧作的主旨所在。

我们知道，美国戏剧在认识易卜生后就开始表现出社会意识。莱斯基本上是个理想主义者，是个具有很深的社会意识的作家。在《街景》中，他批判了现存的社会制度，做出了大胆的政治结论，提出了激进的主张。

剧作提供了三条出路。第一条是幻想的出路。罗丝不堪忍受公寓粗俗低下的环境,几次三番劝说父母搬出去,搬到郊外去。她跟山姆也说:"我听说纽约之外,人们都非常善良友好。别的地方没有这么多疯狂忙乱,当独自一人时,你可以干点自己喜欢的事。"她幻想着一个"绿色和新鲜"的世界。最后,她就是怀着这种幻想带着弟弟离开公寓的。然而,以赶房客的市政官为代表的政权力量在舞台上的出现,以及麻木的小市民人群,都预示着这种幻想必然破灭的结局。

第二条出路是享乐主义。这可以以菲利甫为代表。在跟山姆谈论音乐时他说:"嗨,贝多芬音乐不好。它总是那么悲伤,悲伤。它们会使你哭。我不要哭,我要笑。"这实质上是他的生活态度,快乐第一。他的享乐主义以金钱为基础。他认为有钱就能享乐,赚钱就是他来美国的目的。"意大利是美的,但没有钱,这里不美,但有许多钱。有钱比美好多了。"这种以美和生活原则为代价的出路是否算得上一条出路,是很值得怀疑的。

第三条出路是由老犹太知识分子亚伯拉罕·卡普兰指出的。卡普兰常为激进报纸撰稿。他认为不要相信上帝,人性自己应该负起责任,而最大的不幸可以从经济原因中找到解答。至于工会他认为根本不顶用,什么也实现不了,因为它不触及根本问题。他对资产阶级法律也取不信任态度。对资本主义社会民主的标志总统选举,他也认为无济于事。因此,他主张通过社会革命,让工业的权力掌握在工人阶级手里。这样的主张不可谓不激烈。最后他宣称,应该"建立一个按照人的需要而不是按照人的贪婪为基础的世界"。这就是剧作中提出的第三条出路。

《街景》提出了激进的主张,但它不同于 20 世纪 30 年代某些激进主义戏剧。它的推论既诚实又客观,并不为贫民区问题提供万应良药;老卡普兰的理论和菲利甫的享乐主义被描绘成他们性格的某一方面,而不是作为贫民区不幸和堕落的解决方案。莱斯掌握现实主义较成功也较有分寸,从而使剧作至今仍保持着艺术生命力。

总之,现代社会悲剧《街景》展现了 20 世纪 20 年代美国大都市底层社会的生活片断,并对此做出了具体生动、引人深思的说明。它触及了某种独特的东西从而具有典型性。它的背景不再是纽约一条特殊的肮脏可怜的街道,而是所有肮脏可怜的街道,确切些说,就好像辛克莱·刘易斯那条明尼苏达州某个市镇的大街一样,成了一切地方的大街。

第五节　论《推销员之死》

现代社会悲剧关心的另一个重要方面是生存困境中人的价值。现代社会悲剧不同于其他的现代悲剧,它在本质上是肯定的,与过去的悲剧世界的联系要更多一些。

这一人的价值体现在一个生活理想中,或者说一个梦中。在现代悲剧世界中,这种生活理想或梦,由于社会的、人性的原因或者是无法实现的,如奥尼尔的《天边外》、《送冰的人来了》(1946)、《长日入夜》、《诗人的气质》,易卜生的《海达·盖布勒》《建筑师》,莉莲·海尔曼(1905—1984)的《顶楼的玩具》(1960),田纳西·维廉斯的《玻璃动物园》等等;或者这理想和梦本身就是虚假的,如易卜生的《群鬼》,奥凯西的《枪手的影子》,阿瑟·密勒的《全是我的儿子》(1947)、《凭桥眺望》(1955)等等。而最有代表性的现代社会悲剧杰作,阿瑟·密勒的《推销员之死》(1949)则综合了这两方面,从人的价值在现代社会中变得无法实现和虚假这两个层面,揭示了现代人在社会中的生存困境。

《推销员之死》是部两幕剧,舞台现实时间是两天一夜。此剧将现实主义和托勒的社会表现主义以及后表现主义结合了起来,使现代社会悲剧达到了新的深度。这戏有一个现实主义的场景,推销员维利·洛曼家的厨房、后院,维利夫妇的卧室,比夫兄弟就寝的阁楼,纽约的一家饭店,维利的少东家霍华德的办公室和邻居查理的办公室,以及波士顿一家旅馆的房间。但戏的大部分内容是在洛曼的幻想中发生的,戏中运用了闪回的技巧而将这些内容展现在现实的场景中。J. L. 斯泰恩说:"可以这样说,戏剧的内容是心理动机推动的,而且显然是自然主义的,但维利的思想过程决定了戏的类型。"[1]这究竟是什么类型呢?这方面,雷蒙德·维廉斯说得比较明确。他说:"《推销员之死》是自然主义实体的表现主义的重建,其结果不是混血儿,而是有力的独特的形式。"[2]这一形式的独特性表现在两方面,其一是时空流动依随主人公思想的流动。此剧虽以传统的二幕剧形式出现,但其中插入了由灯光调节和空间转换造成的各种插曲式片断,展现出心灵的自由联想。其二是现实布景的采用又使得戏剧的

---

[1] J. L. Styan, *Modern Drama in Theory and Practice*, Vol. 3, London: Cambridge University Press, 1981, p. 118.
[2] Raymond Williams, *Modern Tragedy*, p. 75.

现实与想象的事件区别开来。这样就起到了两种作用,一方面既使戏的实际内容得以几乎包括维利·洛曼的一生,又把主观与客观真实联系起来。另一方面则突出了现实与幻想的对立,而一个人的价值就在现实和幻想之间游移不定。

戏一开始,63岁的推销员维利·洛曼提着两只大样品箱,筋疲力尽,提前在深夜回家,他又一次没有赚到佣金。他走南闯北36年,仍然没有固定薪水。不用说,他到头来是个不成功的推销员。家里必须偿付的欠款没完没了,与儿子比夫之间的成见越积越深,心情一天比一天沉重。在这之前,他已经有两次打算自杀:一次是故意把汽车开到桥下,一次是准备好了一截从煤气灶里引出煤气的橡皮管。他的精神已近于失常,到了崩溃的边缘。他在无意识中想要寻找失败的原因,就像俄狄浦斯搜索过去是为了发现罪恶之根源。但是他又不是直接去寻找失败的原因,他不愿承认失败,他不愿直面失败,而是在幻想中重建幸福的成功的过去。正如 A. S. 唐纳所说:"《推销员之死》大部分集中在再造幸福的过去:维利推销兴旺,比夫偷的是球而非衣服,洛曼家住的布鲁克林地区树木茂盛。"[①]

维利在想象中重建过去是为了在虚幻中确定自己的价值。维利的价值观是通过努力获得成功。他自认为自己曾经是个成功的推销员。但是没有证据证明这一点,只听他自己这样说。琳达虽也说过,但不可信。霍华德轻视他,查理也未提供证据。维利其实一直在自我欺骗。他一直相

[①] A. S. Downer (ed.), *American Drama and Its Critics*, Chicago: The University of Chicago Press, 1965, p. 220.

信父亲是个成功的开创者，但他对父亲的回忆是第二手回忆，是由本告诉他的，而本不是个人物，只是他幻想的创造物。他惯于用这种成功的幻想来安慰自己。一再出现的去阿拉斯加和非洲丛林发财的本的幻影，84岁还一个电话就能赚佣金的成功的推销员辛格曼的形象，是他用来自我欺骗和自我安慰的手段。他不仅自我欺骗，还促使比夫也进行自我欺骗。比夫自以为曾当过体育用品商奥利维尔的推销员，且交情不错，决定去求他资助做一笔生意。结果碰了一鼻子灰，狼狈而回。成功，这一美国梦，在维利的心底扎得实在太深了，他最后竟追求起一种虚假的社会身份，自以为跟已故的老板瓦格纳交情很深，自诩如今的少东家霍华德的名字还是他给起的，于是在商品越来越推销不出去的情况下，竟一径去找少东家，要求给一个月薪哪怕40美元的在纽约坐办公室的职位。可是少东家根本不看重他，也不买他的面子，借口无法安置而拒绝了他；而且，当少东家看出维利已精神不济年老无用时，干脆把他辞退了。结果维利落得再要照旧去波士顿推销商品也不可能了。然而此时他还存着成功的幻想。第二幕，也就是戏中的现实时间第二天，比夫去找奥利维尔，维利去找霍华德。当维利被轰出来后，心中还想着比夫会成功。因此，当他因已无法预支薪水而再次向老友查理告贷，而查理表示愿为他提供一份职业，他竟一口回绝了。他赶到两个儿子预定了酒菜共庆胜利的法兰克餐馆，比夫和海比已先到了。他一看情形就觉得有点不妙，已知指望不大，干脆先通告了自己失业的消息。随后几经周折，终于知道了儿子比夫失败的真相。这时维利一下子陷入了绝境，精神实在支持不住了。他终于承认了失败，

第五章　西方现代社会悲剧

并在幻觉中重现了导致比夫失败的根源的场景。15年前,比夫成天玩足球,加上不用功,与老师捣蛋,数学学期总分不及格,不够毕业学分,失去了进大学的资格。他单身一人坐火车赶到波士顿他父亲住的旅馆,想叫父亲去数学老师那儿说说情。不料一头撞见父亲跟一个陌生女人鬼混,她还厚着脸皮跟维利要了丝袜才肯离开。这一事实打碎了儿子对父亲的信任感,他感到受了欺骗,从此在自暴自弃的歪路上迅速走向沉沦。当维利从失败根源的回忆的幻象中回过神来时,两个儿子已带着两个粉头儿去寻欢作乐了,维利独自一人,一瘸一拐走回家,但他还没忘了家里种菜园的种子,"我的田地上一点儿东西都没有",这时他已下了自杀的决心,想用自己的生命换回2万美元的人寿保险金,算是自己留给儿子比夫和家里的一点东西。当两个儿子回家后,他在与比夫的争吵怄气中突然发现儿子仍然敬爱他,他的决心更是下定了。当母子三人都去睡觉后,他悄悄溜出屋子,驾车疾驶而去,怀着儿子比夫在他身后一定会大功告成的又一个梦,在一阵雷霆似的轰响中结束了自己的生命。

维利的悲剧,是一个在现代社会中失落了人的价值,但又不甘心失败的人,为了维护做人的尊严而只得在虚幻中重建价值的人的悲剧。价值与感到自身的存在,这是人的基本的东西。剧中维利这样指责无情无义的霍华德:"你不能吃完橘子就扔橘子皮——人可不是水果!"人是有价值的。维利的一生都在确定自己的理想的价值。戏中本、查理、琳达代表了三种价值。本表现的价值是冒险发财,其不正当是显而易见的;查理表现的价值虽然更重要,但他的成功是性格适应了环境;琳达表现了美国的传统价值,表现了家庭忠诚的价值,这也是戏中最有力的价值。这三种价值虽然更确定,但不是理想的价值,不是维利追求的价值。本是物质成功的缩影,是梦中的推销员、帝国的建立者、钻石的开采者、外国征服者、现代事业的精神,但毕竟是个梦,是未经检验的神话。而且很清楚,如果维利跟本去了阿拉斯加,他可能成为一个富人,但他就不会是一个好人。查理是维利的呆板的复制品,维利拒绝了他提供一个职位的提议,是因为接受的话,那就会否定他相信的一切,维利要的不仅是钱,他要确定人生的意义何在,人的价值何在。琳达并不完全理解丈夫,她不相信维利的梦,对于她来说,分期付款买下一幢房子就是一个好的价值意象。待在家里虽是人的最大愿望之一,但不是一个悲剧人物的激情之源。悲剧总是涉及价值。许多批评家认为维利没有价值,阿瑟·密勒这样回答:"问题出在维利·洛曼有许多有力的理想。我们不习惯用我们的话来谈论这些理想;但是,比如说,如果维利·洛曼没有深刻认识到,像度日子一样的人生会使他空虚,他就会在老态龙钟时的某个星期天下午满足地死于给汽车打蜡。事实是他有价值。这些价值不能实现这一事实驱使他疯狂——正如这种不幸驱使其他许多人发疯一样。真正无价值的人,一个没有理想的人,无论在哪里都是待在家里而心满意足的。"[①]维利的价值是在追求人的价值中获得的。

维利的致命弱点不在于对自己的梦追求到底而不半途而废,而在于

---

① Allan Lewis, *The Contemporary Theatre*, New York: Crown Publishers, Inc., 1971, p. 43.

对人的价值的错误认识,在于"他全心全意献身于虚假的尊严,献身于他那种对成功的想法所包含的虚假的一面"①。对价值的错误认识,是由现代人的生存状况决定的。在竞争的社会中,个人的成功不仅是美国梦,也是美国的大主题。用本的话来说就是"跟陌生人打架绝不要讲公平,那样你永远走不出丛林"。"梦"这个字是个关键的字,在戏中反复出现。但是正如约翰·封·采利斯基所说:"梦不是一种价值,而且肯定不是一种理想。"②换句话说,维利的梦是一种错误的价值。他的弱点在于没有走在正确的路上,而是走在一条错误的路上,他在这条路上旅行了几乎一生。他向他的哥哥本和邻居查理询问成功的秘密,他们无法告诉他,他也无法猜出这秘密并不存在。他把自己的梦转移到比夫身上,比夫是他现在的梦。但比夫结果成了一个小偷,没有固定工作。从父到子的梦都无法适应严峻的现实。"他有不切实际的梦,一切,一切不切实际的梦。""他从来不知道他是谁。"在一个连一个的梦中,维利似乎无法区别幻觉与真实、过去与现在,他在回忆中迷失了自己,成了"退化的'美国梦'的牺牲品"③。比夫最后成了明白人,他在说了上面两句对父亲一生的评价后,颇有自知之明,他对海比说:"我知道我是什么材料,老弟。"眼前的事件,尤其是冷冷清清的葬礼使他明白了父亲关于过去的话全是谎言;其实他

---

① 中国社会科学院外国文学研究所外国文学研究资料丛刊编辑委员会编:《外国现代剧作家论剧作》,中国社会科学出版社1982年版,第29页。
② John Von Szeliski, *Tragedy and Fear*, Chapel Hill: The University of North Carolina Press, 1971, p. 162.
③ R. W. Corrigan (ed.), *Arthur Miller: A Collection of Critical Essays*, New Jersey: Prentice-Hall, Inc., 1969, p. 102.

从一开始就觉察到成功之梦是空洞无物的。从某种意义上说,维利之死,意味着对他的错误的价值有了一些认识,虽然有限。他最后已接近这一意识:如果他要活下去,他必须发现另外的价值。当然,他已经不可能这样做了。不仅因为他执迷不悟,而且因为为时已晚了,他已陷入了绝境。然而,在绝境中他仍然企图确定自己的价值。这,除了死亡,别无选择。他已没有东西可以推销,除了把自己推销出去;他在生活中已不能出售自己,但他至少能在死亡中出售自己。他终于用死亡确定了自己的价值。

维利·洛曼作为一个现代悲剧人物,他用死这唯一挑战反抗的行动,体现了现代悲剧的要素——不甘心被扔掉。有些批评家认为维利·洛曼够不上悲剧人物。"洛曼的个人尊严感太无根据,不能给他以英雄的重要性。"[①]"人在这里太渺小了,太被动了,无法扮演悲剧。"[②]"维利作为一个重要的悲剧人物是有问题的,因为他死时仍然自我欺骗。"[③]阿瑟·密勒不同意这些否定的观点,他认为维利临自杀前是有所觉悟的,他"很苦恼,意识到自己处于逆境,被自己信仰的一切所显现的虚伪搅得心烦意乱,简言之,心里明镜似的,意识到他必须想法要么打起精神来,要么毁灭"[④]。但他的觉悟是有严格限度的,"这种限度足以表明他是个有个性的人物,而

---

① D. Welland, *Miller, the Playwright*, London: Metheun, 1985, p. 39.
② Ibid.
③ Ibid., p. 109.
④ 中国社会科学院外国文学研究所外国文学研究资料丛刊编辑委员会编:《外国现代剧作家论剧作》,第291页。

且也正是这种限度足以完成悲剧,使之确实成为可能"①。至于悲剧人物的重要性,不在于悲剧人物的渺小或伟大,不在于社会地位身份的高低,重要的是对自尊自重有自觉的体会。阿瑟·密勒不仅在《悲剧与普通人》一文中强调这一点,早在《推销员之死》公演后接受《纽约时报》记者采访时就说过:"在我们心中,悲剧感情是在这时激起的:我们面对一个人物,如果需要,他准备放弃生命,为了确定一件事——他的个人尊严感。"②密勒关于现代悲剧人物的看法是恰当的。现代悲剧人物为了维护自己的尊严,拒绝去适应社会的虚伪,他的个性整体与社会压制这一罪恶相冲突,他为了某种高贵的目的,有意自愿选择受难,凭意志反对超然的力量,结果导致一个失落的灵魂的个性失败。他是现代社会造成的生存困境中的悲剧人物。关于这一点,M. W. 斯坦伯格说得颇为透彻,他说:"密勒把人的处境看作外在于个人的力量的产物,而这处境内固有的悲剧是个人全力反对贬低人的秩序而遭到灭亡这一结果。悲剧的作用是揭示有关我们社会挫折人、否定人的真实,揭示人的个人尊严的权力。悲剧的启示是发现道德规律,来支持这权力。"③维利的生存危机是社会的危机。"个人尊严的权力"实质上就是现代个人在社会的生存困境中确定人的价值的权力,正是这种力量使得《推销员之死》中"某些东西可以比作美国的《李尔

---

[1] 中国社会科学院外国文学研究所外国文学研究资料丛刊编辑委员会编:《外国现代剧作家论剧作》,第291页。
[2] Allan Lewis, *The Contemporary Theatre*, p. 39.
[3] R. W. Corrigan (ed.), *Arthur Miller: A Collection of Critical Essays*, p. 85.

王》"①。维利的幻想一如李尔的王权的幻想,使他自视颇高,最终导致悲剧性毁灭,同时也使他上升到真正的悲剧的高度。李尔王的毁灭使他的王国得以延续,而维利的自杀则给了比夫另一个开端——新一代人将生活下去,这正是牺牲主题的一种现代变奏。他的自杀是他的梦的突然中断,也是他的梦的自然延续。维利的梦是世界上渴望维护人的尊严的人的梦。维利是现代人生存困境的一个象征。

---

① D. Welland, *Miller, the Playwright*, p. 36.

第六章　西方现代精神悲剧

第一节　现代精神悲剧的主要特征

描写西方现代人精神上的生存困境的现代悲剧主要有两种：一种是表现主义悲剧；一种是现代心理悲剧，说得更确切些，是现代性心理悲剧。

现代社会悲剧在涉及个人在社会中的生存困境的同时，就已经涉及了人的精神上的生存困境。如果把《推销员之死》说成一部现代精神悲剧，也未尝不可。某些现代社会悲剧的临界点，确实已经与现代精神悲剧交融。但是二者毕竟有一个基本差别，即处在两个不同的层面上。在现代社会悲剧中，悲剧冲突原就不等于盖奥尔格·卢卡契所设想的社会阶级的历史斗争那样简单明了、确定无疑，而主要是现代个人与现代社会的冲突。在现代精神悲剧中，虽然人在精神上的生存困境依然与外在的个人与社会的冲突相联系，但关注的焦点是人自身的悲剧性精神世界和心理世界，是现代个人的内在真实处境和内在生存的真实性。

现代个人在精神上的生存困境,主要是精神领域中美好的东西不断失落的问题,更确切些说,是内在非人化问题。在现代社会悲剧中,就个人的身份、价值、尊严而言,其向度是朝外的,指向他人和社会,旨在获得接受和认同;在现代精神悲剧中,精神失落或非人化,其向度是朝内的,指向人自身,指向自我,涉及主体性和自我确定。在西方现代社会中,随着上帝的死亡,随着人文主义精神的迷失,随着工业文明和科技文明的迅速推进,高度技术化、物质化、非精神化越来越成为一种趋势。在心与物的关系方面,心与物的对立越来越严重。并且,物不仅对心的压力越来越大,而且越来越侵入心的领地,力图将其物化。于是,人逐渐游离于主导的文化价值,在精神和心理上遭遇种种困境和危机,人对现代悲剧命运的认知从社会和社会意识的层面突入主体精神和心理的层面,深切意识到人的精神危机与人的生存的密切关系。悲剧性精神危机的戏剧空间是一个个人心理空间,也是一个社会心理空间,其戏剧时间是一个过去与现在互相渗透的时间,而未来则常以乌托邦的虚幻时间模式时隐时现。卡尔·雅斯贝尔斯说:"人是精神,人之作为人的状况乃是一种精神状况。"[①]卡尔·雅斯贝尔斯认为人的生活状况主要是一种精神状况,并且与时代的精神状况密切相关。非人化的生存状况也是一种精神状况,是社会结构性的,也是心理结构性的。时代与社会对人的精神的影响是深刻而多方面的,是人的内在生存的真实状况的不可忽视的一个方面。就现代个人

[①] 卡尔·雅思贝尔斯:《时代的精神状况》,王德峰译,上海译文出版社1997年版,第3页。

而言,这一点更是明显。"英雄的困境是社会的,也是心理的,二者一样多。"[1]这是讨论现代精神悲剧时所必须注意的。

在现代社会悲剧中,人在当代社会和最近的历史中寻找他们当前危机生存困境的根源,在悲剧所重建的历史中确定性的尺度代替了以前传说和神话的模糊性的尺度。而在现代精神悲剧中,人在主体的精神宇宙、心理世界以及深层意识中去寻找危机生存困境的根源,模糊性的尺度在更高的层面上转而取代了确定性的尺度。可以这样说,运用模糊性的尺度是现代精神悲剧的另一个主要特征。

关于西方悲剧中的模糊性的尺度和确定性的尺度迄今为止似乎尚未有人明确论述过。多少有一点涉及这一问题的是当代美国戏剧史家奥斯卡·G. 布罗凯特,他指出:"18 世纪以前写就的悲剧多半处理宇宙力与人力的相互作用问题。神、神旨,或其它非人为的道德力量都能影响戏剧行动的结果。"[2]"到了 18 世纪,随着社会因素与心理因素的日益受重视,悲剧中超自然的力量就相对地减少,而戏剧行动的冲突也只限于人类的欲望、规律与制度,而不包括天意与人意的斗争了。由于人为的问题比较易于了解和解决,圆满的结局也就较为可能。"[3]布罗凯特看到了 18 世纪以前的悲剧和 18 世纪的悲剧中影响悲剧行动的两种力量的区别,前者是神、神旨、非人为的道德力量等超人的力量,后者是人类的欲望、规律、制

---

[1] John Orr, *Tragic Drama and Modern Society*, p. VIII.
[2] 奥斯卡·G. 布罗凯特:《世界戏剧史》,胡耀恒译,中国戏剧出版社 1987 年版,第 47 页。
[3] 同上。

度等日常的力量，显然前者不易了解与解决，而后者易于了解和解决。而这正是悲剧中模糊性的尺度与确定性的尺度的区别。在西方悲剧发展史上，一开始在悲剧中运用的是模糊性尺度。古希腊悲剧中的命运观就是一种模糊性尺度，它把世界作为整体来把握，并在整体中获得意义，从而超越整体。莎士比亚悲剧中运用的基本上也是一种模糊性尺度。在这样一些悲剧中，"逻各斯的永恒尺度"（恩斯特·卡西尔语）尚未侵入其中。17世纪法国古典主义悲剧的情况较为特殊。这时，笛卡尔的唯理论哲学影响深广，崇尚理性与模仿自然一起成为法国古典主义文艺的基本观念，理性所蕴含的确定性尺度于是成为悲剧中的一种尺度，突出到前台。戏剧中的三一律正是这种确定性尺度的极端体现。但是，法国古典主义悲剧是以希腊悲剧为楷模的，因此，模糊性尺度并未全线退缩，而是两种尺度交织在一起。18世纪是标榜理性的时代，理性高于一切，一切都要接受理性的裁判，这一时代兴起的资产阶级悲剧，尤其是法国狄德罗的家庭悲剧，确定性尺度占据了主导地位。从此，确定性尺度与模糊性尺度一起成为西方悲剧的两大尺度，或平行发展，或互相交织。19世纪的浪漫主义悲剧虽然成就甚微，但它试图在悲剧中重新运用模糊性尺度的努力却是不可忽视的。

西方现代精神悲剧也努力运用模糊性尺度。近代和现代心理学力图对人的心理的各个领域做出科学解释，但心理不是精神的全部；不仅心理的许多领域是未知的领域，而且精神领域的大部分更是未知的领域，这些未知的领域与神话相当，适用于同等的模糊性尺度。这种模糊性尺度所关怀的,在希腊悲剧中,是人与神的关系,人意与天意的关系,人的存在与宇宙的关系,人类整体存在的意义;在现代精神悲剧中,是人与精神宇宙的关系,人与不可知的深层意识的关系,是人类整体内在存在的意义。无论是弗洛伊德的个人无意识,还是荣格的集体无意识,都蕴含着一种模糊性的尺度。黑格尔说过:"人的本质是精神。"①他又说:"人是理性,是精神。"②黑格尔讲的精神,是理性的精神,是去人欲、存天理的精神。这是自笛卡尔以来西方对人的精神的一种传统理解。但现代人越来越深信,人的精神未必这样简单,人的精神还有非理性的一面。同时,现代人认为,理性精神和非理性精神都与人的自由本质有关,非理性精神具有它自身的价值,有着有待探索的价值。现代精神悲剧的"精神"主要不是理性的精神,而是非理性的精神,是梦、幻觉、本能、欲望,是原始主义的精神,是尼采所宣称的狄奥尼索斯精神,是具有神话的模糊性尺度的精神。现代精神悲剧,具体些说,表现主义悲剧和现代性心理悲剧,就是从这些方面来探索现代个人精神上的困境与人的生存的关系。

第二节 关于表现主义悲剧

为了论述的方便,有一点要在这里说一下。现代悲剧的发展演变,既与传统悲剧有联系,又是在以反传统为主要特色的现代派戏剧运动中实

---

① 张世英:《论黑格尔的精神哲学》,上海人民出版社1986年版,第266页。
② 同上。

现的，与现代派戏剧的诸层面有着不可分割的联系，深深为现代派戏剧运动的各流派所渗透，诸如自然主义、象征主义、表现主义、存在主义、叙述体、荒诞派、仪式主义等戏剧流派。然而，现代悲剧与现代派戏剧之间究竟是一种什么关系呢？将这一方面作为问题提出并加以论述的批评家并不多。在为数不多的批评家中，查曼·阿胡加的看法较为突出。他说："我们这个时代只会产生暴露性的自然主义，描写精神分裂的表现主义，没有个性的立体主义，机械论的未来主义，神经质的超现实主义，还有怪诞和荒诞，但却没有振奋的、综合的、肯定的、赞美的、恢复对人的信念的悲剧。"[1]他又说："悲剧把荒诞看作存在的一种因素，并力图超越它；存在主义则为之辩护并赋予它以绝对之地位。存在主义者不相信理想主义，反对美化荒诞的现实，这与自然主义拼命追求生活片断相当，自然主义在生活片断中以雕琢细枝末节为特征，而悲剧则以理想化为特征。表现主义文学走向了另一极端：打破时空界限，造成一种梦魇般的扭曲效果，把我们卷入其中，却不能像悲剧那样使我们震颤或振奋。同样，在心理分析文学中，我们看到的是对心理领域做专门的研究，以至于'病例'取代了经验；我们看到的不是英雄因骄傲而受难，而是组合成个人的纠缠不已的情感。"[2]阿胡加站在维护传统悲剧的立场上，把悲剧与现代文学（当然包括戏剧）完全割裂开来，认为二者几乎是风马牛不相及。这种看法未免有失

---

[1] Chama Ahuja, *Tragedy, Modern Temper and O'Neill*, New Delhi: Macmillan Indian Ltd., 1984, p.177.
[2] Ibid., pp.177-178.

第六章　西方现代精神悲剧

偏颇。如果换一个视角就不致如此。现代派戏剧诸流派不仅有戏剧美学的层面，更有现代哲学的层面。就现代哲学的层面而言，其核心是对世界、对人的视点的根本性转换。正是这视点的根本性转换，使现代悲剧与现代派戏剧诸流派交汇在一起。现代社会悲剧（包括自然主义悲剧和写实主义悲剧）转向个人，现代精神悲剧（包括表现主义悲剧和现代心理悲剧）转向个人的精神世界，现代人本体悲剧（包括象征主义悲剧、存在主义悲剧、荒诞主义悲剧、仪式主义悲剧等）转向人本体的存在。至于现代派戏剧诸流派的形式、技巧、风格诸方面对现代悲剧的影响和渗透则更不用说了，有些现代悲剧更是直接产生于某一流派。只有明确了这一点，才能弄清现代悲剧与现代派戏剧运动的关系，同时，现代悲剧三重世界的划分，或者说，现代悲剧诸类型的划分，才是可以理解的。

下面谈一下现代精神悲剧中的表现主义悲剧。

表现主义为现代悲剧提供了探索人的精神的新的视角和舞台的表现手段。自然主义是实证的、现象的、古典的、科学的、事实的、决定论的、客观的、再现的，重现表层细节，强调个人的环境条件；表现主义是理想的、实质的、浪漫的、前理性的、真实的、主观的、主张道德自由、寻求本质、环境作为个人的延伸。[①] 自然主义戏剧主要是一种外在的戏剧，表现主义戏剧主要是一种内在的戏剧。海尔曼·巴尔（1863—1934）在《表现主义》（1916）一文中就说"人从他的灵魂深处呼叫。"表现主义悲剧要突出的正

[①] S. E. Bronner, D. Keller (eds.), *Passion and Rebellion*, New York: Groom Helm Limited Publishers, 1983, p. 48.

是这一点。对熟悉温克尔曼的"高贵的、单纯和静默的伟大"的公式的德国人来说,尼采关于希腊悲剧的狄奥尼索斯起源的发现无疑是一大震惊。表现主义戏剧深深染上了洞察生存无意义的狂喜之神狄奥尼索斯的悲剧主义。这一点当然与表现主义悲剧密切相关。表现主义戏剧深受康德的哲学、柏格森的直觉主义、弗洛伊德的心理分析学和胡塞尔的现象学的影响,强调描写人的主观世界、直觉、下意识和梦幻,采用内心独白、梦景、假面具、潜台词等艺术的可能性来超越理性的限制,运用非理性的手段达到本质,表现人物的思想感情。表现主义悲剧也借此达到本质,表现人物的思想感情,达到悲剧性的真实、内在的悲剧感,从而获得了一种新的戏剧生命。表现主义悲剧同样也选择精神复兴的主题,展现出一个梦境中的悲剧世界,一个意识深处的悲剧。它的效果是灵魂深处的震撼、直接的震撼,大多略去了现实的、自然主义的表面的中介。另外还有一点,J. L. 斯泰恩说:"在意识形态上,德国戏剧中的表现主义是一种反抗的戏剧,它反抗战前家庭和社会的权威,反抗严格的社会秩序,最后反抗社会的工业化和生活的机械化。这是一种青年反抗老年、自由反抗权威的激进的戏剧。它追随尼采,弘扬个人,理想化创造个性。"[1]表现主义的社会抗议恰好是表现主义悲剧与现代社会悲剧的交接点。社会抗议还不是悲剧,但悲剧中含有社会抗议却是可以理解的。

含有社会抗议色彩的表现主义悲剧形成了一个系列,主要表现主人

---

[1] J. L. Styan, *Modern Drama in Theory and Practice*, Vol. 2, p. 2.

公在心灵中所走过的苦难历程。这系列的第一部悲剧是莱因哈特·佐尔格的《乞求者》(1912)。表现主义戏剧的先驱是斯特林堡,他的《鬼魂奏鸣曲》(1907)、《通向大马士革》(1898)三部曲等都是很著名的。但第一部公认的表现主义剧作则是佐尔格的《乞求者》,同时这也是第一部表现主义悲剧。《乞求者》的副标题是"一个戏剧的使命",是半自传性的。全剧很长,共有五幕,但戏的实质内容在前三幕中就包括了。前三幕占全剧长度的五分之四,最后两幕实际上没有什么发展,大部分是诗人的独白。人物都是抽象的,如诗人、父亲、母亲、姑娘、老朋友、批评家,还有群体形象如咖啡厅读报者、妓女、飞行员。主人公乞求者是尼采的超人一般的诗人。戏一开始他跟老朋友站在大幕前谈论他的一部新剧作,他希望他的赞助人能帮他建造一座自己的剧院,来实验他的新剧,他认为自己是新戏剧的先锋,这种新戏剧将扫除过时的惯例,给群众以未来精神的启迪。随后幕起,观众看到的是一个咖啡馆、一群读报者和批评家。这种有代表性的群体人物在戏中一再出现,而且像一个个人一样行动。当诗人因愿望未获赞同而离开后,随着光柱的调节转移,场景变成了妓院,大笑闲聊的妓女们如一个歌队。当她们在黑暗中消失后,出现了一个姑娘。姑娘是诗人的唯一的追随者。当诗人和老友、赞助人再次出现时,诗人拒绝了修改剧本的建议,并发表了改良世界的狂热的演讲。第二幕和第三幕写诗人在家里的经历,他毒死了在进行一种异常的、怪物似的工程设计的父亲,作为他朝着自我认识,朝着精神复兴,实现自我的必然的一步。以后的事是他得到了一份报社的工作,但很快决定放弃它,并拒绝了老友要他改变剧本中一个段落的要求。此外,他在姑娘告诉他她已经怀了他的孩子后,同意她抛弃她以前跟别的男人生的孩子。他在光荣的颂诗中庆贺一个人未来的象征性希望,这孩子将不会毒死他的父亲。戏的结束是一个开放性结尾。佐尔格创造了一种戏剧结构,这种结构不需要因果逻辑。全剧写出了诗人的内心经历,他的精神上的苦难,"主题的展开是一个青年(佐尔格自己)转变成一个男子汉,并转变为一个更好的自我"[1]。乞求者和《通向大马士革》中的流浪者一样,都是新人的先驱。英国戏剧批评家阿尔什·杜克斯说,《乞求者》的"主题是现代的,然而又是超越时间的"[2]。一个精神上的受难,一个新人,这两点使《乞求者》具备了悲剧的要素。

与《乞求者》相似的表现主义悲剧是盖奥尔格·凯泽(1878—1945)的《从清晨到午夜》(1916—1917)。此剧表现了一个新人的灵魂的历程,他从内心分裂冲突达到自我实现。德国一个小城镇的一个银行出纳员,在受到一个意大利贵妇的吸引后,初次体认到自身的非人化,立意寻求生存的意义。于是,他卷款潜逃,力图逃脱沦为机械式生存的畸形的资产阶级生活环境,摆脱金钱势力的束缚,并否定以金钱为基础的既成的价值系统。剧中的整个行动时间从清晨到午夜,暗示了人的一生。在寻求意义的途中,他曾停留于各种情境,有涉及家庭关系的、象征社会国家的、象征肉欲的以及象征宗教的,但均使他失望。他最后领悟到,靠金钱导向成功是错误的,只有灵魂的召唤才是导向快乐之道。于是他把偷来的金钱四

---

[1] B. Benson, *German Expressionist Drama*, London: Macmillan, 1984, p. 7.
[2] 参见 R. S. Furness, *Expressionism*, London: Methuen Publishing Ltd., p. 86。

下抛散。此时社会又回到了物质主义和非人化,并且他也被人为了赏金出卖给了警察,结果被处死。他最终又被金钱势力击败了。出纳员是唯一能逃出支配了其他所有人生活的机械性生存的人、摆脱了非人化的人,他虽然未曾引起任何改变,但已指明了一种新的价值。这种领悟是他在摆脱非人化的过程中,是他在探寻人生的意义、自我的意义、社会的意义、他与社会的关系的意义的过程中,经受了精神上的受难后获得的。

严格说来,《乞求者》与《从清晨到午夜》复归到了《人人》的模式,但它们并没有停留在一般道德剧的水平上,精神受难、非人化、新人与人的生存的关系的引入使这两部剧作进入了现代悲剧的领域。而这些,在 20 世纪 20 年代美国表现主义悲剧中得到了更强烈的反响。埃尔莫·莱斯的《加算机》中的非人化的零先生,尤金·奥尼尔的《毛猿》(1922)中的非人化的扬克,他们的悲剧更为震撼人心。此外,奥尼尔的《琼斯皇》(1921)写出了黑人种族精神的受难历程,他的《大神布朗》(1926)则写出了艺术家在现代社会中个人面具掩盖下的精神上的苦难,把表现主义悲剧提升到了相当的高度。无疑,从《乞求者》到《大神布朗》乃至到欧文·肖的《埋葬死者》(1936),是现代精神悲剧的一个重要组成部分。

第三节 关于弗洛伊德的原父说

西方现代精神悲剧的另一重要部分是现代性心理悲剧。不用说,现代性心理悲剧得益于弗洛伊德(1856—1939)的精神分析学,尤其是俄狄浦斯情结说。但是,俄狄浦斯情结并不像一般人认为的那样只是一个力比多问题,一个恋母问题,而是一个与人的生存,与人的危机生存困境密切相关的问题,是一个涉及悲剧范式的问题。

弗洛伊德的精神分析学可以分成早期、中期和晚期三个阶段。他关于悲剧的看法形成于早期和中期两个阶段。弗洛伊德谈论悲剧和悲剧作品,主要是为了证明他的精神分析学,无意于建立什么悲剧理论。然而,他对悲剧的看法却对现代悲剧的创作和理论产生了深刻的影响。这不能不引起人们的重视。早期在《释梦》(1900)中,弗洛伊德认为自己发现了三大真相:(1)梦是无意识和婴儿时期的愿望的伪装的实现;(2)人人都有一个俄狄浦斯情结,恋母弑父,或者厄勒克特拉情结,恋父弑母;(3)儿童有性的感情。这其中,作为无意识之一种而又涉及儿童性感情的俄狄浦斯情结无疑是核心,实际上这也是弗洛伊德的精神分析学的一大支柱。弗洛伊德对俄狄浦斯情结一直情有独钟,多有论述,并用以解释索福克勒斯的悲剧《俄狄浦斯王》、莎士比亚的悲剧《哈姆雷特》、陀思妥耶夫斯基的《卡拉马卓夫兄弟》等戏剧、文学作品。人们认为,其中的《俄狄浦斯王》是弗洛伊德提出俄狄浦斯情结的主要根据。

然而,弗洛伊德的俄狄浦斯情结说的根据不仅仅是索福克勒斯的《俄狄浦斯王》一剧(包括俄狄浦斯神话传说),而且是受到弗雷泽的文化人类学的影响,有其文化人类学和神话学上的根据。弗洛伊德的中期著作《图腾与禁忌》(1913)是一部独特的人类学著作。荣格在脱离弗洛伊德之前的1912年出版了《无意识心理学》(1912),弗洛伊德也可能受到这部著作

第六章 西方现代精神悲剧

的影响。弗洛伊德在《图腾与禁忌》中提出了与集体无意识和原型观念接近的看法。他在这本书中把悲剧称作原始部落推翻、驱除原父现象的再现。一群儿子不满于原父独占母亲和其他女性，起而推翻并驱除了原父，分享原父的占有物，然后又出于负罪感而把原父奉作崇拜的偶像。弗洛伊德说："由儿子们合力驱除父亲的事实必然在人类历史发展的过程中留下无法磨灭的痕迹，如果它们愈少为人们所发现，则此即意味着在发展过程中曾经使用了愈多取代作用。"①追根溯源，儿子们合力驱除原父当是俄狄浦斯情结的起源。但弗洛伊德并未仅仅止足于此，他在研究中进一步发现了更深入的原因，即与人的生存困境相关的原因。他说：

我个人对希腊早期悲剧有极深的印象，它们是一群群众围绕一位英雄的化身并听从他的命令和指示。这位英雄的化身在开始时是唯一的演员。接着出现了第二、第三位演员，他们就像是由他所分离出来的一样。可是，却又常违抗他；不过，这位英雄与群众的关系并未因其他演员之出现而受到改变。这位悲剧中的英雄注定必须受苦，这也是构成悲剧的中心。他必须背负那些被认定的"悲剧性罪恶"；那些罪恶并不容易为人所发觉，因为，就现在眼光看来，它并不构成罪恶。通常，它们都起源于反抗某些神或权威（此指人类之权威）；在此时，群众和英雄都极为关切，于是，他们将他抓起来，警告

---

① 弗洛伊德：《图腾与禁忌》，杨庸一译，中国民间文艺出版社1986年版，第191—192页。

他,并且在他受到应得的惩罚后,人们才又开始哀悼他。①

悲剧中的英雄其实就是原父,他的英雄的身份是死后封的;他必须受苦,必须背负悲剧性罪恶,主要是因为他要替人受罪,而悲剧性罪恶是由群众犯下的。弗洛伊德说:"我想,在最早期一定是群众的行为成了英雄受苦的原因,不过,由于年代久远,他们逐渐对此失去关心终至忘怀,甚至开始认为英雄的受苦是由于他咎由自取。"②也就是说,儿子们合力驱除原父是与原始人的生存困境密切相关的,俄狄浦斯情结因此有了深一层的意义。其实,原父与金枝国王的情形相似,弗洛伊德只是把它与性联系起来,其中根本的还是人的危机生存困境。俄狄浦斯情结作为解释悲剧的一种范式是有其合理性的。美国本涅特·西蒙教授就运用这一范式在专著《悲剧与家庭》(1988)中研究了古代悲剧和现代悲剧,取得了一定的成果。我想,只有明白了俄狄浦斯情结的深一层的意义,才可能对现代性心理悲剧给出恰当的阐释。现代性心理悲剧可以从魏德金德的《春之觉醒》算起,之后有奥尼尔的《与众不同》《奇异的插曲》《悲悼》三部曲,田纳西·维廉斯的《欲望号街车》,彼得·谢弗的《马》等等,这些构成了现代性心理悲剧系列。

---

① 弗洛伊德:《图腾与禁忌》,杨庸一译,第 191—192 页。
② 同上。

第四节　论《春之觉醒》

里恩·艾德文在《文学与心理学》一文中说:"必须承认,文学上的'向内转'运动在其最初的阶段中并没有怎么得益于精神分析学。与其说它是弗洛伊德学说发展和影响的产物,不如说两者是并驾齐驱的。"[①]这话也适用于现代性心理悲剧。德国剧作家弗兰克·魏德金德的《春之觉醒》(1890,1906)就是弗洛伊德的心理分析学产生影响之前的一部现代性心理悲剧。

魏德金德是一个比较关注性问题的剧作家。他在1910年的一篇论文中把人性分成两大类:精神、与精神对立的肉体。人尽管有精神,但肉体依然是肉体。肉体有它自己的精神。肉体主要是指性。魏德金德的这一看法继承了德国古典主义捍卫人道主义和个人价值的观点。歌德和海涅都相信一种反基督的信念:人的肉体像他的灵魂一样神圣,二者都应当得到尊重。他们认为性是人的伦理发展和精神发展的必要组成部分,而不是与之相对立的。这观念的最著名的表现当然可以在歌德的《浮士德》中发现,比如纯理智的书斋生活与人的动物性的关系、性与精神敏感的结合等。海涅(1797—1856)也在《论德国宗教和哲学的历史》中区分了精神主义者(拿撒勒人)和感官主义者(希腊人),表述了自己的看法。魏德金

---

① 张隆溪选编:《比较文学译文集》,北京大学出版社1982年版,第76页。

德要恢复肉体与性的地位，难免要予以强调。除了《春之觉醒》外，他还写了著名的《露露》这一悲剧(1903)。《露露》悲剧分成《地灵》(1895—1898)和《潘德拉的盒子》(1902,1905)两剧，描写了中心人物露露的悲剧。"地灵"实际上就是指性的冲动。露露是天真的非道德主义者的化身，是作为原始力量的动物性的性的化身。她是真正的动物，野性的美丽的动物。她也是一个实实在在的女人，一个既有吸引力又有拒斥力的女人，一个强有力而独立的女人，一个斯特林堡笔下的那种女人，狡猾、放荡、欲望强烈。在某种意义上，她本身是天真的，因为她的所作所为全无恶意。但当她按照她的欲望行动时，当她以各种不同的方式赢得情人时，她却毁灭了别人。但她最后也毁灭了自己。在《潘德拉的盒子》一剧中，她堕落成为住在伦敦的破旧肮脏的阁楼里的下等妓女，其结局是悲惨的，像最后的审判的景象一样。在《露露》悲剧中，魏德金德主要是提倡性自由，反对虚伪道德。这一点在《春之觉醒》中也涉及了，但它更关心的是恢复肉体的地位，更确切些说，是恢复作为思想的一个平等和谐的组成部分的肉体的地位。

《春之觉醒》描写一群青少年随着肉体成熟而觉醒的性心理上的烦恼，以及因此而遭到虚伪而又愚弄人的社会的摧残的悲剧。此剧写于1890年。1891年秋天魏德金德自费出版了此剧，出版后立即为青年一代所熟知与喜爱。1906年，马克斯·莱因哈特将此剧搬上了柏林德国剧院的舞台，但演出本受到当局的审查，对第三幕四、六两场作了删节，第二幕三、五两场则全部砍去，含有讽刺意味的教师名字也更改了。这也是不足

第六章 西方现代精神悲剧

为奇的。

《春之觉醒》分成三幕19场，戏剧动作发生在德国的外省小城。女学生文德拉·贝尔格曼14岁时，不愿穿妈妈给她缝制的一条长裙，嫌它太长了。这表现了一个女孩子对性的朦朦胧胧的感觉。她的两个好朋友，男同学梅尔希奥尔·加博尔和毛利茨·施蒂弗尔则已经想要了解性究竟是怎么回事了。一天放学以后，他俩走在春风荡漾的河岸，谈论人的羞耻心，谈论男性的渴望，谈论青春之梦。毛利茨问梅尔希奥尔是否已经感觉到性的冲动。梅尔希奥尔比他大两岁，说一年前就感觉到了。其中道理他通过观察动物界、与大同学交往、看些有关的书已经有所领悟，他认为人的性冲动是一种很自然的现象。只在解剖室里见过姑娘身体的毛利茨生性羞怯，不愿听他当面解释，请求梅尔希奥尔把他知道的写下来给他看。

文德拉、梅尔希奥尔和毛利茨三个青少年是剧中的主要人物。他（她）们都已感觉到了性的冲动，渴望了解其中的道理，但却无人给他（她）们作出合理的解释，只能自己在暗中摸索。一个晴朗的下午，文德拉在树林里采一种做五月汤的野菜，休息时，她躺在树下睡着了。醒来时看见女同学都说长得漂亮的梅尔希奥尔站在旁边。她说刚才做了一个梦，但又不肯说是什么梦，却借口要尝尝穷孩子挨打的滋味，再三要求梅尔希奥尔用树枝打她。"你想用树枝打我吗？"她对梅尔希奥尔说。梅尔希奥尔一下子有点惊讶了，问道："谁？"文德拉略有意味地说："我。"梅尔希奥尔推了几次还是打了她。文德拉用挨打来发泄性的烦恼，而梅尔希奥尔受不了这种方式，但很痛苦，就跑进树林中去了。毛利茨也充满了性的烦闷，无以排遣。晚上他跟在书房看歌德的《浮士德》而为甘泪卿和孩子的命运深深激动的朋友梅尔希奥尔说起了一个故事，一个无头女王的故事。有一个美丽的女王，生来没有头，因此她不能看，不能吃，不能笑，不能亲吻，只能靠手势指挥一切。而有一个国王却有两个头，这两个头老是吵架。有一天，双头国王率领军队征服了女王。宫廷魔术师把国王的两个头中的一个移到了女王身上，于是国王和女王结了婚，从此生活得很幸福。毛利茨是个学习很用功的学生。这个童话故事显然是他意识中的一种感觉，比喻教育体制忽视女孩而过分强调男孩的智力训练，于是没有头的女王和双头国王的意象就产生了。这故事也可以进一步用来说明由于压制性爱而产生的性的作用的混乱。毛利茨就是一个深受性作用混乱之害的少年。当毛利茨看到梅尔希奥尔写的关于性的文章后陷入了更深的痛苦之中。

但是，家庭和学校却力图压制少年初期的性的觉醒，把它导入理性化的资产阶级规范，一误再误，使三个少年的痛苦越来越深。第二幕中第二场，文德拉的姐姐生了个男孩，母亲仍旧像哄小孩那样告诉文德拉，鹳鸟又给姐姐送来一个娃娃。文德拉不再相信这样的鬼话了，要母亲把真实情况讲给她听。而母亲却想拖延，说明天、后天、下周再告诉她。文德拉已经迫不及待想要了解，说："今天告诉我，母亲！现在告诉我！就这会儿。"母亲被她纠缠不过，但只是吞吞吐吐说："你必须全心全意爱一个男人，丈夫。"文德拉误以为要生孩子得先结婚，先爱上一个男人，而如果不结婚,那么跟男人发生性关系就不会生孩子。有一天,文德拉发现梅尔希奥尔躺在谷仓的马厩中的干草堆上,也爬上去和他躺在一起,爱的焦虑,性的煎熬,终于驱使他俩初尝爱的禁果。这个场景,揭示了肉体与思想被迫分离的恶果。梅尔希奥尔在"肉体的"欲望的支配下,他的理智(他的自我中心哲学由此产生)导致他奸污了文德拉。而文德拉则因此失去了自我。至于毛利茨则由于性的作用的混乱,他身上的"女性"倾向渴望服从,情感上的烦闷使他不时想到自杀。

他们三人的结局都很不幸。毛利茨是个学究气的软弱的学生,尽管学校因他学习成绩优良而授给他很高的荣誉,但他总是无法从性的苦闷中解脱出来。他想借钱到美国去,钱没借到,他感到走投无路。在一个多云的傍晚,他沿着弯弯曲曲的小路,走过低矮的灌木丛,河水声从远处传来,他自言自语说道:"作为一个男人却不懂得许多有关人的事,这是可耻的。"于是他想到死,决心结束自己的生命。

好学生毛利茨自杀的消息顿时惊动了学校和家庭。校长召开校务会议,急急忙忙决意要调查自杀原因。第三幕中第一场是对学校教师的古板、专制、蛮横下的虚伪的绝妙讽刺。用手抄写的关于性的文章被毛利茨的父亲发现了,学校查对笔迹后确认是梅尔希奥尔写的。梅尔希奥尔的父亲送子前来受审。审讯的教师只准梅尔希奥尔回答"是"和"不是"。梅尔希奥尔供认不讳,却无法辩解,结果被学校开除了学籍。梅尔希奥尔的父母为他的命运发生了争论。结果,冷酷的父亲决定把他送进少年感化院。

文德拉怀孕了,她母亲请了医生强迫她流产,却因流产失败而卧床不起。她知道自己快死了,不禁责问母亲:"你为什么不把一切告诉我?"而她母亲却还说她是患了贫血症。文德拉在怨恨中结束了年轻的生命。

此剧的最后一场是一场表现主义的戏。一个月色如水的十一月之夜,梅尔希奥尔爬出感化院,来到一墓地,正好碰上文德拉的新坟,他悔恨万分,想以一死来赎罪。这时,毛利茨的鬼魂手提着头走出墓地,朝他走来。鬼魂赞成他去死,因为人世间的一切都可笑之极,人骗人,也被人骗。梅尔希奥尔正要把手伸给他跟他走时,一个戴面具的男人出现并揭示了人生的真相,斥退了鬼魂,把梅尔希奥尔带走。戴面具的人象征生活的力量,他劝导梅尔希奥尔继续为自己的自由生存而斗争。

魏德金德在此剧中攻击了资产阶级家庭和学校对待年轻人的性心理的虚伪态度,对青春发育期做了合乎情理的、诚实而非感伤的处理,呼吁人们容忍这一事实,重新认识人性的真实。但是,《春之觉醒》作为现代性心理悲剧,其意义不仅仅在于此。人过去认为他们有一个秘密的灵魂,一个内省的中心,神在其中建立了帐篷。19世纪末,神死了,灵魂成了一座空洞的坟墓,一个你可能掉进去并消失的洞。没有肯定的正义,只有虚无的恐怖;没有意义,一切都是可能。灵魂现在几乎就是罪恶。而性则更成了罪恶。肉体与精神分离了。成年人赞扬古典传统,只是为了掩饰虚伪,无法用传统语言来传达交流真正的情感关注。青少年性心理的倾向与社会舆论之间产生尖锐的矛盾。社会中没有传达青少年性心理的语言。文德拉在听了母亲吞吞吐吐的解释后有一段自问自答,她找不到谈话者来交流性心理上的烦闷和情感关注,只好采用自以为可行的手段,结果造成痛苦和不幸。这种痛苦的现实使得魏德金德为此剧取名为"一部儿童悲剧"。但是此剧不是古典意义上的悲剧。痛苦不是由主人公的性格缺陷造成的,也不是由跟理性的或神圣的秩序的不可解决的冲突引起的,而是由产生人的痛苦的社会惯例的捍卫者的盲目和愚蠢造成的。一群青少年就这样经受了痛苦,成了牺牲品。那些成年人正是这些青少年未来的画像,社会由此处于循环的危机之中。正如爱德华·邦德在为他的《春之觉醒》的英译本作的序言中所说:"我们的危机不是关于科技的危机。这是一种人种的危机。我们不再知道如何生活或存活下去。着手解决这一危机的唯一方法是瞧瞧镜子并看看其他人。"[1]邦德把青少年的性心理悲剧与人种危机,与人的生存联系起来看待,这就使得孩子的牺牲有了仪式的意味,即净化社会,净化不幸福的女人和未完成的男人。彼得·杰拉维希在论《春之觉醒》的文章中说:"人性的毁灭不是由于上帝或者自然,而是由于人自己造成的荒唐的实质。"[2]这种人自身内的荒唐的实质,当然也是净化的对象。同时,此剧因此还具有了文化的意义。邦德说:"一只老虎不必选择成为一只老虎,但一个人必须选择作为一个人,否则他仅仅是一只过分有效率的动物。那意味着他是一个无能的人,对自己、对别人都是危险的。我们的社会使选择作为一个人很困难,因为我们没有一种文化,

---

[1] F. Wedekind, *Spring Awakening*, Edward Bond (trans.), London: Metheun, 1980, p. 54.
[2] S. E. Bronner, D. Keller (eds.), *Passion and Rebellion*, p. 138.

只有一种组织。"①《春之觉醒》中三个少年性心理上的烦闷，在某种意义上也可以说是选择作为一个人的烦闷，然而社会的态度却是不利于这种选择的，也就是说，没有一种适当的人的文化。人必须有一个文化，这是一种生物学上的需要。一种文化是你赖以生存的东西，它使人能生存下去。青年人也必须有一种文化，使他们成为一个与人共存的社会存在，使他们做出恰当选择。当社会没有这样一种文化时，社会和人的自由生存也就处于危机之中。《春之觉醒》中三个少年性心理上的困境正是这样一种生存困境。

魏德金德此剧的意义是很深的。布莱希特论到魏德金德时说："像托尔斯泰和斯特林堡一样，他是现代欧洲伟大的教育者之一。他的伟大的作品是他的伟大的人格。"②他的伟大之处在于将人在性心理上的生存困境赋予了明确的现代悲剧形式，在于给人以现代文明的危机感。邦德说："这出剧没有过时。"③他说得并不过分，因为每一代人都将面临这一人的生存困境。

第五节 论《悲悼》

弗洛伊德的精神分析学对美国 20 世纪 20 年代和 30 年代的文学家、

---

① F. Wedekind, *Spring Awakening*, Edward Bond (trans.), p. 26.
② John Willett, *Brecht on Theatre*, London: Metheun, 1964, p. 4.
③ F. Wedekind, *Spring Awakening*, Edward Bond (trans.), p. 29.

戏剧家影响甚大。尤金·奥尼尔是比较注重以现代悲剧眼光来审视西方现代个人性心理的剧作家之一。《与众不同》(1920)、《榆树下的欲望》(1924)、《奇异的插曲》(1927)和《悲悼》三部曲(1931),是他在这方面努力的结果。其中,后两部剧作与精神分析学的关系更加密切些。"在写《奇异的插曲》之前,奥尼尔认识到,现代哲学与现代戏剧之间的妥协没有产生真正的悲剧,因为他仅仅把尼采的观点强加于他的戏剧。他决心挖掘当代的病根。这意味着从历史转向现代,从哲学转向心理学,从尼采转向弗洛伊德。"[1]《悲悼》正是一部用弗洛伊德的心理分析术语来全面描述现代病症,揭示现代人隐秘、深藏的性心态的杰作。

奥尼尔的《悲悼》三部曲主要以埃斯库罗斯的《俄瑞斯提亚》三联剧为创作模式,但也受到欧里庇得斯和索福克勒斯的《厄勒克特拉》的影响,比如在表现个人情欲和仇恨心理方面更接近欧里庇得斯的剧作。奥尼尔将现代弗洛伊德心理学的运用与恢复古希腊人的命运观念的努力结合起来,并将戏剧情节、人物完全美国化,写出了一部现代性心理悲剧。

《悲悼》当然不是用戏剧的形式来演绎弗洛伊德的学说,而是对现代西方文明的病症的诊断,对现代人的灵魂的探索,对现代个人精神上的生存困境的关注。查曼·阿胡加说:"弗洛伊德主义能说明某种潜在的心理动机,但它不可能回答像奥尼尔这样的剧作家所提出的生存问题。"[2]说弗

---

[1] Chaman Ahuja, *Tragedy, Modern Temper and O'Neill*, New Delhi: Macmillan Indian Ltd., 1984, p. 93.
[2] Ibid., p. 94.

洛伊德主义不可能回答与生存有关的主要问题,此话并不确切。弗洛伊德的俄狄浦斯情结说和原父说与人的生存的关系,我在前文已经谈过,此处恕不赘述。奥尼尔显然意识到俄狄浦斯情结的深一层意义。他在有关《悲悼》的工作笔记中写道:

> 这可能吗?把近似于希腊命运观的现代心理学注入这一部剧作,这部剧作将为不再相信神和超自然报应知识的观众所接受,并感动他们?①

他差不多把"现代心理学"(显然主要指弗洛伊德学说)和体现希腊人生存困境的命运观等量齐观的。S. E. 海曼早在《心理分析学与悲剧倾向》一文中指出,我们应把"心理分析学当作文化现象而不是医学现象"②,心理分析学正是作为一种文化现象与现代悲剧有了缘分。其实,作为文化现象的心理分析学是一种关于人类文明的悲剧观。由此看来,从心理分析学作为文化现象的角度入手,是可以开掘出《悲悼》的深层意蕴的。

新英格兰孟南家族的命运与古希腊的家族诅咒相似,是由祖先造成的,但这里已没有了宙斯的神谕,而是处于一种清教文化的背景中。第一部《归家》开始不久,莱维尼亚从老花匠萨斯口中获悉了一个惊人的家族

---

① B. H. Clark, *European Theories of the Drama*, New York: Crown Publishers, Inc., 1957, p. 530.
② R. W. Gorrigan (ed.), *Tragedy, Vision and Form*, New York: Happer & Row Publishers, 1981, p. 240.

秘密：她的祖父阿贝·孟南和叔祖父戴维·孟南曾共同爱上在他们家工作的法国女看护玛丽亚·卜兰脱慕，结果戴维使玛丽亚怀了孕，于是阿贝把他俩赶出了家门。他们被赶出之后便结了婚走了。戴维的财产、事业则被迫以十分之一的价格出售给阿贝。阿贝拆毁了旧宅，建造了现在这座大宅，因为他不愿住在他弟弟辱没了家门的地方。戴维和玛丽亚后来生了个男孩，两人自己则因为穷困潦倒而早逝。这是36年之前的事。这事就决定了孟南家的命运。

构成古希腊家族诅咒的主要是血仇仇杀，构成孟南家族命运的则有三要素：性、财产争夺、清教道德。戴维和玛丽亚的性冲动体现的是异教文化，阿贝对财产的争夺和对清教道德的维护则体现了清教文化。因此，这又可以说孟南家族的命运体现了古代文明和现代文明的冲突。现代西方文明的症结在于对异教文化和古代文明所体现的人的生的本能的压制。压制导致乱伦，乱伦在《悲悼》中成了复仇神。

戴维与玛丽亚生的男孩36年后成了船长卜兰特。为了复仇他来到了阿贝之子艾斯拉·孟南的家里，勾引了艾斯拉之妻克丽斯丁。由此大致重复了《俄瑞斯提亚》的情节。在美国内战时期，孟南将军（阿伽门农）出征在外，妻子克丽斯丁（克吕泰墨斯特拉）与船长亚当·卜兰特（埃癸斯托斯）私通。孟南将军就要归家的消息传来后，卜兰特为了占有财产和美貌的克丽斯丁，就跟克丽斯丁密议谋杀孟南将军。他俩的奸情为这家的女儿莱维尼亚（厄勒克特拉）所察觉，她恨母亲而爱父亲，设法将对母亲的怀疑婉转告知了父亲。莱维尼亚是尾随克丽斯丁去纽约，看到克丽斯丁跟卜兰特会见后证实了自己的怀疑的。莱维尼亚心里明白,卜兰特与她母亲通奸的根本动机,是要对孟南家实行复仇。她为了阻止这一企图得逞,向母亲挑明了自己的怀疑。她要母亲丢开卜兰特,永远不再见他,不然她就把真情告诉父亲。她并且说明了利害。她说:"爸爸会利用他的所有势力,把卜兰特的名字列入黑名单,那么他就要丧失船长的地位,而且再也管不了船了!你是知道他是多么重视'飞艇'的。而且也绝不会为你而离异。你永远不能结婚。那时候你就会成为他的累赘。不要忘记你比他大五六岁!当你的姿色全消,成了老太婆的时候,他还仍旧身强力壮呢!他会变得一见你就怀恨的!"克丽斯丁听后感到十分绝望,再说她本来就十分憎恨丈夫,她和丈夫之间婚后就没有爱,只有厌恶,于是她找卜兰特商议谋杀亲夫,这也正合卜兰特的意。就在孟南将军回家的当夜,克丽斯丁不顾艾斯拉要拆除他俩之间的隔墙,重新找回爱的愿望,故意说出卜兰特身份的真相和她与卜兰特的奸情来刺激艾斯拉,艾斯拉听后立即心脏病复发,克丽斯丁趁机给他吃了一粒毒药。莱维尼亚此刻刚好赶到,只听到临死的父亲说了一句"她犯了罪——不是药!",克丽斯丁在慌乱中掉下了装毒药的小盒,莱维尼亚拾起小盒,疑心这是一场谋杀。

第二部《追猎》中,莱维尼亚向奥林(俄瑞斯特斯)告发了母亲的奸情和父亲被害的真相。奥林一直爱着母亲,他不能容忍卜兰特。莱维尼亚设法让奥林亲眼看到母亲与卜兰特在船上相会的情景。奥林在母亲离开后,开枪杀死了卜兰特。当奥林回家后把杀死卜兰特的噩耗告诉母亲后,克丽斯丁无法承受,开枪自杀了。

第三部《闹鬼》中,复仇神乱伦纠缠上了莱维尼亚与奥林。莱维尼亚想甩掉孟南家的一切,马上跟彼得结婚,独自追求爱和幸福生活。但受到清教良心谴责的奥林却不能从罪孽中自拔,良心也不再允许他去爱别人、破坏别人的幸福。他对莱维尼亚说:"我或者你有什么资格去谈恋爱?"奥林进而要莱维尼亚同他一起分担罪孽。他写了一部记载全部家族罪恶的家史,以此要挟莱维尼亚答应他的乱伦欲望。他成了莱维尼亚实现自由生存的最后希望的束缚。莱维尼亚在惊恐中弄清了事实,不禁狂怒起来,说:"我恨你!我但愿你死去!你罪该万死!你不应该活着!你要不是一个懦夫,你会自尽的!"奥林没有勇气活下去,也开枪自杀了。奥林的自杀惊醒了莱维尼亚,如今,孟南家族的全部罪孽落到她一人身上。她面临着两种选择:一种是逃避现实,与彼得结婚,或者自杀;另一种是面对现实,继续活下去,承担起全部罪孽,实行自我惩罚。她做了后一种选择。

很明显,《悲悼》在希腊三联剧的情节框架内,将异教文化和清教文化的冲突,将古代文明与现代文明的冲突,表现为弗洛伊德的性心理冲突。除了莱维尼亚的厄勒克特拉情结和奥林的俄狄浦斯情结外,还有卜兰特和克丽斯丁杀艾斯拉的杀死原父的原型。其实在阿贝·孟南和戴维·孟南之上还应有一个"原父"。他们两人正是在驱逐"原父"后为占有女性而发生了冲突。奥林也是杀"原父"者,他杀死卜兰特,其实也就是杀死自己的父亲。奥林在杀了卜兰特后盯着卜兰特的尸体的面孔说:"老天爷,他真像爸爸!""这就和我的梦一样。我以前曾经杀死过他——杀了一次又一次。"孟南家命定的乱伦与谋杀是异教文化与清教文化的冲突和古代文明与现代文明冲突之不可解决所导致的结果。卜兰特、克丽斯丁、杀死卜兰特之前的奥林、杀死卜兰特之后的莱维尼亚体现了异教文化和古代文明。而专制、冷酷的艾斯拉，杀死卜兰特之后的奥林和杀死卜兰特之前的莱维尼亚则体现了清教文化和现代文明。压制导致乱伦，导致精神的脱节，导致与生活之源的分离，也导致神经质和对生活的恐惧。这是一种现代疾病。受到这种疾病的传染，生活的美味饮料变成了毒酒。人为了逃避正常的感情，发展了不正常的感情。爱情变成淫荡，精神需要变成了乱伦的动物性追求，结果使激情错乱，行为神经质，否定生活，倾向死亡。艾斯拉·孟南在回答克丽斯丁他为什么谈起死亡时说："孟南家的人们的想法向来就是这样。他们跑到上帝的白色会议厅中去默想死亡。生命就是死的过程。初生就是开始死去。死就是生。"父亲代表了否定生活的死的本能，其结局是死亡，是可以理解的；但母亲代表了生的本能，结果也逃不脱死亡。于是，人带着现代病症堕入了生存困境或者说堕入了冲不出的生存怪圈。《悲悼》由此从个人感情的层面上升到了历史和原型心理的层面。

异教文化与清教文化的冲突，古代文明与现代文明的冲突，在现代个人潜意识中的积淀导致个人在性心理上分裂成自我和自我面具。《悲悼》中的主要人物都经受着这种痛苦的分裂。卜兰特明明是追求性的满足和财产，却带着复仇者的面具；克丽斯丁在婚姻之外追求所爱，但仍不忘维护孟南家的名誉；艾斯拉戴着专制、冷酷的家长的面具，但临死前却想到了爱；奥林甘心受俄狄浦斯情结心理的支配而犯下谋杀罪，但仍受到清教良心的责备；莱维尼亚其实也想得到卜兰特，但却多少受到一些厄勒克特拉情结的支配,策划和主持了谋杀。他们各自戴着面具,互相追逐厮杀,谁也逃不脱孟南家族的命运。用奥尼尔自己的话来说:"一个人的外部生活在别人的面具的缠绕下孤寂地度过了。"①悲剧命运在这里变成了一种生存状况。

在这种生存状况中,人失落了自我,也失落了自由意志。自由意志失落的主要表现是逃避现实,不敢直面自己的生存。《悲悼》中三个主要男性都幻想能生活在一个远离尘世的海岛上。卜兰特把它称作"我所心爱的岛"。他和克丽斯丁处于危险中时想到了这岛。他说:"现在我就能看见它们——那么近——却又远在千里之外!月光下面温暖的土地,可可树丛里沙沙作响的贸易风,珊瑚礁上的波涛在你的耳朵里低唱,像一支催眠曲!如果我们现在可以找到那些海岛,我们就可以在那里获得安静与和平!"奥林向往着一本名叫《提比》的书中写到的马来群岛,他说:"我看了又看,最后那些岛代表了一切与战争相反的东西,代表了一切和平的、温暖的、安全的东西。"而且他把海岛当作了母亲的形象。艾斯拉·孟南也这样对克丽斯丁说:"我有一个念头,如果我们能丢下孩子们,一同去做一次航行——去到世界的另一面去——找一座什么岛,我们可以单独地在那里过一段时间。"这三个男性对海岛的向往有一个共同特点,他们都把海岛当作了母性象征,一方面想从中得到原始欲望的满足,从"原父"手中获得对女性的占有权,另一方面又想逃避现实世界中由此造成的恐惧。奥尼尔在工作笔记中这样谈到剧中海岛的意象:"发展马来群岛主题

---

① 中国社会科学院外国文学研究所外国文学研究资料丛刊编辑委员会编:《外国现代剧作家论剧作》,第 77 页。

(motive)——它对他们所有人的吸引力(从不同的方面——解放、和平、安全、美丽、良心的自由静默等等):渴望原始性、母亲形象、向往胎儿的远离恐惧的没有竞争的自由——使这海岛主题经常出现。"[①]奥尼尔在这里谈到的原始性、母亲形象、恐惧、海岛意象,其实是这三个男性的性心理的升华,他们想获得一种现实世界中得不到的和谐的性关系和性心理的宁静和平衡,但这毕竟只是一种幻想,从另一个角度来看,是对现实的逃避,依据幻想中的海岛的意象是冲不出生存怪圈的。克丽斯丁也为这种男性的海岛意象所吸引,在生存的错觉中走上了绝路。

只有剧中的真正的中心人物莱维尼亚在最后一刻抵御住了海岛意象的诱惑。莱维尼亚实际上在此之前也受到海岛意象的引诱。她和奥林在母亲自杀后还确实在外出旅游的归途中让船靠了一下,在某个马来海岛上住了一个月。奥林说莱维尼亚爱上岛上的人们了。"如果我们再住一个月下去,我知道我会发现她在某一个月夜里的棕榈树下跳着舞——和其他人一样,脱得光条条的!"但是,莱维尼亚在最后一刻认清了孟南家族命运的真相,了解了诅咒的秘密,她谎称跟那去过的海岛上的一个土人发生过性关系,从而断绝了彼得要跟她结婚的念头,实质上这也是她彻底拒绝了海岛意象。于是她转而面对现实,她要独自承担孟南家族的全部罪孽,并且惩罚自己。她说:"独自与死者住在这里是比死和吃毒药更厉害的惩罚!……我将独自跟死者住在一起,并保持住他们的秘密,让他们追

[①] B. H. Clark, *European Theories of the Drama*, p. 533.

逐我，直到诅咒得到报偿，直到最后一个孟南家的人自然而亡！"正是在这一刻，莱维尼亚找回了自我，也找回了失落的自由意志，她回到孟南家不是肯定孟南家族的命运，相反，这是否定今后在其中生活的唯一出路。同时，这也是在自我和自由意志的层面上寻找冲破生存怪圈的可能性。回避生存的两难，回避真实的困境，而寻求解脱之途，这是所有想致力于突破生存怪圈的人的真正危机。只有经历了生存和心理的磨难，直面现实，承担过去的罪恶，重建真正个人的自我确定，才有可能冲破生存怪圈。莱维尼亚最后选择的其实不是自我惩罚而是高贵的牺牲，一如俄狄浦斯王最后用自我惩罚这一牺牲行为来净化忒拜城，莱维尼亚用自己的牺牲来净化孟南家族，并向人们显示冲破生存怪圈获得自由生存的可能性。尽管这仅仅是一种可能性而已。这正是《悲悼》这部现代性心理悲剧的力量的根源，也是人们常说的《悲悼》那伟大的最后一幕的力量的根源之一。

第六节　论《欲望号街车》

批评家罗杰·博克西尔在评传《田纳西·维廉斯》中说："《欲望号街车》作为一部社会历史戏剧，受益于契诃夫的《三姊妹》；作为一部心理戏剧，则受益于斯特林堡的《朱丽小姐》，像斯特林堡一样，他把阶级交战和两性交战结合了起来。"[1]这个分析很有见地，由于看到了《欲望号街车》的

---

[1] R. Boxill, *Tennessee Williams*, London: Macmillan, 1987, p. 79.

社会历史戏剧的一面,这就使作为心理戏剧的一面具有了更深的意蕴。这里的心理主要是一种性心理。在斯特林堡的《朱丽小姐》(1888)这部早期现代性心理悲剧和田纳西·维廉斯的《欲望号街车》(1947)这部现代性心理悲剧中,情欲与性都具有一种隐喻性,两性交战是两种生活方式冲突的戏剧化,是新旧世界冲突的戏剧化,旧世界总是与耽于昏热幻想的女性相联系,新世界则总是与粗鲁的讲究实际的男性相联系。

不过,在这方面,《欲望号街车》与《朱丽小姐》有一个很大的不同。《朱丽小姐》写成是在弗洛伊德心理学产生影响之前,而《欲望号街车》写成则是在弗洛伊德心理学在美国盛行之后。因此,《欲望号街车》中的两性交战,与其说接近斯特林堡的看法,不如说更接近 D. H. 劳伦斯的看法。劳伦斯认为,男人与女人的关系是人与人的基本关系。他说:"我只能写我特别有所感触的东西,在目前这就是指男人与女人之间的关系。建立男女之间的新关系,或者调整旧关系,这毕竟是当前面临的问题。"[①]男人与女人的旧的关系是两性交战,是两性关系的紧张,这种旧关系隐喻着现代工业文明的英国与莎士比亚、密尔顿、费尔丁和乔治·艾略特的田园式农业文明的英国的对立冲突。劳伦斯不同意弗洛伊德关于人类文明的悲观论,即对无意识的本能和欲望的压抑是人类必须为文明发展所付出的代价。D. H. 劳伦斯认为可以通过建立男女之间的新关系,通过回归两性之间充分自然的状态,来调和两性关系的紧张、对峙和冲突,实质上也就

[①] Anthony West,*D. H. Lawrence*,Pennsylvania:Norwood Editions,1951,p.146.

是主张恢复人的自然生存,来抵抗现代化工业文明对人的自然本性的压制,来调和自然与文明的对立。田纳西·维廉斯接受了劳伦斯这些看法的影响,以两性交战的模式,在美国社会的框架中,描述了多层面的现代人的生存困境。他的《玻璃动物园》(1945)、《欲望号街车》(1947)、《夏日烟云》(1948)、《热铁皮屋顶上的猫》(1955)、《俄耳甫斯下凡》(1957)等都涉及了这一母题。其中《欲望号街车》无疑是这一母题的代表作。

《欲望号街车》虽然分成11场,但主要场景只有一个,即新奥尔良贫民区两室一套的简陋小公寓,这里就是两性交战的战场。大幕拉开,是一个晴朗的傍晚,女主角布朗琪·杜波依斯穿一身讲究的白衣服,戴一顶白帽子,一副白手套,提着手提箱来到这里,投奔她的妹妹斯黛拉。斯黛拉早年离家出走,后来嫁给了当过兵、目前在工厂做工的波兰裔美国人斯坦利·柯瓦尔斯基。布朗琪一上场的打扮情调就与小公寓的氛围格格不入,预示着一场两性交战的紧张气氛。

布朗琪是个年过30的美国南方妇女,原和家人一起住在南方一个名叫"美丽岸"的祖传种植园里,但家道已经中落,只剩下一幢房子和20亩地。她16岁时与一年轻诗人艾伦·格雷私奔。但她后来发现,一向被她当作孩子的丈夫背地里在和人搞同性恋,这让她很痛心。艾伦知道已被发现后,一面半吐半露,一面恳求她将他从同性恋中拯救出来,他找上她正是为了得到帮助,但在性方面天真纯洁而又受到老式教养的布朗琪却不能伸出援助之手,结果艾伦在湖边开枪自杀。布朗琪家中也发生了变故,父母相继去世,妹妹离家出走,二战中其他亲人也相继死去。她在中学教书，因薪水微薄、经济困难，不得不把土地逐步抵押给地产公司。接二连三的打击使她心力交瘁，越来越感到孤独。尤其是艾伦的死使她觉得内疚，她必须为艾伦之死而惩罚自己，她必须反叛使她对此感到有罪的压制人的传统。于是年轻的寡妇就在附近的军事基地的水兵中寻找刺激。这样，又因为她选择放纵她的身体来迎合上述两个要求，她又必须同时要为背叛她的灵魂而惩罚自己。不久房子抵了债，她搬到了附近小镇的低等旅馆，悲伤又驱使她饮起酒来，原来性情温和、举止文雅的她有时变得歇斯底里，同时她还成了一个女子色情狂，与她的一个学生发生了关系。她的不检点的行为招来小镇议论纷纷，学生家长向校方提出抗议，校方认为"这个女人在道德上不适合于她的职位"，把她解雇了。与此同时，种植园也给地产公司收去了。她已无家可归，不得不来投奔妹妹，想过新的生活。她虽然受到性腐化的污染，但心灵仍然向往纯洁，而且她也依然保持着温和的心情和文雅的举止。

但是，她的两性交战的对手，妹夫斯坦利·柯瓦尔斯基却是一个性格粗野而又富于男性诱惑力的人。斯坦利这个充满原始性欲的人，很像劳伦斯笔下的恰特莱夫人康妮的情人，猎场工人梅勒，是西方现代社会中野蛮人的象征。他在工作之余，只会玩玩滚木球、喝酒、打扑克，有时还要发酒疯。一天晚上打扑克时，斯坦利醉醺醺闹将起来，当斯黛拉要大家散局时，斯坦利给了她一巴掌。这事在布朗琪看来简直不可思议，她对斯黛拉说斯坦利的举动像只野兽，她还把扑克之夜比作类人猿的聚会。然而，斯坦利虽然在布朗琪的心目中只是一头野兽而已，但她意识到他的性是健康的。不仅吸引了她妹妹，对她也是发生作用的。只是野兽气味与健康的性这二者在她眼中是不协调的。她更欣赏斯坦利的牌友米奇。他既有健康的性，又敏感而文雅，颇具绅士风度。两人经过交谈，互有了解，各自都觉得需要对方的温存和慰藉。布朗琪希望米奇向她求婚，她可以搬出妹妹的家，开始自己新的生活。米奇确也已有求婚的意思。她选择米奇实质上是在潜意识中又想逃避又想刺激斯坦利。

布朗琪与斯坦利的两性交战已是注定不可避免的事了。这场交战有两个起因。一个是在第2场，斯坦利听斯黛拉说她老家的"美丽岸"庄园抵了债，斯坦利就怀疑布朗琪吞没了他作为斯黛拉的丈夫应得的一份财产。另一个是在第4场，斯坦利偷听到了布朗琪劝妹妹离开丈夫重新生活的部分谈话。这涉及斯坦利的直接利益，涉及他的家庭的存亡，他当然不会善罢甘休。为了击败布朗琪的进攻，他着手调查布朗琪的过去。很快他就了解到了布朗琪过去一段生活的不光彩的真相。他很有策略，并不当面去揭布朗琪的老底，而是将了解到的情况先是告诉了米奇，然后又告诉了妻子斯黛拉。他三下五除二就瓦解了斯黛拉与布朗琪的阵线，尽管斯黛拉还想为姐姐不幸的过去辩护，但已处于弱势的地位。他利用米奇去打击布朗琪，他知道这比他自己直接捅出来要沉重得多。第8场，米奇没有来参加布朗琪的生日聚会，气氛很紧张。而这时，斯坦利又雪上加霜，给了布朗琪一张返回劳雷尔的汽车票。布朗琪受不了，冲出了房间。斯黛拉见了这番情形很生气，但突然感到要临产了，让斯坦利送她上了医院,留下布朗琪独自一人。在这不幸的气氛中,米奇来了,又没刮脸又有点醉意。他感到受了伤害,感到很生气,因为他一直被骗了。他责问布朗琪,布朗琪没有否认,但企图为自己的过去辩解,说是丈夫的死引起的悲伤和罪感驱使她去寻找避难所的。但米奇听不进去,当面侮辱了她一番,拒绝了她要他娶她的要求。他说:"你不干净,不能把你带到我家跟我母亲一起住。"布朗琪仅存的一点希望和幻想被击得粉碎。她失去了最后的可能寻求到的保护,处在易受攻击的地位。她的败局已定。

照理说,此剧到此也可以结束了,但作家在后面还安排了两场重头戏。因为前面的交战还只是外部的交战,布朗琪与斯坦利两人心理上的交战尚未最后决出胜负。换言之,此剧还有更深的意蕴要传达。

不妨再回过头来分析一下两个主人公。

F. H. 隆德雷说:"布朗琪往往被看作衰微的传统、美、陷于反对主流进程中粗野生命力的败仗中之文雅的象征。"[1]她是消逝的美,褪色的美女。性于是与时间发生了关联。色彩斑斓的蝴蝶被无情的时间转变成了灰色的蛾。她像蛾一样盲目飞旋,渴望找到保护来抵抗肉体美的褪色和年老起来的危险。从这里产生了痛苦的现在与理想的过去的矛盾。她挣扎着竭力要维护体面与文雅,这是她仅剩下的价值,与过去的梦的唯一的联系。由此,她需要别人特别对待她,然而这反而造成了她与别

---

[1] F. H. Londré, *Tennessee Williams*, New York: Frederick Ungar Publishing Co., 1983, p. 79.

人的疏离。这正是她的悲剧缺陷。与过去的美相联系的文雅是她的优势，也是她的弱点。她以一种绝望的努力"抓住风中的瞬间"，为了使自己对现在仍抱有希望。当米奇击碎了她的希望以后，她仍然以文雅为借口，退入最后的避难所：她自己心中的幻想世界。在第10场中她对斯坦利编造了两个谎言，都是以文雅为旗帜。第一个谎言称米奇送来一束花，向她为自己的无礼而道歉。但她不接受，因为"故意的粗鲁是不能原谅的"。另一个是她谎称一个昔日的崇拜者打电报来邀请她去加勒比海乘游艇游弋，而这个崇拜者是位绅士，对她没有别的更多的要求。这时的文雅只附丽于最后的虚幻了。这是她对待自己的态度。与此相关，她对斯坦利怀着双重标准。她说："既然我们已经失去了'美丽岸'，必须在没有'美丽岸'保护我们的情况下生活下去，那么，也许他正是我们需要他跟我们的血混合起来的人。"但她又轻视他的粗野，他的动物本能。她说："这样一个人能提供的是动物的力量，他在这一点上表现绝妙！但是跟这样一个男人过日子的唯一方式就是——跟他上床！"可以说她是既受吸引又拒斥。

斯坦利则既粗野又讲究实际，还有一种狐狸般的敏感。而他的内心深处却是不满的、无望的、愤世的。他对布朗琪的文雅一开始就不顺眼，她是他的生活方式的一个威胁，为了保护他自己的价值，他唯一知道运用和能够运用的就是暴力和性。J. M. 麦克格林说："斯坦利在不知不觉中破坏了布朗琪的希望和幻想。他看清了她的装腔作势，却不理解她为什么需要装腔作势。他仅仅认为她感到比他优越，他但愿打破她的镇静，使她认识到她跟他是一样的,是一个有性欲的动物。"①他知道他的性是健康的、有诱惑力的,斯黛拉忠于他就是个明证;同时他也知道他的性是他在这场战斗中能够取胜的手段。他很清楚:"她不可能降到他的水平,因此他就用他的性把她拉到自己的水平。"②

于是,在第10场中,布朗琪与斯坦利两性之间的决战就是必然的,也是必不可少的了。米奇走后几小时的夜里,斯坦利从医院回来,因为斯黛拉要到天亮才会生产。他回到家里,看到布朗琪穿着揉皱的白色缎子晚礼服,穿一双磨损的银边拖鞋,还在头上戴着假金刚钻的冕状头饰,觉得很不对劲。两人都已经喝了点酒,而且一个怀有敌意,一个已经有点歇斯底里了。布朗琪欲以文雅的全副装备来筑起最后的防线,进行最后的抵抗,希望以一个胜利者的姿态离开这里。她不甘心承认失败。她接连撒了两个谎,一是说米奇送花道歉,另一是说受到爱慕者的邀请。她多么希望这是真实的。因为这是她的生活理想,这是她的价值之所系。她对斯坦利说:"一个文雅的女人,一个有知识有教养的女人,能够丰富一个男人的生活——无法估量! 这一切我全都有,这是不会消逝的。肉体的美会消逝,是暂时的拥有。但是思想的美、精神的丰富、心灵的温柔——这一切我都有——是不会消逝的! 只会成长! 一年一年的增加! 真奇怪,人家会称我是个空乏的女人! 但我心中珍藏这一切财富。"她说的是

---

① J. Tharp (ed.), *Tennessee Williams: A Tribute*, Oxford, MS.: University of Mississippi Press, 1977, p. 514.
② J. Y. Miller (ed.), *Twentith Century Interpretations of A Streetcar Named Desire*, New Jersey: Prentice-Hall, 1971, p. 27.

真心话。这里有恐惧,也有希望。她恐惧肉体美的消失,希望文雅足以补偿。她也渴望得到斯坦利的理解,她其实想做出一点让步,求得和解。但斯坦利被她弄得心烦意乱,却不理解为什么,因为他不可能理解为什么。这是一场人物未充分意识到的心理斗争。他从本能上憎恨她的做作的文雅。他感到受了侮辱,他要报复。当他后来问起电报的事,布朗琪下意识地随口反问:"什么电报?"他马上意识到她在说谎,由此推想,米奇送花道歉也是个谎言,他的憎恨暴发了。在他看来,什么文雅,一切都是假面具,她不过跟他一样是个有性欲的动物。他恨恨不已,说:"你还以为你是女王呢!"他数落她又是扑粉,又是洒香水,又是做纸灯笼,想要把这里变成埃及的宫殿,而她就是坐在王位上的女王。他知道只有在性上支配她,才能和她竞斗。他一步步逼近她,她拿起酒瓶自卫,在桌子上把酒瓶敲碎了,只抓住瓶颈对着他。打破的瓶意味着粉碎了最后的脆弱的社会禁忌。斯坦利轻而易举就解除了她的武装,她跪了下来,他把麻木的她扶了起来,抱上了床,这就像野蛮人的生殖仪式。20世纪的道德在这里一扫而光。

斯坦利与布朗琪是两个对立的世界,性使他们在肉体上结合了起来,而在感情上则是绝对格格不入的。罗伯特·布鲁斯坦说:"布朗琪与斯坦利的冲突隐喻着女性文雅与男性力比多之间的冲突。"[1]这其实是文雅感情与粗野感情的冲突,说到底是现代意义上的文明与野蛮的冲突。性在

---

[1] R. Brustein, "America's New Cultural Hero", *Commentary* (Feb. 1958), p.12.

某种意义上说是一种感情。"感情的解放是人类问题的一种解决方法。"① 如果说阿瑟·密勒为社会自由而呼吁，那么田纳西·维廉斯则为感情自由而呼喊。感情自由问题最终总要关涉到人的生存，因为，"性的对立最终仅仅是更基本的现实与理想的对立的一个方面"②。而理想与现实的对立正是人的生存困境的一个重要方面。

在最后一幕中，病态的布朗琪终于被送进医院，失去了美，失去了青春，也失去了最后可能寻找到的家。她被驱逐出了现实。现实征服了理想，或者说，现实粉碎了理想。然而，此剧最后还有一个形象不容忽视。当布朗琪被医生和护士带走时，斯黛拉呼喊着姐姐的名字，可是布朗琪没有回头。于是，斯黛拉抱着孩子在一边哭泣。帕特里夏·赫恩说："此剧的最后形象暗示，布朗琪的闯入与被驱逐改变了斯黛拉与丈夫之间的关系的性质，改变了她选择的生活之路的性质，这已是无可挽回。"③这无疑意味着斯黛拉与斯坦利之间有可能建立一种新的两性关系。同时，在这结尾中，维廉斯显然要指明，斯黛拉和斯坦利在他们的充满生命力的世界中生存下去是正确的，相反，布朗琪的世界是美丽岸，也是个美丽梦，一个退化的文雅处所、死亡处所，必须加以排斥，假如生存要继续下去。在这两个层面上，以过去的美、梦、文雅为代价的牺牲都是必须的。布朗琪是这牺牲的象征。她用她的病净化了那非人性的环境，然而，继续生存下去

---

① Allan Lewis, *The Contemporary Theatre*, p. 346.
② R. Boxill, *Tennessee Williams*, p. 1.
③ Tennessee Williams, *A Streetcar Named Desire*, Patricia Hern (commentary and note), London: Metheun, 1984, p. 35.

的世界也可能是一个没有美和梦的世界。在这个世界里,只留下没有灵魂的人,一片荒原。无怪乎此剧的著名导演伊莱亚·卡赞(1909—2003)在1947年的导演笔记中写道:"观众开始意识到他们坐着面对的是某些非常的东西的死亡……于是他们感觉到了悲剧。"[①]是的,人们在此剧中看到了人的精神在生存困境中的挣扎,看到了悲剧的无可避免。

[①] J. Y. Miller (ed.), *Twentith Century Interpretations of A Streetcar Named Desire*, p.22.

第七章　西方现代人本体悲剧

第一节　西方现代人本体悲剧与西方现代哲学的关系

现代社会悲剧在个人与社会的关系层面上的中心主题是人的价值和尊严的无端失落,依赖的是外界的确认或者个人重新确认;现代精神悲剧在个人精神心理层面上的中心主题是精神分裂和内在非人化,依赖的是内心深层的自我确认;现代人本体悲剧在本体生存与世界的关系层面上的中心主题是生存本体的固有的困境,已是无所依赖,最终回到人本体的自身观照和自身定位。现代人本体生存困境,用哲学人类学开创者马克斯·舍勒的话来说,就是人从来没有像现在这样成为有问题的;他不再知道他是什么,并且知道自己不知道。由于不能确定自己的道路,由于自己有疑问,他以无比的忧虑研究自己的意义和世界,研究自己是谁、来自何方、走向何方。每个人都多少有点认识到,人的问题即决定我们的命运的问题。①

---

① 参见米夏埃尔·兰德曼:《哲学人类学》,张乐天译,上海译文出版社1988年版,第47—48页。

第七章 西方现代人本体悲剧

上述三个层面具有各自的独立性,然而又不是孤立平行的,而是互相渗透,交叉支撑,形成一个结构。每一个层面都牵涉到另外两个层面。但是作为一个系统结构整体,它有着自己的主导。这主导就是人本体悲剧的固有性。可以这样说,这三种类型悲剧都是现代生存悲剧,而现代人本体悲剧是具有更大的直接性和固有性的生存悲剧,是抛开了一系列中介,直接展示人本体固有困境的生存悲剧。

现代悲剧的一大特点是它与现代哲学的关系极为密切。现代人本体悲剧在这方面尤为突出。现代人本体悲剧包括象征主义悲剧、存在主义悲剧、荒诞主义悲剧、仪式主义悲剧等。象征主义悲剧与叔本华悲观主义哲学和宗教神秘主义颇有关系;存在主义悲剧、荒诞主义悲剧、仪式主义悲剧等则都与存在主义哲学难分难舍。这些悲剧不仅在形式上是相通的,在实质上也是相通的。J. L. 斯泰恩在《现代戏剧的理论与实践》第 2 卷中指出,运用象征主义表现形式的可能性似乎是没有止境的,我们关于什么是象征主义戏剧的概念已经顺乎自然,适应了幻想、残酷或者荒诞这些解释。他认为,存在主义戏剧、荒诞主义戏剧、仪式主义戏剧都是象征主义戏剧的发展,并认为象征主义戏剧的最后一个发展阶段是仪式性戏剧。从现代悲剧的观点来看,斯泰恩的这一论断当有更深一层的意义。"象征主义戏剧很容易过渡到超现实主义戏剧和荒诞派戏剧。古今戏剧已经表明,当创作冲动触及我们共同具有的最深感情,戏剧会完全忽视现实主义而变成仪式。"[1]象征主

---

[1] J. L. Styan, *Modern Drama in Theory and Practice*, Vol. 2, p. 2.

义戏剧与法国象征派诗人渊源甚深。但法国象征派诗人中,唯有马拉美关注一种戏剧的仪式形式。当自然主义在欧洲达到巅峰之际,戏剧正迫不及待要在神话和仪式中寻找正当性。神话是艺术家最大的力量之源。原型和神话、梦和超自然、神秘因素——这些主导了20世纪象征主义戏剧。马拉美理想之戏剧乃象征主义戏剧。在他看来:"戏剧是神圣的和神秘的仪式,是生的潜藏精神意义的暗示和唤起。"[①]"戏剧是内在生命的表现,是'心灵状态'(état d'ame)的揭示;戏剧是神的表现:宇宙隐藏的奇迹的揭示。"[②]马拉美还认为,理想戏剧的优越性在于它是人类命运意义的揭示,而这正是马拉美对生命内在固有的一种悲剧感的意识。[③] 再看象征主义戏剧的众多因素,它们来自希腊戏剧,中世纪礼拜仪式戏剧,莎士比亚、彭维叶诗剧传统,天主教弥撒,象征本身由此获得了新的意义,与人的生命、生存本体发生了密切的感应关系,也就是说,切入了现代悲剧的第三重世界。作为象征主义戏剧发展诸阶段之存在主义戏剧、荒诞主义戏剧和仪式主义戏剧也当作如是观。

但是,这还不够。正是伴随着存在主义哲学的崛起和发展,现代人本体悲剧才趋于成熟,甚至可以说,现代悲剧才逐步站稳了脚跟。从另一角度看,这又与哲学层面上的现代悲剧意识的成熟相关。这种状况由加缪的预言表述了出来。加缪在1945年说:"一种伟大的现代悲剧形式必定

[①] H. M. Block, *Mallarme and the Symbolic Drama*, Connecticut: Greenwood Press, 1963, p. 85.
[②] Ibid., p. 102.
[③] Ibid., p. 90.

而且就将诞生。当然我不会实现这一点;也许我们的同代人中也没有人会。但是这并不减轻我们去做澄清工作的责任,现在需要进行这种工作以便为它准备基础。我们必须运用我们有限的手段加快它的到来。"[1]他的这个预言一方面可以说是迟来的预言,因为在这之前现代悲剧已经出现,另一方面又可以说是保守的预言,因为在他手中就写出了《卡里古拉》(1944)、《误会》(1944)等现代悲剧,更不必说他的同代人和随后的剧作家了。不过这些并不重要,重要的是他的这一预言确认了现代悲剧观念是一种新的悲剧观念,需要极其不同的表述,同时这一预言也是对现代悲剧的根本肯定。就这两方面而言,雷蒙德·维廉斯在《现代悲剧》(1966)一书中论到存在主义悲剧时所说的一段话是很有道理的。他说:

> 人们经常说,在 20 世纪悲剧是不可能存在的,因为我们的哲学假设是非悲剧性的。经常被当作证据引用的例子是启蒙时期的人道主义或者文艺复兴时期的人道主义。我已经争辩过这是没有说服力的;关键在于当今的人道主义不是那两种人道主义。更重要的是,在我们的时代,三种具有特色的新思想体系——马克思主义、弗洛伊德主义、存在主义——在它们的最一般的形式上都是悲剧性的。人只有在暴力冲突后才能实现他的完全的生命;当人生活在一个社会中,他实质上是在遭受挫折,被分裂以反对自己;在一种本质上荒诞的处

---

[1] 转引自 Raymond Williams, *Modern Tragedy*, p. 174。

境中,人受到无法忍受的矛盾的折磨。从这些一般的观点来看,从它们的各种思想的混合观点来看,实际上有如此之多的悲剧问世也就无足惊奇了。①

雷蒙德·维廉斯是英国当代著名的文学批评家,也是文化唯物主义的创始人之一,他是从思想体系的层面,也就是说从社会意识状态的层面来看待现代悲剧的,因此在他看来现代悲剧就绝非偶然的、个别的现象了。他进一步认为加缪的核心是悲剧的人道主义,萨特的核心是悲剧的责任。其实加缪和萨特只是角度和重点不同,其共同点是都具有一种悲剧眼光。虽说悲剧既非哲学也非意识形态,但观念如今是活的力量,影响到人的态度和社会的命运。哲学和意识形态进入了现代悲剧眼光的结构之中,成为人的世界观的一部分,以及他对自身的解释的一部分。加缪的悲剧的人道主义和萨特的悲剧的责任,作为悲剧眼光,深刻揭示了现代人本体生存困境。加缪在哲学随笔《西绪福斯的神话》(1942)中阐明了人的荒诞处境:肉体生命的紧张与死亡的必然;人对理性的坚信与他们居住的世界的非理性;自然本能的生命降至机械的日常苦工;意识到与他人甚至自己的分离;其结果是强烈的绝望。这种绝望的状况就是荒诞。在一个人的世界中,在一个人的社会中,一个人在自身的直接生活中失去了意义和价值——当人意识到这一处境,悲剧就开始了。西绪福斯神话就是这种处

---

① Raymond Williams, *Modern Tragedy*, p. 189.

境的象征。加缪说:"如果这个神话是悲剧性的,只因为它的英雄是具有意识的。"①当荒诞、偶然成为一种被意识到的行为时,它才具有悲剧的性质。对于这荒诞的处境,加缪提出了著名的公式:"我反抗,故我在。"在加缪看来,今天的悲剧是集体的悲剧,而反抗则必然是个人的反抗。这里,加缪已经揭示了现代人本体生存困境的形而上的普遍状况。

第二节　关于萨特的处境戏剧理论

就现代人本体悲剧与现代哲学的关系而言,萨特的看法要比加缪更系统些。萨特的出发点也是人的荒诞处境,但他看到了这种荒诞的处境正是人的处于极限的或陷于重大危机的生存困境,个人应在其中承担起责任,做出选择,采取行动,直面荒诞,背负荒诞,走向人生深处、世界深处。据此,他结合自己的系统哲学,提出了处境戏剧理论。

萨特认为,处境戏剧试图展示当代人面临的问题,普遍的本体焦虑,召唤人们做出自由选择,同时表现人们进行选择时的处境和感到左右为难的时刻。处境剧是与性格剧相对而言的。性格剧主要关注性格分析和性格交锋,其设置处境的唯一目的是突出性格。处境剧则不相信人有共同的、一经形成就一成不变的"人性",认为它在一定处境影响下是会变化的。因此,有普遍意义的不是本性而是人面临的各种处境,也就是说不是

---

① W.考夫曼编著:《存在主义》,陈鼓应、孟祥森、刘崎译,商务印书馆1987年版,第328页。

人的心理特征的总和，而是他在各方面遇到的极限。萨特说："我描写的人物，着重表现他们受害于某个环境，而不着眼塑造他们的性格。如果在另一种历史环境下，他们很可能不一样。"[1]因为人的定义应是一个自由的、完全不确定的存在。人必须从物中分离出来，以便赋予它们以意义。既非客观世界，亦非人的存在本身有任何意义这一事实，给了任何人成长的自由，因为他是虚无。而唯有在特定环境中选择承担行动的责任的人，像俄瑞斯特斯，才运用他的自由而获得了实际效果。存在先于本质。人首先存在，然后必须在处境中做出真正自由的选择，从而用他的行动来规定他自己。他应该面对某些必然限制选择他自己的存在，他在这个世界里的所有举动都不容反悔，他出牌就必须承担风险，不管这个代价会有多大。因此戏剧有必要把某些处境搬上舞台，这些处境能照亮人的状况的重要面貌，使观众参与人在这类处境中所做出的自由选择。处境剧的题材是：在其所处的环境范围内自由无羁的人，当他为自己选择时，不管他愿意与否，也为其他人做出了选择。在这种人面前，没有既定的东西、一成不变的东西。比如善与恶，其价值不再存在于某一规定的状况，它们的价值是变化的、无定性的，与某种处境有关，无法事先依某一严格的教条来确定。每个人自由创造他自己的善与恶，在他一生的每一时刻。善与恶不是永恒的、不可动摇的现实。处境剧取代性格剧的目的在于探索人类经验中的一切共同的处境，在大部分人的一生中至少出现过一次的处境。萨特认为，

---

[1] 让-保罗·萨特：《萨特文学论文集》，施康强等译，安徽文艺出版社1998年版，第474页。

戏剧之伟大在于它的社会职能，从某种意义上说，在于它的宗教职能：它们依旧应当是一种宗教仪式。只有求得各类观众的统一才成其为戏剧，因此必须找到普遍的处境，即所有人共同的处境，但这种处境应是极限处境。戏剧家的任务是在这些极限处境中选择最能表达他的忧虑的处境，向当代人展示他自己的肖像，表现他的问题、希望和斗争，谈论人们普遍关心的事情，用每个人都能深刻理解和感受的神话形式来表达他们的不安。

从以上的概要中可以看出，萨特的处境戏剧理论是以他的一些存在主义基本概念为框架而构筑起来的理论，是与他的存在主义哲学一致的。这些基本概念就是：人、存在、自由、处境、选择。其中，人本体是核心。萨特的哲学是关于人的本体论的哲学，他的处境戏剧理论则是从人的本体论层面来谈论戏剧，在现代戏剧理论家中，萨特的这种态度是极其明确的，也是极其独特的。人是萨特的宇宙的中心。萨特唯一关心的世界是人的世界，对于他来说，唯一值得讨论的问题是人的问题，唯一值得观察的行动是人的行为。在关于人的现实的观点上，萨特主要不是将人看作历史长河中的一个客体，而是看作历史的特定的点上的主体，强调个人尊严与自由的重要性。人就是人，人是自己造就的，既不必感激谁，也不必怨恨谁，人性不是借口和解释。决定论是没有的——人是自由的，人就是自由。决定我们存在的是我们自己。"在模铸自己时，我模铸了人。"[1]在这个世界上，人寻找上帝而一无所获，他必然要致力于寻找自我，寻找人，而在寻找的过程

---

[1] 让-保罗·萨特：《存在主义是一种人道主义》，周煦良、汤永宽译，上海译文出版社1988年版，第9页。

中,人只有自己采取行动,才能建立人的王国,只有在自身之中寻求一个解放自己的或者体现某种特殊理解的目标,人才能体现自己真正是人。① 总之,旨归在人,在人的真实存在。这也正是萨特处境戏剧理论的核心。

第三节　现代人本体悲剧的主要特征

萨特的处境戏剧理论实质上是关于现代人本体悲剧的哲学阐释。处境戏剧理论中的极限处境、自由、选择、人本体的真实存在等概念是与现代人本体悲剧密切相关的。其关注的都是人本体,保持了统一性、众多可能性和不确定性的人本原上是自由的。人本体的生存困境,是生存困境中人寻求安身立命之本的焦虑。现代人本体悲剧与存在主义哲学关系密切的根本原因也正在于此。

作为现代人本体悲剧的象征主义悲剧、存在主义悲剧、荒诞主义悲剧、仪式主义悲剧等除了哲学上的一脉相通之处外,还有戏剧美学上的一脉相通之处,这就是象征。这一点前文已经涉及,但是象征究竟象征什么? 现代人本体悲剧的象征既属于人性的象征主义,又属于超越的象征主义,它象征的是人的处境,确切些说,是人的本体论意义上的生存困境。这正是为什么现代人本体悲剧中多寓言剧、寓意剧的缘故。人本体的生存困境是普遍的,只能借象征来传达,它与形而上悲剧世界的联系也只能借象征来暗示。人是一种处于危险境地的存在。马丁·海德格尔说,存

---

① 让-保罗·萨特:《存在主义是一种人道主义》,周煦良、汤永宽译,第30页。

在不仅是实体的,而且是本体的。换言之,存在不仅是形而下的,而且是形而上的。人本体生存困境与人类命运相关,与内在于个人的命运相关,所谓个人有道。人本体总也逃不脱一个生存悖论:人既有内在生命实现的无限可能性,又是只有具体的、受时间和空间限制的人才是一个完全的人。海德格尔说,人的"此在"从先验论的观点看,就是一个谜。这既是一个形而下的谜,又是一个形而上的谜。雅斯贝尔斯说过,人们不仅依靠象征性这种关系,而且超越这种关系,从而说出形而上的密码本质。现代人本体悲剧正是这样利用象征来试探人的"此在"这个谜。在现代人本体悲剧中,正是象征勾连了仪式性与人本体困境,起了宗教和神话的作用。总之,现代人本体悲剧中有两个要点:(1) 象征人的处境;(2) 仪式性。

以象征主义悲剧为例。象征主义悲剧的仪式性比较明显,批评家也谈得较多。奥斯卡·王尔德《莎乐美》(1893)中的死亡仪式,梅特林克悲剧中的仪式神秘性,豪甫特曼《沉钟》(1897)中的钟声所连接的宗教仪式,沁孤《骑马下海的人》(1903)中爱尔兰乡村古老的仪式色彩,W. B. 叶芝《鹰井之畔》(1916)中运用日本能剧艺术手段所产生的仪式意味,T. S. 艾略特《大教堂里的凶杀》(1935)的直接的仪式性等等,都是很容易见出的。但是象征主义悲剧是人本体生存困境的象征这一点就较隐含了。有些人也谈及了这一点,比如认为《群盲》与《等待戈多》的处境有相似之处,但把这方面谈得比较系统的不多。我所见的资料中只有德国当代释义学文学批评家彼得·史超迪(1929—1971)对此做了阐述。他在博士论文《现代戏剧理论》(1965)中指出,梅特林克的早期作品企图戏剧化生存的无能为力——人依赖于那永远模糊不清的命运。他的作品只描写单一的时刻——在这一时刻中,一个无助的人被命运压垮了。在梅特林克看来,人的命运是由死亡本身表现的。在他的作品中,死亡单独支配着舞台。没有任何独特的人物,没有任何独特的与生活的悲剧性联系;没有任何动作促成死亡,没有谁须对死亡负责。从编剧法的观点看,这意味着"处境"替代了分门别类的动作。事实上,梅特林克创作的这种样式应当用这名称,因为实际上这些剧作的每一部分都非存在于动作之中。[①] 史超迪明确指出梅特林克早期悲剧作品的特点是表现"处境",是象征普遍的生存状况。他说,在一般的戏剧中,处境仅仅是动作的起点。在静剧中,相反,人的动作的可能性因主题的原因而取消了。个人等待着,是完全被动的,直到死亡的现实穿透他的意识。只是为了使处境显得千真万确,才允许个人说话。《闯入者》(1890)、《群盲》(1890)和《室内》(1894)的主题就是这样一种处境的象征,人意识到死亡,接近死亡,但由于他的盲目,已经看不见位于他面前的整体的时间。[②] 史超迪在此认为处境是跟主题不可分割的,这样象征主义悲剧处境的象征就跟形而上的密码联系了起来。史超迪随后提出了叙述处境的问题,认为这引起了新戏剧本身向叙事的转变。在《群盲》中,人物描述他们自己的处境,在《闯入者》中,题材中隐含的叙事因素更为明显。它创造了一个事实上的叙述处境,在其中,主体和客体面面相

[①] Peter Szondi, *Theory of the Modern Drama: A Critical Edition*, Michael Hays (ed. and trans.), Cambridge: Polity Press, 1987, p. 32.
[②] Ibid.

对。这些论述虽已超出本论文的范围，但却可以用来说明现代人本体悲剧将处境的象征作为核心的倾向在象征主义悲剧中已经确立了。存在主义悲剧、荒诞主义悲剧、仪式主义悲剧都是这种倾向的延伸和扩展而已。

存在主义悲剧中处境的象征性最为突出，萨特的处境戏剧理论正是对这方面的理论概括。其特点是人在极限处境中敢于做出选择，采取行动，来肯定人的自由生存，无论付出何种牺牲也在所不惜。萨特的《苍蝇》(1943)、阿努伊的《安提戈涅》(1944)都是著名的处境悲剧。《苍蝇》采用了古希腊埃斯库罗斯的《俄瑞斯提亚》的骨架和人物，但他把俄瑞斯特斯的古代神话从一出命运悲剧转变成了自由悲剧，确切些说，转变成了人本体的自由生存悲剧。很明显，《苍蝇》中的处境是一个悲剧性的象征处境。俄瑞斯特斯，一个正直的青年知识分子，回到他诞生的城市阿尔戈斯去寻找人生的意义，从而进入了一个极限处境，并面临着一个选择，复仇还是不复仇。他最终毅然抉择了复仇。为了使阿尔戈斯城自由，为了在为公众服务中找到自我认识，为了在行动中获得自己的本质和价值，俄瑞斯特斯杀死了仇人埃癸斯托斯和自己的生母。他最后鼓动前来驱逐他的阿尔戈斯人民重新认识他们的自由，并引着紧追不舍的复仇神苍蝇离开了阿尔戈斯，使城市得到了净化。作为现代人本体悲剧，《苍蝇》首次提出了自由生存问题，并且明确而直截了当。现代个人在任何极限处境中面临的一个根本问题乃是自由生存问题。自由生存是现代悲剧形而上取向的根本问题。《苍蝇》不仅提出了这一问题，而且在人本体处境的形而上象征层面上把这一问题展开得毫不含糊。俄瑞斯特斯的牺牲显然肯定了人本体的价值是唯一的价值。人正是在极限处境和大危机中发现了真实的自由生存，人只有面对痛苦并接受它，人的生存才是真实的自由生存。阿努伊的《安提戈涅》也是古希腊悲剧的现代变形，它表现了生存困境中选择与秩序的对立。其中心场景是克瑞翁与安提戈涅相遇。安提戈涅行动的理由是正义。她独自处在一个没有绝对价值的荒诞世界，她有拒绝世界的理由。在一个清晨，为波吕涅刻斯举行了埋葬仪式后，她拒绝了海蒙的爱，拒绝了伊斯墨涅的劝告。面对克瑞翁一次又一次振振有辞的劝说，她一次又一次回答："不！"她所做的一切并不为什么，只是为了自己。安提戈涅代表了人类普遍处境中生存自由的意志。萨特的《死无葬身之地》(1946)中五个抵抗战士被捕以后，面对酷刑和死亡，各自做出选择，争得自由生存。而当人选择死亡时，正是要用死亡来确认自己的生存自由。加缪的《卡里古拉》这部"理智的悲剧"则描写年轻的罗马国王卡里古拉要用专制、残忍、暴力来证明世界的荒诞性，结果被国人推翻杀死。加缪借此来说明，人不应当企图去避免或否定他们的荒诞感，而是应当直面它，在既没有上帝也没有预先规定的目的的情况下创造他们自己的价值，获得自由生存。马克斯·弗里施的《安道拉》(1961)中的主人公安德里是个20岁的年轻人，他不知道自己的真实出身，总是把自己看作一个犹太人，安道拉人也这样认为。当边界外的黑衫国侵略占领了安道拉后，安德里经检查脚后被认定是犹太人，被带走处以死刑。安德里在极限处境中自愿接受迫害、折磨和死刑，他成了安道拉人的拯救者，他的牺牲震动了他们的怯懦和退化的人性，使他们有一天面对生存危机，能活得自由而真实。在上述这些作品中，极限处境的象征性是显而易见的。

荒诞主义悲剧中处境的象征性的特点有两个方面：(1)富有寓言性，存在主义悲剧有些也含有寓言性，但荒诞主义悲剧有许多剧作象征性与寓言性合成了一体。(2)人在荒诞的处境中不是做出有理性的选择，用自己的行动来确认自由生存，而是人本体构成了荒诞处境的一部分，以死亡、失落、孤寂、无意义、本体消解、生存恐惧等来整体否定荒诞处境和荒诞存在，从而唤起对自由而真实的生存的回忆、关注和向往。诚如马丁·艾思林所说，荒诞戏剧"不关心再现事件、叙述命运、展现性格，而是表现一个个人的基本处境。这是一种以事件发展为核心的处境戏剧……"[1]他认为："在表现对终极肯定之消失的悲剧的失落感时，荒诞戏剧由于一种奇怪的悖论，也具有了那种症状，即可能成为我们时代的一种真正的宗教追求。"[2]因此，荒诞戏剧是探寻不可言说的层面的努力，一种使人意识到他的状况的终极现实的努力。艾思林的这些看法，显然可以看作对荒诞主义悲剧的特点的说明，而不仅仅是对一般荒诞戏剧的说明。在荒诞主义悲剧中，舞台诸形象构成了一个荒诞的整体，正是这个整体所产生的悲剧的失落感，切入了处境的象征与不可言说的形而上层面的通连。在贝克特的《等待戈多》(1952)中，在叙事的层面上，戈多是一个像别人一样的人物，但在象征的层面上，他则是形而上的某种观念。然而，此剧的意义又不在解释戈多象征什么，其主题不是戈多的身份问题，而是等待这一生

---

[1] Martin Esslin, *The Theatre of the Absurd*, New York: Penguin Books, 1980, p. 403.
[2] Ibid., p. 400.

存困境本身,也即在象征的处境本身。戈多其实是人据以确定和证实存在的意义的正当性的象征。而等待的处境则只有静止,没有流动,是虚无。弗拉迪米尔和埃斯特拉冈知道,他们在等待的处境中行动为的是避免想到他们的处境。他们的处境的悲剧是一个怪圈:人的状况是不堪忍受的,但唯一可见的逃避的方法则是虚幻的。等待于是意味着痛苦,等待中的行动只不过增加了痛苦。这与存在主义悲剧的怪圈相似:自由的虚空需要某些东西填补,因为虚无是不堪忍受的,但当所有的占有和责任实现后,结果却又是痛苦的。在《等待戈多》的处境的象征中,流浪汉本身也进入了象征的层面。流浪汉是人的象征,代表了脱离社会的人,他不再异化变形,而只是直面自我。流浪汉成了独立于一切已有条件的形象。他是降低到零的人的形象,于是他就从虚无中重新开始,朝向不可言说的戈多,因为没有上帝的人不能用他的痛苦作为拯救的手段,因为人的真实生存不在于实现,而在于朝他的理想的目标努力,朝形而上层面的突进。

其他一些主要的荒诞主义悲剧,虽然其处境的象征的形式各不相同,但在形而上的象征层面上则是共同的,都暗示了一个荒诞无意义的宇宙。悲剧的张力是由无意义和人力图不顾一切来赋予自身以意义这二者之间的无可调和的冲突形成的,传达给人的是"在人类的荒诞处境中所感到的形而上的痛苦"[1]。贝克特的《最后一局》(1956)中的一群人也许是唯一的

---

[1] Martin Esslin, *The Theatre of the Absurd*, pp. 23-24.

幸存者,其处境是地球上的所有生命面临着毁灭迫近的处境,暗示着某种世纪末的灾难。此剧的主题是贝克特剧作的一贯主题:人生是一场游戏。但即使在最后一局中,人们也依然努力做着游戏,用对过去的共同的幸福时刻的回忆来赋予这游戏以意义。

尤奈斯库的《椅子》(1951)中的一对老夫妇,《国王死了》(1962)中的贝朗格国王;品特(1930—2008)的《暖房》(1959)中的一群职员,《背叛》(1978)中的中年人爱玛、罗伯特、杰利;阿尔比(1928—2016)的《动物园的故事》(1958)中的杰利和彼得,都各自处于一个荒诞而无意义的处境之中。让·日奈的《严加监视》(1949)中的三个死囚犯,《女仆》(1947)中的两个女仆,其实也是如此,但是他(她)们又都各自努力要在无意义中找寻意义,或者以自己的种种行动来赋予这无意义以意义。而寻找意义,赋予意义,从无意义到有意义然后又到无意义,这些本身成了现代人的处境。就后一点而言,当代奥地利剧作家彼得·汉德克的剧作《卡斯帕》(1968)可以说把这种处境推到了极端,以纯粹的人本体悲剧的形式加以表现了出来。最初的卡斯帕戴的面具的表情是惊讶和困惑,只会说一个不解其意的句子:"我要成为像某个人曾经是的那样的人。"他所处的场景是混乱无序的,桌子、沙发、椅子、扫帚等等的摆设相互之间没有正常的关系。无序显然意味着无意义。在经受了三个提词员的延宕持久的"语言折磨"后,他原来的那个句子被剥夺了,他学会了使用另一些句子,并成为"有理性的"。同时,舞台上的家具和道具也安排得井然有序,他的面具的表情也变为满足的表情。他接受了一个语言的神话,这语言的神话世界的基础是这样一个传统的信念：对把词语安排得秩序井然的习惯与客体安排得秩序井然的习惯应等量齐观。有序也就意味着有意义。但是，原先的卡斯帕跟后来上来的四个穿着打扮跟他一样的其他的卡斯帕们发生了冲突，这其实是卡斯帕的人本体的内在冲突。卡斯帕们是原先的卡斯帕对词语产生怀疑的外部有形的具象化，他那受压制的自发性挣扎着要被人感觉到。二者之间的关系说明了卡斯帕在经受了社会的语言折磨之后又用语言来进行自我折磨，结果舞台上出现了声音的混乱、形象的混乱、举动的混乱，随后进入绝对的静默。于是又回归无序，回归无意义。这是一个推到极端的无序/无意义-有序/有意义-无序/无意义的处境。但最后的空无成了人本体的空无，因为卡斯帕经历了一个句子的神话后连自己原来唯一的一个句子也失落了。卡斯帕在最后的独白中一再说"我感到羞耻""我害怕"。这是人本体的羞耻，人本体的恐惧。人本体的自由生存要以人本体为代价，这正是现代人的本体生存困境的实质。争得人本体的自由生存也许是一个复杂、艰难、漫长而没有终结的进程。

在现代人本体悲剧这一西方现代悲剧第三重世界中，处境的象征得到了强烈集中、高度升华、充分拓展，每个处境都成为"一个塞满象征的象征"（日奈语）。在荒诞主义悲剧和仪式主义悲剧中，一个人在不同的处境中似乎是不同的个人，但在事实上，没有任何东西能改变我是什么，而我的存在又可以有不同的方式。这些悲剧只是以一种现代悲剧眼光来表现人的荒诞的本体存在，其处境的象征性就是以此为基础。尤奈斯库说："艺术应该是一种提示，用此方法，一个客体可以体现另一个客体的意义。"①他又说："美学不再是关于美的科学，它是关于塞满了真正意义的想象的存在之研究。"②象征的处境正是这样一个想象的存在。日奈也说："世界只包含了一个单独的人。他完全在我们每一个人之中存在。因此，他是我们自己。我们每一个人是其他人，所有其他人。"③日奈要强调的无非也是个人在象征的处境中的普遍性。日奈的悲剧往往扎根于历史处境或社会处境，但日奈的处境的象征走到了另一个极端，成为不可解释之象征，不传达清晰的信息。他的悲剧用演员的形体、行动空间的三维这些真正的舞台符号来演出，以保持含混和无意义，并把词语、仪式、庆典、杂技、舞蹈、面具运用得很有创造性，以此来达到一个目的，即抗拒解释，因为它是多面的，传达多种感觉或意义，而这意义是不会最后成为一种单义的意义形式的。

总之，现代人本体悲剧又可以称作形而上象征的生存悲剧。雅斯贝尔斯说："只有与人类息息相关的，我们才可以说是真正的悲剧。"真正意义上的悲剧仅仅对人而言。艺术是本源上的生存思维，悲剧更是如此。现代人本体悲剧中生存处境的象征，是象征不可对象化的生存深层的态度，把形而上的生存困境把握为具有人格的象征形态，从而传达出人力图恢复人的形象和达到可望而不可即的自由而真实的生存的普遍的本体焦虑。

---

① 参见 Ricahrd N. Coe, *Eugene Ionesco: A Study of His Work*, New York: Grove Press, Inc., 1970, p. 78.
② Ibid.
③ Rita Stein, Friedhelm Richert (eds.), *Major Modern Dramatists*, Vol. 2, New York: Frederick Ungar Publishing, Co., 1984, p. 357.

第四节　论《流血的婚礼》

杰出的西班牙剧作家加西亚·洛尔伽的民间悲剧三部曲《流血的婚礼——三幕七场悲剧》(1933)、《叶尔玛——一首三幕六场悲剧诗》(1934)、《巴尔纳达·阿尔瓦的家——一出关于西班牙乡村妇女的戏》(1941)是西方现代悲剧的一串明珠,其中《流血的婚礼》无疑是最明亮的一颗。

三剧虽各有侧重,但中心主题则相同:荣誉法则与情欲法则的冲突。三剧都有两个对立面。按照传统的社会惯例,要求男女的结合是一种顺应人们对阶级延续和经济稳定的要求的结合。但三剧中的主人公都遵照情欲法则,各在某种程度上打破了社会惯例。尤其是剧中的女主人公,她们的挣扎哭喊来自西班牙民间妇女那被扭曲的灵魂,她们那得不到满足不能平息的爱情竭力要冲破半基督教半异教的严格法律的束缚。《流血的婚礼》中,新娘在举行婚礼这天甘愿受情人诱拐而私奔。《叶尔玛》中,接受传统期望的新娘因发现她想成为母亲的愿望绝不会实现而无比悲愤。《巴尔纳达·阿尔瓦的家》中,最小的女儿不顾强加于这一家所有的女儿身上的社会价值和准则,而与她的情人幽会。在三剧中,情欲,或者说人的生命力,乃是一种原始力量,它既是基本的悲剧张力的动因,又是每个戏剧动作的象征之源。三剧的情欲法则又均以死亡作为冲破束缚的代价。《流血的婚礼》中新郎与新娘的情人互相刺杀;《叶尔玛》中的女主

第七章　西方现代人本体悲剧

角在跳完自编的生殖舞蹈后扼死自己的阳痿的丈夫，实质上她的心也因此而死了；《巴尔纳达·阿尔瓦的家》中，最小的女儿误认为情人被母亲枪杀而含恨悬梁自尽。这些实质上构成了悲剧的牺牲。死亡既是生命的终结，又是对生命的回眸，由此看到人的生命力受到了挫折，人本体的自由生存遭到了压制和扼杀，人本体直接陷入了生存悲剧。作为现代人本体悲剧的《流血的婚礼》将生存本体的痛苦和挣扎揭示得尤为鲜明深切而令人震撼。

安达卢西亚山区的一个山村里有一户农家，家中只有一个寡妇和她的唯一的儿子。寡妇的丈夫和大儿子被邻居家的男人杀死了。幸存的儿子长大成人后靠勤劳致富，购置了一个葡萄园，并爱上了邻村一个鳏夫的女儿，这个鳏夫像他一样是个富裕的农民。两位家长于是为儿女订下了婚约。然而那位姑娘，多年来一直爱着杀死她未婚夫的父兄的那个男人的儿子莱翁纳多。两人过去因男方家境贫寒而忍痛分手。莱翁纳多两年前为了逃避遭到禁止的对姑娘的欲望，与姑娘的一位表姐成了亲，生有一个儿子，现在妻子又怀了身孕。姑娘也跟她的情欲斗争了好多年，为了平复精神创伤，她决定兑现跟寡妇的儿子订的婚约。

《流血的婚礼》的最初三场是由一个处境构成的——婚礼的安排、被压制的爱情、双方都想忘却的两个家庭的血仇。但是，无论是莱翁纳多还是姑娘，都无法忍受这样的想法：她应当委身于另一个男人。在举行婚礼的那一天，新娘与莱翁纳多私奔了。母亲对儿子的未婚妻曾爱过仇人的儿子这一点从一开始就有点忧虑，随着时间的推移，这忧虑在增长，而现在则证实了。然而现在只有唯一的一件事可干了。"流血的时刻又来到了。"母亲知道,她现在失去了将有儿孙的希望,而且将失去她唯一幸存的儿子,但事关家族荣誉,还是叫儿子和家族的人一起前去追赶。两个情敌终于在树林里相遇,互相用刀刺杀了对方。戏的结尾是三个妇女,母亲、新娘、莱翁纳多的妻子,哀悼她们失去的男人。

悲剧的危机处境是由两个行动原则之间的冲突造成的。一个是新郎新娘要结合,必须举行为社会承认的婚礼仪式,这一行动原则受到传统价值标准的制约;另一个是新娘与情人莱翁纳多为了得到相爱和争取幸福的权利,只有走非法的私奔的路,这一行动原则只受到情欲的驱使。这两个对立的行动原则借戏剧情节的发展将两组人碰撞在一起,并形成两个戏剧兴趣的焦点:新娘和母亲。新娘最为痛苦,她处在无法调和的矛盾的核心。一方面,社会借婚姻的结合来保障家族和阶级的延续,并确定物质财富的增长和正当转交。另一方面,非法的情欲却激起变化无常的要求,并否认社会阶级和物质环境的限制。第一方面要求秩序和凝聚,它具有道德专制的权威;第二方面则要求以狂乱情欲的威胁力量和反叛的冲动抗拒社会界限的道德限制。新娘在这对立漩涡中的痛苦挣扎,随着对立的动作的发展——一个是实际的发展,一个是潜在的发展——而成为戏剧兴趣的一个焦点。

母亲是另一个戏剧兴趣的焦点。她失去了丈夫和儿子,她对刀子有着强烈的恐惧。当开幕儿子拿着刀去收割葡萄时,她就表现出了这种强烈的恐惧。她害怕想到会失去她最后一个儿子。她也为儿子的未婚妻忧虑。她更怀着不安的心情发现新娘死去的母亲是个美丽而骄傲的女人，谣传说她不爱她的丈夫。母亲凭直觉，感到新娘也具有这种孤独而神秘的个性。虽然母亲企图忘掉对这门婚事的恐惧感，但她表现出对杀死她的男人的仇家的恨，这种恨极为强烈，并怀疑儿子的婚事会顺当平安。这样，在戏的开场就建立起了危机的悬念。母亲的恐惧是一种根深蒂固的恐惧，一种近乎本能的恐惧。母亲是一个跟丈夫享受过生活的强壮的女人，她被断绝血统的恐惧支配着，这是一种家族死亡的恐惧，不是为自己，而是为了传宗接代的种子。她感到极其焦虑，当她想到，她的肉体存在的延续，要由她的儿子的孩子来实现。这持续的恐惧使她的心里充满了一种恶运感。血仇追随着她，死亡缠绕着爱情。让敌人的种子幸存，她的种子将意味着最后的死亡。强烈的传宗接代的愿望是一种现实的愿望。在西班牙的农村社会，由于一种强有力的经济原因依然保持着古老形式的风俗：必须有儿子们在田地里干活，并保卫财产。婚姻意味着孩子，在田地里干活的儿子。女人像土地一样，必须给予生命。母亲正是传统的荣誉信念的代表，土地的力量的象征，家族血统保持者的化身。在传统宗教和摩尔人的法律中，性是为了生育，不是为了情欲和快感。男人是主人，女人应服从和忠诚，是必须结果实的土地。母亲最担心的是土地不结实，生命无法延续。母亲一开始送儿子去割葡萄时看到刀就感觉到了噩运，其原因不仅仅在于刀曾杀死了她的丈夫和大儿子，还在于她看到了其中的象征意味：割果实既是收获，又是割断生命。而作为死亡之象征的刀的主旨一直维持到戏的结尾。

此剧最初三场的各种冲突的力量已经暗示了潜在的悲剧。在第一场,母亲与儿子即新郎对结婚有着不同的心情。母亲怀着复杂的感情,而儿子却显得轻松乐观。第二场是在莱翁纳多的家,一间漆成玫瑰色的房间,后母和妻子在哼儿歌哄小孩入睡。表面看这是一个宁静温馨的家,其实不然,新娘就要举行婚礼的消息激起了莱翁纳多阴郁而愤怒的情绪。后母问他为什么长时间离家在外,他回答问话时心怀敌意。他与妻子的潜在冲突也逐渐表面化,两人之间借故发生了争执。而妻子也开始凭直觉担忧起来,想要了解丈夫的真实心态。这一场结尾是一首关于马的儿歌,其意象传达了莱翁纳多的愤怒和不安的心情。

第一幕的最后一场,即第三场,是远处偏僻的新娘的家。这是个岩洞,房间里有一大串红色的花。岩洞周围没有房子,没有树,是一片荒原。在新郎的母亲和新娘的父亲之间举行了一场关于婚礼安排的正式的谈判。父亲贪婪更多的土地,一口答应了。母亲则希望埋葬血的记忆,看到新生活,孙儿满堂。新娘进来时,表情严肃而平静,双手以最谦恭的姿势垂着,头也低垂着。当母亲问她是否知道婚姻意味着生孩子以及两码厚的墙将把一切拒之于外,她回答说,她知道怎样遵守她的诺言。在母亲、父亲、新郎面前,新娘显得服从而又毕恭毕敬。但在这一场的最后,当她跟女仆在一起时,则显露出在她的身体和心里有一种被压抑的力量和意志,是与她前面的言行截然矛盾的。她咬着自己的手,显得愤怒而沮丧,并出于本能,不让充满好奇心的女仆看亲家送来的礼物。当女仆告诉她昨天夜里听到马嘶声,新娘遮遮掩掩说,也许是过路商人,也许是她的未婚夫路过;当女仆说她看见是莱翁纳多,新娘一个劲地加以否定,说是谎言。但紧接着就传来了远处的马嘶声,女仆问是莱翁纳多吗,新娘叫了起来:是他! 内心深处的真实显露无遗。第一幕就在马嘶声中结束。值得一提的是,"马在最简单的层面上用作性本能的象征"①。这一象征,充满了不安和躁动。

一场冷冰冰的婚姻是无法抗拒一个男人为一个女人燃烧起来的欲望之火的。马蹄声打破了一切,打破了古代风俗,打破了服从和忠诚。第三幕一开场就把两个情人带到了一起。这是新娘举行婚礼这天的早晨。女仆在一边准备新娘的结婚礼服,一边替新娘梳头。女仆谈论婚后生活的话只激起了新娘的敌意的反应。莱翁纳多突然出现在门口,打断了她们的对话。莱翁纳多在这时大胆闯入新娘的家使女仆深感害怕,她的感觉戏剧化了情人关系的非法性。而新娘此时只穿了一件短内衫。两人互相指责对方结婚。然而,这是谁的过错?情欲的力量使他们的分离显得难以忍受而又不自然。正如莱翁纳多对新娘所说的那样:"欲火中烧却又保持平静这是我们能给予自己的最大的惩罚……你以为时间会治愈伤口,墙壁会隐藏事情,但这不是真的! 不是真的! 当事情深入内心,任何人也无法改变!"两人其实各自心里明白。只是莱翁纳多的欲望显露在外,新娘的欲望强压心底。这一场接下来是去教堂举行婚礼,按照当地风俗莱翁纳多应留在新娘家里,但他却骑马赶去了。回新娘家举行喜宴时,他又

---

① Rita Stein, Friedhelm Richert (eds.), *Major Modern Dramatists*, Vol. 2, p. 357.

第一个赶回来。他的妻子已经有了一些预感。在宴会过程中，莱翁纳多像幽灵一样时而出现时而消失在不引人注目的地方，不声不响。他的妻子看在眼里，越来越心事重重。而新娘的内心冲突也越来越激烈，莱翁纳多忧郁的身影纠缠着她，她对周围的热闹已毫无兴趣，对客人的良好祝愿和闲谈也不能做出适当的反应。她的心已乱了。最后，当丈夫请她跳舞时，她找借口离开了宴会。不久，仆人发现新娘不知去向，戏的步调于是陡然加快起来。去找没找见，她也不在跳舞。问题一个接一个提出，焦虑和怀疑迅速升起。随即莱翁纳多的妻子进来大叫马不见了，她刚看到她的丈夫和新娘骑马跑了。她痛苦地叫道："他们跑了！他们跑了！她和莱翁纳多，骑在马上，互相搂抱着，他们像流星一样骑马跑了！"情人私奔的事件一发生，母亲就意识到她最害怕的事情要出现了，两个家族的男人又要流血了。她明知前面是悲剧，但依然叫儿子和家族的男人去追赶私奔的情人，因为她无法抗拒荣誉原则的支配。

前面的戏的动作都朝着婚礼的完成发展，但在这表层底下，却潜伏着对立的动作的发展，逐渐后者压倒了前者，代替了前者，以新的命运的发展，走向两个情人的结合。

在第三幕第一场里，洛尔伽显示出卓越的才能，解决了象征与人本体悲剧的关系。如果说前面的戏建立在与现实相联系的象征层面上，那么这里悲剧的张力则建立在完全不同的形而上象征层面上。与现实相联系的象征层面的意义只有当它导致了形而上象征层面的意义的确立时才是完善的，而形而上象征层面的意义又必须关联于与现实相联系的象征层面的意义而自然而然表现出来。洛尔伽在这两者的结合方面做出了可贵的努力,他运用形象来加以传达,很富有创造性。这一场的场景是:"树林。夜里。几个湿漉漉的大树桩。黑暗的氛围。传来两把小提琴的乐声。三个伐木工上场。"伐木工组成了传统的悲剧歌队。他们的对话告诉观众悲剧就要发生了,并传达了悲剧的内在意义:你不得不顺从你的情欲,血更强有力,你不得不遵循你的血的道路,与其血干涸而死,不如让血腐败而活,两人的血溶合在一起,像两条干涸的小溪。随后月亮出来了,像个年轻的伐木工,戴着白色的面具,唱着死亡的歌谣。在它消失后,一个乞丐老太上场,她是死神,来搜寻她的牺牲品。"棺材已经准备好了。"她给新郎带路去寻找情欲,把他领上死亡之路。而一对情人的最后的对话,既是对他们的情欲的庆贺仪式,又是对死亡这一不可避免的终结的颂诗。情欲以死亡为代价也是值得的。当这对情人在拥抱中退场时,月亮慢慢进来,乞丐老太再次上场,舞台再次笼罩在一片蓝光之中。随后传来两声尖叫,乞丐老太"背对观众站着……像一只展开翅膀的大鸟"。死神扑向了她的牺牲品。在这里,象征直接切入了人本体悲剧,省略了诸种中介。

全剧最后一场是哀悼死者的葬礼仪式,与前面的婚礼仪式正好形成对比,透露出强烈的人本体意味。洛尔伽在舞台指示中说,这是间白色的屋子,给人强烈的教堂的感觉。在这屋子里站着三个女人:母亲、新娘、莱翁纳多的妻子。母亲走到了人生的尽头,独自一人;新娘开始了她的女人生涯,但在结婚这天就当了寡妇,不仅孤独一人,而且既不是妻子,又不是母亲,她说她是贞洁的,但又有何用?回到现实之中,一切是那么无奈;莱翁纳多的妻子则处于新娘和母亲的中途,她被爱上另一个女人的丈夫无情地抛弃了,作为一个寡妇,她将重复寡妇母亲的经历,但增加了羞耻。母亲、新娘、妻子、情人,所有这些女人的身份在结尾处的哀悼仪式中集合在一起,这是意味深长的。一种身份有一种身份的痛苦。痛苦的焦点集中在母亲和新娘身上,暗示着悲剧没有完结。其中新娘的悲剧比母亲的悲剧将更为深重,因为她从此不会生育,与叶尔玛是同一命运。在当时的西班牙社会中,女人的命运是服从、从属,没有男人就没有一切,在原则和感情的冲突中,她们往往成为悲剧的牺牲品。但是在另一方面,只有女人活了下来,因为她们是保存生命的根本,有大地在,就有希望在。而莱翁纳多的妻子正怀着身孕。莱翁纳多是剧中唯一有名有姓的人物,他是欲望,是激情,是普遍力量,只有他,留下了种子,存着一线希望。欲望与希望,正是在这里,透露了人本体的永恒性。

再说女人的悲剧,实质上暗示了西班牙本身的悲剧。女人独自留下,承担悲剧,因为她们是生命的延续体;她们在沉默的痛苦中哀悼命运的重演和她们的身体的空洞。而这直接威胁到西班牙民族的延续。干旱的土地,没有了水,将不会生长出庄稼和树木。但是这又不仅仅是西班牙的悲剧,这归根结底是人本体的悲剧,威胁到人类生命的延续,也就是说,直接涉及人本体的生存命运。佩德罗·沙利那斯在《20世纪西班牙文学》一书中说:"《流血的婚礼》实质上是人的悲剧,因为它对人的生命的概念提供了实体、戏剧化的现实,以及伟大艺术的地位,而这种人的生命的概念是通过人的最内在的本性中的时间过程形成的,并在传统上存活在人的命运之中……"①这是深入人本体最内在本性之中的悲剧,又是广延到人类命运的悲剧。

《流血的婚礼》中人的悲剧使人感受到了悖论的人类状况。一方面,赞美情欲就是赞美生命、生活、情感、人本体;另一方面,情欲又毁灭了自身及其拥有者,同时,限制情欲的传统、荣誉、强制的道德又压碎了生命。西班牙批评家 R. A. Z. 津巴尔多说,《流血的婚礼》的主题在一个男人的分裂的人性的血之中。②《流血的婚礼》这一标题正包含了悖论的人类状况的多重含义。津巴尔多把这些含义归纳为三个层面:(1)自然本性(人是创造新生活的工具)与个人意志(只肯定自身价值)之间的冲突;(2)部族本位与个人本位的对立;(3)保障生命无尽循环的种的集约化和保障死亡无穷循环的种的个别化之间的广大无边的斗争。③ 津巴尔多从大处着眼,透视了《流血的婚礼》中人本体与三个对立面的冲突而处于两难之境的深层构架。美国迈阿密大学教授里德·安德森则对"血"(blood)做了语义学阐释,归纳为四个层面:(1)血指家族的血统;(2)在家族依然存在的社会中,血也指由荣誉和复仇的惯例导致的暴力;(3)第三幕中的歌队暗示,血又指一种基本的、内在的生命力(性欲的激情),把两个人驱赶到一起的命运一般的自然冲动;(4)第二幕的婚礼中,血又指当男女结合实

---

① Rita Stein, Friedhelm Richert (eds.), *Major Modern Dramatists*, Vol. 2, p. 350.
② Ibid., Vol. 2, p. 361.
③ Ibid.

现时，贞洁的新婚的处女膜的破裂。① 安德森教授从此剧的实处着眼，透视了"血"所包含的两个均具有合理性的对立面：血既是联系、结合，体现了基本生命力量，又是个人情欲的激情，不仅导致个人的分裂，也导致一代代人的敌对，给人类事务带来了暴力和死亡。津巴尔多和安德森的精辟归纳可谓各有千秋，如果将二者结合起来，我以为恰好构成了《流血的婚礼》这一人本体悲剧处境的象征核心：血是死亡的代价，也是生存的代价。正是在这点上，《流血的婚礼》在具有西班牙意义的古老形式中，体现了老练成熟的现代思想。诚如弗兰西斯·弗格森所说："加西亚·洛尔伽艺术的深刻的西班牙性质并不妨碍它与我们对话。"总之，《流血的婚礼》是西方文化总体的产品，是以现代悲剧眼光审视人本体的戏剧艺术结晶，它属于西班牙，同时也属于世界。

第五节 论《苍蝇》

萨特的《苍蝇》(1942)，批评家们历来认为是萨特的存在主义系统哲学在戏剧形式中的体现。诚然，《苍蝇》确实与萨特的存在主义哲学关系密切。萨特自己也认为他的戏剧是他的哲学思想的体现，而且还常常因为纯粹的戏剧作品不足以充分传达他的形而上观点，而不得不撰写戏剧批评来重复每一部戏剧的思想，在《萨特论戏剧》文集中可以看到许多这

---

① Reed Anderson, *Federico Garcia Lorca*, London: Macmillan, 1984, pp. 100–101.

样的篇章。但是戏剧首先是戏剧,戏剧有着自己的生命,是以此在的人为中心的艺术。此剧创作的契机并非来自玄想,而是从现实中获得的。正是第二次世界大战这场空前的劫难,和德国占领时期法国人民所面临的生存困境,促使他要写一部戏来干预生活。他说:"我不想用哲学来保护自己,那是卑劣的,也不想使生活适应我的哲学,那又何其迂腐。"①哲学并非萨特的最终目的,他的目的是关注生活,关注人,并非要使生活适应他的哲学,当然也不是要使戏剧适应他的哲学。正是对生活的关注,对此在的人的关注,才使得他的剧作《苍蝇》成为西方现代悲剧的名作,当然,他的哲学思想无疑渗透其中,但仅仅是渗透而已。

《苍蝇》采用了古希腊悲剧家埃斯库罗斯《俄瑞斯提亚》的骨架和人物,这样轻而易举就解决了此剧是悲剧的问题,这一点与尤金·奥尼尔写《悲悼》的情形相同。但这绝不是重复古典悲剧,那将会有遭到失败的危险。萨特的目的是试图把古希腊关于俄瑞斯特斯的英雄传说从一出命运悲剧转变成一出自由悲剧,确切些说,转变成人本体的自由生存悲剧。

俄瑞斯特斯,一个正直的青年知识分子,在哲学教师的陪同下,回到他诞生的城市阿尔戈斯去寻找人生的意义,但他看到的却是一个畏缩的、奴性的城市。十多年前,当他还不满三岁,他的父王阿伽门农在这个城市被王后克吕泰墨斯特拉和她的情人埃癸斯托斯合计谋杀了。如今,从国王埃癸斯托斯到平民百姓都在悔恨,亡人与苍蝇之神朱庇特也用成群的

---

① 柳鸣九:《历史唯物主义的度量与萨特的存在》,载让-保罗·萨特:《魔鬼与上帝》,罗嘉美等译,漓江出版社1986年版,第14—15页。

苍蝇来惩罚这个城市,以保持人们的悔恨。这里每年还在一个据说通向地狱的深不可测的岩洞口举行一次仪式,召唤亡人回来过一天人间的生活,以表达活人的悔恨之意。这套鬼把戏的目的在于使人民看不到自己的力量,因为有一个使众神和国王痛苦的秘密:人是自由的。一个人,一旦自由从他的灵魂中爆发出来,众神就对他无能为力了,因为这是人间的事,要由人来处理。不久,俄瑞斯特斯遇见了妹妹厄勒克特拉,听到了这位如今沦为王宫使女的昔日的公主受尽虐待的痛苦诉说。在一年一度的祭日,他又看到了妹妹因违抗国王旨意而横遭辱骂迫害的境况。至此,他进入了一个极限处境,并面临着一个选择,复仇还是不复仇。但他遇到了两方面的阻力,天神朱庇特以神权的威力阻止他复仇,而哲学教师也以息事宁人的哲理劝他放弃复仇,他们都劝他离开阿尔戈斯城。但是当他劝厄勒克特拉跟他一起离开时,厄勒克特拉十分愤怒,竟不认他这个哥哥,而愿独自留下,因为她一直盼望着哥哥回来为父亲的名誉复仇,没想到他竟是个懦夫。厄勒克特拉的态度深深刺痛了俄瑞斯特斯的自尊心。他终于改变了主意。他毅然做出了抉择:复仇。为了使阿尔戈斯城自由,为了在为公众服务中找到自我确认,为了在行动中获得自己的本质和价值,俄瑞斯特斯杀死了仇人埃癸斯托斯和自己的生母。随后复仇神苍蝇成群飞落到俄瑞斯特斯和厄勒克特拉的身上。他们逃到阿波罗神庙寻求庇护。朱庇特到神庙里来先是哄骗他们,随后强迫他们后悔和屈服。厄勒克特拉忍受不了犯罪感的折磨,屈服了,后悔了,但俄瑞斯特斯公然反抗朱庇特,坚持自由。最后,他鼓动前来驱逐他的阿尔戈斯人民重新认识他们的自由,并引着紧追不舍的苍蝇离开了阿尔戈斯,使城市得到了净化。

作为现代悲剧,作为现代人本体悲剧,《苍蝇》首次提出了自由生存问题,明确而直截了当。现代个人在任何极限处境中面临的一个根本问题就是自由生存问题。自由生存是现代悲剧形而上取向的根本问题。《苍蝇》不仅提出了这一问题,而且在人本体处境的形而上象征层面上把这一问题展开得毫不含糊。

很明显,《苍蝇》中的处境是一个悲剧性的象征处境。这一象征的处境是由两部分构成的。一方面,国王埃癸斯托斯和王后克吕泰墨斯特拉犯了谋杀罪后受尽精神折磨,为了维持他们的统治,他们利用人民在听到阿伽门农国王临终时发出的惨叫声而无动于衷、容忍谋杀这一点,来迫使阿尔戈斯人民保持悔恨,从而使人民失去做出别种选择的自由,并在悔恨中萎靡不振,实际上陷入了一种精神奴役的生存。他们是一群半死不活的人,"他们咀嚼消化,心安理得他们在享受外省的郁悒不欢、毫无生气的安定和百无聊赖"。黑色的丧服成了阿尔戈斯人的服装。女人都成了像黑色甲壳虫一样的老鼠妇。这城市里人人深感悔恨、有罪。正如守门老妇所说:"老爷,我正后悔不已。要知道,我是多么后悔呢!我女儿也后悔,我女婿每年都要献祭一头母牛。还有我那快满七岁的外孙儿,我们就教他后悔,这孩子长得满头金发,乖得很,他已经深深感到自己生来有罪。"另一方面,朱庇特用复仇神苍蝇来惩罚阿尔戈斯城,使之保持悔恨,从而毫不费力就统治了顺从的人间。他要让人民都走上痛苦的赎罪自救的道路。"用悔恨来求得上苍对你的宽恕吧。""努力在后悔中了此残生吧,这是你得救的唯一机会。"而人们举行一年一度祭亡日这种国民的游戏,仅仅为了"现在又可以安稳一年啦"。活着—悔恨—活着—悔恨,人们就处于这种生存的怪圈中,遵循着"追悔的规律",没有希望,没有出路,没有精神自由,没有生存自由。这就是俄瑞斯特斯一进入阿尔戈斯城所面临的处境。

俄瑞斯特斯对于这处境有两种选择。其一,进入这处境,受这处境的限制或者退出这处境。如果退出这处境,那就什么都不是。其二,如果接受这处境的限制,就有一个复仇还是不复仇的选择。这两种选择是相联系的,都涉及人本体的存在。俄瑞斯特斯在刚面对这处境时有一种感觉,感到自己是外乡人、过路人、局外人,虽然他出生在这城市。他说他像被风吹断的蜘蛛网上的游丝,在空中飘泊为生。实质上,他感觉到自己是一个空虚的自由生存,遵循的是柏格森的内心自由的原则。大卫·布雷德比说:"对于萨特来说,'处境'的重要性在于它为行动提供了必要的框架,如果自由的观念要有任何真正的意义,这框架是必不可少的,因为在虚空中的自由是无意义的。"①俄瑞斯特斯意识到空虚的自由生存的无意义,他要寻找实在的自由生存。有没有这种意识是一个关键。人本体的核心是人的内在本体,即人的自我意识。"因为意识是自我意识。一个人如果没有知就绝不可能是任何存在。"②有了这种自我意识,才会有选择,有行动。

---

① David Bradby, *Modern French Drama*, 1940 – 1980, London: Cambridge University Press, 1984, p. 37.
② Martin Esslin, *The Theatre of the Absurd*, p. 32.

第七章 西方现代人本体悲剧

因此萨特说:"而我想从一个处境自由的人入手,他不满足于想象中的自由,而不惜采取一个特殊的行动来获得自由,哪怕这个行动是极其残酷的,因为只有这样的行动才能使他获得他自己的最终自由。"[1] 俄瑞斯特斯刚到达阿尔戈斯城的自由是理论上的自由,是未实现的自由,他是一个由家庭教师陪伴的旅行者,没有家庭,没有祖国,没有宗教,也没有可做的生意。只有当他对想象中的自由产生不满足的自我意识时,才可能进入生存的另一层面,成为属于某个地方的一个人,成为在他的同伙中的一个人,也就是接受特殊处境的限制,从而经历真正的生存自由。

俄瑞斯特斯在接受阿尔戈斯城特殊处境限制的同时,立刻就面临了第二个选择:复仇或者不复仇。此时有两种外部力量对他起着作用。一种力量来自朱庇特和哲学教师,要他选择不复仇,另一种力量来自厄勒克特拉,要他选择复仇。第一种力量其实要他退出处境,成为虚空的存在,第二种力量则要他介入处境,成为此在的存在。选择是与他人的态度联系了起来。按照萨特的看法,有三种存在:(1) 客体是"自在的"存在;(2) 人是"自为"的"存在",因为他们有意识而客体没有意识;(3) 我们都是"为他的"存在,也就是说我们都存在于别人的眼睛中,我们都关心别人怎样想我们。[2] 别人的态度或赞美或轻视。但赞美不一定有利于你获得生存的意义,轻视也不一定不利于你获得生存的意义。正是厄勒克特拉的轻视的态度刺痛了俄瑞斯特斯的心,才使得他毅然选择了复仇。这看

---

[1] 让-保罗·萨特:《萨特戏剧集》,人民文学出版社 1985 年版,第 967—968 页。
[2] Martin Esslin, *The Theatre of the Absurd*, pp. 32 - 33.

来是外部力量起了主要作用。其实不然。当俄瑞斯特斯因劝妹妹离开不成而亮出了自己的真实身份,但却遭到她的拒不相认。经过一番思索,他终于下决心不走了。他说:"这是我唯一的机会……我要成为某个地方的人,成为世人中间的一个堂堂男子汉。"他说:"我将会成为一把利钺,插进这座城市的心脏,就像砍入橡树心脏里的斧子一般。"他要承担起阿尔戈斯人的罪孽,承担起他们的痛苦。因此,他的选择归根到底出于人的内在本体的两重考虑:焦虑和责任。

焦虑是由虚无激起的,是由自己的存在缺乏正当性激起的,也是由他自己成为本质的创造者的责任感激起的。"自为在焦虑中把握自己。"[1]人由于自我意识而突然面对自己的痛苦。这种痛苦是形而上的本体痛苦。他自己的存在这一光秃秃的事实以及虚无本身含意中的令人眩晕的空虚突然打击他,他发现了自身存在的荒诞,也发现了处境的荒诞。"他是被迫在他之中及在他之外决定存在意义的存在。"[2]在第二幕忏悔仪式中有一个石头的意象,它成了主题的一个模型:它与表面毫不相干,而是坚固的、自身完整的。人却缺乏石头的充实,因为人总是在时空中处在自身之外。他的价值要有事实来确定,他是什么或应当是什么不再是漠不相关的。"我对我的死和我的生命一样负有责任。"[3]萨特对自己的这个剧本的这一方面是这样解释的:"责任感能使我得到别的东西,某种积极的东西,

---

[1] 让-保罗·萨特:《存在与虚无》,陈宣良等译,生活·读书·新知三联书店1987年版,第622页。
[2] 同上书,第712页。
[3] 同上书,第681页。

即必要的恢复名誉,导致我为有生命的和积极的未来而行动。归根结底俄瑞斯特斯只能在争自由和受奴役之间进行选择。如果我们看到有人做了选择,看到他选择了自由,在我看来问题就是解决了。因此主要的是他选择了自由,如果他选择了受奴役,那就有问题了,而且事情就严重了。"①焦虑和责任终于使俄瑞斯特斯选择了自由,选择了复仇,这是积极的理想主义的自我选择,也是崇高而悲壮的人的本体选择。

这种选择的关键在于理解自由。萨特说:"人,由于命定是自由,把整个世界的重量担在肩上:他对作为存在方式的世界和他本身是有责任的。"在希腊悲剧中,俄瑞斯特斯是不能克服其命运的人的化身。虽然对他的复仇深为负责,但却摆脱不了宿命论,他只是试图尽其可能,阻止那窒息着他的遗传。他斗争或者屈服:在这两种情况下,他都不是自由的。相反,《苍蝇》中的俄瑞斯特斯充满了自由的感觉,终于有一天这自由压倒了他。现在他知道,他所感觉到的自由正是他的命运。他去谋杀埃癸斯托斯和自己的母亲,这并不是盲目的,他这样做出于两个原因。其一是为他自己,是出于他自己的自由意志。任何哲理常理和超自然的力量都对他的自由意志无可奈何。当天神朱庇特以整个宇宙的名义对他进行谴责时,他无所畏惧,说道:"让大地化为灰烬好了,让岩石堵住我的去路好了,让花草在我所经之路枯萎好了。你那整个宇宙不足以评判我的是非,朱庇特,你是诸神之王,你是石头与群星之王,是海浪之王,但你不是人类之

---

① 让-保罗·萨特:《萨特戏剧集》,第972页。

王。"俄瑞斯特斯反抗了朱庇特的神性,把他降到了普通人的地位,并打破了朱庇特建立的秩序、道德法则和宗教法则。其二,他不仅以自己自由的名义,而且以阿尔戈斯人民的正义的名义杀死了埃癸斯托斯和王后。"自由不是自身的基础。"①自由也不是一种价值,而是生存的一种结构。他发现不存在预先的价值,他必须在一个处境中为了一个正义的目的而采取行动来创造价值,并必须承担行动创造价值所引起的痛苦和责任。负担就是他的自由。他绝不后悔。《苍蝇》情节的核心问题不是俄瑞斯特斯是否将谋杀埃癸斯托斯,而是他将怎样行动:他是否为此承担全部责任;或者他是否将放弃责任,否认已做的事而表示后悔。俄瑞斯特斯的回答是承担全部责任。诚如萨特所说:"那个在焦虑中实现那种被抛进一直转回到其遗弃的责任中的条件的人不再有悔恨、遗憾和托辞;他只不过是一种自由。这种自由完全展现出自身,并且他的存在就寓于这个展现本身之中。"②当俄瑞斯特斯完成谋杀后,他对厄勒克特拉说:"我自由了,厄勒克特拉,自由像闪电一样在我身上溶化开来。"他接着说:"我尽了我的责任,这种行为是高尚的。我要像摆渡人背着旅客过河一样,肩负着这种职责,把它带到彼岸,才算了结。然而,它越是沉重,我就越高兴,因为它就是我的自由。"这正是悲剧性的责任。当朱庇特百般威胁利诱,他丝毫也不反悔。"我不是罪人,你绝不可能让我去赎我所不承认的罪孽。"他超越了善恶。因为他犯下的谋杀在那时和那个处境中是正当的、正义的,他不是为

---

① 让-保罗·萨特:《存在与虚无》,陈宣良等译,第622页。
② 同上书,第712页。

父复仇，而是为了阿尔戈斯人民的自由。他创造了自己的正义和本质，确定了自己的存在的正当性，这行为就是善，善与恶不是永恒的不可动摇的现实。至于厄勒克特拉却挣不脱朱庇特建立的秩序中的善恶观的束缚，为犯罪感所压倒，她后悔了，选择了受奴役。同时，她是为复仇之梦而活着，并要一直保持这梦。当俄瑞斯特斯实行了谋杀，实现了她的梦，于是她就失去了梦。她说："我15年来梦寐以求的不就是谋杀和复仇吗？"但现在她失去了存在的依托。她责备俄瑞斯特斯说："你这个贼！我本来除了稍为有一点平静和一些梦幻外，几乎一无所有。可是，你却把我这些东西也全夺走了，你偷窃了一个穷女人。"她为陷入腥血之中而感到痛苦。她的痛苦来自她自己内心深处，只有她本人做出某些选择才能解脱，因为她是自由的。但她不理解自由，而选择了受奴役，选择了赎罪。她将变成她母亲的形象，在忏悔中痛苦，了此一生。

像阿努伊的安提戈涅一样，俄瑞斯特斯是选择自由的象征。当克瑞翁向安提戈涅解释他的地位的必要性时，她宣称："我到这里来不是为了理解，我到这里来是对你说不，还有死。"但是，俄瑞斯特斯的谋杀和安提戈涅的殉道并非要否认创造一种新秩序的可能性，而只是对判定为不可接受的秩序表示"不"。"处境只相关于给定物向着一个目标的超越而存在。"[①]作为人的本体论构造的自由是一切人的基本存在方式。人始终是向未来超越的脱自的存在，这是由人的意识结构决定的人的独特的本体

---

① 让-保罗·萨特：《存在与虚无》，陈宣良等译，第702页。

存在方式。自由是相对于先定义、先价值而言的。人自由界定自己,创造自己的价值。人认识自由后即不可逆转。回避自由的人过的是非真实的生活。人决不可能凭思想界定自己或证明自己,无论这思想多么诚实。人不仅以行动为人所知,有意义的行动是使世界减少偶然的荒诞性的唯一道路,无可挽回的行动是人能给自身以任何意义的唯一方法。现实是偶然的、无故的、荒诞的。人是唯一可能改变的现实,因为人是自由的;意识和认识的力量使他能创造他自己的本质。同时,自由的选择又意味着为其他人创立标准、榜样、建议和态度,即指向未来的新价值。俄瑞斯特斯的行动所指向的新价值就是向阿尔戈斯人民揭示他们的自由。当朱庇特在俄瑞斯特斯表示绝不后悔时问道:"你打算干什么?"俄瑞斯特斯回答道:"阿尔戈斯人是我的百姓。我应该让他们睁开眼睛。""他们是自由的,而物极必反,人类的生活是从绝望的另一端开始的。"法国批评家彼埃尔-亨利·西蒙说得好:"萨特的俄瑞斯特斯实际上是反基督的,他反对基督教的赎罪,而提倡另一种赎罪,因为他拯救人不是使他们从原罪中获得自由,而是从对原罪的恐惧中获得自由——一言以蔽之,因为他把上帝放逐到虚无。"①只有把上帝放逐到虚无,人才能建立新的秩序,人才能是真实的自由生存。

最后,俄瑞斯特斯对前来驱逐他的尚未从奴隶精神状况中解放出来的阿尔戈斯民众说:"我的罪行只是属于我的;我当着太阳的面要求承担

---

① Rita Stein, Friedhelm Richert (eds.), *Major Modern Dramatists*, Vol. 2, p. 22.

这一罪行,它是我的生存之道,是我的骄傲,你们既不能惩罚我,也不能怜悯我,所以你们害怕我。当然,哦,我的臣民们,我热爱你们,我为了你们才杀了人,就是为了你们……别再害怕你们的那些鬼魂了,它们都是我名下的鬼魂了……永别了,我的人民,设法好好生活下去,这儿一切都是新的,一切都有待于开始……"说完,他像斯基罗斯岛上的吹笛人带走老鼠一样,他带着一群群嗡嗡叫的苍蝇昂然离开阿尔戈斯城而前行,阿尔戈斯城的罪恶由于一个人的自由行动而被净化了。批评家琼·吉恰诺德认为生存的意义又来自这样一个人,这个人为某些人负责并为他们受苦。他说:"这观点把悲剧的真正含义带给了萨特和加缪的戏剧。他们的英雄热爱生活。他们并不特别渴望死亡,他们也不在死亡中寻求任何光荣。但他们宁愿为他们中的人的堕落而死。他们认识到人是唯一的价值。"[1]俄瑞斯特斯的牺牲在现代人本体悲剧的层面上显然肯定了人本体的价值是唯一的价值。人正是在极限处境和大危机中发现了真实的自由生存,人只有面对痛苦并接受它,人的生存才是真实的自由生存。

第六节 论《卡斯帕》

马丁·艾思林说:"彼得·汉德克——他的剧作《卡斯帕》(1968)是中欧对我们时代的戏剧的主要贡献之一——是由荒诞派戏剧家发难的对语

---

[1] June Guicharnaud, *Modern French Theatre from Giraudou to Genet*, New Haven: Yale University Press, 1975, p. 142.

言之批判的极端拥护者。"①在这番话中，马丁·艾思林说得简明扼要，指出了当代奥地利著名剧作家彼得·汉德克与荒诞派戏剧的联系和《卡斯帕》一剧的地位。汉德克主要与尤奈斯库、贝克特相联系，具体些说，是与尤奈斯库的《秃头歌女》和贝克特的《等待戈多》相联系。然而，尽管这三部剧作都是对语言之批判，但是，《卡斯帕》与后两部剧作的关注焦点则有明显的不同。尤奈斯库称自己的《秃头歌女》为"语言的悲剧"，剧中两对夫妻的交谈都几乎是毫无意义的陈词滥调，彼此无法沟通，其中马丁夫妇竟因无法交流而否定他们的夫妻关系。贝克特的《等待戈多》中的弗拉基米尔和埃斯特拉冈之间也存在着难以沟通的现象。这实际上是一种人际交流断绝的悲剧。《卡斯帕》的关注焦点不在于语言的交际功能，而在于语言与人的存在的关系，这是一个与现代语言哲学关系更为密切的问题。于是，"语言的悲剧"在汉德克的《卡斯帕》中也就以一种极端的形式表现了出来。

所谓极端，我认为就是以纯粹的人本体悲剧的形式来表现人在语言的世界中的困境。《卡斯帕》一方面把人推到了自身原始统一状态这一极端，即海德格尔所说的"此在"(Dasein)，或者说推到 Ontoperson(本体人)，它是灵性与欲念、精神与肉体、理性与感性、意识与存在尚未分化的统一体；另一方面则把语言推向了极端，或者说制造了一个语言的空间，这一语言空间主导着乃至取代了人的生存空间。正是在这两极的对峙、冲突、

---

① Martin Esslin, *The Theatre of the Absurd*, p. 434.

纠缠等种种关系的展示中,《卡斯帕》对现代语言哲学关注的问题提供了作为生存象征的戏剧层面上的独特思考,并将主题在舞台上显现得形象而直接。

先从开幕第一场说起。《卡斯帕》是汉德克的上演频率最高的作品,曾吸引了许多重要的导演,包括大导演彼得·布鲁克。此剧是汉德克的第一部长剧,共分 65 场,其实是 65 小节:一个空荡荡的舞台上放着一只衣橱,一张小桌子,一只长沙发,一把椅子,一把转椅,一把扫帚,一把铁铲,其摆设相互之间没有正常关系,给人以混乱无序的印象。这就是剧中唯一的主角卡斯帕生存的物质空间。此剧的开场,很不一般。卡斯帕是从幕后经过好长一段时间的摸索,从左到右,从右到左,好不容易摸到两块幕布的缝隙,先伸出一只手,接着是半个身子,然后才用另一只手捂着帽子钻了出来。可以看出这是一个不会走路的人,手脚举动很不协调,像个儿童一样。他头上戴着一顶帽子,身上穿着一件夹克衫,一条宽大的裤子,显得很不协调。他还戴着一个遮住整个脸部的面具,其表情是惊讶和困惑。他只会说一句话:"我要成为像某个人那样的人。"[1]这是他一开始掌握的唯一一个句子,他不断重复这个句子,但却感受不到词语的正常意义。这一点与卡斯帕的原型有同有异。卡斯帕的原型是卡斯帕·豪泽尔,他是个野男孩,曾在一间木头小屋里度过 16 年,1828 年出现在纽伦堡的广场上,他在语言上是个未开化者,只能说一句话:"我要成为像我父亲

---

[1] 剧本原文均引自 Peter Handke, *Kasper*, London: Metheun, 1971,以后不再一一赘述。

那样的骑手。"他对周围的一切完全陌生。汉德克的卡斯帕也只能说一句话,而且句子形式相似,但舍弃了原型句子中个人自传的成分,从而具有了某种抽象性和更大的普遍性。罗伯特·布鲁斯坦在《文化观察》一书中说:"这同一个句子由汉德克的卡斯帕不断重复,(表达了)对于他那受到社会限制的社会身份的原初要求。"[1]换个角度说,汉德克的卡斯帕是个体,又不仅仅是个体,他的这个句子表达了本体人确定自身存在的原初要求:我要成为一个人,我要作为一个人而存在。

但要实现这种原初要求,首先须经受"语言折磨"。汉德克说:"此剧也可以题名为《语言折磨》(Spreach Folterung)。"[2]这是此剧的旨趣所在。此剧中的语言是被推到了极端的语言,语言本身构成了空间,确切些说,构成了人的实质的生存空间。语言空间与人本体在这里构成了一种折磨与被折磨的关系,用戏剧术语来说,也就是构成了一种冲突。剧中除了卡斯帕,另外的主要人物是不出场的看不见的提词人,"据说有三个"。提词员的不具形体的声音通过一套扩音器设备从三个方向对着卡斯帕说出一连串并非他们自己的话。三个方向的声音本身给人以一种空间感。在第14场之前,提词员不断说呀说,而卡斯帕则像个孩子一样摸摸椅子,碰碰桌子,转动转椅,仿佛他要抓住世界,达到一种自我意识的状态。接着,卡斯帕安坐在沙发上,提词员开始教他按规则说话,掌握词语的良好秩序。卡斯帕先学说单词,接着是词组,然后是短句和完整句。随后,提词员那

---

[1] Rita Stein, Friedhelm Richert (eds.), *Major Modern Dramatists*, Vol. 2, p. 22.
[2] Ronald Hayman, *Theatre and Anti-theatre*, London: Secker & Warbury, 1979, p. 104.

些作为有形攻击的词语句子使卡斯帕经受了一阵阵的痛苦,弄得他简直快要疯了。在经历了一场延宕持久的"语言折磨"后,他原来的那个句子被剥夺了,他学会了使用另一些句子,并成为"有理性的"。到第18场,他说出了第一个完整的复合句:"在从前那些日子里,当我还在别的地方时,我的头从来没有这样疼过,我从来没有像在这里那样受到折磨。"这句话表达了他在经受了一番语言折磨后对失落的句子和原初统一状态的天真的怀念。随后他一直不断说出句子,句子,句子。随后又把舞台上的家具和道具安排整理得井然有序。到第32场止,可以看作此剧的前半部分。

在此剧的后半部分,上来了四个穿着打扮跟卡斯帕一样的其他的卡斯帕们,戴的面具的表情均为满足的表情。这时,最初的卡斯帕的面具的表情也换成了满足的表情,已没有了先前的惊讶与困惑。然而,语言折磨并没有到此为止,它以另一种形式表现出来。在戏的最后几场里出现了声音的混乱、形象的混乱、举动的混乱。随后是绝望的静默。然后,原先的卡斯帕说了句奥赛罗绝望时说的话:"山羊和猴子!"连续说了五遍,幕布徐徐合起。而另外四个卡斯帕们则进一步发出刺耳的声音,在幕布后面猛打猛扭,翻来覆去,一如开幕卡斯帕上场时那样。

显然,在《卡斯帕》一剧中,真正在舞台上占主导地位的不是卡斯帕,而是语言,语言成了一个重要角色。此剧当属于汉德克发明的说话剧(Spreachstucke)。说话剧无疑受到现代语言哲学的影响。他在短文《略谈我的说话剧》中说:

它们(说话剧)不是以场景的形式显示世界,而是以词语的形式显示世界,而且,说话剧的词语不把世界显示为某种外在于词语深层的东西,而是用词语自身来显示世界。组成说话剧的这样的词语,不提供世界的景象,而是提供世界的概念。①

很显然,汉德克与他的同胞、现代著名哲学家维特根斯坦一样执着,极其关注语言问题,关注语言与世界的关系,关注客体与语言之间的脱节,关注人的存在与语言的关系。汉德克曾对一位朋友说,此剧:"主要包括句子游戏(sentence game)和句子模式,它们涉及用语言表达任何事物的不可能性……我认为一个句子不意味着别的什么东西:它意味着自己。"②所谓"句子游戏"即"语言游戏"(linguistic game)。"语言游戏"是维特根斯坦哲学中有名的哲学概念。维特根斯坦在《哲学研究》中认为,我们通过一个词在大量语言游戏中任何一个过程的作用来了解这个词的意义。这里重要的是多重性和多样性。所有的游戏可以有一个共同特征,而要解释意义则缺乏一个共同本质。因此,语言游戏并没有一种本质的特征或特征群,而只是一系列错综复杂的、相互重叠的交叉和相似点。总之,语言只有讲述而没有表明的作用。"语言乔装了思想,并且是这样,即根据这种衣服的外部形式,不能推知乔装的思想的形式,因为衣服的外部形式是

---

① H. L. 阿诺尔德、丁·布克编:《戏剧见解:关于德国现代文学的分析和理论》,慕尼黑 C. H. 贝克出版社 1977 年版,第 244 页。
② Ronald Hayman, *Theatre and Anti-theatre*, p. 105.

完全为了不让人们知道肉体的形式而制作出来的。"[1]语言与客体的脱节还表现在语言本身的局限。语言并不如人们所认为的那样可以陈述一切,说明一切,证实一切。"我们不能思考的东西,我们就不能思考;因此我们不能说我们不能思考的东西。"[2]人必须承认,"我的语言的界限意味着我的世界的界限"[3]。由此维特根斯坦进一步认为,"我就是我的世界"[4]。在界限之内,自我是主体,超出界限,自我什么都不是。人本体才是人的世界。而人的世界也只能是人本体,显然,维特根斯坦的语言哲学与人本体不无关系。而这种相关性中无疑又包含着他在形而上层面的现代悲剧意识。他说:"生命在空间和时间中的谜之解决,是在空间和时间之外。"[5]"人们知道生命问题的解答在于这个问题的消灭。"[6]换句话说,生命之谜是没有终极解答的。语言与人本体的关系,语言与现代悲剧意识的关系,这两方面当然也是汉德克所关心的。但是作为一个戏剧艺术家,他更关心的是着重表现人在语言世界中的困境,或者说表现语言的二律背反。一方面,人只有在语言赋予的存在中才成为人;另一方面,语言又是人的最危险的拥有物。语言对人的存在最先造成威胁和扰乱,并有可能使人实际上丧失自己的存在。人的生存与语言的二律背反之间的关系,当然成了《卡斯帕》一剧的核心。同时,也很容易见出,汉德克在《卡

---

[1] 维特根斯坦:《逻辑哲学论》,贺绍甲译,商务印书馆1985年版,第38页。
[2] 同上书,第79页。
[3] 同上。
[4] 同上书,第80页。
[5] 同上书,第96页。
[6] 同上书,第97页。

斯帕》中揉进了尤奈斯库对语言的看法：语言可能是一种压制工具和非个性化工具。作为现代人本体悲剧的《卡斯帕》于是也就有了层次的丰富性。

《卡斯帕》中的句子游戏是卡斯帕的句子与看不见的说话者针对卡斯帕的句子之间的斗争。看不见的说话者对卡斯帕谈论他的句子，告诉他不要去感觉它，只要表明你在说话、那样说话就行。他们说他已经有了一个句子，可以用它来引起他人注意，从而也就没有人会认为你是一只动物。有了一个句子，他就可以跟自己说一切他不能跟别人说的话。他们说，他可以用这个句子来确定自己，这句子可以使他熟悉一切客体，使一切客体进入这一句子中，从而一切客体就将属于他。看不见的说话者其实是把句子看成了具有万能力量的东西，他们是在制造句子的神话，并通过一个接一个句子的连续攻击来迫使卡斯帕相信这个神话，接受这个神话。卡斯帕是否理解这个神话，是否相信这个神话，这一点剧中没有予以表现。不过，卡斯帕后来说出了一个复合句，则表达了他经受语言折磨后的痛苦。因此在某种意义上可以说，卡斯帕是被迫接受这一神话的，并非出于自愿。当看不见的说话者开始不断要他说别的句子时，他就无法保持住自己的唯一一句句子，而与自己脱节，不由自主而且不知不觉就进入了别人为他制造的句子的神话世界。

这语言的神话世界的基础是这样一个传统信念：把词语安排得秩序井然的习惯与把客体安排得秩序井然的习惯应等量齐观。看不见的说话者许诺卡斯帕，他拥有的句子将驱除一切混乱。每一种不可能的秩序对于他都将成为可能的,每一种现实的混乱对于他都将成为不可能的。未定形的舞台场景是一个无序的场景,可以有各种不同的有序组合,但无论怎样不同,都必须遵守社会规则,这正是现代文明的象征。生存与混乱的冲突按照社会规则而渐趋消除,二者进而组合成有序的生存。而这又是在语言的指引下实现的。归根结底是语言支配着人的生存空间,有形的物的空间只是无形的语言的空间之延伸。卡斯帕就是在语言的指引下按照社会规则来整理服装,安排舞台上的家具和道具,如沙发、椅子、桌子、扫帚、铁铲,使之形成一定的关系而进入有序。可以这样说,这是从"语言折磨"变成了"物体折磨",就像贝克特的《没有词语的动作》中的主人公受到棕榈树、剪刀、刺棒等物体的折磨一样。这种"物体折磨"在舞台上借卡斯帕拾火柴拾起又落下的反复动作等细节表现了出来。"物体折磨"实质上是"语言折磨"的延续,目的是使人获得更具体的秩序感,规范人的动作行为,使人的生存导向有序。雷纳·泰依尼说:"据说而且我也看到(在《卡斯帕》中):只有通过语言,这世界才对我们呈现出一种秩序感;或者,人能通过语言在世界上建立秩序。从而他能在世界上安身立命(也许这与痛苦密切相关)——确实,一旦人关心自我,这意味着他实际上只有通过语言才能获得一种身份……但是,那些用语言指导他的人也会曲解语言,教会了他一种虚假的秩序,一种虚假的身份,那又该怎么办呢?"[1]泰依尼的顾虑不是无缘无故的。语言与秩序并非只有一种必然的关系,秩序

---

[1] Rita Stein, Friedhelm Richert (eds.), *Major Modern Dramatists*, Vol. 1, p. 404.

也并非只有一种秩序，有合理的、正当的秩序，也有不合理的、错误的，乃至危险的秩序。语言原本应当给人的生存秩序以足够的选择余地，然而事实上往往并非如此，语言的神话世界是一个独断的世界，而非一个充满各种可能性的世界。卡斯帕在语言的神话世界中就是这样别无选择。他说的第一个复合句，不仅表达了对失落的句子的天真的怀念，而且表达了对语言压制的焦虑和反抗。语言的二律背反其实无处不在、无时不在，对人的生存起着明显的作用。

规范、折磨、压制，是这种作用的三个基本方面。语言的游戏是在语言的二律背反制约下的游戏。语言游戏像一切游戏一样，游戏者之间的关系在某种程度上是社会关系的类比。看不见的说话者对卡斯帕说："你能听到你自己。你会有意识。你会通过句子意识到自己。"卡斯帕的社会身份和自我身份由此开始。但是，正如盖奥尔格·亨泽尔在评论此剧上演的文章中所说："他（卡斯帕）的'我'通过说话而归属于他——是被说服而成的。"不是出于内心自愿这一点我在前面已提到过。这里的"说服"其实就是强迫，这也是语言本身固有的一种功能。剧中说话者说的那些句子都是强迫性的，语言学习成了一种纪律，强加于自我意识，消除个性。卡斯帕原先虽笨拙，但属于他自己，是他自己。但现在这个野性、无序的人，却对无生命的客体低声哭泣，把家具拉到一边，变成一个整齐划一、循规蹈矩、顾家而又相当迟钝的社会成员。罗伯特·布鲁斯坦说："《卡斯帕》背后的基本假设是语言代表了一种由社会采用的粗鲁的压制工具——通过诸如父母、教师、新闻记者和官僚这样的代理人——把自由无限制的个人转变成附属国家的傀儡。"①就语言的压制功能而言,语言所造成的后果是悲剧性的,人的个体生命失去了自由意志。卡斯帕正是运用现成的句子,将自己的欲望、感情、意识去适应"借来的贝壳的形式"(纪德语),从而成为一个更大的语言体系中的一个符号而已。汉德克写《卡斯帕》的年代正是结构主义和符号学盛行的年代。有人说,"《卡斯帕》是一座符号学的宝藏"②。但卡斯帕成了一个符号——人本体最终成了一个符号,这不能不说是可悲的。

这种可悲性还不止于此。罗纳德·海曼在分析此剧的后半部分时说,当第二个卡斯帕上场,我们得到的印象是他不再属于他自己。安东尼·阿尔托说:"在我的无意识中,我听到的总是另一些人。"卡斯帕也不再能听到他自己的句子,并且不再能区别自己和其他人的话。③他不再完全是同一个人。他戴着的面具现在是满足的表情。他现在是通过麦克风说话,声音听起来就像那些提词员。他现在满足于掌握的新的力量,企图用它来建立与周围客观世界的令人满足的关系。然而,他的这种企图遭到了失败。当他开始长长的独白时,遭到了先后上场的另一些卡斯帕们的破坏和反抗。他们发出乱糟糟闹哄哄的声音,故意怪腔怪调哭泣,咯咯咯痴笑,模仿风声,嘴里咕哝一阵,哇哇乱叫,高声恸哭,吊假嗓子,嘘嘘大叫,狂声大笑,学鸟儿鸣啭,唱歌,怒吼,尖号。当原先的卡斯帕用一个又

---

① Rita Stein, Friedhelm Richert (eds.), *Major Modern Dramatists*, Vol. 1, p. 407.
② Denis Calandra, *New German Dramatists*, London: Macmillan, 1983, p. 65.
③ Ronald Hayman, *Theatre and Anti-theatre*, p. 108.

一个句子表明他的满足、乐观、对既定价值的信念时,在他身后的敌意的声音更加喧嚣任性了。另一些卡斯帕们有的清嗓子,有的叽叽喳喳、尖叫、呼喊、磨指甲,这些声音直刺人耳。这是在起哄,是对原先的卡斯帕所说的句子表示不屑一顾。

原先的卡斯帕和另一些卡斯帕们究竟是一种什么关系?这种关系究竟又说明了什么?戴尼斯·卡朗德拉认为:"他们是他内心对词语的怀疑之外部有形的具象化。"①K. M. 泰勒则说:"这也许是他那受压制的自发性挣扎着要让人感觉到。"②这些看法是恰当的。语言的危险性,或者说语言折磨,必然要使个体生命最终从内在反观自身,一方面,作为一个存在者,他为失去原初要求而苦恼、焦虑,另一方面,相对于人本体的原初要求而言,他又为自己是个非存在者而失望、不满。苦恼、焦虑、失望、不满,实际上是个体生命在存在与非存在之间进行的自我折磨。因此,可以这样说,原先的卡斯帕和另一些卡斯帕们的关系其实是卡斯帕的个体生命的内在冲突。这种关系说明了卡斯帕在经受了社会的语言折磨之后又用语言和语言的极致即人的声音来进行自我折磨。其结果就是舞台上展现的令人难以忍受的现象。卡朗德拉说得好:"他用他的知识(笔者按:其实是句子)使他成了他自己的折磨者,这一点可能构成了此剧中最深的绝望。"③他无法跟自己一致,他无法跟环境一致,他感到自己是孤独的。汉

---

① Denis Calandra, *New German Dramatists*, p. 73.
② L. M. Taylor, "Two Kasper: By Peter Handke and Open Theatre", *Performance*, No. 6 (1977).
③ Denis Calandra, *New German Dramatists*, p. 74.

德克在剧本前面所写的"卡斯帕的16个阶段"中的最后两个阶段是这样的:"15阶段:卡斯帕至少能用与关于世界的倒置的句子相对立的关于句子的倒置的世界来捍卫自己吗?或者:卡斯帕能通过倒置的句子至少避免关于正确性的虚假表象吗?16阶段:现在卡斯帕是谁?卡斯帕,卡斯帕现在是谁?现在卡斯帕是什么身份?卡斯帕现在是什么身份,卡斯帕?"卡斯帕的身份实际上是没有身份的身份。卡斯帕最终未能捍卫自己,他的人本体已经失落。句子分解了,消解了,句子的神话破灭了。他最后的句子已经退化成胡说八道。舞台上继而是绝对的静默。正如汉德克自己所说,如果他自己来导演这个戏,他将"缓慢平静且一点一点显示一个形象怎样构成,显示这个形象怎样成长成为某种东西,然后又回到空无"①。当卡斯帕参与了一个语言的神话世界,连自己原来唯一的一个句子也失落之后,这种空无成了人本体的二度空无。

在这空无中,人的个体生命既无法回到自身原始的统一性,也无法实现原初要求的新的统一,他对自己的此在状态在语言中的这种显现的感觉只能是绝望、羞耻和恐惧。戏的结尾是卡斯帕连续五次说出奥赛罗在绝望时说出的一句话:"山羊和猴子!"这句话原是《奥赛罗》第四幕第1场奥赛罗在塞浦路斯城堡前说的。当时奥赛罗已经听信了依阿古用一个又一个句子编造的苔丝德蒙娜不贞的神话,对苔丝德蒙娜施以小小的暴力,苔丝德蒙娜哭了。刚到的罗多维科要奥赛罗向苔丝德蒙娜赔罪。奥赛罗

---

① Denis Calandra, *New German Dramatists*, p. 62.

发了一通牢骚后说了句:"山羊和猴子。"这个句子其实是依阿古先前说过的一个句子:"像山羊一样风骚,猴子一样好色。"但"山羊"还有另一个意思。奥赛罗在第三幕中对依阿古说:"要是我会让这种捕风捉影的猜测支配我的心灵,像你所暗示的那样,我就是一头愚蠢的山羊。"因此,"山羊和猴子"这个句子既表达了奥赛罗的绝望,他对苔丝德蒙娜和凯西奥的蔑视愤激之情,也表达了对自己的愚蠢所感到的羞耻。同样,卡斯帕感到的有绝望,有愤激,有羞耻,而且还有一种恐惧。奥赛罗也是一个被一连串句子捉弄折磨的人,但他周围还存在着一个相对真实的世界。而卡斯帕周围的说话者是看不见的,他是孤独的,如汉德克所说的是"黑暗中的黑色的蠕虫",充满了不可名状、不可言说的恐惧。罗伯特·布鲁斯坦在论到《卡斯帕》时说:"总之,此剧对历史和系统发生学取浪漫观点,囊括了从儿童到成年,从无知到有知,从野蛮到文明,从疯子到健全者的进程——总是以相当的羞耻和痛苦为代价。"[1]在文明的进程和人的个体生命的进程中,语言的二律背反无时无处不在起作用。人无法逃避语言的二律背反,对于人的生存来说,这是最为根本的一种二律背反。在人的存在与语言的关系中,人要付出代价这是无可避免的,也是无可奈何的,同时人也无法明心见性,发现自我的本来面目。人为自身这种此在状况感到痛苦,感到羞耻,也感到恐惧。卡斯帕在最后的独白中一再说,"我感到羞耻""我害怕"。痛苦是代价,羞耻、恐惧也是代价。人为失落原初要求而羞耻,人

---

[1] Rita Stein, Friedhelm Richert (eds.), *Major Modern Dramatists*, Vol. 1, p. 407.

为丧失存在的可能性而恐惧。这是人本体的羞耻，人本体的恐惧。人的自由生存要以人本体的痛苦、羞耻、恐惧为代价，这正是现代人在语言世界中的恐惧的实质。争得人的自由生存也许是一个复杂艰难、漫长而没有终结的进程。

第八章　关于否定现代悲剧存在的诸种观点述评

关于西方现代悲剧的理论是西方现代的悲剧理论的重要组成部分，也是西方悲剧理论史上一个新的有待进一步拓展的领域。19世纪以来，尤其是一次世界大战以来，社会人生意义上的悲剧已经进入西方人的生活，一度为批评家认为并证明已经死亡的戏剧意义上的悲剧也复兴了起来，现代主义、后现代主义种种戏剧流派或多或少、或隐或显呈现出一种向悲剧靠拢的趋势，西方现代悲剧现象的存在为愈来愈多的西方剧作家、批评家和戏剧理论家所肯定。然而，否定现代悲剧存在的诸种观点显然不能视而不见，因为其中涉及许多重要的悲剧理论问题，尤其是尚无定论的现代悲剧理论问题。不用说，对否定现代悲剧存在的种种观点不进行一番具体的辨析，不仅西方现代悲剧存在与否这一问题不能说得到了一种解决，而且西方悲剧理论史的研究也不能算是周全的，当然，西方现代悲剧的研究更不能算是周全的。

第八章　关于否定现代悲剧存在的诸种观点述评

第一节　产生否定现代悲剧观点的两种戏剧现象

在18世纪就已经出现了否定资产阶级社会能产生悲剧的观点。到了20世纪,有一批批评家否定在现代的条件下能产生像古希腊悲剧和莎士比亚悲剧一样伟大的悲剧,否定存在现代悲剧。这种否定现代悲剧的观点不是捕风捉影,而是事出有因。就戏剧现象而言,其原因大致有二。

第一个原因是19世纪末之前创作悲剧的努力和复兴悲剧的尝试均告失败。19世纪的浪漫主义作家中有不少人尝试过写作悲剧,尤以英国作家为甚。维廉·布莱克写了《爱德华三世》的一部分;华滋渥斯写了《边境居民》;沃尔特·司格特写了《哈利顿山庄》《麦克达夫的苦难》《戴沃戈尔的恶运:一部情节剧》《奥金德兰恩》;柯勒律治和骚塞合作写了《罗伯斯庇尔的没落》,柯勒律治还写了《悔恨》《扎波里亚》;骚塞则写了《沃特·泰勒》;沃尔特·萨维奇·兰德尔写了《朱利安伯爵》;李·亨特写了《佛罗伦萨的传说》《一部未完成的剧作中的几个场景》;拜伦写了《曼弗雷德》《马里诺·法利埃罗》《两个弗斯卡利》《沃纳》以及《该隐》等八部悲剧;雪莱写了《钦西》《解放了的普罗米修斯》《希腊》;托玛斯·洛维尔·贝多斯写了几部奇特的哥特式悲剧,如《新娘的悲剧》《死神的笑话集》。这些作品,除了拜伦、雪莱的少数几部作品尚为今人提及,其余几乎均已销声匿迹,有些当时甚至根本就没有上过舞台,仅为案头之剧。这些剧作的戏剧生命极其短促,有些根本就没有戏剧生命。此外,还有一些诗人和小说家,比如勃朗宁、狄更斯、丁尼生、史文朋、乔治·梅瑞狄斯、司汤达、巴尔扎克、福楼拜、左拉、陀思妥耶夫斯基、亨利·詹姆斯等,也曾在这方面做过努力,但均没有令人认可和瞩目的成就。加缪曾经说:"浪漫主义不会写出任何悲剧,只创作正剧,其中唯有克莱斯特和席勒的剧作,接近真正的伟大。"① 克莱斯特,尤其是席勒的一些剧作,已经属于资产阶级悲剧。这种戏剧现象不能不引起人们的思索和忧虑,从而对浪漫主义作家以及其他作家复兴悲剧的努力产生怀疑和否定的看法。

第二个原因是现代戏剧理论家和文学批评家拿不出一套有说服力的理论,来确定现代悲剧的性质、主题内容、表现形式、传达方式、现实功能,也未能界定现代悲剧精神。换言之,现代戏剧理论家和文学批评家在建立系统的现代悲剧理论方面,是有待努力的。于是,人们仍然期望从《诗学》中为现代悲剧寻找根据。20世纪出现了众多不同的《诗学》译本和研究文章,企图使《诗学》适应现代的需要。而以此为基点来看待现代悲剧的创作实践,就不能不使人感到困惑。诚如 C. I. 格利克斯堡在《20世纪文学中的悲剧眼光》一书的导论中所说:"现代有许多批评家对这一事实感到困惑:现代没有产生给人留下深刻印象的悲剧样式的杰作,没有能与古希腊和伊丽莎白时代作家的成就媲美的作家。作家们也心存惶惑,好像这是我们文化中可耻的缺憾,好像我们的时代确实不是一个产生悲剧

---

① 加缪:《卡利古拉》,李玉民译,第309页。

的时代。"①有不少理论家和批评家由困惑而不安,乃至产生否定存在现代悲剧的观点也就不难理解了。

可以说,现代悲剧理论和现代悲剧批评关注的中心就是努力解释上述两种戏剧现象。以下就逐一分析否定存在现代悲剧的诸种观点。

第二节 否定现代悲剧的诸种观点述评

20世纪欧美戏剧理论批评界否定现代悲剧的观点大致有以下几种。

1. 埃尔德·奥尔森认为悲剧无法兴盛,因为它落到了不是戏剧家的诗人手里,而戏剧家又过于现实主义,不能成为诗人。奥尔森的这一观点的前半部分,用来解释上述19世纪浪漫主义诗人写悲剧的戏剧现象是颇为适当的。但是整个观点不足以否定现代悲剧。悲剧落在戏剧家手里并非一定没有好结果,现实主义与诗人气质可以同时在一个剧作家身上存在。易卜生、斯特林堡、加西亚·洛尔伽、田纳西·维廉斯等剧作家不是既有现实主义的一面,又有诗意的一面,不是写出了令人瞩目的现代悲剧作品?

2. 沃尔特·考夫曼认为现代人过于被胜利冲昏了头脑,不再对失败产生同情,因此产生不了悲剧。可是他又认为,现代人的胜利本身就包含着失败,他必然会对自己产生怜悯,恢复对失败的同情。可以看出,考夫

---

① C. I. Glicksberg, *The Tragic Vision in Twentith-century Literature*, Carbondale: Southern Illinois University Press, 1963, p. 1.

曼的态度是矛盾的。其实,考夫曼并不认为悲剧在现代已经死亡。他说:"我们一直被告知悲剧死了,它死于乐观主义,死于对理性的信念,死于对进步的信心。悲剧没有死,使我们疏远它的正是其反面:绝望。"[1]

3. 埃里奇·弗洛姆指责现代人压制了对死亡的现实的意识,在他看来,现代因此也就不会产生悲剧作品。弗洛姆的理论基础之一是弗洛伊德主义。其实自弗洛伊德心理分析学说流布以来,现代人对死亡这一现实的意识更为强烈了。

4. 刘易斯·芒福特认为现在的时代是一个处于两难之地的时代;C. I. 格利克斯堡将现代产生不出伟大的悲剧归咎于时代的虚无主义;A. S. 唐纳则归咎于缺乏信仰和勇气;埃尔莫·莱斯认为这由于我们虽然把人的机制拆开,但又得去发现把它重新组合起来的公式;约翰·封·采利斯基则把原因归咎于现代人过分的恐惧感;J. L. 斯蒂昂则认为,伦理传统在现代不可能采用,因而也就无法写出悲剧。这些观点有一个共同之处,就是认为历史把悲剧抛到了后面,现代是不适合于产生悲剧的时代。(当然,其中有些人并非如此绝对。C. I. 格利克斯堡和约翰·封·采利斯基的其他观点以后再论及。莱斯自己就写出了两部著名的现代悲剧《街景》和《加算机》。)这种看法和下面的观点可以归为一类,因此就放在下面一起论述。

5. 约瑟夫·伍德·克鲁契的观点是最具代表性的观点之一。他的

---

[1] Walter Kaufmann, *Tragedy and Philosophy*, New Jersey: Princeton University Press, 1968, p. 18.

第八章 关于否定现代悲剧存在的诸种观点述评

观点也引起了热烈的争论。克鲁契在《现代倾向》(1929)一书的《悲剧的谬误》这一章中宣称,现代人没有道德支柱,在一个缺乏持续的幻想和持续的价值的世界里摸索,同时,在一个既没有信仰,也没有上帝的时代,人无法通过悲剧来确定生活。克鲁契认为:"一个悲剧作家不一定非相信上帝不可,但他必须相信人。"[1]他承认悲剧不必依赖于对上帝的信仰,而是依赖于对人的信仰。然而他又认为,对于现代人来说,悲剧是不可能的,"今天我们写不出悲剧"[2],"不仅在古代世界,而且在现代世界,悲剧之死亡早于作家意识到这一事实之时"[3]。其原因在于现代人没有能力把人想象作高贵的人。"上帝、人、自然,在世纪转换时期都或多或少在退化衰落"[4],同时,现代科学把人降低到了原子的意义,打破了对人类心灵伟大的肯定,这原是悲剧必不可少的基础。他认为悲剧有两个必要条件:第一,悲剧必须有一个英雄;第二,"悲剧实质上不是绝望的表现,而是战胜绝望的表现,是相信人生价值的表现"[5]。他在系统分析了"压抑的"戏剧及其非悲剧效果,尤其是比较了《哈姆雷特》和《群鬼》之后,认为现代眼光产生的压抑与莎士比亚那种超越于他所描写的灾难所激起的振奋感是完全对立的。在古代悲剧中,灾难给了人的精神以机会来显示其战胜看似无法征服的宇宙的力量,表现出强烈的激情和极端的坚忍。而现代悲剧

---

[1] B. H. Clark, *European Theories of the Drama*, p. 521.
[2] Ibid., p. 518.
[3] Ibid., p. 524.
[4] Ibid., p. 518.
[5] Ibid., p. 520.

是令人痛苦的、暗淡的、压抑的。他认为《群鬼》琐碎而无意义,悲剧成了绝望的表现,这种绝望是因为发现正义不再可能而引起的。他在《悲剧的谬误》这一章最后说:"我们阅读悲剧,但我们不写悲剧。也就是说,生存问题的悲剧性解决、人生与悲剧精神的一致,现在仅仅是一种幸存在艺术中的虚构。当艺术本身(如它可能的那样)变得完全无意义时,当我们不仅不再写悲剧作品,而且不再阅读悲剧作品时,悲剧就将失落,所有真正的感觉将被忘却,因为从宗教到艺术到文献记录的退化过程将完成。"[1]克鲁契似乎当时就预见到了后现代艺术的无意义性,但他的观点基本上是保守的,他是以古代悲剧为基准来评判现代悲剧的。当然,他坚持古代悲剧精神是正当的,但他认为古代悲剧精神与现代悲剧精神毫无相通之处,未免有点武断。现代人的"压抑"不是自己找来的,是随着社会的发展,随着文明的发展,产生了新的人的生存困境,才造成这种"压抑",现代人面对这种"压抑"在沉沦着、挣扎着、搏斗着、冲击着,这其中有着与古代悲剧精神相通之处。这以后还将详细论及。至于人的高贵性,看你用什么眼光来看。古代悲剧中的英雄固然有其高贵之处,有地位的高贵,也有精神的高贵。现代悲剧中的普通人和小人物也有其高贵之处,他的重要性不在于他的身份地位的高贵,而在于他的精神上的高贵,用阿瑟·密勒的话来说,在于"内在的高贵",小人物也有人的尊严。因此,克鲁契否定现代悲剧的两个立足点是不稳固的。他的观点不久就遭到一些人的反驳。马

---

[1] B. H. Clark, *European Theories of the Drama*, p. 526.

克·哈里斯写了《悲剧问题》(1932)，他满怀义愤，反对克鲁契的否定观。莎士比亚学者 E. E. 斯托尔则写了专著《莎士比亚与其他大师们》(1940)，完全否定克鲁契的观点。

6. 但是响应克鲁契的也大有人在。赫伯特·缪勒的《悲剧精神》(1966)和乔治·斯坦纳的《悲剧的死亡》(1961)，将过去的成功的悲剧与现代的努力相比较，指出了20世纪创作悲剧的失败情况。其中以斯坦纳的《悲剧的死亡》的影响最大。斯坦纳主要讨论了高乃依和拉辛，并着重讨论了拜伦的悲剧作品，对当代作家则一掠而过。他虽然在结论处说悲剧的死亡是为了再生，但他显然认定悲剧死了，他甚至否定悲剧性戏剧有复兴的可能。他认为欧洲悲剧自经历了古希腊、伊丽莎白时期和法国古典主义时期以后，"悲剧确实已经死亡"[①]。在悲剧观念上，斯坦纳与克鲁契一样，也是以古希腊悲剧为基准，基本上是保守的。不过他认为悲剧死亡的原因在于悲剧精神被基督教的拯救诺言弄得萎靡不振了。他在解释了莎士比亚和拉辛的作品之后指出，莎士比亚之所以得救是因为基督教拯救信念刚流行不久，同时他有一个开放的戏剧形式，拉辛则因为回复到了古希腊的形式，传达来世的奇迹，这样二者才得以继续发扬悲剧精神。到了浪漫主义时期就不行了。他认为浪漫主义悲剧中拯救信念以另一种方式出现，即悔悟。这观点源自卢梭的神话。卢梭认为，人的命运的不幸和非正义不是由最初的堕落引起的，也不是人性中的某些悲剧性过失引

---

① George Steiner, *The Death of Tragedy*, London: Faber, 1961, p. 351.

起的,而是由一代代暴君和剥削的社会结构引起的荒诞和极大的不平等引起的。卢梭宣称,人的锁链是人铸造的,它们能被人的斧头打断。存在的性质能通过改变教育、改变生存的社会环境和物质环境,而得到根本的改变和改善。人不再站在原初的堕落的阴影之下,他不再把自己置于预先注定的错误之源。在卢梭看来,人之所以犯罪是因为教育没有令他怎样区别善恶,是因为他被社会腐化了,个人不负完全责任。"卢梭关上了地狱之门。"[1]浪漫主义试图在这种神话的基础上创造一种新的戏剧传统。斯坦纳认为,这样一种关于人类状况的观点基本上是理想主义的,它不可能产生任何悲剧的自然形式。浪漫的人生观是非悲剧的。在真正的悲剧中,地狱之门始终开着,罚入地狱是真正的罚入,悲剧人物无法逃避责任,补救总是来得太晚,在毁灭之前,总是以无可挽回的痛苦为代价,伤口无法治愈,受损的精神无可弥补。在悲剧的公理中,不可能有补偿。第一个把"浪漫"与"悲剧"结合起来的是席勒,他给他的剧作《奥尔良的姑娘》加的副标题是"一部浪漫悲剧"。斯坦纳认为二者无法走到一起,实质上此剧是对悲剧意义的否定。他在比较了马娄的《浮士德博士》和歌德的《浮士德》之后,认为前者是悲剧,后者是崇高的情节剧。他还详细分析了柯勒律治的《悔恨》,认为悔恨的戏最终不可能是悲剧,这种戏前四幕是暴力和犯罪,第五幕突然出现了悔悟,拯救抚慰了受伤的精神,主角从罚入地狱的阴影里走向感化赦免,重获清白。斯坦纳称这种戏为"亚悲剧"。

---

[1] George Steiner, *The Death of Tragedy*, p. 126.

"'亚悲剧'实际上是情节剧的另一种说法。"①歌德的《浮士德》之所以是一部崇高的情节剧,就因为其最后出现了补偿的天国。"从柯勒律治到瓦格纳,悔悟的主题在浪漫戏剧的整个传统中回响。"②逃避悲剧是浪漫倾向的核心。所谓"亚悲剧"其实是不要付出全部代价的悲剧。因此,斯坦纳得出结论,浪漫主义作家未能复兴悲剧理念的生命,悲剧生命已经枯竭,悲剧的死亡已成事实。

平心而论,斯坦纳在他所着重讨论的范围内基本上是正确的。古代悲剧精神被基督教的拯救诺言弄得萎靡不振这一观点得到了许多人的肯定。基督教的乐观主义教条是:由于拯救迟早是可能的,英雄应有幸福的结局。这当然是一个非悲剧的结局。然而,基督教世界难道就没有悲剧?基督教世界中那些失败的英雄难道就不是悲剧的?哈里·莫尔曾在为《20世纪文学中的悲剧眼光》一书作的前言中就此争论说:"也许一部宗教仪式的基督教戏剧会演唱幸福之歌,并以一个天堂来结束,但是,非教会的戏剧又怎样呢?比如莎士比亚的戏剧,那毕竟也是在基督教文化中写下的。莎士比亚的英雄们经常陷于悲剧性的灾难中,因为他们反对社会的强制并不总是出于基督教的需要,虽然是那样适应的。在非加尔文主义的基督教中,天堂的回报这希望加强了悲剧因素:当它成为英雄的失败的基础时,它强调了他的个人的责任。"③显然,基督教悲剧的问题是一

---

① George Steiner, *The Death of Tragedy*, p. 133.
② Ibid., p. 130.
③ Harry Moore, "Preface", in C. I. Glicksberg, *The Tragic Vision in Twentith - century Literature*.

个尚可争论的问题；同时，斯坦纳的观点有其正确的一面，但他的推论却是很成问题的。对19世纪浪漫主义悲剧评价的情况也是如此。他在他讨论的范围之内基本是正确的，但当他以此为前提进行推论，证明悲剧死亡时就难以令人信服了。对19世纪作家的悲剧努力的失败现象做出解释是一回事，对悲剧做出死亡的判决则是另一回事，二者之间并没有必然的逻辑联系。沃尔特·克尔说斯坦纳的《悲剧的死亡》一书的标题"对此似乎有某种大胆的意味"[①]，显然语含讽刺。其实斯坦纳自己也意识到了二者之间有某种不对头的地方。他在说明浪漫主义者要重新恢复高级悲剧理想的努力失败之后，紧接着指出，这为现代戏剧史上两大事件准备了基础：一是文学与剧场的分离；二是易卜生、斯特林堡、契诃夫、皮兰德娄引起的悲剧观和喜剧观的激烈变化。既然现代悲剧观念起了激烈变化，那么以古典悲剧传统为唯一标准来衡量现代作家写的悲剧就有点说不通了。乔治·斯坦纳，以及约瑟夫·伍德·克鲁契、赫伯特·缪勒，他们为悲剧发出的悲叹，仅仅确定了非悲剧，确定了成功的悲剧与现代努力之间的一般对立，并不确定悲剧的死亡。

7. 莱昂内尔·艾贝尔在《玄学戏剧：一种关于悲剧形式的新观点》中提议用"玄学戏剧"这个术语代替"悲剧"这个术语，因为新的生存状况需要新的描述词语。艾贝尔争论道，像莎士比亚的《哈姆雷特》、卡尔德隆的《人生如梦》这样一些17世纪早期的戏剧，记录了人类意识的根本变化。

[①] Walter Kerr, *Tragedy and Comedy*, p. 269.

第八章 关于否定现代悲剧存在的诸种观点述评

人性成了自我意识,悲剧英雄不再可能以他的整个生命存在来采取行动,也不会那么直接而自信,那么毫无怀疑,以前悲剧人物的行动按照黑暗的本能,服从神的旨意,他在各种生存处境中行动起来毫不犹豫,并且他在行动中既不观察自己的行为,也不分析自己的动机。艾贝尔问道:"假如安提戈涅有足够的自我意识来怀疑她自己埋葬兄弟波吕涅刻斯的动机,她的故事会是一个悲剧的故事吗?"①希腊的悲剧英雄实际上是盲目的人,做他的本能和环境命令他去做的事。于是艾贝尔推论道:"当今西方剧作家不能相信缺乏自我意识的人物及其现实性。缺乏自我意识是安提戈涅、俄狄浦斯和俄瑞斯特斯的特征,而自我意识是西方玄学戏剧顶峰形象哈姆雷特的特征。"②玄学戏剧中的英雄人物因为有了自我意识,就剥夺了自己悲剧性行动的力量。比如哈姆雷特不可能不经过大脑就去做别人要他去做的事,他必须弄明白是做还是不做。不断增长的内省力在每一时刻都使他犹豫不决。他的行动是模棱两可的,他总是在心灵的镜子里照见自己的每一个姿态,他不仅关注自身的完整,而且关注自己的身份。他究竟是谁? 如果他不知道,他就不能采取恰当的行动,或者至少不能在采取行动时做到一心一意,因为行动界定一个人,这种新的人物会因虚假的界定而感到负罪。这样,艾贝尔就将过去的旧悲剧与玄学戏剧对立起来。在他看来,悲剧在一种新的情况下改变了性质,应由从它自身变化出来的不同形式来代替它。

---

① Walter Kerr, *Tragedy and Comedy*, pp. 269 – 270.
② Ibid., p. 270.

但是，艾贝尔要的并不是改变一下悲剧的名称。正如克尔所说，他不是改变而是退让，其实他同意悲剧是一个死亡的形式，17世纪以来我们只能以黑色喜剧的眼光来看待自己。那么，艾贝尔的否定观是否站得住脚呢？

艾贝尔标举自我意识分析古希腊悲剧和17世纪早期的戏剧，确实很有见地。自我意识比自由意志更进了一层，他在人对人自身进行反思的本体层面上来把握戏剧。但是说希腊悲剧英雄毫无自我意识，则并不确切。希腊悲剧英雄有不同的类型，有的有自我意识，有的盲目，有的并不盲目。克尔反驳艾贝尔，认为安提戈涅并非没有自我意识，也并非没有怀疑她自己的动机的能力。克尔的反驳是有道理的。如果说阿伽门农是个盲目的英雄，看不清自己做出选择的动机，那也仅是不同类型中的一种而已。至于俄狄浦斯并不盲目，他不时在反问自己究竟是谁，他要找出罪犯的动机也是很明确的，他只是挣不脱命运的摆布而已。而美狄亚更是一个具有强烈自我意识的女英雄。具有自我意识的英雄在希腊悲剧中是很多的。以有无自我意识作为绝对标准来划分古希腊和17世纪早期戏剧并不可取。这不是有无问题，而是程度大小问题。同时，自我意识并不把悲剧带到决定关头，并不禁止行动，它把行动引入疑问，但并不否定行动。因此，为17世纪早期的悲剧另立名称并无必要。当然，用"玄学戏剧"这一术语来替代"悲剧"这一术语也无必要了。显然，艾贝尔的否定观是站不住脚的。

8. 20世纪80年代，依然有人持否定观。阿胡加在他的博士论文《悲剧、现代倾向与奥尼尔》中提出用文化的熵来解释悲剧的死亡。

阿胡加认为,在现代,"文化和文明的完全脱节,是这种文化的熵的结果,导致人的急转直下"①。随着文明的进步,文化力争与文明同步,这就意味着价值的转变。这种转变标志着时代的现代化。在世纪的转折点上,这种现代化成了现代主义,因为通常的"文化滞后"成了文化真空。由于科学的、社会的和心理学的发现,大多数流行的价值一个接一个被抛弃了,因而需要重新确定文化的方向。因为新文化在几十年里不会成形,再生的时刻延伸为单向进程的一整个时代——没有文化的文明。这无疑意味着一种本体的不安全和异化,人发现日子过得更舒适,人生却更无意义。人不仅面临宏观世界中的生存的无意义,而且面临是否接受由他创造的微观世界里的无意义地位的问题。现代人于是从有意义急转直下为无意义。阿胡加得出结论说:"确实,这是一个悲剧的困境,但是由于确认人的努力会意味着人该像机器人一样成为卑贱的生存,因此现代人无法把生活确定为悲剧性的。也就是说,现代人的经验显示出悲剧性,但无法获得悲剧的升华。难怪在现代戏剧中,我们有悲剧的忧郁却没有悲剧的想象,有悲剧的反叛却没有悲剧的理想主义,有悲剧的智慧却没有悲剧的体验。"②

阿胡加虽然用了文化的熵的概念,但他的看法其实是克鲁契的观点的回响。他也是以古典悲剧为基准来看待现代悲剧。比如他就认为奥尼

---

① Chaman Ahuja, *Tragedy, Modern Temper and O'Neill*, p. 175.
② Ibid., pp. 176-177.

尔的《榆树下的欲望》《天边外》《悲悼》等剧作未达到悲剧标准。不过他并不完全否定现代悲剧,只是觉得不满而取折中的态度。他用物理学上的熵的热力学概念来类比充满不确定性和可能性的文化,是难以令人信服的。

而乔治·库尔曼则用熵的概念来证明悲剧已经死亡。库尔曼在《熵与悲剧的"死亡":关于一种戏剧理论的札记》一文中一开始就说:"近来的批评家同意,作为一种艺术形式的悲剧经历了一次不可挽回的变化。"①他列举的批评家有乔治·斯坦纳、马丁·艾思林、莱昂内尔·艾贝尔、沃尔特·考夫曼、杰弗里·布里尔顿。他认为:"自拉辛以来,歌德、易卜生、斯特林堡、契诃夫对悲剧做出的贡献,或者是存有疑问的,或者是事过境迁的。"②至于最近 70 年中,把性质名词悲剧运用到现代戏剧文学上仅仅是一种唯名的做法。一句话,悲剧已经死了 300 年。但他又不满于仅仅说悲剧死了。他要作出解释。"悲剧观念的明显的消失或分离可以用一个极其简练的概念,即用熵的概念来加以说明,这个概念是物理学家和数学家所众所周知的,但人们很少想到把它跟戏剧联系起来。"③他运用熵定律即热力学第二定律并结合宇宙热寂说来证明悲剧的死亡。热力学第二定律表明,物质和能量只能沿着一个方向转换,即从可以利用到不可以利

---

① George Kurman, "Entropy and the 'Death' of Tragedy, Notes for a Theory of Drama", in D. Difford (ed.), *Drama in the Twentith Century, Comparative and Critical Essays*, New York: AMS Press, 1984, p.1.
② Ibid.
③ Ibid., p.3.

用,从有序到无序,从有效到无效。熵定律和热寂说都只适用于封闭系统。熵是一个封闭系统中某种过程无可挽回的趋势的一种计量单位。熵的增加促成该封闭系统中有效能源的减少、秩序的混乱或组织的松懈。宇宙是一个封闭系统,随着熵的增加将最终导致"热寂"。悲剧是人的悲剧,而人是一个体内平衡的开放系统,没有增熵。这前后怎么联系呢?库尔曼用一句话轻轻带过就轻易联系了起来。他说:"纵然有机体在其系统内是保持平衡的,但它们促进周围环境中熵的增加。而且无论如何,凡有机体总要死亡。"①因此,人作为开放系统和封闭系统的结局没有什么两样。随后他说,乔治·布里尔顿把"原型悲剧处境"界定为"个人或者群体走向导致其毁灭的下坡路的处境"。"显然,布里尔顿的比喻下坡路是与鲍尔茨曼的增熵公式交叉的。"②这是从处境讲,也是从外部讲。从个人内部或群体内部讲,毁灭的原因是由于某种使之不能适应已经改变的状况的过失。这样,库尔曼就"将被看作悲剧中心的缺陷或过失与熵的概念联系起来"③。他在分析了埃斯库罗斯的《普罗米修斯》、《俄瑞斯提亚》的第三部《报仇神》和欧里庇得斯的《酒神的伴侣》之后,认为古典悲剧是个人、家庭、城邦的热寂的重演,是熵上升的悲剧。莎士比亚悲剧和拉辛的悲剧是与希腊悲剧一致的。此后悲剧就衰亡了。库尔曼于是说:"因此,如果悲剧在事实上已经死亡,那么我们应该从过去 300 年中去探索其没落的

---

① George Kurman, "Entropy and the 'Death' of Tragedy, Notes for a Theory of Drama", p. 3.
② Ibid.
③ Ibid.

原因。"①他将原因归之于理性主义、哲学乐观主义、进步信仰、达尔文主义、马克思主义、现代科学等反悲剧的倾向,即相信可以在尘世创造一个永恒的伊甸园,没有人必须真正死亡,而熵将被消除。"现代科学宣告悲剧的没落,而所谓人生悲剧也将烟消云散。"②在现代,"荒诞剧已经堂而皇之接替了古典悲剧"③。

很显然,乔治·库尔曼运用熵定律和热寂说旨在对悲剧性质和悲剧的死亡作出科学的解释。运用自然科学的某个定律来解释文学艺术,这是科学时代的一种潮流。这是时代的特点,也是时代的局限。问题不在于是否可以运用科学定律,问题在于是否运用得恰如其分,解释得确有道理。同时还要注意我前面提到的自然科学与人文学术的区别,不可将自然科学中的科学方法直接运用于人文学术的研究。库尔曼在遇到第一个关键问题时所作的解释就不能令人满意。熵的增加是在一个处于理想状态的封闭系统中才能产生的,库尔曼认为作为开放系统的人促成了周围环境的熵的增加,这样就把人与熵定律和热寂说联系起来。但人的环境有自然环境,还有社会环境。社会环境是一个更为复杂的系统,有封闭的一面,也有开放的一面,不是熵定律所能解释清楚的。可见,他的立论根据其实并不牢固可靠。再说,在解释方面也多少有些混乱。他至少作了五种解释:(1)用熵来解释原型悲剧处境;(2)解释悲剧英雄的缺陷和过

---

① George Kurman,"Entropy and the 'Death' of Tragedy, Notes for a Theory of Drama", p. 11.
② Ibid., p. 9.
③ Ibid., p. 11.

失;(3)解释社会;(4)解释悲剧的死亡;(5)解释悲剧从诗到散文的蜕变。这几种解释之间的内在逻辑并不明确。

此外,库尔曼又用熵来解释荒诞戏剧,认为荒诞戏剧模仿现代人的"交流断绝",也就是交流中熵的增加导致交流的无效、无序、断绝。[①] 他说,《等待戈多》和《秃头歌女》说明:"交流理论的熵和荒诞戏剧的关系,扩而言之,还表明在揭示从埃斯库罗斯到尤奈斯库的西方戏剧本质上的一致性方面运用熵概念的优越性。因为雅典戏剧表明它是热力和生命意义上的增熵悲剧一样,贝克特和尤奈斯库的剧作表明交流的不可能性,即表明它是破坏人类交流的增熵悲剧。"[②]既然古典悲剧与荒诞悲剧在实质上是一致的,既然二者都是增熵悲剧,那又何从证明悲剧的死亡呢?

最后,库尔曼把悲剧的死亡归之于理性主义、哲学乐观主义等反悲剧倾向的观点也是片面的。历史上确实存在这种倾向,但还存在着另一种以哲学悲观主义为主的促进悲剧的倾向。因此,库尔曼的整个论点是难以成立的。

第三节　否定观的两点归纳

以上,我对一些主要的否定现代悲剧的观点做了罗列和辨析,归纳起

[①] George Kurman, "Entropy and the 'Death' of Tragedy, Notes for a Theory of Drama", pp. 14 – 15.
[②] Ibid., p. 12.

来有两点:

 1. 在悲剧观念上,这些否定论大多以希腊悲剧为基准。但希腊人本身的悲剧观念并不死板。三大悲剧家有些作品之间就存在不小的差异。埃斯库罗斯的《俄瑞斯提亚》三部曲和索福克勒斯的《俄狄浦斯王》不同,一个是三联剧,一个是单本剧,一个以和解结尾,阻止了世代仇杀,一个结尾悲壮惨烈,双眼刺瞎,自我流放。欧里庇得斯跟上述两位区别更大,他创造了一种新型悲剧,其中有浪漫情调和闹剧气氛,比如《海伦》《俄瑞斯特斯》《阿尔刻提斯》《伊翁》等,就是这样。何况,希腊悲剧本身也只是历史上的一种戏剧现象,以此为唯一基准来看待和评价历史上和现代的各种西方悲剧性戏剧,是不公允的。亚里斯多德说,在欧里庇得斯之后,悲剧就不发展了。然而悲剧依然在发展,内容在发展,形式也在发展,亚里斯多德局限于希腊,更无法预见后来的欧洲戏剧。另外,亚里斯多德的《诗学》也显然受到苏格拉底的科学(理论)乐观主义和知识万能论的影响[1],比如上面说到的,悲剧成熟之后就不发展了,明显运用了生物学的研究方法。科学乐观主义肯定要妨碍亚里斯多德对悲剧的深入研究,为后世的悲剧理论发展留出了余地。有人说,拉辛之后,悲剧衰亡了,但悲剧也依然在发展。再说,悲剧观念也是不断发展变化的。因此,现代悲剧的存在并不是什么奇怪的事。克尔说:"谈论悲剧死亡曾经是一种时髦,现

---

[1] 凯·埃·吉尔伯特、赫·库恩:《美学史》上卷,夏乾丰译,上海译文出版社1989年版,第79—113页。

第八章 关于否定现代悲剧存在的诸种观点述评

在已经过时了。"①越来越多的批评家正努力从肯定的观点出发,对现代悲剧进行全面深入的研究。

2. 否定论者往往强调宗教、哲学、科学等方面的反悲剧倾向,而忽视了这些方面的另一种倾向。且不说前一种看法正确与否,单说另一种倾向自19世纪以来,其影响越来越大,是不容忽视的。这种倾向就是哲学层面上的现代悲剧意识,也就是生命的悲剧感。这是一种哲学人生观和人生态度。西方现代悲剧意识的发展,自黑格尔、叔本华、尼采至雅斯贝尔斯、海德格尔、萨特、加缪、阿多尔诺等人,经历了三个时期:生成期、展开期、深化期。现代悲剧意识的核心是以现代新的眼光关注人类的命运,是试图在现代社会中重新确定人的位置,重新争得人作为人的尊严和幸福,以另一种现代悲剧眼光把人作为哲学本体来加以思索,重新审视生命的价值和意义。一言以蔽之,现代悲剧意识是关于现代人的悲剧意识,它所深为忧虑的是苏珊·朗格在《情感与形式》中谈论悲剧时所说的人的"灵魂的死亡"。不用说,现代悲剧意识正是现代人生存困境的哲学概括。在某种程度上,正是这种悲剧意识促成了西方现代悲剧的创作,并对现代悲剧特征的形成起到了决定作用;同时,它也是西方肯定现代悲剧存在的诸家观点的立论基础。

---

① Walter Kerr, *Tragedy and Comedy*, p. 267.

第九章 结论：西方现代悲剧精神

悲剧这一西方戏剧世界中古老而独特的形式，经历了古希腊悲剧、塞内加悲剧、莎士比亚悲剧、古典主义悲剧、市民悲剧等阶段的发展演变，它的生命力在现代依然新鲜活泼。西方现代悲剧实践，即使不从盖奥尔格·毕希纳的《沃伊采克》算起，就算从易卜生的《群鬼》算起，至今也已经有近140年的历史。在这一个多世纪的西方现代戏剧的历史中，易卜生、斯特林堡、梅特林克、魏德金德、叶芝、沁孤、奥凯西、尤金·奥尼尔、埃尔莫·莱斯、T. S. 艾略特、皮兰德娄、加西亚·洛尔伽、萨特、加缪、弗里施、阿瑟·密勒、田纳西·维廉斯、贝克特、尤奈斯库、让·日奈、阿努伊、约翰·阿登、邦德、斯托泼德、彼得·谢弗、乔治·里加、阿尔比、山姆·谢泼德、品特、彼得·魏斯、彼得·汉德克等等如此众多的戏剧大家、名家，都或多或少与现代悲剧有缘，这恐怕绝非偶然。目前，人们已经看得很清楚，西方现代悲剧无疑是一个不容忽视的戏剧现象和文化现象。上述大家、名家的悲剧作品不仅涉及社会层面、精神层面，而且涉及作为个体生命的人本体层面，从而使西方现代悲剧具有了独立而完整的品格。

第九章 结论：西方现代悲剧精神

承认和描述西方现代悲剧的存在，必然要归结到寻求和揭示一种既是统摄又是旨归的西方现代悲剧精神。西方现代悲剧在社会、精神、人本体三个层面上的运动，最终也必然合而寻求一个适合现代的相对的悲剧共识。每个时代有自己的时代精神，每个悲剧创作时期有自己的悲剧精神。影响悲剧精神形成的原因主要有三个方面。(1) 时代精神。这是一个时代的大文化氛围里的精神。时代精神与悲剧精神二者有一定的对应关系。不过有一点值得注意，悲剧精神有自己的特殊底蕴，往往会突破和超越时代精神。(2) 一个时代的哲学中的悲剧意识。这哲学包括宗教哲学。哲学的悲剧意识对戏剧的悲剧实践有强烈的影响，这在现代尤为明显。不过，哲学的悲剧意识与悲剧实践又有着并不一致之处，而且，悲剧实践有时会提出一些有待哲学深入探讨的问题。(3) 戏剧家。这包括剧作家与进行二度创作的导演和演员。进行悲剧创作的戏剧家必然要将个人对生存的不可替代的生命体验渗入他创造的悲剧世界之中。正是戏剧家的悲剧作品，才能在一个连续的进程之中，最终展现个人生存的真实状况，揭示作为个体生命的个人自由幸福生存的真实性。上述三个方面中，哲学的悲剧意识当是核心。哲学是一个时代的精神的集中体现。本文即以西方现代哲学的悲剧意识为核心，着手对尚在形成之中的西方现代悲剧精神做一番描述。

第一节 西方现代悲剧精神的价值取向

西方现代悲剧精神与西方现代文明的危机密切相关。西方学者、思想家对西方现代文明的反思是不留情面的。西方现代悲剧实践一个多世纪期间,西方文明经历了两次世界大战,经历了工业化社会和后工业化社会,发生了急遽的变化。埃德蒙·胡塞尔在题为《哲学与欧洲人的危机》的演讲中警告说,欧洲生存的危机在一种已经败落的生活的无数症状中显露出来,如果不拯救人的理性,欧洲生存的危机就将导致已经同生活的理性含义疏远的欧洲的毁灭。马丁·海德格尔则提出西方形而上学所导致的技术世界中人的存在的被遗忘。赫伯特·马尔库塞认为西方发达工业社会的人成了单向度的人,失去了否定的向度和批判能力。丹尼尔·贝尔则指出后工业化的资本主义社会由高度一体化走向分裂、冲撞,资本主义精神发生了裂变,现代文化与社会结构产生了断裂,西方文明延续的时间联系出现了裂痕,现代人生存中的交流渐趋断绝,以前显得牢不可破和毋庸置疑的人类生存的基础也受到了怀疑,于是人们开始思考存在与非存在。迦达默尔认为,西方 2500 年来的形而上学思维传统以及建立在绝对理性和逻各斯中心论之上的知识形态和文化模式陷入了不可克服的危机,西方文明的基础的合理性成了问题,而后现代主义并未能就此提供出路。他指出:"当今的时代是一个乌托邦精神已经死亡的时代。过去的乌托邦一个个失去了它们神秘的光环,而新的能鼓舞、激励人们为之奋斗的乌托邦再也不会产生。这正是我们这个世界的悲剧。"[1]这些具有代表性的西方学者当然不是在杞人忧天。西方现代文明 100 多年来实实在在

---

[1] 参见章国锋:《符号、意义与形而上学——迦达默尔谈后现代主义》,《世界文学》1991 年第 2 期。

第九章 结论：西方现代悲剧精神

经受了和正经受着一场深刻的危机。现代哲学的悲剧意识无非是对这场危机的沉思结果，而现代悲剧则是对这场危机的生存把握。

西方现代文明的危机说到底是现代人的危机，是现代人的生存的危机。这场危机的核心是信仰的断裂。尼采说："上帝死了。"加缪说："信仰失落了。"这既是对古典西方文明的总结，也是对现代西方文明的预言。丹尼尔·贝尔对信仰的断裂有一个比较中肯的看法，他说："现代主义的真正问题是信仰问题。用不时兴的语言来说，它就是一种精神危机，因为这种新生的稳定意识本身充满了空幻，而旧的信念又不复存在了。"[1]现代主义乃至后现代主义其实时时都在为信仰的断裂而苦恼。西方近代社会曾将科学当作救星，但西方现代社会已经发现科学并不提供生存之道和道德答案，科技发达的工业社会、后工业社会依然面临着一个信仰问题。现代主义的真正问题是如何在否定或扬弃传统信仰的基础上重建新的信仰，或者说在现代文明之上构建一个新的神话世界，寻找新的超越人自身的可能性。而信仰问题归根结底是一个"人是什么"的问题。康德早就指出，人必定要弄清三个问题：我能知道什么；我应当怎样做；我能期望得到什么。而这三个问题其实是一个问题：人是什么。上帝死了，人突出到了舞台的前台，有点不知所措。现代人迫切需要重新明确回答这个问题，才能重新把握以人的幸福、自由、尊严以及高尚的道德义务为最高价值和最崇高目的之生存。可以这样说，西方人在一夜之间明白上帝死了，顿时为

---

[1] 丹尼尔·贝尔：《资本主义文化矛盾》，赵一凡等译，生活·读书·新知三联书店1989年版，第74页。

自己的处境深感困惑迷惘,然而人已无所依傍,唯有求助于自己,求助于对自身的重新认识和重新定位。信仰断裂和信仰重建构成了西方现代人生存困境的两极。这正是西方现代悲剧精神生成的基因。现代人生存困境的张力说到底就是失落了旧信仰这一生存处境与竭力寻找而又无法找到新信仰这一生存处境之间的张力。正是这一张力成为西方现代悲剧世界中的终极力量。但这张力的重心最终不是落在某个偶像、观念、客体或者臆想和乌托邦之上,而是落在个人身上,落在作为个体生命的人本体身上。正如卡尔·雅斯贝尔斯所说:"人从稳固的庇护所里被拉了出来,抛入了现代生活之中;人由于失去了宗教而失去了信仰,现在正在果断地思考自己的本质……万物所依赖的上帝不再是至上的了,存在于我们周围的世界也不再是至上的了。真正至上的是人自身,人作为一种存在不能安于现状,而要努力超越自身。"[①]西方现代悲剧关注的中心正是人本体即人自身的真正至上性,说得更确切些,是个人生存的真正的真实性。信仰的断裂一方面为人自身的真正至上性或曰个人生存的真正的真实性提供了无限广阔的前景,另一方面也使之陷入了重重困境,面对种种社会的、精神的、人本体的极限危机处境而无比苦恼、迷惘、焦虑。西方现代悲剧精神可以说正是力图解决这一悖论的努力的昭示,它将展现现代个人的真实生存状况或曰真实生存处境,从而揭示现代个人生存的真正的真实性作为自己义不容辞的使命。

[①] 卡尔·雅思贝尔斯:《存在与超越》,余灵灵、徐信华译,上海三联书店1988年版,第74页。

第九章 结论：西方现代悲剧精神

西方现代悲剧精神与现代人的信仰问题的联系很显然是一种文化价值取向。"文化领域是意义的领域。它通过艺术与仪式,以想象的表现方式阐释世界的意义。尤其是展示那些从生存困境中产生的,人人都无法回避的所谓'不可理喻性问题',诸如悲剧与死亡。在这种同生存哲学反复遭遇的过程中,人开始意识到凌驾一切之上的根本性问题——歌德称之为'原本现象'（Urphänomen）。"① 这种原本现象是与悲剧的形而上意义相通的,它产生于人的生存困境,又超越于人的生存困境。现代悲剧与这种原本现象的关系更加密切。意义仅仅与人相关。人阐释意义,而且人是意义阐释的中心。如果说现代悲剧是一种文化象征,那么,它不仅以想象的方式阐释世界的意义,而且为人本体生存的真实状况提供解释系统,是帮助人应对生存困境的一种努力。有没有这种努力,情况大不一样。西方现代悲剧的文化价值就在于针对现代人在生存困境中反复遭遇的人生基本问题,通过一个象征系统,来切入两歧的生存和悖谬的命运。

然而,西方现代悲剧作为一种高层文化本身又是一个悖论。照马尔库塞的说法,西方现代社会的成就与失败已经使维系着道德、美学、思想价值的高层文化失去了合法性。这种合法性得自一个因技术社会的出现而不再存在也无法恢复的世界的经验。人们所赞美的自主性人格、人道主义以及带有悲剧色彩和浪漫色彩的爱情,似乎都是发展的落后阶段才

---

① 丹尼尔·贝尔:《资本主义文化矛盾》,赵一凡等译,第50页。

具有的思想。① 马尔库塞的这一说法有一定的道理,但是对于作为高层文化的现代悲剧来说却又并不尽然。高层文化的合法性是一回事,高层文化的存在与否是另一回事。况且,马尔库塞所谓的"合法性"实际上指的是必然性和必要性。这在现代社会中并不是那么轻易就可以否定掉的。作为高层文化的现代悲剧不仅存在着,并且力图维护自身文化价值的合法性。西方现代悲剧在自己创造的悲剧世界中,以独特的认识视角和生存洞察力,或者说,以一种现代的悲剧眼光,展示了现代人生存困境中的悖谬:四分五裂的世界中的不幸意识、被击败的可能性、落空了的期望、遭背叛的允诺,以及人在现实中受压抑和排斥的向度等等。固然,由于信仰断裂以及信仰上的无所依存,现代悲剧的文化价值时常处在一种虚幻的状态。然而这又正是西方现代悲剧精神的文化价值的另一面:它挣扎着要维系生存的悲剧意识。悲剧意识的失落是一个民族的不祥之兆。没有悲剧的文明是不完全的文明(C.利奇语)。这种悲剧意识的维系是西方文化从古希腊到尼采的伟大传统,一直支持着人和人的生存,在现代尤其如此。诚如赫伯特·缪勒所说:"悲剧感是我们人性中最深的感觉,因此是足够精神性的。而所有的人都可以从中获益,无论他们是什么信仰。"② 感受悲剧精神其实就是感受悲剧感。这种悲剧感,理查德·希沃尔称之为"悲剧性生命感"。感受亘古的罪恶,感受人生来无可回避的毁灭和挫败

---

① 赫伯特·马尔库塞:《单向度的人:发达工业社会意识形态研究》,刘继译,上海译文出版社 1989 年版,第 52—57 页。
② Hebert Muller, *The Spirit of Tragedy*, New York: Knopf, 1956, p. 322.

第九章 结论：西方现代悲剧精神

的原因，感受人的痛苦的永恒性和神秘性，这些构成了悲剧性生命感的基本方面。① 随着现代人生存危机的充分展开，这种悲剧性生命感越来越深入现代人的生存意识，弥漫于现代人对生存的真实状况的观照中。而现代悲剧也正是以此为基点而提出某种价值。T. R. 亨曾经指出："在悲剧性经验中提出和责疑的价值是在个人和集体两方面都最具有道德重要性的，这个问题是超越所有一切问题的。"②悲剧提出的价值是否必然具有道德重要性，这暂且不论，不过，悲剧提出的价值必然与人的生存的真正的真实性紧密相关则是不容置疑的。人作为具有人性的和真实的生命个体，始终把自由生存的真正的真实性作为不断追求实现的目标。这目标是由一系列具体的价值构成的，用多萝西娅·克鲁克的话来说，这是"一种超越人类秩序价值的价值秩序"③。悲剧总是责疑似是而非的价值，肯定符合人的自由生存的真正的真实性的价值，并不断提出新的价值，以独特的方式为确立和不断完善价值秩序而尽一份力。T. R. 亨指出，从古希腊到现在，所有悲剧都应以它是否"丰富人类精神"来加以判断。④ 悲剧责疑和提出价值，最终正是为了"丰富人类精神"，使人逐渐懂得如何获得人的自由生存的真正的真实性。现代悲剧当然也是这样。而这也正是西方现代悲剧精神的文化价值取向的实质。有一点须明确一下，悲剧精神的

---

① Richard Sewall, *The Vision of Tragedy*, New Haven: Yale University Press, 1959, p. 6.
② T. R. Henn, *The Harest of Tragedy*, London: Metheun, 1956, p. 286.
③ Dorothea Krook, *Elements of Tragedy*, New Haven: Yale University Press, 1969, p. 15.
④ T. R. Henn, *The Harest of Tragedy*, pp. 286–290.

文化价值的核心,是人的个体生命价值,这也是尼采在《悲剧的诞生》中一再思考的关键问题。

第二节 西方现代悲剧精神的特征与核心

西方现代悲剧在人本体层面上进行了执着的人文追问,在审美的层面上为现代人提供了直面自己生存的镜子。上帝死了,古典意义上的悲剧英雄也死了,但悲剧还在。悲剧在自身的继承和发展中出现了新变化和新因素,出现了新的悲剧眼光和新的悲剧态度。不仅思考悲剧,更要在悲剧中思考。现代悲剧不仅是对现代个人生存的真实困境的形而上思考,而且是在现代悲剧世界中对人的自由生存的真正的真实性的思考和把握,它要在现代悲剧世界中重新认识人,无情揭露人本体固有的矛盾、人本体的焦虑和痛苦。现代悲剧的冲突,说到底,是现代人生存的真实困境与现代人所理解的人的自由生存的真正的真实性的冲突,换言之,是现代人生存的真实困境与现代人所理解的人本体的自由生存和理想人性之间的冲突。社会、精神、人本体三重生存困境中的现代悲剧冲突激起的不仅仅是怜悯(或同情)和恐惧(或敬畏),而主要是现代人特有的多重本体感觉。正是这现代人特有的多重本体感觉,构成了西方现代悲剧精神的特征。

赫伯特·缪勒说:"悲剧精神不是愤世嫉俗的。"[①]现代悲剧精神也不

---

① Hebert Muller, *The Spirit of Tragedy*, p.19.

第九章 结论：西方现代悲剧精神

是愤世嫉俗的，它是反诸人本体，在人的多重本体感觉中体验人的自由生存和理想人性的。现代悲剧所唤起的多重本体感觉可以归纳为如下几种：(1)上帝死后，人生存于荒诞世界的悲凉感。(2)西方文明进程中由信仰断裂引起的人文主义理想失落感。(3)作为小人物的现代个人对社会压抑和排斥的向度进行无望抗争的悲愤感。(4)现代个人在技术世界里无所适从的孤独感。这不是孤居独处的孤独，这是无可逃避的孤独。(5)反传统又在传统之中的无奈感。(6)在现代、后现代层面反顾而突入原始仪式的意识孤寂感。(7)对集体无意识、个体无意识的神秘恐惧的原型力量既顺从又竭力想摆脱但却无能为力的尴尬感。(8)从人生有意义、世界有意义到人生无意义、世界无意义的本体消解感。(9)从意识到死亡的意义进而体认到死亡无意义的本体无谓感。(10)人对自身怀疑而又想方设法消除怀疑的自卑感。当然，除此之外，还可以归纳出其他一些本体感觉。概而言之，这些都是人本体的生存危机感，这又可以归结为双重本体感觉，其一是对世界的荒诞感，其二是对自身的焦虑感。

回避现代人的本体感觉而言西方现代悲剧，势必言不由衷，苍白无力。正是从这现代人的多重本体感觉中才凝聚成了西方现代悲剧精神的核心。

西方现代悲剧精神的核心是现代个人在多重生存困境中，对可望而不可即的自由生存和理想人性的无尽的苦苦追求，或者说，对现代人所理解的人的自由幸福生存的真正的真实性的无尽的苦苦追求。人在这种追求中逐渐明白了生存是一个如米兰·昆德拉所说的现代的"终极悖谬"①。所有存在的范畴突然改变了它们的意义,包括人的存在。人曾经渴望人与自然的和谐、人与社会的和谐、人与自我的和谐,渴望在这三重和谐中品味生存的自由和人性的深邃。而如今,人对三重和谐的渴望成了对自己的嘲弄。然而人依然在热切渴望,苦苦追求,因为他/她明白,人只有沉到生存的无尽的底层才有望体验生命与人性的所有可能性,人只有做超越生存现实的追求才有望获得自由生存。这,本身又是一种生存悖谬。

西方现代悲剧精神的核心可以展开而形成一系列生存悖谬,主要有以下四种。

1. 生死悖谬。有生必有死。悲剧处理死亡。但西方现代个人对死亡的意识是一种新意识。由于宗教信仰的断裂、超生希望的丧失,人强烈感到人生有大限,死后万事空。于是从死亡反观生命,生注定了朝向死,生成了痛苦。这是生存的两歧,人的生存的终极不和谐。在生命的上升过程中,生的痛苦成了最终必不可少的一部分。朝向死亡的生存当然引起焦虑。用马丁·海德格尔的话来说,人"被规定为向死亡生存"②。然而,死亡意识并不否定生,因为生命虽属偶然,然而生却是必然的。于是现代个人必须以痛苦的孤独性朝向死亡生活,并振作起面对死的焦虑的勇气。

---

① 米兰·昆德拉:《贬了值的塞万提斯的遗产》,《文艺理论研究》1989年第1期。
② 马丁·海德格尔:《存在与时间》,陈嘉映、王庆节译,生活·读书·新知三联书店1987年版,第305页。

第九章　结论：西方现代悲剧精神

2. 于绝望中发现希望，沉入悲观而激扬乐观。悲剧不是乌托邦，悲剧也不是命定论。强制的乐观主义不会促进悲剧，无望的绝望也产生不出悲剧。埃里克·本特利说："现代悲剧都是进入黑夜的旅程。"① 皮埃尔-艾梅·杜夏德说现代悲剧是绝望之歌。② H. A. 迈尔斯则说现代悲剧跟人一样像一朵向日葵，"向日葵的本性是随太阳而转动，一半生活在阳光下，一半生活在阴影下，这些就是它注定的命运"③。明知最终要进入沉沉的黑夜，但漫长的白日的旅程毕竟有着阳光和生机。绝望的人不歌唱。如果一个绝望的人开始歌唱，他就超越了绝望。他的歌就是超越。向日葵注定了过一半阳光一半阴影的生活，但它跟随太阳而转动，矢志不渝。现代悲剧既不是乐观主义的，也不是悲观主义的，既不是充满希望，也不是充满绝望。它把乐观与悲观、希望与绝望、善与恶、企望幸福与经受痛苦，表现为生存的必然的方面。凡人不可仅仅希望幸福，凡人也无须恐惧沉入无底的不幸。希望存在着，就像太阳存在着。希望并坚持着要完全越过分开现实与理想的鸿沟。它是创造新的选择自由的力量的源泉。它使人处于运动之中，从而引起新的旋转，新的处境，新的结合。它照亮日常的平庸，赋予现实新的面貌。希望永远在人的心中发生。萨特说："希望是人性的一部分。"④ 人性不灭，就有希望。人活着作为人，就有希望。人活着作为人，人才被发问关于悲剧的核心问题，才被迫与属于人类的未

---

① Eric Bentley, *The Life of the Drama*, London: Metheun, 1965, p. 339.
② Ibid., p. 293.
③ H. A. Myers, *A View of Life*, New York: Cornell University Press, 1956, p. 156.
④ 让-保罗·萨特：《最后的话语》，《译海》1988 年第 4 期。

来联结在一起。个人的处境与人类的处境相关联,个人的希望也与人类的希望相关联。人虽然无法预知未来,但却可以在更大的范围内思考生存的答案。从某种意义上来说,尽管西方现代悲剧在某种程度上持有对一切事物的悲观主义看法,透露出深深的绝望,但它依然保持着超越生存困境的一面。西方现代悲剧精神的这一方面可以用下面两句话来概括。沃尔特·本雅明说:"只是因为有了那些不抱希望的人,希望才赋予了我。"① 埃里克·本特利说:"只有通过真正的绝望才能发现真正的希望。"②

3. 赋予无意义以意义。人总是在经验中寻找类型、模式、秩序、意义,这是人最深的理性倾向和广义的道德倾向。然而,西方现代悲剧却展示出荒诞的世界的无意义、荒诞的人生的无意义。不仅人生无意义,死亡也无意义。不仅人的存在无意义,人也无意义。20世纪的西方人不再相信不可见的来世存在。人死后不再有生存。20世纪的一切科学成就反而使西方人今天遭遇无意义的幽灵。人生活在一个不能用人的希望和欲望来解释的世界。然而人却力图赋予无意义以意义。因为只有在这种持久不断的努力中,人才能证实自己作为人的存在的真实性,才能体验作为人的价值和尊严,尽管他心里明白这种努力其实也无意义。这可以称作现代的英雄主义,或者称作反英雄的英雄主义。这种努力是西方现代悲

---

① 转引自赫伯特·马尔库塞:《单向度的人:发达工业社会意识形态研究》,刘继译,第231页。
② Eric Bentley, *The Life of the Drama*, p. 353.

剧的一个典型的悲剧动作。这一动作中包含着一种双重性：否定的一极和肯定的一极。否定的一极是无意义的痛苦、毁灭、牺牲；肯定的一极是赋予无意义以意义的忍耐、生长、复兴，并试图在对痛苦、毁灭、牺牲、混乱、无意义的审美超越中获得一种生存价值秩序。正是在这种双重性中，西方现代悲剧不顾荒诞和无意义，找到了表现现代人生存的真实困境的另一条途径，从而支持了西方人对人类的信念。

4. 对可望而不可即的人的自由生存和理想人性的无尽追求，或者说，对可望而不可即的人的自由生存的真正的真实性的无尽追求。沃尔特·克尔说："自由是我们已经进入的领域，而在完全进入时，我们已经在某种程度上侵入了悲剧的领域。"[①]他又说："在我看来，悲剧是一种关于人的自由的种种可能性的考察。"[②]自由是人的问题的本质部分。自由是人之存在的特有方式。悲剧是人的悲剧。悲剧与自由密不可分。人是不可替代的自由的个人（雅斯贝尔斯语）。西方现代悲剧精神是对真实的自由生存的呼唤，肯定不可替代的自由的个人在人类社会的至上性。西方现代悲剧追寻三个向度的人的生存自由：在历史之中的时间的自由，在现实之中的空间的自由，在自我之中的心的自由。它想往在这三个向度上实现人的潜在的生存自由的种种可能性。不用说，人的自由生存的种种可能性是与理想人性不可分离的。人的潜在的生存自由的种种可能性和理想人性的完全实现，可以视为一般意义上的终极目标。希望与这个目标

---

① Walter Kerr, *Tragedy and Comedy*, p. 303.
② Ibid., p. 301.

联系着，真正的失败和绝望也与这个目标联系着。人的行动的意义也在于这个终极目标。然而，西方现代个人又终于认识到自己不是自由的，而是被决定的，不是推动者，而是被推动者，不是半神，而是盲目的突然被发现的暂时现象。人有了对自身能力有限的痛楚认识，从而明白了人类生存的难题。人的自由的限度是不知道的，人的结局也是不知道的。然而人知道，人只能一味往前走。人渴望超越个体生命的短暂性限制，渴望向着未来超越。没有超越就没有悲剧。人为一个自由生存的理想所占有，而生存的真实困境和人内在固有的矛盾合而迫使他醒悟，这理想只能在一个最后的虚幻的境界中实现。人的自由生存和理想人性是可望而不可即的。他深深体味到了生存的痛苦。但是他清楚，痛苦是自由的代价，拒绝付出代价的人只能梦想自由而不能体验自由，不能在生存的真实处境中证实自由。因此，他拒绝不需要牺牲的解脱而坚持付出痛苦代价的理想；在坚持中，他才可能显示出高贵尊严；不屈不挠，才能使他对人的个体生命价值的体验完整而真切，体验人之为人的本质，体验内在的无限性，体验生存的真正的真实性和意义。

从上述四种生存悖谬中可以归纳出西方现代悲剧精神的两个必然性：其一是人对可望而不可即的自由生存和理想人性的无尽追求是必然的；其二是人在荒诞无意义的世界里的生存痛苦是必然的。这两种必然性又与一个更为基本的必然性紧密相联，这就是个人潜在的自由的种种可能性和理想人性的种种可能性的实现与人类生存的代与代之间不可中断的连续性的联系是必然的。正是在这些必然性之间，在有限与自由的

第九章 结论：西方现代悲剧精神

刀口上，人在"生存还是毁灭"（见莎士比亚《哈姆雷特》）的个人选择和"存在还是完全不存在"（见巴门尼德长诗《论自然》）的本体论选择中选择了生存与存在，以承担一切和迈入基本实在的行动，表现了在人类本性和世界处境的双重限制下的人的辉煌。

总而言之，西方现代悲剧精神的实质是对人的生存的现代终极悖谬的抗争和挣扎，是在无尽追求自由生存和理想人性、追寻人的自由幸福生存的真正的真实性的过程中超越痛苦和恐惧的渴望。西方现代悲剧精神直面上帝的不存在，在一个荒诞无意义的悲剧世界里传达了一个明确而坚定的信息：

上帝死了，人要活。

参考文献

T. S. 艾略特:《艾略特文学论文集》,李赋宁译注,百花洲文艺出版社1994年版。
W. 考夫曼编著:《存在主义》,陈鼓应、孟祥森、刘崎译,商务印书馆1987年版。
艾弗·埃文斯:《英国文学简史》,蔡文显译,人民文学出版社1984年版。
奥斯卡·G. 布罗凯特:《世界戏剧史》,胡耀恒译,中国戏剧出版社1987年版。
陈洪文、水建馥选编:《古希腊三大悲剧家研究》,中国社会科学出版社1986年版。
丹尼尔·贝尔:《资本主义文化矛盾》,赵一凡等译,生活·读书·新知三联书店
    1989年版。
恩斯特·卡西尔:《人论》,甘阳译,上海译文出版社1985年版。
恩斯特·卡西尔:《人文科学的逻辑》,关子尹译,上海译文出版社2013年版。
费尔巴哈:《基督教的本质》,荣震华译,商务印书馆1984年版。
弗洛伊德:《图腾与禁忌》,杨庸一译,中国民间文艺出版社1986年版。
古典文艺理论译丛编辑委员会编:《古典文艺理论译丛》第三卷,人民文学出版社
    1962年版。
海伦·加德纳:《宗教与文学》,沈弘、江先春译,四川人民出版社1989年版。
赫伯特·马尔库塞:《单向度的人:发达工业社会意识形态研究》,刘继译,上海译
    文出版社1989年版。
黑格尔:《美学》第三卷下册,朱光潜译,商务印书馆2014年版。
吉尔伯特·默雷:《古希腊文学史》,孙席珍等译,上海译文出版社1988年版。

加缪:《卡利古拉》,李玉民译,译林出版社 2017 年版。

金东雷:《英国文学史纲》,商务印书馆 1937 年版。

卡尔·雅思贝尔斯:《存在与超越》,余灵灵、徐信华译,上海三联书店 1988 年版。

卡尔·雅思贝尔斯:《时代的精神状况》,王德峰译,上海译文出版社 1997 年版。

凯·埃·吉尔伯特、赫·库恩:《美学史》上卷,夏乾丰译,上海译文出版社 1989 年版。

凯·埃·吉尔伯特、赫·库恩:《美学史》下卷,夏乾丰译,上海译文出版社 1988 年版。

康德:《纯粹理性批判》,蓝公武译,商务印书馆 2017 年版。

莱辛:《汉堡剧评》,张黎译,上海译文出版社 1981 年版。

列维-布留尔:《原始思维》,丁由译,商务印书馆 1981 年版。

列维-斯特劳斯:《结构人类学:巫术·宗教·艺术·神话》,陆晓禾译,文化艺术出版社 1989 年版。

卢梭:《论人类不平等的起源和基础》,李常山译,商务印书馆 1982 年版。

罗念生:《论古希腊戏剧》,中国戏剧出版社 1985 年版。

马丁·艾思林:《戏剧剖析》,罗婉华译,中国戏剧出版社 1981 年版。

马丁·海德格尔:《存在与时间》,陈嘉映、王庆节译,生活·读书·新知三联书店 1987 年版。

米夏埃尔·兰德曼:《哲学人类学》,张乐天译,上海译文出版社 1988 年版。

尼采:《悲剧的诞生》,孙周兴译,商务印书馆 2017 年版。

尼采:《悲剧的诞生》,周国平译,生活·读书·新知三联书店 1986 年版。

让-保罗·萨特:《存在与虚无》,陈宣良等译,生活·读书·新知三联书店 1987 年版。

让-保罗·萨特:《存在主义是一种人道主义》,周煦良、汤永宽译,上海译文出版社 1988 年版。

让-保罗·萨特:《魔鬼与上帝》,罗嘉美等译,漓江出版社 1986 年版。

让-保罗·萨特:《萨特文学论文集》,施康强等译,安徽文艺出版社 1998 年版。

让-保罗·萨特:《萨特戏剧集》,人民文学出版社 1985 年版。

王佐良:《英国文学论文集》,外国文学出版社 1980 年版。

维特根斯坦:《逻辑哲学论》,贺绍甲译,商务印书馆1985年版。

亚里斯多德:《诗学》,罗念生译,人民文学出版社1962年版。

杨周翰:《镜子和七巧板》,中国社会科学出版社1990年版。

杨周翰编选:《莎士比亚评论汇编》上册,中国社会科学出版社1979年版。

杨周翰编选:《莎士比亚评论汇编》下册,中国社会科学出版社1981年版。

余匡复:《德国文学史》,上海外语教育出版社1991年版。

詹姆斯·弗雷泽:《金枝:巫术与宗教之研究》,徐育新等译,中国民间文艺出版社1987年版。

张隆溪选编:《比较文学译文集》,北京大学出版社1982年版。

张世英:《论黑格尔的精神哲学》,上海人民出版社1986年版。

中国社会科学院外国文学研究所外国文学研究资料丛刊编辑委员会编:《外国现代剧作家论剧作》,中国社会科学出版社1982年版。

朱光潜:《悲剧心理学》,张隆溪译,人民文学出版社1983年版。

A. C. Bradley, *Shakespearen Tragedy*, London: Macmillan, 1985.

A. S. Downer(ed.), *American Drama and Its Critics*, Chicago: The University of Chicago Press, 1965.

Alan Sinfield, *Faultlines, Cultural Materialism and the Politics of Dissident Reading*, Oxford: Clarendon Press, 1992.

Allan Lewis, *The Contemporary Theatre*, New York: Crown Publishers, Inc., 1971.

Andrew Bennett, Nicholas Royle, *Introduction to Literature, Criticism and Theory*, New York: Prentice Hall, 1999.

Anthony West, *D. H. Lawrence*, Pennsylvania: Norwood Editions, 1951.

B. Benson, *German Expressionist Drama*, London: Macmillan, 1984.

B. H. Clark, *European Theories of the Drama*, New York: Crown Publishers, Inc., 1957.

C. I. Glicksberg, *The Tragic Vision in Twentith-century Literature*, Carbondale: Southern Illinois University Press, 1963.

Chama Ahuja, *Tragedy, Modern Temper and O'Neill*, New Delhi: Macmillan

Indian Ltd., 1984.

D. Difford (ed.), *Drama in the Twentith Century, Comparative and Critical Essays*, New York: AMS Press, 1984.

D. Welland, *Miller, the Playwright*, London: Metheun, 1985.

David Bradby, *Modern French Drama*, 1940 – 1980, London: Cambridge University Press, 1984.

Denis Calandra, *New German Dramatists*, London: Macmillan, 1983.

Donald Heiney, *Recent American Literature*, Vol. 3, New York: Woodbery, 1958.

Dorothea Krook, *Elements of Tragedy*, New Haven: Yale University Press, 1969.

E. Segal (ed.), *Greek Tragedy*, Oxford: Oxford University Press, 1983.

Eric Bentley, *The Life of the Drama*, London: Metheun, 1965.

Eric Bentley, *The Playwright as Thinker*, New York: Harcourt, Brace & World, Inc., 1967.

F. H. Londré, *Tennessee Williams*, New York: Frederick Ungar Publishing Co., 1983.

F. L. Lucas, *Tragedy, Serious Drama in Religion to Aristole's Poetics*, London: The Hogarth Press, 1961.

F. Wedekind, *Spring Awakening*, Edward Bond (trans.), London: Metheun, 1980.

Francis Fergusson, *The Idea of a Theatre*, New Jersey: Princeton University Press, 1972.

Frank Durham, *Elmer Rice*, New York: Twayne Publishers, Inc., 1970.

G. L. Dicknson, *The Greek View of Life*, London: Greenwood Press, 1959.

Georg Büchner, *Woyzeck*, John Machendrich (trans.), London: Metheun, 1979.

George Steiner, *The Death of Tragedy*, London: Faber, 1961.

H. A. Myers, *A View of Life*, New York: Cornell University Press, 1956.

H. B. Garland, *Lessing, the Founder of Modern German Literature*, Cambridge: Bowes & Bowes, 1949.

H. D. F. Kitto, *Form and Meaning in Drama*, London: Methuen Publishing Ltd. , 1956.

H. M. Block, *Mallarme and the Symbolic Drama*, Connecticut: Greenwood Press, 1963.

Hebert Muller, *The Spirit of Tragedy*, New York: Knopf, 1956.

J. L. Styan, *Modern Drama in Theory and Practice*, Vol. 2, London: Cambridge University Press, 1981.

J. L. Styan, *Modern Drama in Theory and Practice*, Vol. 3, London: Cambridge University Press, 1981.

J. N. Cox, *In the Shadows of Romance*, Athens, OH. : Ohio University Press, 1987.

J. T. Shipley, *Guild to Great Plays*, Washington D. C. : Public Affairs Press, 1956.

J. Tharp (ed.), *Tennessee Williams: A Tribute*, Oxford, MS. : University of Mississippi Press, 1977.

J. Y. Miller (ed.), *Twentith Century Interpretations of A Streetcar Named Desire*, New Jersey: Prentice–Hall, 1971.

James Redmond (ed.), *Drama and Religion*, London: Cambridge University Press, 1983.

James Simon, *Sear O'casey*, London: Macmillan, 1983.

Johannes Volkelt, *Asthetic des Tragischen*, Munich: Neu Bearbeitete Aufl. , 1917.

John Drakakis, Naomi Conn Liebler (eds.), *Tragedy*, New York: Addison Wesley Longman Inc. , 2014.

John O'riordan, *A Guidance to O'casey's Plays*, London: Macmillan, 1984.

John Orr, *Tragic Drama and Modern Society*, London: Macmillan, 1985.

John Von Szeliski, *Tragedy and Fear*, Chapel Hill: The University of North Carolina Press, 1971.

John Willett, *Brecht on Theatre*, London: Metheun, 1964.

June Guicharnaud, *Modern French Theatre from Giraudou to Genet*, New Haven:

Yale University Press, 1975.

Lloyd J. Hubenka, Reloy Carcia, *The Design of Drama: An Introduction*, New York: David Mckay Company, Inc. , 1973.

Martin Esslin, *The Theatre of the Absurd*, New York: Penguin Books, 1980.

Oliver Taplin, *Greek Tragedy in Action*, London: Methuen Publishing Ltd. , 1985.

P. E. Easterling, B. M. W. Knox(eds.), *The Cambridge History of Classical Literature*, Vol. 1, *Greek Liturature*, London: Cambridge University Press, 1985.

P. E. Easterling, B. M. W. Knox(eds.), *The Cambridge History of Classical Literature*, Vol. 5, *The Drama to* 1642, *Part One*, London: Cambridge University Press, 1970.

Peter Szondi, *Theory of the Modern Drama: A Critical Edition*, Michael Hays (ed. and trans.), Cambridge: Polity Press, 1987.

R. Boxill, *Tennessee Williams*, London: Macmillan, 1987.

R. K. Root, *Classical Mythology in Shakespeare*, New York: Holt, 1903.

R. W. Corrigan (ed.), *Arthur Miller: A Collection of Critical Essays*, New Jersey: Prentice-Hall, Inc. , 1969.

R. W. Gorrigan(ed.), *Tragedy, Vision and Form*, New York: Happer & Row Publishers, 1981.

Raymond Williams, *Modern Tragedy*, Stanford, Calif. : Stanford University Press, 1966.

Reed Anderson, *Federico Garcia Lorca*, London: Macmillan, 1984.

Ricahrd N. Coe, *Eugene Ionesco: A Study of His Work*, New York: Grove Press, Inc. , 1970.

Richard H. Palmer, *Tragedy and Tragic Theory, An Analytical Guide*, London: Greenwood Press, 1992.

Richard Sewall, *The Vision of Tragedy*, New Haven: Yale University Press, 1959.

Rita Stein, Friedhelm Richert (eds.), *Major Modern Dramatists*, Vol. 1, New York: Frederick Ungar Publishing, Co., 1984.

Rita Stein, Friedhelm Richert (eds.), *Major Modern Dramatists*, Vol. 2, New York: Frederick Ungar Publishing, Co., 1984.

Rocco Montano, *Shakespeare's Concept of Tragedy*, Chicago: Gateway Editions, 1985.

Ronald Ayling(ed.), *O'casey: The Dublin Trilogy*, London: Macmillan, 1985.

Ronald Hayman, *Theatre and Anti-theatre*, London: Secker & Warbury, 1979.

S. E. Bronner, D. Keller(eds.), *Passion and Rebellion*, New York: Groom Helm Limited Publishers, 1983.

S. W. Baldwin, *William Shakespeare's Small Latin and Less Greek*, Champaign: University of Illinois Press, 1944.

Stanley Wells(ed.), *The Cambridge Companion to Shakespeare Studies*, London: Cambridge University Press, 1986.

T. R. Henn, *The Harest of Tragedy*, London: Metheun, 1956.

Tennessee Williams, *A Streetcar Named Desire*, Patricia Hern(commentary and note), London: Metheun, 1984.

Walter Benjamin, *The Origin of German Tragic Drama*, John Osberne(trans.), London: NLB, 1977.

Walter Burkert, *Greek Religion*, *Archaic and Classical*, John Raffan (trans.), Oxford: Basil Blackwell, 1985.

Walter Kaufmann, *Tragedy and Philosophy*, New Jersey: Princeton University Press, 1968.

Walter Kerr, *Tragedy and Comedy*, New York: A DA CAPO Press Inc., 1985.

附录一　对立与主导
——论奥尼尔戏剧思想的深层结构

在奥尼尔进入后期创作阶段的剧作《无穷的岁月》里，贝尔德牧师和艾略特曾谈到年届40岁的主角约翰·拉文过去的思想历程，说约翰年轻时在不同阶段曾经是无神论者、社会主义者、无政府主义者、尼采信徒、布尔什维克信徒、东方神秘主义者信徒、老子信徒、佛教信徒、毕达哥拉斯信徒，以及反基督者。此外，加上早年，他还是个天主教徒。其实，这一长串社会、政治、哲学、宗教的头衔，不仅是对约翰过去的思想历程的回顾，而且也是奥尼尔对自己过去的思想历程的回顾，同时，这还涉及他进入后期创作阶段的思想状况。当然，这还不是奥尼尔一生的精神全貌，但已足以概括奥尼尔思想深层的主要因素。

那么，这众多的因素在奥尼尔思想的深层各占据什么地位，或者说，奥尼尔思想的深层结构具有什么值得注意的特点呢？无疑，弄清其特点，将有助于我们分析和理解奥尼尔戏剧思想的形成和发展、长处和弱点、贡献和局限，有助于我们正确评价奥尼尔戏剧思想在美国戏剧批评理论发展史上的地位。

有位批评家说，奥尼尔"是个过分的折中主义者"[1]。《尤金·奥尼尔指南》的编者兰那尔德谈到奥尼尔的戏剧理论时说："也许，奥尼尔的心智的力量在于折中主义，而不在于独创的思想。"[2]还有其他一些批评家也曾说过类似的话。奥尼尔是否果真是个折中主义者暂且不论，但这两位批评家确实道出了奥尼尔思想的一个主要特征，他的思想中往往存在着对立两极，他力图按照自己的见解加以调节整理。记得美国著名戏剧评论家约翰·加斯纳曾这样说过："事实上，奥尼尔作为一个剧作家所产生的影响和力量恰恰来自他的分裂。"这里的"分裂"指的正是奥尼尔思想中的对立。可以说，多组对立的存在构成了奥尼尔思想的深层结构。

下面就来探讨一下几组主要的对立因素。

首先谈谈非理性主义与对人生哲理的执着追求这一组对立因素。

在近代哲学史上，西方非理性主义，从康德、卢梭起就已露端倪，它是从对空洞、抽象、绝对乃至于与宗教神学合而为一的理性之消极面和局限性的批判、怀疑开始的。黑格尔的纯粹理性之后，从克尔凯郭尔到叔本华再到尼采，逐渐形成了一种占主导地位的新哲学，一直影响到现当代西方哲学。

---

[1] C. W. Bigsby, *A Critical Introduction to Twentith-century American Drama*, Vol. 1, *1900–1940*, Cambridge, NY.: Cambridge University press, 1981, p. 97.
[2] M. L. Rannald, *The Eugene O'Neill Companion*, Connecticut: Greenwood Press, 1984, p. 753.

克尔凯郭尔注重个人对生活的直接的、神秘的体验,强调个人各自的主观性。叔本华则发展了一种意志第一的学说:表象世界背后的意志是世界的本质和核心;意志是一种求生存的、盲目无意识的冲动力;意志高于知识,高于理性。尼采深受叔本华影响,不满于用理性来说明一切,他用生命意志来说明理性。一个生命体发泄其力量的精神活动中,本能、欲望、直觉、意志等等的发生是无意识的,理性只是实现它们的工具。

显而易见,弗洛伊德的分析心理学与尼采有着共通之处。弗洛伊德自己也意识到自己的方法是与哲学家的方法一致的。弗洛伊德把无意识领域看作心理过程中具有决定性意义的方面,而意识只能顺应无意识的方向,为实现无意识创造条件。在这基础上,他在后期创立了本我、自我和超我三种结构组成的个性论。

以无意识为核心的近代非理性主义是一种感情哲学,艺术家很容易受其影响。奥尼尔的非理性主义主要就来自叔本华、尼采、弗洛伊德和荣格。

奥尼尔18岁时就读了尼采的《查拉图斯特拉如是说》。数十年后他宣称:"《查拉图斯特拉如是说》对我的影响远远超过我曾读过的任何其他书籍。"①1917—1918年,发表了奥尼尔三个独幕剧的杂志《精华》的编辑H. L. 门肯正是美国较早介绍和翻译尼采哲学的人。奥尼尔对《悲剧的诞生》也很熟悉,奥尼尔的许多剧作中也随处可见尼采的影响。至于弗洛伊

---

① 转引自 Frederic I. Carpenter, *Eugene O'Neill*, Boston: Twayne Publishers, 1979, p. 32.

德的影响则更要复杂一些。奥尼尔曾多次否认跟弗洛伊德分析心理学有直接关系。有些批评家说他的《榆树下的欲望》一剧自觉运用了弗洛伊德性心理分析理论,来表现人类积淀的感情真实。他听了很不高兴,他自认是个"本能上敏锐的心理分析家",不必从弗洛伊德那里借用什么。有一次,他对一位提起这个题目的朋友大声说:"我非常尊重弗洛伊德做的工作——但我不是一个弗洛伊德迷!《榆树下的欲望》中无论有什么弗洛伊德的东西,那也必定来自我自己的无意识。"[1]奥尼尔自有他的道理,然而批评家的看法也并非无的放矢。从上面所引奥尼尔的话中,也可以看出他至少是相信无意识的。在这里,有一个事实值得一提。1926年,奥尼尔在纽约市的吉伯特·哈密尔顿医生这里医治酒精中毒症。经过六周时间的心理分析治疗,不久他痊愈了。这次心理分析治疗不仅治愈了他的酒精中毒症,而且使他对弗洛伊德的理论产生了很大兴趣。[2] 其实,奥尼尔在普洛文斯顿剧团就跟其他成员一起分享了对弗洛伊德和荣格的热情。弗洛伊德的理论在当日的格林威治村风行一时的景况在今天是难以想象的。1927年,奥尼尔不仅运用心理分析创作了《奇异的插曲》,而且他还是旨在讨论弗洛伊德理论的一个小组的成员。此外,他的个人经历、内向的性格和对人的一切感情问题的强烈关心,无疑也使他倾向于弗洛伊德的理论。

---

[1] Arthur Gelb, Barbara Gelb, *O'Neill: Life with Monte Cristo*, New York: Harper & Row Publishers, 1962, p. 577.

[2] Frederic I. Carpenter, *Eugene O'Neill*, p. 47.

附录一　对立与主导——论奥尼尔戏剧思想的深层结构

奥尼尔常自称是个神秘主义者,他的兴趣在于表现隐藏在生活背后的力量。在1925年致阿瑟·豪斯本·奎因的一封信中,他说:"……我也是一个坚定的神秘主义者,因为我一直实实在在意识到隐藏在生活背后的力量——命运、上帝、造成我们现在生物学上的过去,不管你叫它什么——反正是神秘……"①这里,"生物学上的过去",指遗传,也是无意识。人屈服于无意识,就像他在古代承认命定,屈服于"神的意志"一样。奥尼尔对无意识的重视,其实是跟弗洛伊德一样的,奥尼尔相信人性的基本模式是本我和自我的矛盾,无意识的欲望和有意识的抑制的矛盾,真实的深层和虚假的表层的矛盾。在耶鲁大学发现的一份手稿中,奥尼尔这样写道:"戏剧应当给我们宗教不再给予我们的一种意义。即使我们没有上帝们(原文如此),或者英雄们可以来描写,我们还有无意识——这个一切神祇和英雄之母。"②这里提到的"无意识"显然又跟荣格有关。奥尼尔曾申明对卡尔·荣格有一种更大的热情,他说:"他的某些看法我很惊讶,发现像一种光,照亮了我那被一种潜伏的动机所支配的经验。"③他尤其欣赏荣格的集体无意识理论、先于有意识的思想和创作的原型理论和神话理论。这在《琼斯皇》《奇异的插曲》等剧作中都可以见到明显的迹象。总之,在奥尼尔戏剧思想的深层结构中,非理性主义这一端是不容忽视的。

---

① 转引自 C. W. Bigsby, *A Critical Introduction to Twentith-century American Drama*, Vol. 1, 1900-1940, p. 45。
② Doris. V. Fallk, *Eugene O'Neill and the Tragic Tension*, New Jersey: Rutgers University Press, 1958, p. 26。
③ Mary Mullett, "The Extraordinary Story of Eugene O'Neill", *American Magazine* (Nov. 1922), p. 34。

其次谈谈另一端,即对人生哲理的执着追求。

奥尼尔渴求"意义"。像他那一代的知识领袖辛克莱·刘易斯、H. L. 门肯等人一样,他以一种超然的、批判的眼光来看待他的同胞及其面临的社会人生问题。他总是将注意力放在透视社会现象和个人经验的形而上学根源,寻求在一个上帝死了的世界里关于人的困境的解释,坚持戏剧作为教给观众一种人生哲学的工具的严肃性。在致乔治·内森的一封信中,他说,作为一个剧作家,他的目的是要挖掘他所感到的"当代社会的病根"——上帝的死亡、物质主义和科学的失败这个大主题。他说:"在我看来,今天要想有所作为的任何作家,在他的剧本或小说中的一切小主题背后,一定要有这个大主题,否则他只不过是在事物的表面胡抹乱画,他的真正地位还及不上一个客厅里的表演者。"[1]对奥尼尔来说,戏剧起的是哲理的作用,而不是自然主义的作用,如果戏剧不挖掘"当代的社会病根",就毫无价值可言。这病根表现在各种"问题"中,他曾这样说:"必须记住黑人问题,这不是一个戏里面的问题,不是引起偏见的唯一问题。我们是被偏见分离的,种族偏见、社会偏见、宗教偏见。寻根溯源,当然,这一切当出于经济原因。"[2]他还说:"戏剧对于我就是生活——生活的本质和解释……"[3]奥尼尔关注着他的时代的美国生活的各个方面,他要在社会偏

---

[1] Alan S. Downer (ed.), *American Drama and Its Critics*, Chicago: The University of Chicago Press, 1975, p. 98.
[2] Arthur Gelb, Barbara Gelb, *O'Neill: Life with Monte Cristo*, p. 537.
[3] C. W. Bigsby, *A Critical Introduction to Twentith-century American Drama*, Vol. 1, 1900–1940, p. 42.

见、种族偏见、宗教偏见、资产阶级社会的敌对性、实利主义等等这些当代社会问题中去发现社会人生的哲理。这一端在奥尼尔戏剧思想的深层结构中无疑居于更为重要的地位。

理性与非理性并非绝对的对立。尼采也没有全盘抛弃理性,弗洛伊德其实也有他的良苦用心。至于奥尼尔,他对剧中人物无意识心理的揭示,在很大程度上出于自己个人的人生经历和对现代人与社会的长期观察。他把无意识看作一个值得开掘的领域,以便不仅从客观世界而且从人的主观世界的深层去发现社会人生的哲理。这与其说是折中主义,不如说是明智的统一。

这一对立因素是基本的。下面简要谈谈其他几组对立因素。

关于奥尼尔究竟是悲观主义者还是乐观主义者的问题,常在一些批评家中引起争论。在奥尼尔的充满心理象征的剧作《更庄严的大厦》中,老夫人苔伯拉对她的儿子们讲过这样一个神话故事。有一个"幸福之土"的国王,他为了一个女巫而失去了他的国土,并遭到放逐,像一个不幸的流浪者一样漫游世界。在他悔恨交加之时,女巫给了他一个希望:如果他找到一扇有魔力的门,他就可以重新得到他的王国。但不久他又受到一个警告,要是打开这扇门,那么他就只会发现不毛之地和死亡。结果他终其一生站立在门前,这个故事可以看作奥尼尔对人类生活的说明。他的其他许多剧作,譬如《素娥怨》《送冰的人来了》中,也含有这层意思。这种荒诞的悲剧性说明跟卡夫卡的《城堡》很接近。许多批评家称奥尼尔为悲观主义者不是没有原因的。悲剧主义确实存在于奥尼尔的意识深层。

可是，奥尼尔常常抱怨人家称他是个悲观主义者，多次为自己申辩。这又是什么原因呢？

批评家巴雷特·克拉克曾为奥尼尔辩解，称他是个乐观主义者。其理由归纳起来有三条：(1) 他是大写的人生的战斗性的鼓吹者；(2) 他看见了生活中迷人的一面；(3) 他直面生活中一切悲剧的失败并超越这种混乱而创造一种自身完善的美。① 克拉克看到了奥尼尔在这方面的特点，但是"大写的人生"的实质是什么？"迷人的一面"在哪里？"自身完善的美"又是怎样的？克拉克没有说清楚。我们还是来看看奥尼尔自己的说法。

1923年，奥尼尔在写给一位护士的信中做了这样的说明："我根本不是一个悲观主义者。我把生活看作绚烂而讽刺的、美丽而冷漠的、辉煌而因混乱引起痛苦的、给人以巨大意义的悲剧，而人要是不在跟命运的斗争中失败，他就会成为一只木然愚昧的动物。我说的'斗争中失败'仅仅是在象征的意义上，因为勇敢的个人总是胜利的。命运绝不可能征服他——或者她的——精神。因此，你可以看到我不是一个悲观主义者。相反，尽管我精神上伤痕累累，我高兴为生活而死！"② 对勇敢的个人的不可征服的精神的坚定信心，才是奥尼尔可被称作一个乐观主义者的原因。克拉克所谓"大写的人生""迷人的一面""自身完善的美"，实质上就是人的尊严、人的精神价值、人对人的本质即精神的自我肯定。这种乐观主义

---

① Sophus Keith Winther, *Eugene O'Neill: A Critical Study*, New York: Russell & Russell, 1961, p. 253.
② C. W. Bigsby, *A Critical Introduction to Twentith-century American Drama*, Vol. 1, 1900–1940, p. 46.

不是肤浅的乐观主义,而是混合着悲观主义的乐观主义。生活的悲剧性是现实,勇敢的人并不去新造一个虚假的大团圆结局。他要斗争,生活是斗争,命定的失败并不使他望而却步。因为他在斗争中肯定了自己的精神、自己的价值、自己的生活愿望。因此生活是值得的,并高兴为生活而死。这样的人才是美的、真实的、有希望的,他的未来是乐观的,他配过一种美好的、理想的、更为充实的生活。这些才是"照亮了甚至最污秽卑贱的人生死胡同的富有诗意的(在最广最深的意义上)幻想——我深信,这就是而且必将是我作为一个剧作家的本分和关心之所在"①。奥尼尔否认自己是个悲观主义者,其用心是很深的。

前面说过,奥尼尔的思想深处确实有悲观主义。那么,怎样来看待他的思想深处悲观主义与乐观主义这一组对立呢?还是批评家埃萨特·杰克逊说的好:"奥尼尔的'悲剧的人道主义'重新肯定了古典的观点:人的现状永远妨碍完全实现人的理想,不过,不仅维护人的尊严而且维护人的人性,正是个人对他囿于其中的悲剧性事实所做的回答。"②这种回答显然就是奥尼尔的混合着悲观主义的乐观主义的回答,否则人何以为人?这样,在奥尼尔的思想中,对生活现实的悲观主义与对人的精神的乐观主义,就在人道主义的基础上得到了统一。

接着谈谈奥尼尔的社会观中的一组对立因素,即社会主义与无政府

---

① Sophus Keith Winther, *Eugene O'Neill: A Critical Study*, p. 236.
② Esther. Jackson, "O'Neill the Humanist", in Vinginica Floyd (ed.), *Eugene O'Neill: A World View*, New York: Frederick Ungar Publishing Co., 1979, p. 256.

主义的对立。

奥尼尔很早就受到无政府主义的影响。1907年,奥尼尔开始自学,经人介绍认识了位于纽约第六街上的独家书店店主本杰明·塔克。塔克当时50多岁,他18岁上就成了哲学无政府主义者。当时,塔克已是美国个人无政府主义运动的最著名的成员。这个运动提倡人的一切事情应当由个人或者自愿结合的个人来处理,国家应该废除,个人自由是唯一令人满意的生活方式。塔克还将法国无政府主义者蒲鲁东的一些著作译成了英文。奥尼尔在独家书店读塔克出售的书,吸收塔克的观点,并从塔克这里搞清了无政府主义不同派别的观点,比如,个人无政府主义与暴力无政府主义不同,不是用炸弹而是用言辞抨击现存政权。在独家书店,奥尼尔还结识了当时其他的无政府主义者。在当时和后来结识的无政府主义者中,还有两个人值得一提。一个是特里·卡林,他对奥尼尔的哲学思想的影响极大,另一个是希波拉特·哈弗尔。这两个人,奥尼尔后来都将他们写进了《送冰的人来了》一剧中,特里成了剧中人拉里·斯莱德,哈里·霍普酒店的房客,一度是个工团主义者,而哈弗尔成了剧中人雨果·卡马尔,他的白日梦就是资本主义总有一天要完蛋,尽管他目前一无作为。可见,奥尼尔到晚年也没有忘记他们,也没有忘记受到的无政府主义影响。

说到社会主义的影响,也是很明显的。十月革命对美国20世纪20年代和30年代的戏剧影响深刻,奥尼尔当然不在例外。但是,这些影响在不同作家身上的程度不尽相同,而且作家对这种影响的态度也是在变化的。

附录一 对立与主导——论奥尼尔戏剧思想的深层结构

批评家们经常引用奥尼尔早年替社会主义刊物《号角》和《群众》撰写的两首讽刺诗,一首讽刺帝国主义战争,一首抨击美国的资本主义,以此来说明奥尼尔对社会的批判。奥尼尔确实读过马克思的著作,后来在格林威治村又结识了著名记者、革命家、社会主义者约翰赛拉斯·里德(1887—1920)。里德在哈佛大学读书时就组织过社会主义俱乐部,十月革命后去俄国,写下了报告文学名作《震撼世界的十日》,受到列宁赞赏。1919年9月在美国积极参加创立后来与美国共产党合并的美国共产主义劳工党。奥尼尔与里德过从甚密。他的唯一的短篇小说《明天》,就是在里德的促成下,发表于1919年6月2日的《七个艺术家》杂志。1920年,奥尼尔虽然对政治失去了兴趣,但他还是怀着郁闷的心情读了一个朋友寄来的《纽约时报》有关里德葬礼的剪报。后来,奥尼尔在《拍电影的人》中写到里德在墨西哥的一段经历。奥尼尔跟里德的妻子,也是一个革命家的露易斯·布莱恩特关系密切,两人曾一起在《渴》一剧中扮演过角色。他们夫妇两人的社会主义观点无疑影响过奥尼尔。

但是,奥尼尔很快就脱离和放弃了无政府主义观点和社会主义观点。还在普罗文斯敦,他就不同意另一个激进派,后来成为共产主义者的迈克尔·戈尔德的艺术应当表现政治的观点。有一次,戈尔德要奥尼尔用戏剧表现阶级斗争,奥尼尔说:"艺术和政治不能混淆,一个剧作家一旦写宣传的东西,他就不再是一个艺术家,相反,成了一个政治家。"[1]1920年,他

---

[1] Arthur Gelb, Barbara Gelb, *O'Neill*: *Life with Monte Cristo*, p. 359.

已经对政治不感兴趣。1922年,在与奥利弗·M.塞勒的谈话中,他说得更明确:"在我们前进的过程中,我们总是望着比我们能达到的更遥远的地方。我想那就是之所以对形成的政治运动和社会运动不关心的原因。我一度曾是积极的社会主义者,又成了一个哲学上的无政府主义者。可是今天我并不觉得那样的东西有多大意义。我看到有些人对政治和社会问题那么一本正经,寄以那么大的希望,实在可笑的很。"[1]奥尼尔置身于政治之外,这与他的艺术信条有关,也与他对美国社会的悲观态度有关。像法国存在主义作家加缪一样,奥尼尔一生并没有很明确的社会观。奥尼尔对政治的关心远不如对人的梦想和命运的神秘的关心。批评家福尔克说得很清楚:"奥尼尔确信,现代生活的、政治的、经济的、物质的条件是极其短暂的、表面的。命运的神秘是内在的神秘,不是存在之外的间接的、外加的神秘。"

但是,这样是否就能解说1920年后,无政府主义和社会主义在奥尼尔的思想中就烟消云散了呢?显然不能。实际上,奥尼尔青年时期的无政府主义和社会主义,是他反叛美国物质主义的一个方面。而反叛物质主义这一面,在他的一生中始终存在着,因此,无政府主义和社会主义在他的思想中未必就无影无踪了。1921年写的《毛猿》,1923—1925年写的《富商马可》,1936年写的《送冰的人来了》,都可以找到明显的痕迹,甚至在1943年写的《月照不幸人》中也多少可以找到这种痕迹。这组对立因

---

[1] Oscar Cargill et al., *O'Neill and His Plays: Four Decades of Criticism*, New York: New York University Press, 1961, p. 167.

素无疑是存在的。这组对立因素虽然不占重要地位,却影响到奥尼尔对资本主义社会批判的力度,显然不可忽视,尽管这种批评有的时候显得较肤浅。

最后要谈的一组对立因素是西方宗教和东方道家思想。

奥尼尔15岁那年突然放弃了天主教信仰,成了无神论者。一些批评家认为奥尼尔是反宗教的。奥尼尔的反宗教一方面跟他的个人经历、他的家庭有关,另一方面跟尼采影响有关。天主教未能解决他的人生问题和家庭问题,令他失望。同时,他像尼采一样,认为西方宗教轻视人的本能,扼杀人的意志,把人的激情压抑在人的意志之下,根本否定人的生命,因而对西方文明的基督教根源深感怀疑。但是,奥尼尔并没有与宗教绝缘。在致内森的信中,他说他要寻找旧的、死了的上帝的替代物,在《富商马可》中,他将道家、儒家、佛教、伊斯兰教、基督教相提并论,并估量孰优孰劣。在三部探寻"灵魂的病症"的剧作《发电机》《难分难舍》和《无穷的岁月》中,他要处理的其实就是信仰问题。有的批评家甚至说,在《无穷的岁月》中奥尼尔回到了过去的天主教信仰,尽管奥尼尔加以否认。确实,奥尼尔在他的一生的岁月里一直在寻找另一种信仰。他说过,他关心上帝与人的关系甚于关心人与人的关系。他相信前者决定了后者。"一个大的宗教都是解决人生中的某些主要问题。"[①]其中主要讲的是生死观,以及解决生死对立的方法。奥尼尔要寻找的其实就是能够解决生死冲突的

---

① 冯友兰:《中国哲学史新编》第四册,人民出版社1986年版,第209页。

主要基础。在晚年，他找到了道家思想。1937年，他在加利福尼亚的丹维尔建造了"大道别墅"，跟妻子卡洛塔在这里一起一住就是6年。

美国印第安纳大学比较文学教授霍斯特·弗伦茨在《〈富商马可〉、奥尼尔的中国经历与中国戏剧》一文中说："像他的同时代人依芝拉·庞德一样，奥尼尔相信东方能够提供西方社会迫切需要的某种准则。"①奥尼尔希望用道家思想来治愈物质主义的西方的病根。② 道家思想是与美国社会冲突的。道家主张脱离日常社会的生活，以求得到一个脱离社会的虚幻世界，这是出世思想。道家对人生则取虚无主义态度。"吾所以有大患者，为吾有身，及吾无身，吾有何患！""夫惟无以为生者，是贤于贵生。"③在人的精神境界方面，道家主张超越，超越人生，超越社会。"举世而誉之而不加劝，举世而非之而不加沮。"④"心无措乎是非""情不系于所欲"。⑤ 要做到"至人无己，神人无功，圣人无名"⑥，也就是要彻底超脱。在奥尼尔看来，道家思想的这些方面对他所身处的环境既意味着挑战又意味着超脱。在他的后期剧作中确实可以看出，他试图用道家的生活方式来解决自我与世俗力量的冲突、现实与幻想的冲突、生与死的冲突。他试图说明，人可以通过他的白日梦创造一个能使他承受生存悲剧的幻想世界，以求得

---

① 霍斯特·弗伦茨：《〈富商马可〉、奥尼尔的中国经历与中国戏剧》，载龙文佩编：《尤金·奥尼尔评论集》，上海外语教育出版社1988年版，第292—303页。
② 同上。
③ 《老子》第十三章。
③ 《老子》第七十五章。
④ 《庄子·逍遥游》。
⑤ 《嵇康集·释私论》。
⑥ 《庄子·逍遥游》。

白日梦与现实的和谐,求得人与道的和谐。① 奥尼尔不仅要挑战,也要超越,只有这样,人在生活中与命运的斗争才不是无谓的,才有了目标,有了归宿。于是,人追求自由幸福的问题、人生的问题,总之,生与死的冲突就得以体面地解决,奥尼尔一生对信仰的探索也有了着落。西方宗教与东方道家思想这一组对立因素在奥尼尔戏剧思想的深层结构中的地位是不可忽视的。

奥尼尔的思想深层容纳了如此众多的哲学观、人生观、社会政治观、宗教观,这绝不是一个偶然的个人精神现象,奥尼尔生活在一个急速变化的时代。他个人的成长是与西方现代世界文化的思想的发展一致的。从"迷惘的一代"的感伤的自我怜悯到现代存在哲学的更为严峻的悲观主义,世界在变化,奥尼尔也随之而变化。20世纪初叶,世界的政治、经济、文化正处于历史的动荡期。就西方世界而言,这个时代在精神上的最大特点是对西方传统文明的怀疑和否定。这一时代特征直接影响到美国现代文学主潮的形成。美国文学由于社会和文化的大冲突而获得了新的活力,迅速成熟起来,美国作家更注意探索社会现状的根源,探索有助于个人对抗资本主义社会的主导价值。作为美国文学一翼的美国戏剧当然也受到主潮的冲刷。决心步入美国戏剧界的奥尼尔正是置身于这一主潮中的弄潮儿。他揭起艺术的旗帜,针锋相对,反对逃避现实的商业性、娱乐性的旧戏剧。同时,他也顺应了时代思潮的主题,借艺术来探索新的信

---

① James Schevill, *Breakout: In Search of New Theatrical Environments*, Athens, OH.: Swallow Press, 1973, pp. 192 – 193.

仰。正是在这一背景下，他接受了众多思想的影响。而且，也正是这一背景决定了他的思想深层结构的另一个特点。

这另一个特点当然不是折中主义，这在上述对四组对立因素的分析中也多少可以见出。弗伦茨教授说得更明了而中肯："奥尼尔恰把自己比作一只熔化锅，这颇恰如其分。在其中，古代观念和现代观念、东方思想和西方思想接触混合，直到它们的冲突弥合一致而适合于他的特殊目的。只有弄清了这一来龙去脉，你才可以着手讨论奥尼尔及其与亚里斯多德、尼采、老子等诸如此类的思想家的关系。"[①]"他的特殊目的"是什么呢？这就是对人的精神价值的关心，对人生哲理的执着追求。而这正是贯穿四组对立因素的主线，是奥尼尔戏剧思想的深层结构的主导。外在的时代的主导规定了内在的个人思想的主导。一个对立，一个主导，这两个特点决定了奥尼尔的戏剧与生活的关系、悲剧观、主情说以及艺术探索观诸方面的构成，也决定了他的总体戏剧思想的走向。

[①] 霍斯特·弗伦茨：《〈富商马可〉、奥尼尔的中国经历与中国戏剧》，第292—303页。

附录二　奥尼尔与现代悲剧意识

奥尼尔一生主要写悲剧,而且是有意而为之。单说多幕悲剧就有十七八部,加上几出独幕悲剧和最后一部未完成的悲剧,不下 20 部。他自觉师法斯特林堡,把创作现代悲剧看作自己的艺术使命,个中原因,除了别的,有很大一部分是因为深受现代悲剧意识的影响。这一与奥尼尔的创作生涯相始终的影响,使他赢得观众,功成名就,作品经久不衰,为现代悲剧的确立和发展有所奉献,增添了一些新东西;但同时又使他受到局限,产生败笔与不足,给现代悲剧投下了阴影,留下了当然非他一人之力所能解决的现代悲剧理论问题。

创作伊始,奥尼尔就身处一个易受现代悲剧意识影响的社会环境和文化氛围中。批评家莱昂内尔·特里林在《文学的思想意义》一文中说,美国现代文化贯穿着一种强烈的怀疑情绪。敏感而深思的奥尼尔在青年时代就产生这种情绪是很自然的,而怀着这种情绪,很容易接受现代悲剧意识。

现代悲剧意识具有双重含义：一层是哲学上的含义，另一层是戏剧美学上的含义。这里主要指第一层含义：现代悲剧意识是一种哲学人生观和人生态度。它的形成和发展经历了三个阶段。早在黑格尔的戏剧冲突说和艺术终了论中就透露出了现代悲剧意识。至叔本华、尼采、克尔凯郭尔以及德·乌纳莫诺，大谈特谈人生痛苦和生命的悲剧意识，此外，达尔文的进化论也起了推波助澜的作用。这是现代悲剧意识的生成期。第二阶段是发展期，主要是弗洛伊德的潜意识理论和荣格的集体无意识理论，这二者也都是悲观的决定论。第三阶段是深化期，主要包括雅斯贝尔斯、海德格尔、萨特等人的存在主义悲剧人生观和后来的荒诞派戏剧的荒诞意识。现代悲剧意识的特征，顾名思义，是悲观主义。悲观主义是现代的哲学。这种哲学认为恶、荒诞、无意义是不可避免的；在一个上帝死了的世界里，人只能相信自己，依靠自己，然而人又是如此脆弱、无望，在世界上没有目的。"我们将去向何方？""世界从这里将去何方？"它提出了问题，但却不能给出答案。至于现代悲剧意识的核心，是试图在现代社会中重新获得人作为人的尊严和幸福，并以一种现代悲剧眼光重新审视生命的价值和意义，把人作为哲学本体来加以思索。一言以蔽之，现代悲剧意识是关于现代人的悲剧意识，它所深为忧虑的是苏珊·郎格在《情感与形式》中谈论悲剧时所说的人的"灵魂的死亡"。

有一点需要说明，悲剧作家与作为一种哲学思想的现代悲剧意识的关系是模糊的，而且往往是各取所需。但就奥尼尔而言，他与现代悲剧意识的关系是比较直接的，这可以从以下关于他的悲剧的主题模式的分析中看出来。

美国戏剧从乐观转变为悲观，其标志是1916年普罗文斯顿剧团上演的奥尼尔的独幕剧《东航加迪夫》。说来有趣，奥尼尔与他那位演了大半辈子的《基督山伯爵》的父亲的对立，从某种意义上说，不妨看作悲观与乐观的对立。深刻的悲观主义与肤浅的乐观主义在价值上一开始就显出孰优孰劣。20世纪早期，奥尼尔就在人们惯于娱乐的戏剧氛围中，以一种清醒的悲剧眼光寻找在一个上帝已死的世界里关于人的答案和人在宇宙中的地位，并将自己寻找的努力用现代悲剧的形式表现出来。他写下的悲剧的主题模式可以大致归纳为如下四种。

1. 人失去了人的身份，要在现实世界里寻找归属而不可得。这第一种模式的作品主要有《毛猿》和《大神布朗》。轮船司炉杨克因受一位资产阶级小姐的侮辱突然发现自己失去了人的身份，他四处寻找，一无所获，一时兴之所至，欲与猩猩为伍，不意被其扼杀。他的死是自我毁灭，因为笼子的门是他自己开的。狄恩的结局也是死，这位才华横溢的艺术家在现实中却找不到自己应有的地位，真实的自我在面具的掩盖下消失了。人寻找归属的努力终归徒劳。

2. 诗人气质型，梦想破坏了生存。这第二种模式的代表作品是《天边外》和《诗人的气质》。罗伯特和安德鲁各自的梦想都没能实现，他们的希望都在天边外，而实际人生则被弄成无望的失败的人生。一位曾经的华盛顿军队的上校因过于沉浸在自己的幻想中而成为生活中的失败者。《黄金》中的巴特利特也是这类人物。他自以为发现了财宝，于是为了保住秘密犯下谋杀罪，妻子为此而死去，儿子也因想黄金想得发了疯，可是最后巴特利特发现所谓财宝只是一堆不值钱的玩意儿。《发电机》也可以归入这一模式。

3. 人的潜意识中的意识使人产生欲望，这种欲望是与生俱来的，人逃脱不了由此造成的悲剧的命运。这第三种模式的代表作是《榆树下的欲望》。性的占有欲扩大到了对财富的占有欲，二者交织在一起令人无法抗拒，这是造成爱比与伊本、老卡普特之间的悲剧的根本原因。此外还有《与众不同》中的爱玛和《奇异的插曲》中的尼娜也面临相似的悲剧。

4. 过去决定了现在，而且也决定将来，你要忘也忘不了，想逃避也逃避不了。这是一种现代诅咒，个人只有绝望的份。这第四种模式的代表作品是《进入黑夜的漫长旅程》和《悲悼》。泰伦、玛丽、梅农家族，他们过去的弱点，因环境造成的过失、精神上的缺陷都成了诅咒，后来的人只能被动接受这与生俱来的诅咒，只能忍受生活的判决，独立的个性没有发展的可能，生活中老是弥漫着雾，痛苦没有尽头，绝望也没有尽头。属于这一种模式的作品还有《安娜·克里斯蒂》《送冰的人来了》《月照不幸人》《更庄严的大厦》等。

奥尼尔用不同的主题模式来写困扰现代人的不同问题，他努力写出现代人在一个不仅与自身冲突而且跟宇宙本身冲突的世界中无所适从的状况，以及现代人企图重新得到作为一个人的尊严和幸福只是白费力气的无奈结局。在他的剧本中，人从来没有找到自己在宇宙中的真正地位。他的悲剧的四种主题模式有一个明显的共同点，即都指向绝望。绝望主题并非美国所独有,但只有美国努力写出了有关绝望主题的确定无疑的现代悲剧。在这方面奥尼尔显然是先行者和佼佼者。奥尼尔的绝望是一种悲观主义的决定论,这种悲观主义也正是现代悲剧的基本特征。传统悲剧有些是乐观主义的悲剧。古希腊的悲剧并不一定以不幸告终。《伊翁》《海伦》《阿尔萨斯提斯》三剧在我们看来就不是"悲剧的"。T. S. 艾略特就曾将《伊翁》改编成喜剧《极受信任的职员》。希腊悲剧和伊丽莎白时代的悲剧的基本思想是一种健康的怀疑主义,它怀疑存在的价值,但不绝对否定存在,它怀疑终极真理,但不反对生活。现代的对存在的完全悲观主义的态度,对于悲剧完全是个新东西。奥尼尔把这新东西带进了现代悲剧,这一点是明确无误的。

奥尼尔不仅用戏剧实践为现代悲剧的确立和发展做出了贡献,而且对现代悲剧的一般理论和结构也有着独特的认识。不用说,这种独特认识与他所接受的现代悲剧意识是分不开的,主要由现代悲剧命运观、现代悲剧人物观和现代悲剧价值观所构成。

1. 现代悲剧命运观。有位美国评论家这样说,人实际上并没有多大改变;只是我们对他略有变化的情绪和举止有了更多的了解。我们的命运观实际上也没有改变。改变的只是命运的面貌。那面貌不再具有神谕的特征:命运不再像机关里的神那样突然降临。奥尼尔对命运的看法大致也是如此。他在《悲悼》中所做的努力就可以说明这一点。古希腊悲剧中是人和神作斗争,现代悲剧中是人和自己的命运作斗争。这"自己的命运"是人的遗传,人的无意识。1922 年,奥尼尔在一次谈话中就说过,人都是相同的造物，有着相同的原始感情、野心和动机，相同的力量和相同的弱点，就像在雅利安种族从喜马拉雅山迁徙到欧洲时一样。如今他变得更了解那些力量和那些弱点，他正在学会怎样控制它们，然而极其缓慢。人越来越清楚自己的内心世界，在现代，人与命运的斗争成了一场内心冲突，正是人的这种冲突构成了今天有血有肉的生活。当人以为，要是不承认无意识——这个上帝的现代等价物的力量，他的有意识的自我也能满足他的一切需要，那他就犯了命定的错误。在奥尼尔看来，人与无意识的斗争成了现代人的命运的内容，这当然也就是现代悲剧构成的基础。

2. 现代悲剧人物观。现代的命运是普通人的命运，现代悲剧是普通人的悲剧。传统的悲剧人物是帝王将相、公子王孙，是身份高贵的人。这样的人物在现代或多或少民主的世界中已是属于过去的现象。现代的悲剧人物是普通人，是小人物。奥尼尔认为，现代悲剧人物在两点上跟传统悲剧人物不同。其一是人物的重要性不在于他的身份地位的高贵，而在于他的精神上的高贵。用阿瑟·密勒的话说，在于"内在的高贵"，他能感觉到和理解到自己被某种力量从一个前程光明的地方推到另一个地方，在那里生活失去了魅力，失去了光明，失去了价值，但他坚持自己作为一个人的信念，这信念促使他超越社会束缚和信条，他只在自身内寻找人的答案，绝不去问是否有比他自己更高的、他须去效忠和服从的权威，他只相信自己的梦想，坚持自己的行为方式。其二是他不是积极主动去与外部的敌人做斗争，也不追求在肉体上战胜敌人。相对说来，他的斗争是心理上的，他要战胜内心的敌人。此外，传统悲剧中因人物的过失而招致悲剧的解释在此已不适用。奥尼尔认为无意识中的欲望是像死亡一样造成灾难的。悲剧的原因不在过失，而在人的无意识，因此人一开始就处于败北之地，不可能有任何成功的希望。另一方面，现代悲剧人物跟传统悲剧人物又有两个相同点：(1) 跟命运斗争而忍受难以避免的挫折乃至毁灭；(2) 虽然是普通人，他的不幸仍然必须要有意义。没有这两点，现代悲剧人物也就不成其为悲剧人物了。

3. 现代悲剧价值观。美国一位批评家认为，奥尼尔重新肯定了悲剧的传统价值。在戏剧史上，这是他最大的贡献；他为一个主要关心娱乐的国家召回了悲剧的精神价值。这个评价相当中肯。奥尼尔相信，悲剧是戏剧的最高形式，他像尼采一样认为悲剧是对生活的肯定。奥尼尔说过，认为悲剧就是不幸，那完全是现代人的看法。古希腊人和伊丽莎白时代的人就比我们懂得多些。他们感觉到了悲剧给人带来的巨大鼓舞。悲剧能够在精神上激励他们，使他们对生活了解得更深刻。通过悲剧，他们摆脱了日常生活中的无谓操心。他们看到悲剧使他们的生活变得高尚。悲剧是生活的意义和希望。显而易见，奥尼尔肯定悲剧的价值实质是肯定生活的意义，肯定人的精神价值。这种精神意义是指当他的目标足够高尚时，当个人为了未来更高贵的价值而与一切内在与外在力量斗争时，生活所能获得的那种精神意义。这样一个人物形象必然是悲剧性的。

奥尼尔属于悲剧的伟大传统，但他的悲剧理论又是独特的、现代的。约翰·加斯纳说："没有奥尼尔的悲剧观，我们的戏剧在他活着的时候，在很大程度上仍然停留在无足轻重的地位。"

然而，事情还有另一面。明眼人也许会看出，奥尼尔的悲剧理论与他的悲剧创作有某些不一致之处，或者说，他的一些悲剧存在明显的弱点。在理论上，他将现代悲剧的悲观主义与传统悲剧精神加以调和，但在创作上却未能如愿。其弱点可以归结为两个方面。(1)虚无主义和宿命论。《进入黑夜的漫长旅程》的最后一幕中爱德蒙说："我们来到这个世上做人，真是个大错。"这话一如卡尔德隆的《人生如梦》中的两句诗："人所犯最大的罪/就是他出生在世。"这种对人生的虚无主义态度在《送冰的人来了》一剧中表现得尤为明显，否定生活，否定爱情。至于宿命论，他的一些主要剧作，如《悲悼》《安娜·克里斯蒂》《榆树下的欲望》等，都滑到了宿命论的边缘。这和他坚持的悲剧价值是矛盾的。一切都成了无谓的。(2)他的剧中人物有些往往不仅在生活中失败，而且在精神上也失败了。比如莱维尼亚、爱玛、尼娜、杰米、上校以及《送冰的人来了》中许多人物，大多如此。这与他的悲剧人物观是矛盾的。总之，他的悲剧有着一种能强烈感受到的压抑感。

这弱点与现代悲剧意识本身的弱点有关，也与奥尼尔对现代悲剧意识的误解有关。现代悲剧意识存在着消极悲观乃至虚无绝望的一面。从叔本华到弗洛伊德的理论，都或多或少是指向绝望的决定论。雅斯贝尔斯、海德格尔、萨特都从存在的角度，从人的本体论上谈论死亡。应该怎样认识死亡呢？死是必然的，人只有真正领会和懂得了死，才能领会懂得生；畏死能使人反跳回来，获得生的动力，自己承担起自己的命运，开拓出自己生命的道路。存在主义者企图打破僵局，寻找出路。但这总好像是在强说天凉好个秋。奥尼尔受现代悲剧意识的消极悲观乃至绝望的一面的影响是很深的,他强要掩饰辩解也是没有用的。他的悲剧的压抑感,批评家们也早就指出过,尽管有人为他分辩,但这种压抑感的存在是不可否认的事实。说起来,这不只是奥尼尔的弱点,也是现代悲剧的弱点。从哲学上思考悲剧始于19世纪,悲剧作为一种观念是近百年来的创造,而这正好是与近代、现代西方社会和文明不断出现危机相当的。现代悲剧意识生成期可以说是危机前的反思,发展期是对危机的反思,深化期一方面继续反思危机,另一方面又是对反思的反思。因此,现代悲剧意识实质上是一种忧患意识,它充满了历史感、生命感、不满足感。它要在否定中打开通向未来的路,度过危机,而非纠缠于危机。西方社会和西方文明在经受着新的阵痛。从此种意义上说,没有悲剧的文明是不完全的文明。奥尼尔未能多从这一方面来进行现代悲剧的实验,不能不说是一个遗憾。

当然,看待奥尼尔的悲剧,应持一种比较宽松的悲剧观念。在当今多元的世界中,应有多元的戏剧,悲剧本身也应是多元的。每个民族的悲剧应有自己的特点。但现代悲剧毕竟又应有自己独具的性质。也许,正应当从这两方面来看待奥尼尔与现代悲剧意识的关系,看待他的成与败,这样,定然能获益良多。

附录三　奥古斯多·博亚尔和他的被压制者戏剧理论

一

奥古斯多·博亚尔(Augusto Boal,1930—2009)是当代国际著名的巴西戏剧家、戏剧改革家、戏剧教育家和戏剧活动家。1974年出版的西班牙文《被压制者戏剧》(Teatrode Oprimido)一书,于1979年被译成英文,由此奠定了他在国际戏剧界的地位。奥古斯多·博亚尔所积极倡导和实践的被压制者戏剧(theatre of the oppressed)及其理论在欧洲、美洲、大洋洲和亚洲等许多地方产生了广泛影响,到1993年举办了七届的国际被压制者戏剧节已经成为当代重大的戏剧文化现象,受到人们越来越多的重视,响应者也越来越多。博亚尔因在国内遭受政治迫害而移居西欧后,于1978年在巴黎创立了"主动性表现技巧学习与普及中心"来宣扬和传播被压制者戏剧,对西欧主流戏剧文化产生很大冲击。后来,他重返故国巴西,坚持实践被压制者戏剧,并继续活跃在国际戏剧界。人们已经越来越认识到,奥古斯多·博亚尔的被压制者戏剧是20世纪继残酷戏剧、史诗戏剧、荒诞派戏剧、质朴戏剧、环境戏剧以及人类学戏剧之后的又一种新的戏剧,而他的被压制者戏剧理论,也即博亚尔所称的被压制者的诗学,可以说是继阿尔托和布莱希特之后向亚里斯多德挑战(博亚尔同时也向布莱希特挑战)对戏剧从根本上重新做出解释并自成一个系统的第三种戏剧理论。

二

1974年,博亚尔呼吁还戏剧于民众。他认为戏剧最初是颂神诗歌:自由的人民在露天歌唱。戏剧是狂欢节,是人民自己的庆典。后来,统治者占有了戏剧,并建立起了他们的两堵隔墙。首先,他们把人民一分为二,分成表演的人和观看的人,在两者之间建起了第一堵隔墙,人民的庆典也就此告终。其次,在演员中间,他们把主角从群众演员中分离出来,在两者之间建起第二堵隔墙,从此开始了强制的灌输。博亚尔的基本出发点是要推倒这两堵隔墙,恢复"演戏人"(theatre)的本来面目和地位,使戏剧成为人民的戏剧。

三

被压制者戏剧的理论核心是重新解释行动(action)这一戏剧理论的

中心概念。他向亚里斯多德发起挑战,他认为,亚里斯多德的诗学是压制者的诗学:世界是已知的完美的,或者就将完美起来,它的一切价值被强加于观众,观众被迫将权力让给戏剧人物,戏剧人物代替观众行动和思想;在这样做时,观众自我净化了他们的悲剧过失——换言之,净化了某些能改变社会的东西,于是,戏剧行动取代了真正的行动。

至于布莱希特的诗学,博亚尔认为那是启蒙领袖的诗学:世界被揭示为有待改变的对象,这种改变开始于戏剧之中,因为观众不把权力让给戏剧人物站在观众的地位来思想,观众保留了站在戏剧人物的对立面为自己思考的权利,从而出现了一种批评意识的觉醒。但是,观众的经历只是在意识的层面得到揭示,而不是在行动的层面得到整体的揭示。戏剧的行动将光线投射到真实的行动上,戏剧景象(spectacle)是为行动所作的一个准备,而不是行动本身。

博亚尔站在亚里斯多德的对立面,并比布莱希特更进一步,提出了被压制者诗学。这一诗学的焦点集中在行动本身,观众不把权利让与给人物站在他的地位来行动或者思想,相反,他为自己行动和思想,也就是说他亲自充当主角的角色,改变戏剧行动,尝试解决办法,讨论关于改变的计划,总之,为真正的行动而训练自己。被压制者诗学实质上是解放的诗学,被解放的观众作为一个完整的个人投入行动之中,行动是虚构的这一点无关紧要,要紧的是它是行动。因此,在博亚尔看来,戏剧团体应当把人民当作戏剧中的演出主体,这样,人民就可以自己来运用戏剧。戏剧是武器,正是人民应当使用它。

四

奥古斯多·博亚尔比布莱希特走得要远，不过，他显然在布莱希特那里得到了不少启发，可以说，博亚尔诗学的出发点正是布莱希特的诗学。

博亚尔在《被压制者戏剧》一书第3章《黑格尔与布莱希特》中，对布莱希特的诗学做了独到的考察。博亚尔指出，布莱希特的整个诗学基本上是回答和反驳黑格尔的理想主义（观念论）诗学（idealist poetics）。黑格尔的诗学是浪漫主义诗学：主观支配客观；精神决定外部行动；精神脱离物质而获得完全自由。在亚里斯多德看来，戏剧显现主观力量的外部客观冲突。而黑格尔则认为，人物性格是其行动的绝对主体（the absolute subject）。黑格尔是这样来看待人物性格（the character）的主观自由的：（1）动物完全由环境决定，因此不自由。戏剧诗中最好的性格是最少感受到物质需要的压力的性格，从而能自由外化他们的精神冲动。（2）性格必须自由，能决定自身命运，因而需要一切自由。（3）自由基本上不涉及物质方面，比如普罗米修斯的自由在于他能够在自己选择的时刻结束自己的束缚，但他决定不这样做，这决定是他自由做出的。这种选择的自由是一种精神自由。总之，黑格尔强调性格的主观性，认为一切外在的行动源于人物性格的精神自由。

布莱希特的诗学正好反黑格尔之道而行之。但在这里，博亚尔认为，布莱希特的诗学到底是一种什么诗学，这一点需要加以澄清。布莱希特的诗学不单纯是"史诗的"。匹斯卡托提出的"史诗的"形式,是指形式的绝对自由,这种形式可以包括各种因素乃至非寻常因素。布莱希特沿用"史诗的",指的是广阔的、外在的、长时期的、客观的等等,旨在反对黑格尔的史诗定义。但是,"史诗的"并不能揭示布莱希特诗学的实质。布莱希特也认识到他的最初错误,在后期的著作中称自己的诗学为"辩证的诗学"。但这是另一个错误,因为黑格尔的诗学也是辩证的。博亚尔认为,布莱希特应称其诗学为马克思主义的诗学,这样才能避免已经造成的混乱。布莱希特的诗学是马克思主义的,既是抒情的,又是戏剧性的,还是史诗的。

按照布莱希特的马克思主义诗学,人物性格不是绝对主体,而是经济力量或社会力量的客体,他对此种力量做出反应并由此而行动。黑格尔认为,性格天生,主观性生产客观性,思想决定存在,精神创造戏剧行动。布莱希特则认为,固定不变的人性不存在,社会存在决定思想,主体总是相关于经济力量,人物性格并非完全自由,他是一个客体-主体(object-subject),人物的社会关系创造戏剧行动。这里的焦点在于,黑格尔视人物性格为绝对主体,布莱希特则视之为客体,是经济力量和社会力量的代言人。

接下来的问题是,人能否被改变。这是博亚尔考察布莱希特诗学时的重心。博亚尔把布莱希特与让-保罗·萨特做了比较,认为两人有共同点也有区别。两人都认为人处于特殊的处境之中,他们的性格特征碰巧是在社会生活中获得的。但是,在萨特看来,这是因果关系的结果。而布莱希特则运用科学话语做出说明,并通过艺术手段来实现这种说明。说明什么呢?当然是说明必然性。在这里,博亚尔再次指出布莱希特是站在黑格尔的对立面。黑格尔说悲剧冲突不可避免,是必然性,这种必然性是道德性质的必然性。布莱希特则谈社会必然性或经济必然性。并非说个人意志不介入,他所要坚持的是,个人意志绝非根本的戏剧行动的决定因素。戏剧行动是通过社会需求的矛盾冲突而发展的。

与前一个问题相关的问题是,环境是固定不变的还是世界在改变。亚里斯多德和黑格尔视戏剧为观众"反现存体制"特征的净化工具,认为悲剧的结局是世界重新回到永恒的稳定、平静、安宁。布莱希特则认为,戏剧不应净化个人的要求和需要,而应澄清概念,揭示真相,揭露矛盾,为转变社会提出建议。世界在改变,社会在运动,问题在于如何加快转变,怎样改变世界。人民确实关注改变社会。人的改变要靠人去改变世界来实现,人在改变世界中改变自己,改变的世界促成人的改变。因此,戏剧的结局,要求观众做出决定,开始行动。艺术家的责任不在于显示真实的事情,而在于揭示事情确实怎样,世界确实有待改变。

博亚尔认为,按照布莱希特的马克思主义诗学,对于上述两个问题,戏剧应当运用科学话语来加以说明,并用艺术手段来实现。"科学说明"这一关键词是博亚尔所认为的布莱希特诗学的核心,也是他称其为马克思主义诗学的理由。

因此,根据博亚尔的考察,布莱希特将知识(knowledge)与同情(empathy)的对立、理智(reason)与情感(emotion)的对立,作为史诗(叙述体)戏剧与戏剧性戏剧的区别,也就是顺理成章的事了。亚里斯多德所说的同情包含怜悯和恐惧,其实同情还可以包含其他的感情,比如恐怖、虐待狂、对明星的性的欲望,等等。不过问题不在这里,问题在于亚里斯多德把同情看作演员与观众的情感联系。而布莱希特的唯物主义诗学的目标不仅在于解释世界,而且在于改变世界,使这个地球更适合于居住,这一诗学有责任显示世界如何能被改变。布莱希特并不反对感情,而是反对出于无知的感情。他将同情置于理解(启蒙,enlightenment)之上,置于思考(dianoia)之上。好的同情不妨碍理解,而是需要准确的理解。

但是,以往的同情并非如此。对此,博亚尔提出了自己的看法。博亚尔认为,同情必须被理解为可怕的武器,事实如此。同情是戏剧以及相关艺术(电影和电视)的整个武库中最危险的武器。它的机制(有时很狡猾)在于将两种人(一种虚构,另一种现实)并列,两个世界并列,使一种人(现实的人,观众)向另一种人(虚构的人,人物)缴械投降,把作出决定的权力交给另一种人。人(the man)把决定权让与意象(the image)。现实的人做出选择,理应在一个真实的活生生的处境中,在他自己的生活中,而现在却使现实的人按照非现实的处境和标准做出选择。将两个世界并列的效果亦复如此:观众(现实的活生生的人)把展现给他的虚构的世界中非现实的处境和标准当作生活和现实来接受。这是一种侵犯性效果。博亚尔把它称为审美渗透(esthetic osmosis)。

至此,可以看得很清楚,奥古斯多·博亚尔撷取了布莱希特马克思主义诗学的核心部分,并按照自己的理解对准了焦点,做出了自己的解释和引申,以用作自己的被压制者诗学的基石和出发点。这在下面博亚尔所制作的一份提纲中可以看得更清楚。

表1 "戏剧性"戏剧形式和"史诗的"戏剧形式之间的区别

区别序号	"戏剧性"形式（理想主义诗学）	"史诗的"形式（马克思主义诗学）
1	思想决定存在(性格-主体)	社会存在决定思想(性格-客体)
2	人是给定的、固定的、不可变更的、内在的(immanent)、熟悉的	人是可以变更的,是需要的客体,而且是"处在进程中"
3	自由意志的冲突推动戏剧行动;作品的结构依照冲突中的各种意志来设计	经济矛盾、社会矛盾,或者政治力量矛盾推动戏剧行动;作品基于这些矛盾的结构
4	它制造同情,这种同情存在于观众的感情中,从而使他丧失行动的可能性	它"历史化"戏剧行动,将观众转变成评论者(observer),激起他的批评意识和行动能力
5	在结局,卡塔西斯(catharsis)"净化"观众	它通过知识(knowledge)驱使观众行动
6	情感(emotion)	理智(reason)
7	在结局,冲突得到解决后,一套意志的新设计制造出来	冲突留待解决,基本矛盾以更大的清晰度呈现
8	悲剧过失(hamartia)防止人物适应社会,这是戏剧行动的根本原因	人物可能具有的各种过失决不是戏剧行动直接的、根本的原因
9	发现(anagorsis)替社会辩护,证明其正当性	知识(knowledge)要求揭露社会的缺陷
10	它是当面的行动	它是叙述
11	经历	世界景象(vision)
12	它激起感情	它要求决定

资料来源:根据布莱希特《马哈格尼城的兴衰》的注释和其他著作整理而成。

五

布莱希特的影响固然重要,不过,被压制者戏剧的实践则对被压制者诗学的确立起了决定性的作用。

被压制者戏剧有一个产生和发展的过程。1973 年,秘鲁政府发动了一场被称作整体扫盲运动(ALFIN)的全国扫盲战役,目标是 4 年内消除文盲。在秘鲁的 1400 万人口中,文盲和半文盲人数在 300 万至 400 万之间。秘鲁是个多语种国家,至少有 41 种语言,还不包括方言。西班牙语是通用语。如此数量可观的语言使 ALFIN 的组织者理解到,这些文盲并非是不能表达自己的人:他们只是些不能用一种特定语言来表达自己的人,这特定的语言在这一情形中就是西班牙语。所有的方言都是"语言",但是有无数不是方言的语言。除了书面语和口语,还有许多语言。通过学习一种语言,一个人就能得到了解现实的一种新方法,把了解的知识传达给别人的一种新方法。每一种语言断然无可替代,所有的语言互相补充,从而对什么是现实这一问题达到最广泛最完整的了解。ALFIN 据此确定了两个基本目标:

1. 既用第一语言又用西班牙语来传授读写能力,不强迫为了后者而放弃前者。

2. 用所有可能的语言,尤其是艺术语言,诸如戏剧语言、照相语言、木偶语言、电影语言、新闻语言等等,来传授读写能力。

附录三　奥古斯多·博亚尔和他的被压制者戏剧理论

奥古斯多·博亚尔及其戏剧同仁是戏剧部分的参与者。他们在把戏剧考虑为一种语言时进行了各种实验。戏剧作为一种语言,任何人都能运用,无论这种人有戏剧才能还是没有戏剧才能。在实践中他们力图表明戏剧如何能被用来为被压制者服务,被压制者可以用这种语言来表现自己,并且他们还可以通过运用这种语言来发现新的观念。在不断扩展和深入的实践中,博亚尔逐渐发现了一种新的戏剧,这就是被压制者戏剧,并由此形成了他的被压制者诗学。

六

如前所述,被压制者诗学的第一个目标是要推倒第一堵墙,即演员与观众之间的隔墙。这是被压制者诗学的主要目标,其目的在于把人民,也就是"观众"这戏剧现象中被动的造物,改变为主体(subject)、为演员、为戏剧动作的转变者。人民应当成为戏剧演出中的手段;人民运用戏剧这一武器为真正的行动而训练自己;被解放的观众作为一个完整的人投入行动之中。在这种情形中,戏剧本身不是革命,但它确实是为革命进行的一次排演。

那么,如何把观众转变成演员呢?博亚尔在实践中逐渐发现和发明了一套分阶段可操作的具体手段。这套手段基于这样的认识:戏剧语汇的第一个词是人体——声音和运动的主要来源。因此,为了掌握戏剧演出手段,人首先必须控制自己的身体,了解自己的身体,以便有能力使自己富有表现力。这样，他就有能力实践戏剧的形式，在这种形式中，他慢慢使自己从观众的状态中获得自由，而逐渐进入演员的状态。在进入演员状态后，他就不再是一个客体，而成为一个主体，从见证人变成主角。

把观众转变成演员的计划可以按如下四个阶段的大纲加以系统化。

第一阶段：了解身体。通过一系列练习，人得以了解他的身体及其极限和可能，以及身体的社会扭曲，从而得以了解恢复本来面目的可能性。

第二阶段：使身体富有表现力。通过一系列游戏，人开始用身体表现他的自我，放弃其他比较普通的习惯的表现形式。

第三阶段：作为语言的戏剧。人开始实践戏剧，把它当作活的现在的语言，而不是当作展示过去的意象的已完成的产品。

第一步骤：同时性剧作法。观众同时用演员的行动来"写作"。

第二步骤：意象戏剧。观众直接介入，用演员以身体制造的意象"说话"。

第三步骤：广场戏剧。观众直接介入戏剧动作并行动起来。

第四阶段：作为话语的戏剧。观众-演员在简单的形式中按照他的需要创造"场景"，来讨论某个主题或者排演某个动作，如这样一些简单的形式：

(1) 活报剧。

(2) 无形戏剧(invisible theatre)。

(3) 图片故事戏剧(photo-romance theatre)。

(4) 打破抑制。

(5) 神话戏剧。

(6) 审讯戏剧。

(7) 面具和仪式。

上面的提纲,显示了被压制者戏剧操作手段的多样性和系统性,博亚尔结合实践对此做了详尽说明,在此不能全面展开,仅就主要部分扼要谈一谈博亚尔的说明。

戏剧体验不应以人们陌生的事情开始,在这种情形下,戏剧技巧是教出来的,或者是强加上去的,而应以同意参加实验的人的身体开始。

为了使每个人了解他的身体、他的身体的可能性,了解他由于他所表演的工作类型所经受的身体畸形,博亚尔设计了大量练习。也就是说,每个人必须感觉到工作所强加于他的身体的"肌肉异化"。

举个例子,比较一个打字员的肌肉结构和一家工厂的守夜人的肌肉结构。让一个人表演他或她坐在椅子上工作:在工作时,腰部以下的身体变成一种半身塑像的底座,而手臂和手指是活动的。至于守夜人,他在8小时的夜班里必须不断行走,结果将发展出适合行走的肌肉结构。二者的身体按照他们各自的工作类型发生了异化。

任何人的情形都一样,无论他从事什么工作或居于什么社会地位。扮演相同角色的人们结果互相相像:艺术家、士兵、牧师、教师、工人、农民、地主、破落贵族,等等。

第一阶段的练习用来"解开"参与者的肌肉结构。也就是说,把它们分解,研究它们,分析它们。不是减弱它们,毁坏它们,而是把它们提升到有意识水平。目的在于让每个工人、每个农民理解到,看到和感觉到他的身体的哪些部分受到他的工作的支配。

在这方面,假如人们有能力分解自己的肌肉结构,他肯定也就有能力支配其他职业和社会阶级的肌肉结构特征;也就是说,人们将有能力从生理上"解释"不同于他自己的人物。

博亚尔设计了一系列练习用于解开肌肉结构。他为此写了一本书,书名叫《给演员和想要用戏剧说些事情的非演员的200个练习和游戏》。其中一些如慢动作赛跑、互相拥抱把脚交叉起来赛跑、两人组成四脚怪物赛跑、催眠术、拳击比赛、过时的西部动作等等。还有其他种种练习。在所有这些练习中,要求参与者描述或者发明别人,并用类型分析每个参与者的肌肉结构。在这个阶段,一如在其他阶段,保持一种创造性氛围是极其重要的。

第二阶段的目的是发展身体的表现力的能力。人们习惯于用词语表述每件事物,而将身体大量的表现能力停留在未发现状态。一系列"游戏"可以帮助参与者们开始运用他们身体的自我表现源泉。这里指的是客厅游戏,不必是戏剧工作室的游戏。参与者受邀"做游戏"(play),而不是"解释"人物,但是他们将"扮"得达到他们解释得那么好的程度。重要的不在于做"戏剧表演",而是通过他们的身体表现他们自己,表现他们不习惯做的某些事。

第三阶段分成三个步骤,每个步骤代表在表演中指导观看者参与的不同程度。观看者受到鼓励介入行动,抛弃他的客体状态,而充分假定为主体角色。前两个阶段是准备,集中于参与者运用自己身体的工作。现在这个阶段则将焦点放在要讨论的主题,更进一步,放在从被动到主动的转变上。

在同步剧作法中,演员表演10—20分钟短场景的问题。演员可以在手头准备的短场景的帮助下即兴表演。当场景达到危机需要解决时,演员停止表演,要求观众提供解决办法。他们立即表演所有建议的解决办法,而观众有权介入,纠正行动或演员的台词,演员有义务严格遵守这些来自观众的指导。这样,观众一边"写"作品,演员一边同步表演作品。借助演员,观看者的思想在舞台上得到戏剧化讨论。这种戏剧形式在参与者中激起了极大的兴奋,并开始消除将观众与演员分隔的墙。

在意象戏剧中,参与者被要求表现他的观点,但不是用说话,而只是用其他参与者的身体,用他们来"塑造"一群雕像。用这样的方法,他的观点和感情变得一目了然。其中,有实际意象、理想意象,还要求显示转变的意象,来表明如何从一种现实转变到另一种现实。换句话说,即如何实现变化、转变、革命。

广场戏剧是这阶段的最后一个步骤,在此,参与者必须主动介入戏剧行动并改变它。观众中的任何参与者有权代替任何演员,将行动导向在他看来最合适的方向。其他演员不得不面对新创造的情境,立刻对可能出现的所有可能性做出反应。

在广场戏剧中,没有一个观点是强加的:观众,人民,有机会尝试一切观念,排演一切可能性,并在实践中,即在戏剧实践中证实它们。戏剧不是显示正确道路的地方,而仅仅为一切可能的道路得到考察提供手段。也许,戏剧在自身之内不是革命的,但是这些戏剧形式无疑是革命的排演。事情的真相在于,观看者-演员实践了一个真正的行动,即使他以一种虚构的方式去做它。因为在其虚构的限制之内,经验是一种具体的经验。这就完全避免了净化效果。这些戏剧形式的实践创造了一种未完成的不安感,企求通过真正的行动来完成。

第四阶段的重点在于这些戏剧的简单形式是排演式戏剧的各种形式,而非壮观景象式戏剧的各种形式。后者是终止性景象的戏剧,前者是排演性景象的戏剧。排演式戏剧有一个明确的开端,但如何结束则尚不清楚,因为观众将不受束缚参与最后行动,并成为一个主角。

以无形戏剧为例。无形戏剧包含一个在不是观看者的人民面前的环境中而非剧场中的场景的表演。这地方可以是餐馆、路边、市场、列车、一排人,等等。目睹场景的人是那些碰巧在那里的人。在景象进行期间,这些人必须没有丝毫念头想到这是一个"景象"(spectacle),因为这会使他们成为观看者。

无形戏剧要求详尽准备一个幽默讽刺短剧的完整文本或者一个简单的脚本;但它必须充分排演这场景,以便演员能够合作表演,进入他们的行动,即介入观看者。在排演期间,这也是必要的,即应包括每个可以想象到的观看者的介入,这些可能性将形成一种选择性文本。

无形戏剧突然出现在一个选定的地点,一个公众汇集的地方。所有附近的人卷入这突发事件中,它的效果在短剧结束后将持续很长时间。

必须强调,无形戏剧与"机遇剧"(happening)或者所谓"游击戏剧"不是同一样东西。在后者中,我们可以明明白白谈论"戏剧",因此,分割演员和观众的墙立刻竖了起来,将观众降低到无能为力的地步。在无形戏剧中,戏剧的仪式被取消了;唯有戏剧存在,没有它的陈旧的老迈的花样。戏剧的能量完全解放了,这种自由的戏剧产生的影响更为有力,持续得更长久。

总之,博亚尔这一套系统的手段的目的就是要推翻第一堵墙,解放观众。博亚尔的结论是:"观众"(spectator)是一个糟透了的词。观众比不上一个人,有必要使他人性化,恢复他的在一切方面的充分的行动能力。他还必须是一个主体、一个演员,与那些一般被作为演员接受的人处于同一水平。被压制者(人民)戏剧的所有这些实验有着同一目的:解放戏剧一直将世界的终止景象强加于其上的观众。由于那些为戏剧而表演的演员一般是直接和间接属于统治阶级的人,显然他们的终止景象将是他们自己的反映。人民戏剧中的观众(比如人民自己)不能继续成为这些形象的被动的牺牲者。

七

在推倒第一堵墙之后,博亚尔指出,还必须推倒第二堵墙,即主角演员与群众演员之间的隔墙,从而创造一种接近公民的戏剧。为此,他提出了一套"说笑人"(joker)体系。这里简要谈几点博亚尔的主要观点。

说笑人是观众的同时代人，是观众的邻居。他脱离剧中的其他人物而接近观众。他使表演在两个不同的评论层面发展，传统的故事层面和演说层面，从而消解演员和人物的分离，消除同情，打破掩饰。

说笑人在演出中实际上是一个解释者，起到主角的功能，他解释所有的人物，是演员与人物之间的完美持久的联系，并力图达到集体解释的层面。

说笑人-演员的世界观必须是作者或者改变者的世界观，在时空上在其他人物之上，或者超越之。因此，说笑人的现实是一个魔幻的现实，是由他创造出来的。如果需要，他创造出魔幻的墙、战斗、士兵、军队。所有其他的人物接受由说笑人创造和描写的魔幻现实。另一方面，说笑人是多介的，他能表演戏中的任何角色，甚至替代主角，当其现实性妨碍他做任何事时，一切戏剧的功能都与说笑人相关。他是魔幻的、全知的、多形的、无所不在的。在舞台上，他像一个仪式主持一样起作用，他做出一切解释，并在表演结构中加以证实。

说笑人的表演结构分七部分：献辞、解释、插曲、场景、评论、采访、劝诫。这些部分，有的打断戏剧行动的连续，有的对准戏剧行动，有的有小的长度，自身完整，并具有行动的发展变化和冲突力量的变化，有的做社会分析，说明各种需要，揭示人物的真实思想状态，挑明主题。

说笑人体系还有一套自己的技巧。在日常生活中，人们生活在仪式中而并未意识到，同样难以在戏剧中意识到。因此，有必要选用某种技巧让观众看到这样的仪式，看到社会需要而非个人愿望，看到人物的异化。

这点在电影中很容易达到,摄影机的镜头为观众选择注意的焦点,将观众的观察集中在紧要点上。在戏剧中,演员的运动必须做电影摄影机所做的事。这是说笑人体系的一套技巧的核心。主要有如下一些技巧。

(1) 中止仪式,使熟悉的形式朦胧含混,使现象分成部分,可独立审视。

(2) 中止时间,将反应置于行动面前,让决定仪式的人物离场,使被仪式化的人物表演他的仪式。

(3) 选择观点的多样化,以不同观点、不同视角、不同位置,重演同一仪式。

(4) 将另一仪式运用到一场景中,比如将主人与奴隶的仪式运用到爱情仪式中,意义在于消除骗人的外表,揭示关系的实质。

(5) 仪式重复,让观众意识到仪式的紧张程度。

(6) 同步仪式,同时将一仪式加之于另一仪式,比较以增加意义。

(7) 变形,从一人物变为另一人物,慢慢转型,直到新人物出现,但演员仍保持前一人物的特征。

综上所述,可以看出,奥古斯多·博亚尔的被压制者戏剧理论完全以新的眼光看待戏剧的实质、剧作法、导演、表演、演员训练,以及舞台及其技巧,从而形成一种体系,为戏剧开辟了一片崭新的天地。值得重申的是,相对压制者戏剧而言,博亚尔要改变的不是形式,而是戏剧本身。当然,博亚尔的理论涉及面甚广,难免引起争论,许多问题尚有待做出深入和切实的评价。比如博亚尔,将布莱希特的戏剧理论称作马克思主义诗学,并提出在戏剧理论中要运用科学说明,比如深信戏剧受经济力量和社会力量决定,以及戏剧是人民的工具说和有关戏剧与革命行动的关系的论说,等等。

索　引

A

阿登,约翰(John Arden)　300
阿多尔诺(Theodor Weisengrund Adorno)　299
阿尔比(Edward Albee)　241,300
　《动物园的故事》(The Zoo Story,1958)　241
阿尔菲爱里(Vittorio Alfieri)　85
　《安提戈涅》(Antigone,1777)　85
　《俄瑞斯特》(Oreste,1778)　85
阿加同(Agathon)　74
阿尔托,安东尼(Antonin Artaud)　275,349
阿胡加(Chama Ahuja)　190,207,292,293
阿拉玛尼(Luigi Alamanni)　79
阿里翁(Arion)　48,49
阿里斯托芬　21
　《鸟》(The Birds,前414)　21
阿努伊(Jean Anouilh)　92,94,95,237,238,263,300

《安提戈涅》(Antigone,1944)　92,94,237,238
艾贝尔,莱昂内尔(Lionel Abel)　290—292,294
艾略特,T. S.(T. S. Eliot)　72,92—94,109—111,114,216,235,300
　《大教堂里的凶杀》(Murder in the Cathedral,1935)　235
　《合家团圆》(The Family Union,1939)　92,93
埃斯库罗斯(Aeschylus)　21,50—55,57,63,67,68,89,92,94,139,207,237,255,295,297,298
　《乞援人》(The Suppliant,前490,一说前463)　53
　《波斯人》(The Persians,前472)　53,61,89
　《七将攻忒拜》(Seven Against Thebes,前467)　54
　《普罗米修斯》(Prometheus,前465,一说前467)　54,295

《俄瑞斯提亚》(Oresteia,公元前458) 54,92,93,207,209,237,255,295,298

《阿伽门农》(Agamemnon) 54,62

《奠酒人》(Choephoroe) 54,57

《报仇神》(Eumenides) 54,295

艾思林,马丁(Martin Esslin) 152,239,265,294

埃文斯,艾弗(Ifor Evans) 97

安德森,里德(Reed Anderson) 253,254

奥尔,约翰(John Orr) 137,142,161

《悲剧与现代社会》(Tragic Drama and Society,1985) 137

奥尔森,埃尔德(Elder Olson) 168,283

奥凯西,旭恩(Sean O'Casey) 143,153,154,160,161,175,300

《枪手的影子》(The Shadow of a Gunman,1923) 143,152—154,160,161,175

《朱诺与孔雀》(Juno and Peacock,1925) 154,160

《犁与星》(The Plough and the Stars,1926) 143,153,160

《给我红玫瑰》(Red Rose for Me,1942) 144

奥赖尔登,约翰(John O'Riordan) 160

奥尼尔,尤金(Eugene O'Neill) 1,92—94,144,175,195,198,207,208,213,214,255,293,300,323—347

《与众不同》(Different,1920) 198,207,342

《天边外》(Beyond the Horizon,1920) 144,275,194,341

《安娜·克里斯蒂》(Anna Christie,1921) 144,342,346

《琼斯皇》(The Emperor Jones,1921) 195,327

《毛猿》(The Hairy Ape,1922) 195,334,341

《榆树下的欲望》(Desire Under the Elms,1924) 144,207,294,326,342,346

《大神布朗》(The Great God Brown,1926) 195,235,341

《奇异的插曲》(Strange Interlude,1928) 198,207,326,327,342

《悲悼》(Mourning Becomes Electra,1931) 92,198,206—209,211—213,215,255,294,342,346

《送冰的人来了》(The Iceman Cometh,1946) 175,329,332,334,342,346

《长日行入夜》(Long Day's Journey into Night,1956) 144,175

《诗人的气质》(A Touch of the Poet,1957) 144,175,341

奥维德(Ovid) 75,80,89

B

巴门尼德(Parmenides) 315

巴尔,海尔曼(Hermann Bahr) 191

《表现主义》(Expressionism,1916) 191

拜伦(George Gordon Byron) 281,287

《曼弗雷德》(Manfred,1817) 281

《马里诺·法利埃罗》(Marino

索引

Falieno,1820) 281
《两个弗斯卡利》(*The Two Fascari*, 1821) 281
《该隐》(*Cain*,1821) 281
《沃纳》(*Werner*,1822) 281
邦德,爱德华(Edward Bond) 106, 205,206,300
　《宾果》(*Bingo, Scenes of Money and Death*,1973) 106
贝尔,丹尼尔(Daniel Bell) 302,303
贝克特(Samuel Beckett) 239—241, 266,273,297,300
　《等待戈多》(*Waiting for Godot*, 1952) 235,239,240,266,297
　《最后一局》(*Endgame*,1956) 240
贝多斯,托玛斯·洛维尔(Thomas Lovell Beddoes) 281
　《新娘的悲剧》(*The Bride's Tragedy*, 1822) 281
　《死神的笑话集》(*Death's Jest-Book*,1850) 281
本特利,埃里克(Eric Bentley) 126, 127,133,141,311,312
本雅明,沃尔特(Walter Benjamin) 129,122,139,312
　《德国悲剧的起源》(*The Origin of German Tragic Drama*,1928) 119,122
博克西尔,罗杰(Roger Boxill) 215
毕希纳,盖奥尔格(Georg Büchner) 143—145,147,148,1515,12,300
　《沃伊采克》(*Woyzeck*,1836—1913) 143—145,147,150—152,300

布拉德雷,A. C. (Andrew Cecil Bradley) 14,32,34,36—38,103—106
　《莎士比亚悲剧》(*Shakespearean Tragedy*,1904) 103,104
布莱克,维廉(Wlliam Blake) 281
　《爱德华三世》(*Edward* III) 281
布莱希特(Bertolt Brecht) 206,349—356,365
布鲁斯坦,罗伯特(Robert Brustein) 223,268,274,278
布罗凯特,奥斯卡·G.(Oscar G. Brochett) 187
《不幸的亚瑟王》(*The Misfortunes of Arthur*,1587—1588) 101

C

采利斯基,约翰·封(John von Szeliski) 181,284

D

道尔西(Ludovica Dolce) 79
狄德罗(Denis Diderot) 83,130,131, 133,180
　《私生子》(*Le fils naturel*,1757) 130,131,133
　《家长》(*Le père de famille*,1758) 130,131,133
　《关于〈私生子〉的谈话》(*Entretiens sur le fils naturel*,1757) 130
　《论戏剧诗》(*Da la poesie dramatique*, 1758) 130
《第二个牧羊人剧》(*The Second Shepherd's Pageant*) 98,124
狄金森,G. L. (G. Lowes Dickinson) 40

《希腊人的人生观》(The Greek View of Life,1959) 40
笛卡尔(Rene Descartes) 188,189
多兹,E. R. (E. R. Dodds) 33,34
杜夏德,皮埃尔-艾梅(Pierre - Aime Touchard) 311

F

菲契尔斯通,克里斯托弗(Christopher Fecherstone) 112
费尔巴哈(Ludwig Andreas Feuerbach) 24
伏尔泰(Francois - Marie Arouel Voltaire) 82,83,86
《俄狄浦斯》(Oedipus,1718) 86
弗格森,弗兰西斯(Francis Fergusson) 17,40,41,254
《戏剧的观念》(The Idea of a Theatre,1972) 40
弗莱,诺思洛普(Northrop Frye) 14
弗雷泽,詹姆斯(J. G. Frazer) 15,16,196
《金枝》(The Golden Boal,1922) 15,16,26
弗里德里希,雷纳(Rainer Friedrich) 18,31
《戏剧与仪式》(Theatre and Ritual, 1983) 18
弗里施,马克斯(Max Frisch) 238,300
《安道拉》(Andorra,1961) 238
佛律尼科斯(Phrynichus) 50,53
弗洛姆,埃里奇(Erich Fromm) 284
弗洛伊德(Sigmund Freud) 14,92,189,192,195—199,206—208,211,216,229,284,325—327,329,340,346
《释梦》(The Interpretation of the Theory of Dream,1900) 196
《图腾与禁忌》(Totem and Taboo,1913) 196,197

G

《高布达克》(Gorboduc or Ferrex and Porrex,1561) 101
高乃依(Pierre Corneille) 82,83,287
《美狄亚》(Medea,1634) 82
《俄狄浦斯》(Oedipus,1659)
歌德(Johann Wolfgang von Goethe) 7,87,88,90,199,202,288,289,294,305
《浮士德》(Faust, 1773—1831) 199,202,288,289
《伊菲革涅亚在陶里斯岛》(Iphigenie auf Tauris, 1779、1780、1887) 87,88
格里尔帕策(Franz Grillparzer) 89—91
格利克斯堡,C. I. (C. I. Gliksbery) 282,284

H

哈里森,简(J. E. Harrison) 17
《特弥斯》(Themis,1912) 17
海德格尔,马丁(Martin Heidegger) 234,235,266,299,302,310
海尔曼,莉莲(Lillian Hellman) 175,191
《顶楼的玩具》(Toys in the Attic, 1960) 175
海曼,S. E. (S. E. Hyman) 208,275

《心理分析学与悲剧的倾向》（*Psychoanalysis and the Climate of Tragedy*） 208

汉德克，彼得（Peter Handke） 241，265—271，275，278，300

《卡斯帕》（*Kasper*，1968） 241，265—267，269，271—275，278

豪甫特曼（Gerhart Hauptmann） 235

《沉钟》（*Die versunkene Glocke*，1897） 235

赫勃尔（Friedrich Hebble） 135，136，141，143

《玛丽亚·玛格达莱娜》（*Maria Magdalena*，1844） 135，136，141，143

黑格尔（G. W. F. Hegel） 7—9，14，32，35—38，71，103，139，189，299，324，340，351—353

荷马（Homer） 33，40，52，64

亨，T. R.（Thomas Rice Henn） 307

亨特，李（Leigh Hunt） 281

《佛罗伦萨的传说》（*Legend of Florence*，1840） 281

《一部未完成的剧作中的几个场景》（*Scenes from an Unfinished Drama*） 281

亨特，G. K.（G. K. Hunt） 104

霍夫曼斯塔尔（Hugo von Hofmannsthal） 92

胡塞尔，埃德蒙（Edmund Husserl） 192，302

华滋渥斯（William Wordsworth） 281

《边境居民》（*The Borderers*，1795—1796） 281

J

纪德（André Gide） 92，275

吉洛杜（Jean Giraudoux） 92

吉恰诺德，琼（June Guicharnaud） 265

基特，托玛斯（Thomas Kyd） 99—102，109

《西班牙悲剧》（*The Spanish Tragedy*，1584—1589） 99

基托，H. D. F.（Humphrey Davy Findley Kitto） 30，51

《戏剧结构和戏剧意义》（*Form and Meaning in Drama*，1956） 52

迦达默尔（Gadamer Hans-Georg） 302

加德纳，海伦（Helen Gardner） 37

加尔文（John Calvin） 109，112—114，123，289

《基督教原理》（*Institutes of Christian*，1536） 112，123

加缪（Albert Camus） 6，9，71，228，230，231，238，265，282，299，300，303，317，334

《西绪福斯的神话》（*The Myth of Sisyphus*，1942） 230

《卡里古拉》（*Caligula*，1944） 229，238

《误会》（*Cross Purposes*，1944） 229

《雅典讲座：悲剧的未来》（*Lecture Given in Athens：On the Future of Tragedy*，1955） 6，9，71

加尼埃（Robert Garnier） 80—82，101，109

《安提戈涅》（*Antigone*，1578） 80，81

《高奈利亚》（*Cornelia*） 109

《安东尼》(Antonius) 109

杰拉维希,彼得(Peter Jelavich) 208

津巴尔多,R. A. Z. (R. A. Z. Zinbardo) 253,254

K

卡西尔,恩斯特(Ernst Cassier) 10,22,188

卡朗德拉,戴尼斯(Denis Calandra) 276

卡赞,伊莱亚(Elia Kazan) 225

凯泽,盖奥尔格(Georg Kaiser) 194

《从清晨到午夜》(Von Morgens bis Mitternachts, 1916—1917) 194,195

考夫曼,沃尔特(Walter Kaufmann) 6,283,284,294

考克斯,J. N. (Jeffrey N. Cox) 62

克尔,沃尔特(Walter Kerr) 17,21,290,292,298,313

科克托(Jean Cocteau) 92

克莱斯特,亨利希·封(Heinrich von Kleist) 89,90,282

《彭提西丽亚》(Phenthesilea, 1808) 89

克雷比荣(Prosper Jolyot de Crebillon) 86

《厄勒克特拉》(Electre, 1708) 86

克鲁克,多萝西娅(Dorothea Krook) 307

克鲁契,约瑟夫·伍德(Joseph Wood Krutch) 6,149,284—287,290,293

克洛岱尔(Paul Claudel) 92

肯立夫,约翰·W(John W. Cunliffe) 100

柯勒律治(Samuel Taylor Coleridge) 114,281,288,289

《罗伯斯庇尔的没落》(The Fall of Robespierre, with R. Southey, 1794) 281

《悔恨》(Remorse, 1798) 281,288

《扎波里亚》(Zapolya, 1817) 281,294,297

库尔曼,乔治(George Kurman) 294,297

库恩,托玛斯(Thomas Samuel Kuhn) 14

《科学革命的结构》(The Structure of Scientific Revolutions, 1962) 14

昆德拉,米兰(Milan Kundera) 310

L

拉辛(Jean Racine) 83—85,88,287,294,295,298

《伊菲革涅亚》(Iphigenia, 1674) 83

《安德洛玛刻》(Andromaque, 1667) 83

《费德尔》(Phedre, 1677) 83,84,88

莱斯,埃尔莫(Elmer Rice) 144,162,163,165,166,173,175,195,284,300

《加算机》(The Adding Machine, 1923) 162,195,284

《街景》(Street Scene, 1929) 144,162—166,171,173—175,284

莱辛(Gotthold Ephrain Lessing) 131—134

《戏剧文库》(Theatralische Bibliothek, 1754) 131

《汉堡剧评》(Hamburgische

索 引

373

Dramaturgie,1767—1769) 131

《萨拉·萨姆逊小姐》(Miss Sara Sampson,1755) 132—134

《爱米丽娅·迦洛蒂》(Emilia Galotti,1772) 132—134

兰德尔,沃尔特·萨维奇(Walter Savage Landor) 281

《朱利安伯爵》(Count Julian,1812) 281

朗格,苏珊(Susanne K. Langer) 299

劳伦斯,D. H.(David Herbert Lawrence) 216—218

里加,乔治(George Ryga) 300

李洛,乔治(George Lillo) 120,121,126,128,129,132,141

《伦敦商人》(The London Merchant, or George Brnwell,1731) 120,121,126—128,132

《致命的好奇心》(The Fatal Curiosity,1736) 126,128,129

隆德雷,F. H.(F. H. Londré) 220

洛尔伽,加西亚(Federico Garcia Lorca) 244,250,251,254,300

《流血的婚礼》(Blood Wedding,1933) 244,245,252—254

《叶尔玛》(Yerma,1934) 244

《巴尔纳达·阿尔瓦的家》(Bernarda Alba,1941) 244,245

路德,马丁(Martin Luther) 123

卢梭(Jean-Jacques Rousseau) 22,287,288,324

路西莱(Giovanni Rocellai) 79

《俄瑞斯特》(Oreste,1514) 79

《罗丝蒙达》(Rosmunda,1516) 79

罗,尼科拉斯(Nicholas Rowe) 126

《简·萧》(Jane Shore,1714) 126

罗念生 73

罗特鲁(Jean de Rotrou) 82

《安提戈涅》(Antigone) 82

M

芒福特,刘易斯(Lewis Manford) 284

马尔库塞,赫伯特(Herbert Marcuse) 302,305,306

马拉美(Stephane Mallarme) 228

马娄,克里斯托弗(Christopher Marlowe) 99,100,102,120,288

《帖木耳大帝》上、下(Tamburlaine the Great,1587、1588) 99

《浮士德博士的悲剧史》(The Tragical History of Doctor Faustus,1588—1592) 99

《马耳他的犹太人》(The Jew of Malta,1589—1590) 99

《爱德华二世》(Edward the Second,1591—1593) 99

迈尔斯,H. A.(H. A. Myers) 311

梅特林克(Maurice Maeterlinck) 136,235,236,300

《群盲》(The Blinds,1890) 235,236

《室内》(Interior,1890) 236

《闯入者》(The Intruder,1894) 236

蒙塔诺,罗柯(Rocco Montano) 42,115,118

《莎士比亚的悲剧观念》(Shakespeare's Concept of Tragedy,1985) 42

闵采尔,托玛斯(Thomas Munzer)

123

梅雷(Jean Mairet) 82

《索佛尼丝巴》(Sophonisbe,1634) 82

密勒,阿瑟(Arthur Miller,1915) 144,176,180,182,183,224,286,300,344

《全是我的儿子》(All My Sons,1947) 176

《凭桥眺望》(A View from the Bridge,1955) 176

《推销员之死》(Death of a Salesman,1949) 176,177,183,185

莫尔,爱德华(Edward Moore) 126,129

《赌徒》(Gamester,1753) 126,129,130

莫尔,哈里(Harry T. Moore) 289

莫尔,托玛斯(St. Thomas More) 107

默雷,吉尔伯特(Gilbert Murray) 17,29,46

默雷,T. C.(Thomas Cornelius Murray) 153

《秋天的火》(Autumn Fire,1924) 153

缪勒,赫伯特(John Herbert Muller) 147,287,290,306,308

《悲剧精神》(The Spirit of Tragedy,1956) 287

N

尼采(Friedrich Nietzsche) 4—11,14,71,90,127,189,192,193,207,299,303,306,308,317,323—325,329,335,338,340,345

《悲剧的诞生》(The Birth of Tragedy,1870—1871) 4,7,8,90,308,325

《你们要找谁》(Quem Quaeritis troup) 124

牛顿,托玛斯(Thomas Newton) 101,109

《塞内加:他的十部悲剧》(Seneca, His Tenne Tragedies,1581) 101,109

O

欧里庇得斯(Euripides) 4,17,21,40,51,52,57—59,68,69,73—80,82—84,87,89,207,295,298

《阿尔刻斯提斯》(Alcstes,前438) 57,62,298,343

《美狄亚》(Medea,前431) 57,58

《希波吕托斯》(Hippolytus,前428) 57,58

《赫拉克勒斯的儿女》(Heracleidae) 57

《安德洛玛刻》(Andromache) 57

《赫卡帕》(Hecuba,前423) 57,76,81

《请愿的妇女》(The Supplians) 57

《特洛伊妇女》(The Trojan Women,前415) 57,58,81

《伊菲革涅亚在陶洛斯里》(Iphigenia in Tauris,前420—前412之间)

《海伦》(Helena,前412) 57,79,87

《俄瑞斯特斯》(Orestes,前408) 54,57,298

《疯狂的赫拉克勒斯》(Heracles) 57

《伊翁》(Ion) 57,59,73,298,343

索 引

《厄勒克特拉》(*Electra*) 57,92,207
《腓尼基少女》(*Phoenician Women*) 57,82,88
《伊菲革涅亚在奥里斯》(*Iphigenia in Aulis*) 57,59
《酒神的伴侣》(*Bacchae*) 17,40,57,60,89,90,295
《圆目巨人》(*The Cyclops*) 51,57

P

帕尔默,理查德·H.(Richard H. Palmer) 6
《悲剧与悲剧的理论》(*Tragedy and Tragic Theory*,1992) 6
帕克特,沃尔特(Walter Burkert) 25,28,33
《希腊宗教》(*Greek Religion*,1985) 25
佩姆布洛克公爵夫人(The Countess of Pembroke) 109
皮兰德娄(Luigi Pirandello) 290,300
品特(Harold Pinter) 241,300
《暖房》(*The Hothouse*,1959) 241
《背叛》(*Betrayal*,1978) 241
普剌提那斯(Pratinas) 50
普鲁塔克(Plutarch) 19,26,116,117
《希腊、罗马名人传》(*Parallel Lives*) 19,20

Q

契诃夫(Anton Chekhov) 164,165,215,290,294
沁孤(John Millington Synge) 153,235,300
《骑马下海的人》(*Riders to the Sea*,1903) 235
琼生,本(Ben Jonson) 96,103

R

日奈,让(Jean Genet) 241—243,300
《女仆》(*The Maids*,1947) 241
《严加监视》(*Deathwatch*,1949) 241
《人人》(*Everyman*) 98,120,195
荣格(Carl Gustav Jung) 14,189,196,325—327,340
《无意识心理学》(*The Psychology of the Unconscious*,1912) 196
若岱勒(Etienne Jodelle) 78,80
《克莱奥帕特拉》(*Cleopatre Captive*,1552、1553) 78,80

S

沙利那斯,佩德罗(Pedro Salinas) 252
莎士比亚(Willam Shakespeare) 7,13,36,40—42,82,96—100,102—119,122,125,126,131,137,188,196,216,228,281,287,289,290,295,300,315
《罗密欧与朱丽叶》(*Romeo and Juliet*,1595) 102
《裘力斯·恺撒》(*Julius Caesar*,1599) 103
《哈姆雷特》(*Hamlet*,1601) 40—42,98,99,103,107,196,285,290,315
《奥赛罗》(*Othello*,1604) 103,277
《李尔王》(*King Lear*,1605) 42,98,103,107,115,183
《麦克白》(*Macbeth*,1605) 42,

103,107

《安东尼与克莱奥佩特拉》(Antony and Cleopatra,1606) 103

萨特(Jean - Paul Sartre) 92—94,230—234,237,238,254,255,258—262,264,265,299,300,311

《苍蝇》(The Flies,1942) 92—94,237,254,255,257,261,262

《死无葬身之地》(Morts sans sepulture,1946) 238

骚塞(Robert Southey) 281

《罗伯斯庇尔的没落》(The Fall of Robespierre,with Coleridge,1794) 281

《沃特·泰勒》(Wat Tyler,1794) 281

赛戈尔,查尔斯(Charles Segal) 62,63

塞内加(Lucius Annaeus Seneca) 75—79,84,100—102,109—111,114

《疯狂的赫拉克勒斯》(Hercules Furens) 75

《特洛伊妇女》(Troades) 75,76

《腓尼基少女》(Phoenissai) 75

《美狄亚》(Medea) 75,76

《斐德拉》(Phaedra) 75,76

《俄狄浦斯》(Oedipus) 75

《阿伽门农》(Agamemnon) 75

《提埃斯忒斯》(Thyestes) 75,77

《奥塔山上的赫拉克勒斯》(Hercules Oetaeus) 75

司格特,沃尔特(Sir Walter Scott) 281

《哈利顿山庄》(Halidon Hill,1822) 281

《麦克达夫的苦难》(Macduff's Cross,1823) 281

《戴沃戈尔的厄运:一部情节剧》(The Doom of Devorgoil, a Melodrama) 281

《奥金德兰恩》(Auchindrane,1830) 281

施克,G. A. (G. A. Seeck) 51

施兰克,伯尼斯(Bernice Schrank) 158,161

史超迪,彼得(Peter Szondi) 235,236

《现代戏剧理论》(Theory of the Modern Drama,1966) 235

史文朋,A. C. (Algernon Charles Swinburne) 99,282

斯泰恩,J. L. (J. L. Styan) 176,192,227

《现代戏剧的理论与实践》(Modern Drama in Theory and Practice,1981) 227

斯坦纳,乔治(George Steiner) 6,287—290,294

《悲剧的死亡》(The Death of Tragedy,1961) 6,287,290

列维-斯特劳斯(Claude Levi - Strauss) 23

斯特林堡(August Strindberg) 136,144,193,200,206,215,216,283,290,294,300,339

《父亲》(The Father,1887) 143,144

《朱丽小姐》(Miss Julie,1888) 143,144,215,216

索引

《通向大马士革》(Till Damaskus, 1898) 193,194
《鬼魂奏鸣曲》(The Spook Sonata, 1907) 193
斯托尔,E. E. (E. E. Stoll) 287
斯托泼德,汤姆(Tom Stoppard) 300
辛菲尔德,阿兰(Alan Sinfield) 112,114
索福克勒斯(Sophocles) 21,33,39, 41,50,52,55—57,68,81,82,92, 140,196,207,298
《埃阿斯》(Ajax, 前442左右) 33,55
《安提戈涅》(Antigone, 前441左右) 21,55,62,79,82
《俄狄浦斯王》(Oedipus the King, 前431左右) 34,56,63,65,88,140, 196,298
《厄勒克特拉》(Electra, 前419—前415之间) 57,92,207
《特拉客斯少女》(Trachinae, 前413左右) 57
《菲洛克忒斯》(Philoctetes, 前409) 57
《俄狄浦斯在科洛诺斯》(Oedipus at Colonus, 前401) 57
《追兵》(The Trackers) 55
叔本华(Arthur Schopenhauer) 90, 91,227,299,324,325,340,346
苏格拉底(Socrates) 4,10,11,52,298

T

塔普林,奥利佛(Oliver Taplin) 30,31
泰勒,K. M. (K. M. Taylor) 276
泰伦斯(Terence) 80,82
汤姆逊,詹姆斯(James Thomson) 131
《四季》(The Seasons, 1726—1730) 131
唐纳,A. S. (A. S. Downer) 177,284
特雷维士,尼古拉(Nicholas Treveth) 101
特里西诺(Gian Giorgio Trissno) 78,79
《索佛尼斯巴》(La Sofonisba, 1515) 78—80,82
忒斯庇斯(Thespis) 17,19,20,49,50
梯利雅特,E. M. W. (E. M. W. Tillyard) 113
托尼,R. H. (R. H. Tawney) 124

W

王尔德,奥斯卡(Oscar Wilde) 235
《莎乐美》(Salome, 1893) 235
王佐良 98
韦伯,马克斯(Max Weber) 124
魏德金德(Frank Wedekind) 143, 145,198—200,204—206,300
《春之觉醒》(Spring's Awakening, 1890、1906) 198—201,204—206
《露露》(Lulu, 1903) 143,200
《地灵》(Earth Spirit, 1895—1898) 200
《潘德拉的盒子》(Pandora's Box, 1902、1905) 200
威尔南,让-皮埃尔(Jean-Pierre Vernant) 39
维伽,洛卜·德(Lope de Vega) 107
维吉尔(Vigil) 75,78

《埃涅阿斯纪》(The Aeneid, 约前 30—前 19) 78

维廉斯, 雷蒙德 (Raymond Henry Williams) 9,45,71,12,0,121,128, 176,229,230

 《现代悲剧》(Modern Tragedy, 1966) 71,149,229

维廉斯, 田纳西 (Tennessee Williams) 144, 175, 198, 215—217, 224, 283,300

 《玻璃动物园》(The Glass Menagerie, 1945) 144,175,217

 《欲望号街车》(A Streetcar Named Desire, 1947) 144,198,215—217

 《热铁皮屋顶上的猫》(Cat on a Hot Tin Roof, 1955) 144,217

 《俄耳浦斯下凡》(Orpheus Descending, 1957) 217

魏斯, 彼得 (Peter Weiss) 144,300

 《马拉/萨德》(Marat/Sade, 1965) 144

维特根斯坦 (Ludwig J. J. Wittgenstein) 270,271

X

席勒 (Johann Christoph Fridrich Schiller) 7,88,89,127,131,133, 134,282,288

 《阴谋与爱情》(Kabale und Liebe, 1784) 133,134

 《奥尔良的姑娘》(Die Jungfran von Orleans, 1802) 288

 《梅辛那的新娘》, 又名《冤家兄弟》(Die Braud von Messina, 1803) 88

西蒙, 本涅特 (Bennitt Simon) 198

 《悲剧与家庭》(Tragedy and the Family, 1988) 198

西蒙, 彼埃尔-亨利 (Pierre-Henri Simon) 264

西梅尔, 盖奥尔格 (Georg Simmel) 142

 《社会学: 结合的形式研究》(Sociology: Studies of the Forms of Association, 1908) 143

肖, 欧文 (Irwin Shaw) 195

 《埋葬死者》(Bury the Dead, 1936) 195

谢弗, 彼得 (Peter Shaffer) 198,300

 《马》(Equus, 1973) 198

谢泼德, 山姆 (Sam Shepard) 300

希沃尔, 理查德 (Richard Sewall) 306

雪莱 (Percy Bysshe Shelley) 89,155, 157,281

 《钦西》(The Cenci, 1819) 281

 《希腊》(Hellas, 1821) 89,281

 《解放了的普罗米修斯》(Prometheus Unbound, 1820) 54,89,281

Y

雅斯贝尔斯, 卡尔 (Karl Theodor Jaspers) 142, 186, 235, 243, 299, 304,313,340,346

亚里斯多德 (Aristotle) 9,12,14,16, 17,29,32, 33,35,36,49,71,74,77, 118, 151, 298, 338, 349—351, 353,354

 《诗学》(Poetics) 9,12,17,29,32,

71,80,282,298

杨周翰　105,116

叶芝,W. B. (William Butler Yeats) 153,235,300

《鹰井之畔》(*At the Hawk's Well*, 1916)　235

易卜生(Henrik Ibsen)　136,137,143, 144,164,173,175,283,290,294,300

《布朗德》(*Brand*,1866)　143,144

《群鬼》(*Ghosts*,1881)　143,144, 175,285,286,300

《野鸭》(*The Wild Duck*,1884)　143

《罗斯马庄》(*Rosmersholm*,1886) 143,144

《海达·盖布尔》(*Hedda Gabler*, 1890)　143,144,175

《建筑师》(*The Master Builder*, 1892)　143,144,175

尤奈斯库(Eugene Ionesco)　241,242, 266,272,297,300

《秃头歌女》(*La Cantatrice Chauve*, 1950)　266,297

《椅子》(*Les Chaises*,1951)　241

《国王死了》(*Le Roi se meurt*,1962) 241

余匡复　3,136

约翰逊,撒缪尔(Samuel Johnson)　103

Z

佐尔格,莱因哈特(Reinhard Sorge) 193,194

《乞求者》(*Der Bettler*, 1912) 193—195

后　记

本书第一版前言的答谢辞里，遗漏了两个人。一位是原上海社会科学院外国文学研究所的沈培锟先生，现定居香港。另一位是复旦大学外文系的龙文佩教授（已故）。深深感谢两位在我考博时和撰写博士论文时所给予的极大的无私帮助。

本书是我于中央戏剧学院戏文系就读时，在恩师廖可兑教授（已故）精心指导下撰写并提交的博士论文基础上，加以修改扩充而完成的。

本书曾被列入上海哲学社会科学"八五"规划重点项目，并获得上海市第五届（1998—1999）哲学社会科学优秀成果著作类三等奖。

任生名

2018年10月31日于上海

图书在版编目(CIP)数据

西方现代悲剧论稿 / 任生名著. —北京：商务印书馆, 2019
（季愚文库）
ISBN 978-7-100-17944-7

Ⅰ.①西… Ⅱ.①任… Ⅲ.①悲剧—戏剧文学评论—西方国家 Ⅳ.①I106.3

中国版本图书馆CIP数据核字（2019）第256523号

权利保留，侵权必究。

季愚文库
西方现代悲剧论稿
任生名　著

商　务　印　书　馆　出　版
（北京王府井大街36号　邮政编码100710）
商　务　印　书　馆　发　行
上海雅昌艺术印刷有限公司印刷
ISBN 978-7-100-17944-7

2019年12月第1版　　开本 880×1240 1/32
2019年12月第1次印刷　　印张 12 3/8
定价：65.00元